KB183827

시오카리 고개

시오카리
고개

미우라 아야코 지음

김경식 옮김

좋은땅

목차

한 알의 밀이

땅에 떨어져 죽지 아니하면

한 알 그대로 있고,

죽으면 많은 열매를 맺느니라.

(요한복음 12장 24절)

거울

나가노 노부오는 1877년 2월 도쿄의 혼고에서 태어났다.

"너는 얼굴뿐 아니라 성격까지 어미랑 쏙 빼닮았구나."

할머니 도세는 기분이 나쁠 때면 이런 말을 하곤 했다. 죽은 어머니와 닮았다는 말이 결코 칭찬이 아님을 아무리 어린 노부오지만 잘 알고 있다.

(어머니는 어떤 분이셨을까?)

어머니는 노부오를 낳은 지 두 시간 만에 죽었다고 들었다. 지금 노부오는 거울에 비친 자기 얼굴을 뚫어져라 바라보고 있다. 동그랗고 귀여운 눈, 오뚝한 콧날, 알맞게 두툼한 꽉 다문 입술.

(어머니는 아름다우셨구나.)

하지만 이제 열 살 된 노부오는 자신의 짙은 눈썹에서 드러나는 고집스러운 표정은 알아차리지 못했다.

(어머니를 빼닮은 게 왜 나쁘다는 거지?)

노부오는 할머니의 마음속을 알 리가 없다.

이번엔 입꼬리를 옆으로 쭉 밀고 불만스러운 표정을 지어 본다. 돌아가신 어머니도 이런 얼굴 표정을 지으셨을까? 한쪽 눈을 감는다. 눈썹을 치켜

올려 거울을 쳐다본다. 좀 무서워 보인다. 입을 작게 오므리고 웃어 본다.

(어머니는 이런 표정으로 웃으셨을까?)

노부오는 한 번 더 웃어 보았다. 이번엔 입을 크게 벌리고 이빨을 바라보았다. 충치 하나 없이 하얀 이가 가지런하다. 입 안쪽에 늘어져 있는 목젖을 가만히 들여다보았다.

(왜 저런 게 있지?)

어머니에게도 이렇게 희한하게 생긴 게 늘어져 있었을까 생각하자 노부오는 별안간에 가슴 언저리가 이상해짐을 느꼈다. 평소에는 그다지 생각나지 않던 어머니가 갑자기 그리워졌다. 입속에 손가락을 넣고 목젖을 건드리려 하는 바람에 '웩' 소리가 날 뻔했다. 그러자 눈에 눈물이 고이는가 싶더니 실제로 주르르 흘러나와 버렸다.

"노부오, 왜 우니?"

뒤에서 할머니의 목소리가 들렸다. 할머니는 체격이 다부졌는데 화를 냈다 하면 아버지 사다유키보다 훨씬 무서웠다. 그래도 노부오를 애지중지하는 편이라 그는 할머니가 싫지는 않았다. 그러나 어머니 얘기가 나올 때면 이상스레 심술궂은 표정을 보여 기분이 언짢았다.

"목구멍에 손을 넣었더니 눈물이 나왔어요."

노부오는 이렇게 핑계를 댔지만 사실은 왠지 슬퍼져서 나온 눈물 같기도 했다.

"못난 짓거리 하지 마라. 남 앞에서 눈물을 보이는 건 평민들이나 하는 짓이야. 우리는 사족士族, 메이지 유신 이후 에도 시대의 옛 무사 등에게 부여된 신분 계급. 평민과 비교되는 특권을 가지진 못했으나 호적에 표시되었으며 1947년 헌법 시행으로 폐지됨이니 그런 부끄러운 행동을 하면 못써."

할머니는 이렇게 말하고 노부오 옆에 바짝 다가앉았다. 노부오는 할머니가 편한 자세로 앉은 모습을 본 적이 전혀 없다. 그래서 여자는 모두 할머니처럼 앉는 줄 알았는데 그렇지만도 않음을 얼마 전에 알게 되었다.

노부오의 집에는 로쿠라는 방물장수가 드나들고 있었다. 그는 빗이나 하오리골반이나 넓적다리까지 내려오는 일본의 전통 겉옷에 매는 끈, 장식용 옷깃, 실, 가위 따위를 넣은 상자를 넝쿨무늬가 새겨진 큼지막한 보자기에 싸고 다녔다.

"마님!"

로쿠 아저씨는 할머니를 이렇게 불렀다. 그는 2~3년쯤 전에 니가타에서 도쿄로 왔다. 할머니의 고향도 니가타여서 그와 할머니는 대화가 통했다. '서양 패션' 따위 유행어를 서슴없이 쓰기도 하는 그와 부엌 문턱에 서서 시간 가는 줄 모르고 이야기에 빠지곤 했다.

노부오는 로쿠 아저씨가 오기를 학수고대했다. 그가 좋아서가 아니라 올 때 가끔 데리고 오는 도라오라는 그의 아들 때문이다. 도라오는 노부오보다 두 살 어린 여덟 살이었다.

노부오의 아버지는 일본은행에서 근무했다. 노부오가 살고 있는 혼고의 주택가 근처에는 같은 또래가 없는 탓에 도라오가 올 때를 기다렸다.

언젠가 노부오는 로쿠 아저씨를 따라 그의 집에 놀러 갔었다. 덜거덕 소리가 나는 널빤지를 밟고 문을 열었는데 바로 방이 나와서 놀랐다. 그보다 서른 살쯤 된 여자가 앞가슴을 드러내고 다리를 옆으로 뻗은 채 식사를 하는 모습이 노부오를 더 놀라게 했다.

(저런 자세로 앉는 여자도 있나?)

노부오는 곰곰이 생각했다.

방금 할머니가 단정히 무릎을 모으고 노부오의 옆에 앉았을 때도 노부오는 무심코 도라오의 어머니 모습이 떠올랐다.

"남에게 눈물을 보이면 절대 못써."

할머니가 다시 타일렀다.

"네."

노부오는 고개를 끄덕이고 나서,

"할머니, 입을 벌려 보세요."

하며 할머니의 무릎에 손을 댔다.

"입은 벌려서 뭐 하게?"

"목구멍 안쪽에 이런 게 있지요?"

노부오는 입을 크게 벌려 보였다.

"여자가 입을 크게 벌리는 건 부끄러운 짓이란다."

노부오는 할머니를 당할 수 없었다.

아버지 나가노 사다유키는 성품이 온후했다. 녹봉으로 7백 석을 받던 무사 집안 출신이라기보다는 관직을 이어 가는 가문에서 자라난 듯 고상한 분위기를 풍기는 인품을 지녔다. 그는 억척스러운 성격을 지닌 어머니 도세에게 노부오를 맡겨 놓고 거의 간섭하지 않았다. 그런 탓인지 노부오는 아버지를 무서워하지도 않았지만 다정하다는 생각도 품지 않았다. 그런데 태어나 처음으로 그런 아버지에게 심하게 야단맞는 사건이 일어났다.

곧 4월이 다가올 따뜻한 일요일에 일어난 일이었다. 그날도 방물장수 로쿠 아저씨가 도라오를 데리고 왔다. 노부오는 도라오와 헛간의 지붕에 엎드린 채 햇볕을 쬐고 있었다. 그 애는 호랑이와 수컷이라는 뜻이 합쳐진 도라오虎雄라는 이름과는 어울리지 않게 온순했고 검은콩을 담아 놓은 것 같은 두 눈동자가 사랑스러워 보였다.

"나비야, 나비야, 유채 꽃잎에 앉아라……."세계 각국에서 다양한 가사로 불리는 동요로 스페인, 프랑스, 독일 민요로 알려져 있으나 확실치 않음. 일본에서 1881년 〈나비야 나비야(蝶蝶)〉라는 제목으로 불러지고 그 후 우리나라에도 같은 제목으로 불러짐

근처 저택에서 들려오는 오르간 소리에 노부오는 귀를 기울였다. 노부오는 오르간을 치고 있는 사람이 어쩐지 자기가 아주 좋아하는 네모토 요시코 선생님 같다고 생각했다. 선생님은 낯빛이 하얬고 가느다란 눈이 다정스럽게 느껴지는 분이었다. 적갈색 하카마일본 옷의 겉에 입는 주름 잡힌 하의를 가슴께까지 올려 입고 잰걸음으로 걷는 모습이 다른 선생님들과는 전혀 달리 보였다.

네모토 선생님은 해마다 1학년만 가르쳤다. 노부오가 1학년 때도 네모토 선생님이 담임을 맡았다. 선생님은 자주 학생들의 머리를 쓰다듬곤 했다. 가까이 와서 머리를 살짝 쓰다듬으면 장난을 치던 개구쟁이 사내아이들은 머뭇거리며 얌전해졌다.

선생님이 다가오면 뭔가 좋은 냄새가 풍겼다. 할머니에게서 나는 머릿기름 냄새와는 달랐다. 선생님 손을 잡으면 포근하고 매끈해서 노부오의 손까지 반들반들해지는 느낌이 들었다.

노부오는 1학년 때 네모토 선생님이 결혼해서 어디론가 가 버리는 게 아닐까 하고 갑자기 불안해한 적이 있었다.

(내일 학교에 가면 선생님은 더 이상 안 계실지도 모른다.)

이런 생각이 들자 노부오는 걱정이 되어 견딜 수가 없었다.

(그렇다. 내가 선생님을 내 신부로 삼으면 된다. 그러면 선생님은 아무

데도 안 가실 거다.)

근사한 계획이라고 생각했다.

다음 날 쉬는 시간을 알리는 종이 울리고 반 친구들은 줄줄이 운동장으로 놀러 나갔다. 그러나 노부오는 꿈지럭거리며 교실에 남아 있었다.

"어머! 나가노, 무슨 일 있니? 놀러 나가지 않을 거야?"

노부오는 잠자코 머리를 꾸벅 숙였다. 선생님은 놀라서 재빨리 다가왔다.

"배가 아파서 그러니?"

선생님에게서 좋은 냄새가 났다. 노부오는 고개를 옆으로 저었다.

"그럼 밖에 나가서 씩씩하게 놀아야지."

선생님은 노부오의 머리를 쓰다듬었다.

"선생님……."

노부오는 머뭇거렸다.

"뭔데?"

선생님은 노부오의 얼굴을 살펴보았다.

"……저…… 제가 크면 선생님을 제 신부로 맞아들일 거예요. 이 말 하려고 이제까지 아무 데도 가지 않고 기다렸어요."

노부오는 눈 딱 감고 단번에 말했다. 말하고 나니 그리 부끄럽지도 않았다.

"신부로?"

선생님은 놀란 듯이 이렇게 말하고는,

"무슨 뜻인지 알겠어."

빙그레 웃고는 노부오의 어깨 매듭 부분어린이들의 빠른 성장에 대비해서 어깨 부분을 접어 넣어 꿰매고 성장에 맞추어 조절했음을 살짝 잡았다.

"정말 아무 데도 가시면 안 돼요."

선생님은 거듭 확인하는 노부오의 손을 가만히 잡고 미소를 지었다. 노부오는 기뻤다.

(이제 선생님은 절대 아무 데도 안 가신다.)

노부오는 득의양양한 표정을 짓고 힘차게 발을 내디디며 복도를 지나 놀러 나갔다.

노부오는 이제 3학년이다. 네모토 선생님에게 그런 말을 한 사실은 잊었지만 여전히 선생님을 좋아했다. 선생님을 복도에서 만나면 교장 선생님에게 인사할 때보다 훨씬 공손하게 인사했다. 그런 날은 하루 종일 즐거운 기분이 가시지 않았다.

"도라짱의 선생님은 다정하시니?"

도라오는 1학년이다.

"응. 근데 우리 엄마는 자막대기를 들고 쫓아오기도 하거든? 노부짱 할머니도 그걸로 때려?"

도라오는 선생님 얘기보다 자기 엄마가 더 걱정거리였나 보다.

"아니, 우리 할머니는 때리지 않아."

어느새 오르간 소리가 그쳤다. 바로 그다음에 아버지에게 야단맞은 사건이 일어났다.

"근데 노부짱, 하늘 저편에는 무엇이 있는지 알아?"

지붕 위에서 바라보는 하늘은 밑에서 올려다볼 때와는 어딘가 달랐다.

"몰라."

노부오는 칼로 무 자르듯 잘라 대답했다.

"흥. 3학년이라도 하늘 저편에 뭐가 있는지는 모르는구나."

도라오의 검은콩 같은 눈에 싱긋 웃음기가 번졌다.

"가 보지 않으면 알 리가 없지."

노부오는 고집스러운 표정을 지으며 눈썹을 치켜올렸다.

"가지 않아도 알 수 있단 말이야!"

도라오는 저잣거리 말투처럼 거칠게 말했다.

"음, 그렇다면 뭐가 있는데?"

"해님이 있지."

"뭐라고? 도라짱은 바보구나. 해님은 하늘에 있다고."

"거짓말, 하늘 저편에 있어."

"하늘이야."

"틀려! 하늘 저편이라고."

좀체 그러지 않던 도라오가 고집을 피웠다.

"별님이랑 해님이 있는 데가 하늘이라고."

노부오가 잘라 말했다.

"거짓말! 그림 그릴 때 지붕 바로 위는 하늘이잖아? 여기가 하늘이야."

도라오는 엎드린 채 지붕 위의 공기를 휘저으려는 듯이 팔을 흔들었다.

"저기잖아, 하늘은."

노부오는 물러서지 않는다.

"틀렸어! 하늘 저편이 맞아."

두 사람은 자기들이 지금 어디에 있는지도 잊어버렸다. 서로 노려보듯이 헛간 지붕 위에 서 있었다.

"거짓말!"

도라오가 노부오의 가슴을 떠밀었다. 노부오는 몸의 중심을 잃고 비틀거렸다.

"아앗!"

둘 다 비명을 질렀다.

(큰일 났다!!)

도라오가 이런 생각을 한 순간, 노부오는 거꾸로 바닥에 떨어졌다.

그래도 운이 따랐다. 마침 그날은 할머니가 이불 홑청을 벗겨 눅눅한 솜을 돗자리 위에다 잔뜩 펼쳐 놓은 채 말리고 있었다. 노부오는 그 위로 떨어진 것이다. 바닥에 곤두박질쳐진 줄로 생각했는데 다친 곳은 발목뿐이었다.

"노부짱, 미안해."

도라오가 울상이 되어 지붕에서 내려왔다.

"너 때문에 떨어진 게 아니야! 알았어?"

노부오는 눈썹을 찌푸리고 발목을 문지르며 말했다.

"어, 왜?"

도라오는 노부오의 말을 이해할 수 없었다.

"누구에게도 네가 나를 밀어 떨어뜨렸다는 식으로 말하지 마!"

노부오는 명령하듯이 재빨리 말했다. 도라오는 멀뚱히 노부오를 쳐다보았다.

비명 소리를 듣고 로쿠 아저씨가 먼저 달려왔다.

"도련님, 무슨 일입니까?"

로쿠 아저씨는 새파랗게 질린 채 서 있는 도라오를 노려보았다.

"별거 아니에요. 놀다가 지붕에서 떨어졌어요."

"지붕이라니!"

로쿠 아저씨가 외쳤다. 그러고는 갑자기 도라오의 뺨을 세게 후려쳤다.

"도라! 너 이 녀석!"

도라오는 맥없이 울먹였다.

"무슨 일이지?"

할머니가 물었다.

"마님, 죄송합니다. 도라 이 녀석이……."

로쿠 아저씨가 말을 꺼내자 노부오가 재빨리 끼어들었다.

"아니에요! 저 혼자서 떨어진 거예요!"

노부오의 말에 로쿠 아저씨의 얼굴이 심하게 일그러졌다.

"도련님!"

"그보다 다친 덴 없니?"

할머니는 침착했다.

"대단해 보이지는 않지만 의사 선생님께 데려다주시겠어요?"

할머니는 노부오의 안색을 보고 로쿠 아저씨에게 말했다. 당황한 로쿠 아저씨가 노부오를 업고 근처 병원으로 데려갔다. 발목이 삐기만 하고 부러지지는 않았지만 병원에서 돌아와 눕고 나니 꽤나 피곤했다.

"심하지 않아 다행이다."

사다유키가 돌아오자 할머니는 이렇게 말하고 부엌으로 건너갔다.

아버지를 보고 로쿠 아저씨가 당황하여 다다미에 머리를 조아렸다.

"죄송합니다. 도라오가 엉뚱한 짓을 해서요……."

도라오도 풀이 죽어 고개를 숙였다.

"도라오짱이 한 게 아니에요!"

노부오는 조바심이 나서 견딜 수가 없었다.

"대체 어떻게 된 거지?"

아버지는 반듯이 앉은 채 조용히 물었다.

"실은 제 아이놈이 헛간 지붕에서……."

"노부오를 밀어 떨어뜨렸다는 말이네요."

"네."

로쿠 아저씨의 코에 땀이 맺혔다.

"아니에요. 제가 혼자서 떨어진 겁니다."

노부오가 초조해하며 외쳤다. 아버지는 미소를 지으며 두세 번 고개를 끄덕였다. 노부오에게 손아래 친구를 감싸 주는 도량이 있음이 기뻤다.

"그래? 너 혼자서 떨어진 거라고?"

"네. 제가 상인의 자식 나부랭이에게 밀려 떨어졌겠습니까?"

노부오의 말에 아버지의 안색이 확 변했다. 로쿠 아저씨는 어찌할 바를 몰라 아버지를 보았다.

"노부오! 방금 한 말 한 번 더 해 봐!"

아버지의 엄숙한 목소리에 순간 주저했지만, 고집스레 꽉 다물었던 입을 열어 또렷이 말했다.

"제가, 상인의 자식 나부랭이에게……."

대답을 마치기 전에 아버지의 손이 노부오의 뺨을 세차게 때렸다. 노부오는 왜 아버지를 화나게 했는지 알 수 없었다.

"나가노 집안은 사족이다. 상인 집 아이와는 다르다."

할머니는 언제나 노부오에게 이렇게 말했다. 그래서 상인의 자식에게 지붕에서 떠밀려 떨어졌다는 건 무슨 일이 있어도 하면 안 되는 말이었다. 노부오는 아버지를 노려보았다.

(칭찬을 받아야 마땅한데!)

"도라오, 네 손 좀 보여 줘."

아버지는 도라오에게 미소를 지었다. 도라오는 쩔쩔매며 더럽혀진 작은 손을 내밀었다.

"노부오! 도라오의 손가락이 몇 개지?"

"다섯 개입니다."

얻어맞은 뺨이 아직 얼얼하고 아프다.

"그럼 노부오의 손가락은 몇 개지? 여섯 개라도 되나?"

노부오는 시무룩이 입술을 깨물었다.

"노부오! 사족의 자식과 상인의 자식이 어디가 다른지 말해 보거라!"

(그렇다. 어디가 다를까?)

아버지의 말을 듣고 보니 어디가 다른지 노부오는 알 수 없었다. 하지만 할머니는 다르다고 말했다.

"어딘가 다릅니다."

노부오는 아무래도 이렇게 생각할 수밖에 없었다.

"다른 건 하나도 없어. 눈도 두 개, 귀도 두 개다. 그렇지? 노부오! 후쿠자와 유키치근대 일본의 계몽운동가 겸 철학자로 메이지 유신의 주역 중 한 사람 (1835~1901) 선생은 '하늘은 사람 위에 사람을 만들지 않고, 사람 아래에 사람을 만들지 않았다.'고 말씀하셨다. 알겠나? 노부오!"

"…………."

후쿠자와 유키치란 이름 정도는 노부오도 잘 알고 있다.

"알겠지? 인간은 모두 동등해. 상인이 사족보다 천할 리 없어. 아니, 오히려 어떤 이유를 대서라도 사람을 죽이곤 하던 사족이 더 창피할지도 모른다."

엄중한 말투였다. 아버지가 이렇게 엄하신 분인지 지금껏 몰랐다. 하지만 그보다도,

"사족이 더 창피할지도 모른다."

라는 말이 가슴을 파고들었다. 노부오는 이제껏 사족은 당연히 뛰어나다고 생각해 왔다. 눈은 하얗고, 불은 뜨겁다는 말처럼 노부오에게는 당연한 일로 받아들여졌다.

(정말 인간은 모두 동등한 존재일까?)

노부오는 입술을 굳게 다물고 베개에 얼굴을 숙였다.

"노부오! 아저씨와 도라오에게 사과해라!"

엄격한 어조로 아버지가 명령했다.

"제가……."

노부오는 아직 사과할 마음은 생기지 않았다.

"노부오! 사과하는 게 어렵나? 자신이 한 말이 얼마나 나쁜지 모른단 말이냐?"

그렇게 말하자마자 아버지는 양손을 짚고 엎드려 어찌할 바를 모르는 로쿠 아저씨와 도라오를 향해 머리를 조아렸다. 그러고는 한참을 그대로 있었다. 그런 아버지의 모습은 노부오의 가슴에 깊게 새겨져 평생 잊을 수 없게 되었다.

기쿠닌교(菊人形)

가을이 끝나갈 무렵의 어느 일요일이었다. 맑은 하늘에 흰 구름 한 조각이 햇빛을 받으며 떠 있다.

툇마루에 앉은 사다유키는 담뱃대를 문 채 잠시 구름을 물끄러미 바라보다가 갑자기 옆에 있는 노부오에게 시선을 돌렸다. 노부오는 그린 듯 짙은 눈썹을 여덟팔 자로 찌푸리고 뭔가 생각하고 있다.

"무슨 생각을 하니?"

아버지는 미소를 지었다.

올봄에 노부오가 지붕에서 떨어지고 나서 사다유키는 노부오를 도세에게만 맡겨 두어서는 안 되겠다는 생각이 들었다. 물론 노부오가 지붕에서 떨어졌기 때문은 아니다.

"상인의 자식 나부랭이에게 밀려 떨어졌겠습니까?"라던 노부오의 말이 마음을 아프게 했기 때문이다. 그는 티 나지 않게 유의하면서 노부오를 지켜보곤 했다. 이제껏 도세에게 전적으로 맡겼던 만큼 갑자기 개입할 수는 없었다. 도세는 괄괄한 성격 탓에 매사 자기 생각대로 하지 않으면 성이 차지 않았다.

"네모토 요시코 선생님을 생각하고 있어요."

"네모토 선생?"

"네. 제가 1학년 때 배운 선생님이에요."

"그 선생이 뭐라 했니?"

사다유키는 노부오가 선생에게 야단맞아 조금 우울해 보이는 줄로 생각했다.

"그만두고 결혼을 해서……."

노부오가 하찮은 일인 듯 말했다.

"그건 축하할 만한 일 아니냐?"

옆방에서 바느질을 하던 도세가 끼어들었다.

"축하하기 싫어요."

노부오는 네모토 선생님이 그만둔다는 얘기를 어제 막 들었다. 선생님에게 아무 데도 가지 말고 자기와 결혼하기 바란다고 부탁한 1학년 때의 일을 노부오는 기억하지 못한다. 그러나 퇴직 소식을 들으니 역시 섭섭한 마음이 들었다. 복도에서 만나면 빙긋이 웃으며 인사를 받아 주던 선생님을 더 이상 볼 수 없다니 까닭 없이 섭섭하고 쓸쓸해지는 기분이 들었던 것이다.

"노부오! 무슨 말투가 그러니? 다른 학년 선생이 그만두는 게 너하고 무슨 상관이 있다고."

도세가 바느질하던 손을 멈추고 나무랐다.

(관계가 있는지 어떤지는 모르지만 그만두는 건 싫다.)

노부오는 무뚝뚝한 표정으로 도세를 바라보았다.

"그런 여선생의 일 따위에 사내아이가 관심을 가지면 못 써."

도세는 검게 물들인 치아옛적에 상류 여성들이 흑갈색의 액체를 사용하여 치아를 물들이는 게 유행하였음를 드러내고 실을 끊었다. 도세의 말에 노부오는 왠지 모르게 불쾌해졌다.

(여선생의 일에 사내아이가 관심을 갖는 게 왜 나쁘지?)

"어머니, 선생님을 흠모하는 건 좋은 일이잖아요?"

사다유키가 말했다. 어머니가 없는 노부오가 여선생을 흠모하는 가련한 모습에 마음이 아팠다. 할머니인 도세가 어머니를 대신할 수는 없다고 생각했다.

"사내아이가 여선생을 생각하다니 사내답지 못하고 수치스러운 일이다. 아비야! 네가 아무리 권해도 재혼하지 않아서 노부오가 여선생 따위를 흠모하는 거라고."

노부오는 그 말투에 묘한 심술이 담겨 있음을 느끼고 아버지를 올려다보았다.

"어머니도 참……."

사다유키는 쓴웃음을 지으며 담뱃재를 톡 떨어뜨렸다.

"어때, 노부오. 아버지랑 기쿠닌교국화꽃으로 꾸민 인형나 보러 갈까?"

사다유키는 이렇게 말하고 일어섰다.

"기쿠닌교요? 정말이요? 아버지!"

노부오는 아버지와 외출한 적이 거의 없었다. 노부오는 네모토 선생님이고 뭐고 모두 잊고 아버지의 뒤를 따랐다. 기쁜 나머지 서두르다 게다일본 사람들이 신는 나막신의 끈이 발가락에 제대로 걸리지 않을 정도였다.

"뭐 하는 거냐? 그렇게 허둥대다니. 사족의 자손이 꼴사납게."

할머니의 목소리에 노부오는 아버지를 힐끗 보고,

"할머니, 다녀오겠습니다."

하며 큰 소리로 인사했다. 두 손을 모으고 인사하지 않으면 할머니가 기분 나빠하는데도 이때는 그런 생각을 하지 못했다.

"아버지, 기쿠닌교라면 당고자카団子坂, 도쿄 분쿄구에 있는 언덕길가 유명하지요?"

아버지와 걷다 보니 평소 눈에 익었던 집들이 처음 보는 것 같았고 담장 너머 보이는 감나무조차 참신하게 느껴졌다.

"아버지, 그런데 기쿠닌교를 본 적이 없어서 잘은 모르는데요?"

사다유키는 다른 생각에 잠겨 있는지 대답이 없다. 하지만 노부오는 개의치 않았다. 아버지와 같이 걷는 것만으로 만족했다.

"인형에 국화꽃을 붙인 건가요? 아님 사람이 국화꽃을 붙이고 서 있는 건가요?"

"음."

사다유키는 걸음을 멈췄다.

"노부오!"

"왜요?"

"아니다, 아무것도 아니야. 기쿠닌교를 보고 나서 라무네병에 구슬을 넣은 탄산음료도 마실까?"

가을 끝 무렵이라 해도 도쿄의 햇살은 아직 따뜻해서 걸으면 땀이 배일 정도였다.

"라무네요? 와~, 신난다."

(할머니는 마시면 속에 해롭다고 하셨지만…….)

한 번이라도 좋으니 병에 들어 있는 구슬을 손가락으로 밀면 '슈' 소리를 내며 거품을 내는 그 라무네를 얼마나 마시고 싶었던가?

노부오의 흐뭇한 표정을 보니 사다유키도 즐거워졌다.

"그다음엔 당고곡물 가루에 뜨거운 물을 넣고 둥글게 만들어 찌거나 삶아 만든 음식도 먹자꾸나."

아버지와 둘이서 기쿠닌교를 보고 라무네를 마신다면 더 이상 바랄 게 없을 것 같았다.

그때, 좁은 골목에서 피부가 하얀 대여섯 살 되어 보이는 여자아이가 달려왔다.

(귀엽네.)

하고 노부오가 생각했을 때, 그 애가 사다유키를 보고 얼굴이 확 밝아졌다.

"아빠!"

여자애가 이렇게 말하는가 싶더니 양손을 크게 벌려 사다유키에게 매달렸다. 사다유키는 말없이 여자애의 손을 잡았다.

"이분은 내 아버지야. 네 아버지가 아니라고."

노부오는 자기가 못 해 본 어리광을 여자애가 대담하게 부리는 모습에 화를 냈다.

"어머? 내 아빠야, 네 아빠가 아니라니까."

여자애는 적개심을 품고 노부오를 쳐다보았다.

"거짓말이야. 아버지, 거짓말이죠?"

"거짓말 아니야. 그렇죠? 아빠!"

사다유키는 당황하여 둘을 번갈아 쳐다보다가 여자애의 어깨를 부드럽게 만졌다.

"마치코, 혼자서 여기까지 놀러 왔니? 헤매지 않고 잘 돌아갈 수 있겠어?"

말투도 부드러웠다. 노부오는 살짝 입을 삐죽거렸다.

"응, 갈 수 있어. ……아빠, 저 아이는 누구야?"

여자애는 아직 사다유키에게 매달려 있었다.

"음……. 마치코의……."

사다유키는 말을 하다 말고,

"아! 위험해."

달려온 인력거를 피해 마치코를 감쌌다. 콧수염이 듬성듬성 난 중년 사내가 타고 있었다.

"자, 가거라. 엄마가 기다리시겠다."

사다유키에게 어깨가 떠밀린 여자아이는 마지못해 걷기 시작했지만 두세 걸음 만에 뒤를 돌아보았다. 그러고는 노부오를 쏘아보더니 다시 휙 돌아서 갔다.

"별난 아이네."

노부오는 여자아이의 뒷모습을 보면서 중얼거렸다. 사다유키는 약간 어두운 표정을 지으며 걷기 시작했다.

"내 아버지를 자기 아버지처럼 대하다니 이상한 녀석이군."

하지만 걷다 보니 여자애의 일은 까맣게 잊어버렸다. 기쿠닌교를 보러 가는 기대감에 부풀었기 때문이었다.

가게가 가까워지자 행인들이 많아졌다.

"아버지. 이렇게 사람이 많은 걸 보니 기쿠닌교가 역시 인기가 많은가 봐요."

노부오는 비탈길을 오르면서 오가는 사람들을 신기한 듯이 바라보았다.

"아버지. 이 많은 사람들이 모두 얼굴 모습이 다르네요."

"얼굴이 같으면 사람을 분간할 수 없지 않겠니?"

유행 중인 옷깃이 검은 기모노를 입은 여인들, 작은 양산을 쓰고 신식 옷차림을 한 여인, 스친 무늬 기모노를 입은 남자, 두루마기를 입은 노부인들이 오고 가는 가운데 제 힘으로 서지 못하는 장애인 한 사람이 있었다.

"아버지."

"왜?"

"저 사람도 사족과 마찬가지로 훌륭한 사람인가요?"

노부오는 아버지가 말한 "하늘은 사람 위에 사람을 만들지 않았고, 사람 밑에 사람을 만들지도 않았다."는 말을 절반쯤 생각해 냈다. 정확한 표현은 잊었지만 여하튼 인간은 모두 동등하다는 아버지의 말은 기억하고 있다.

"응, 그렇단다. 팔다리가 없거나 눈이 보이지 않고 귀가 들리지 않아도, 또 말 한마디 할 수 없어도 모두 같은 인간이란다."

"흠-."

팔다리가 없는데 어떻게 똑같다고 할 수 있는지 여전히 이해가 되지 않았다.

"마음이란 게 있는 이상 모두 같은 인간이야."

"그래도 마음이 좋은 사람과 나쁜 사람이 있잖아요? 그게 좋은 사람은 나쁜 사람보다 훌륭하다고 생각해요."

"좀 어려운 문제이긴 하다만, 인간은 어떤 사람의 마음이 좋은지 나쁜지는 제대로 가늠할 수 없어. 어쨌든 하늘은 모든 인간을 위아래 구별 없이 만든 건 틀림없단다."

가게들이 있는 언덕 꼭대기까지 올라오기 전부터 노부오의 가슴은 두근거리고 있었다.

사람들에 떠밀려 겨우 가게 안으로 들어가니 움직이기 힘들 만큼 사람이 많았다. 그럼에도 노부오는 마냥 즐겁기만 했다.

태어나서 처음 본 기쿠닌교가 더할 나위 없이 아름다워 보였다. 전설에 나오는 긴타로가 큰 도끼를 메고 곰에 올라탄 모습이나 모모타로가 귀신과 싸우는 모습을 본 뜬 인형이랑 개, 원숭이, 꿩 인형들이 가장 흥미로웠다.

"할머니도 같이 오셨으면 좋았겠어요."

가게를 나와 노부오가 말했다.

"음."

사다유키는 무덤덤하게 대꾸를 했다.

(하지만 할머니가 오셨으면 라무네는 못 마시겠지.)

라무네를 마시고 싶은 생각이 여전히 떠나지 않았다.

노부오는 갈대발이 쳐진 찻집에 들어가 난생처음 라무네를 마셨다.

"아~, 개운하다. 맛있어요, 아버지."

"음."

사다유키는 뭔가 생각하는 듯이 팔짱을 낀 채 노부오를 바라보았다.

"노부오…… 아까, 그 여자애 말이다."

"아까 그 여자애요?"

노부오는 아버지의 말을 바로 알아차리지는 못했으나 이내 생각해 내고,

"아! 그 건방진 여자애요?"

하고 퉁명스럽게 말했다.

"그 애 얘기를 할머니에게는……."

이렇게 말하고는 사다유키는 입을 다물었다. 아들에게 입막음을 시키

려는 게 꺼려졌다. 바로 그때 노부오 앞에 앉아 있던 소년이 뿜어낸 라무네 거품이 가슴에 튀었다. 거기에 정신이 팔린 노부오는 아버지의 말을 흘려듣고 말았다.

찻집을 나온 노부오는 흡족한 기분으로 인파 속을 걸었다.

집으로 돌아오니 이미 저녁 식사가 준비되어 있었다. 걷다 왔으니 배가 고플 거라는 도세의 배려였다.

"할머니, 기쿠닌교 본 적 있어요?"

노부오는 식사를 하며 말했다.

"식사할 때는 조용히 해라."

도세가 타일렀다. 저녁 식사하기에는 좀 이른 시각이었으나 노부오는 배가 고파 눈 깜짝할 사이에 먹어 치웠다. 다 먹고 나서도 뭘 먹었는지 생각이 나지 않을 정도였다.

"할머니, 긴타로랑 모모타로도 있었어요."

"그래? 좋았겠구나. 예쁘더냐?"

"네, 아주 예뻐요. 개랑 원숭이랑 꿩 인형에도 국화꽃 옷을 입혔어요. 저는 기쿠닌교라면 얼굴도 국화인 줄 알았는데."

"얼굴은 국화로 못 만들지. 그거 말고 또 재미난 거 뭐 있었니?"

도세는 기분 좋게 맞장구를 쳤다.

"아버지, 47인의 무사1703년 1월 주군의 원수를 갚기 위해 일어선 47인의 낭인(떠돌이 무사). 영화, 드라마, 가부키 등의 소재가 됨 인형도 있었지요? 눈 속에서 북을 치는 그 사람은 오이시 요시오47인 무사들의 지도자겠지요?"

"오! 47인의 무사 인형도? 그거라면 할머니도 보고 싶었는데."

"하지만 사람이 많아 떠밀려 다녔어요. 어머니는 힘들었을 거예요."

사다유키가 끼어들자 노부오는 고개를 끄덕였다.

"맞아요. 할머니는 밖에서 걸으면 금방 지치시잖아요. 어깨도 아팠을 걸요."

도세는 어깨가 뻐근해서 사흘이 멀다 하고 안마를 받으러 다니고 있었다.

"정말 사람들이 그렇게 많았어? 그럼 아는 사람도 있었겠네."

도세는 갑자기 어깨가 뻐근한 듯이 자기 어깨를 톡톡 두드려 보였다.

"모르는 사람들뿐이었어요. 어린아이랑 어른들에다 양장을 한 여자들도 많았지만요."

"양장한 여자?"

도세는 미간을 찌푸렸다.

"서양 여자 같았지요? 아버지."

"그래? 또 어떤 사람이 있었는데?"

"그게……, 잘 모르겠어요. 사람이 너무 많아서요, 아! 그리고, 이상한 여자애를 만났지만……."

사다유키의 안색이 확 변하는 걸 노부오랑 도세는 눈치를 채지 못했다.

"이상한 여자애라니, 거지였니?"

"음, 아니요."

"어디가 이상한 아인데?"

"그 애가 아버지한테 달려들어 안기더니 '아빠!'라고 했어요."

"뭐라고? 노부오! 대체 어디서 그런 일이 있었니?"

갑자기 얼굴 표정이 사나워졌다. 노부오는 어린 마음에도 하면 안 될 말을 해 버렸음을 깨달았다. 아버지의 얼굴을 살짝 엿보니 무릎을 바로 한 채 고개를 숙이고 있었다.

"노부오, 어디서 그 여자애를 만났니?"

그때까지 기분이 좋았던 도세의 얼굴이 확 바뀌었다.

"어디였는지…… 생각이 안 나지만……."

노부오는 허둥댔다. 도세가 화를 내는 이유를 잘 알지는 못했지만 불안해졌다.

"그럼 어떤 애냐? 몇 살쯤 되어 보였니?"

도세의 얼굴이 분노로 상기되었다.

"저보다……."

노부오가 말을 꺼냈을 때였다.

"죄송합니다."

사다유키가 두 손을 바닥에 탁 짚었다.

"아무래도 모양새가 이상했었는데…… 나한테 숨기고……, 어떻게 그런……."

도세의 콧구멍이 심하게 벌렁거렸다.

"화가 나시겠지만 너무 그러시면 몸에 해롭습니다."

사다유키의 목소리는 침착했다. 이 말이 도리어 도세의 분노를 부추겨 몸이 부들부들 떨리게 만들었다.

"그런……."

도세의 입술이 부르르 떨렸다.

"그런 말은…… 듣고 싶지 않다! 아이까지…… 아이까지 있다니……."

도세는 괴로운 듯이 어깨를 헐떡였다.

"하지만, 그건……."

사다유키가 말을 꺼내자 도세는 머리를 크게 흔들고,

"……이, 불효자!"

하고 큰 소리로 외쳤다. 그 순간, 도세의 몸이 묵직한 소리를 내며 고꾸라지듯이 다다미에 쓰러졌다.

도세는 그날 밤 죽었다. 뇌일혈이었다.

어머니

    장례 절차가 끝나고 사다유키와 노부오, 새로 고용된 하녀 쓰네, 이렇게 세 사람의 생활이 시작되자 노부오는 갑자기 할머니가 그리워졌다.

    학교에서 돌아와 할머니가 없는 집에 들어오면 불현듯 허전해져서 견딜 수 없었다. 마당에서 흙장난을 해서 옷이 더러워지자,

    (할머니에게 야단맞겠네.)

    하며 무심코 툇마루 쪽을 돌아보다 눈물을 흘리기도 했다. 옛날이야기를 많이 알던 할머니가 매일 밤 들려주거나 오밤중에 노부오가 기침이라도 한 번 하면 일어나 어깨 언저리를 따뜻하게 해 주던 일들이 떠올랐다. 도세의 좋은 점만이 점점 노부오의 마음에 남게 되었다. 그러나 왜 그렇게 화내다 돌아가셨는지 생각하면 노부오는 그 여자애 얘기를 꺼낸 자신이 잘못한 것 같아 마음이 너무나 무거워졌다.

    새해가 되어 할머니의 49재도 끝난 어느 날 밤, 전에 없이 사다유키의 귀가가 늦었다. 쓰네와 트럼프 놀이를 하고 있는데, 현관 앞에 인력거가 멈추는 소리가 들렸다. 달려 나가 보니 아버지가 내리는 중이었고 이어서 또 한 대의 인력거가 나타났다.

(누구지?)

아버지가 밤늦게 손님과 같이 온 적은 없다. 인력거가 서고 앞 덮개가 젖혀지자 얼굴 가리개를 해서 눈만 보이는 한 여자가 쓱 내려섰다. 달빛을 받아 젖은 듯한 눈이 아름다웠다. 인력거가 사라지자 여자는 노부오의 어깨를 꼭 껴안았다.

"노부오!"

노부오는 당황했다. 부끄럽기도 하고 화가 나기도 했다. 노부오는 발버둥 치듯 여자의 가슴을 떠밀었다. 여자는 엉겁결에 비틀거렸다.

"누구예요! 이 사람은?"

노부오는 아버지와 이 여자 모두 역겨운 것 같은 생각에 무심코 이렇게 외쳤다.

"자, 우선 안으로 들어가자."

사다유키는 이렇게 말하고 노부오의 어깨를 다독거렸다.

여자는 집에 들어오자마자 위패가 있는 어두운 방으로 들어갔다.

(마치 자기 집에 온 것 같네.)

노부오는 할머니의 위패에 초와 선향을 올리는 여자를 뒤에 서서 바라보았다. 여자는 오랫동안 고개를 숙이고 좀체 거실로 돌아가지 않았다. 그 사이 사다유키도 여자 옆에 앉아 선향을 올렸다. 두 사람은 한참 동안 위패 앞에 말없이 있다가 이윽고 여자가,

"참배하게 해 주셔서 고마워요."

하며 사다유키 앞에 정중히 손을 모았다.

거실로 돌아온 사다유키는 노부오에게 자기 옆에 앉으라고 손짓을 했다.

"노부오, 네 어머니다."

낮지만 조금 떨리는 목소리였다.

"어머니라고요?"

램프의 빛을 받아 조금은 창백해 보이는 여자를 노부오는 꼼짝 않고 바라보았다.

"그렇다."

이어서 여자가 뭐라 말하려 하자,

"제게 두 번째 어머니라니… 필요 없어요."

노부오는 화난 듯이 말했다. 사다유키는 여자와 얼굴을 마주 보았다.

"노부오, 내가 너를 낳은 어미다."

여자는 앉은걸음으로 다가가 노부오의 손을 잡았다.

"거짓말! 내 어머니는 죽었어요!"

노부오는 그 손을 뿌리치며 외쳤다.

"죽은 게 아니다. 얼굴을 잘 봐. 너와 꼭 닮았잖니?"

사다유키의 말에 노부오는 다시 여자의 얼굴을 지그시 보았다. 듣고 보니 분명 닮았다. 자기 얼굴을 거울에 비추어 보며 마음속으로 상상하던 어머니의 얼굴보다 훨씬 아름다웠다.

"닮았는지는 모르겠지만……."

"노부오!"

여자는 손을 뻗어 노부오의 손을 잡았다. 노부오는 여자의 검은 눈에서 쏟아지는 눈물을 보았다.

"……살아 있었다고요?"

노부오는 이상한 기분이 들었다. 오랫동안 죽었다고만 알고 있던 어머니가 자기 손을 잡고 말하고 있는 현실이 희한하게 생각되었다.

"살아 있다뿐이냐, 언제나 네 생각으로…….”

여자는 노부오를 껴안으려 했다. 노부오는 뒷걸음질 치고,

"살아 있었다면…… 왜…… 왜, 우리 집에 있지 않았죠?”

"할머니가…… 기쿠를, 기쿠는 네 어머니의 이름이다. 할머니가 이 어머니를 싫어하서 나가게 해 버리셨단다.”

"그럼 아버지는 왜 그런 걸 알려주지 않았어요? 왜 어머니를 만나게 해 주지 않은 거죠? 어머니는 살아 있다고, 왜…… 왜 말해 주지 않았죠?”

어느새 노부오는 울부짖기 시작했다.

"네게 참으로 못할 짓을 했다.”

사다유키는 한숨을 깊게 쉬었다.

"어른들은 거짓말쟁이예요. 제게는 거짓말하지 말라고 가르치고는……
할머니랑 아버지 모두 그런 엄청난 거짓말을 하시다니요.”

노부오는 '으악' 소리를 내며 울음을 터트렸다.

할머니가 계셔서 그다지 쓸쓸하지는 않았다 해도 어머니가 얼마나 그리웠던가? 죽은 어머니는 저 별이 되었을까 하며 얼마나 자주 하늘을 올려 보았고, 다른 아이가 엄마와 같이 가는 모습을 보면서 나도 어머니가 있으면 하는 생각에 얼마나 부러워했던가? 그럴 때에 왜 와 주지 않았는지 노부오는 분하기만 할 뿐이다.

"노부오, 왜 우니? 어머니를 만난 게 기쁘지 않니?”

사다유키가 조금은 굳은 어조로 말했다.

"당신, 그렇게 말씀하시면 노부오가 불쌍해지죠. 기쁜지 분한지 알 수 없는 게 당연하죠. 그동안 노부오가 가장 불쌍했잖아요.”

노부오는 그 말을 듣자 더 이상 참지 못하고 더욱 크게 울었다. 노부오

는 이렇게 친절하게 감싸 주는 사람이 자신의 어머니라고 생각하자 기뻤다. 그렇다고 마냥 기쁘지는 않았다. 그동안 죽었다고 생각한 어머니가 살아서 여기에 있다는 현실이 실감나지 않았다.

"그래, 이제 괜찮아. 울지 않아도 된다."

사다유키는 이렇게 말하고 노부오의 등을 어루만졌다.

"아무튼, 알겠지? 그리고 언젠가 만났던 그 여자아이가 네 누이동생이다. 이름은 마치코야."

노부오는 언제 울었나 싶게 아버지를 바라보았다.

(그 건방진 녀석이 누이동생이라고?)

비탈길을 달려가던 여자아이의 모습을 떠올렸다.

(말도 안 돼. 그 애가 여동생?)

노부오는 자기에게도 여동생이나 남동생이 있기를 얼마나 바랐는지 모른다. 로쿠 아저씨의 아들인 도라오와 사이좋게 된 것도 형제가 없었기 때문이다.

(그 여자애라면 말괄량이가 틀림없을 거야.)

이런 생각만으로도 노부오는 기뻐서 참을 수 없었다. 그 애를 데리고 여기저기 놀러 가는 자신을 상상하자 마음이 들떴다.

"……그런데, 할머니는 어머니를 왜 내보내셨어요?"

어머니라는 말이 자연스럽게 나오자 노부오는 부끄러워졌다.

"내가 부족해서지 할머니 탓은 아니다."

어머니가 노부오의 눈물을 살짝 닦아 주었다.

(뭐야. 이 사람은 자신을 쫓아낸 할머니를 왜 나쁘게 말하지 않지?)

이렇게 생각할 때 사다유키가 말했다.

"이해가 안 되는 점은 네가 크면 알게 될 거다. 실은 어머니는……."

이 말까지 하고 사다유키는 기쿠의 얼굴을 보았다. 기쿠가 상냥하게 미소 지으며 끄덕였다.

"어머니는 기독교 신자다. 그런데 할머니는 야소Jesus의 중국어표기 '耶蘇'의 음독으로 예수, 기독교, 기독교 신자 등 다양하게 쓰이며 신자를 비하하는 표현으로도 쓰임를 굉장히 싫어하셨어. 예수를 믿는 며느리를 이 집에 둘 수 없다며 나가게 하셨어."

"야소라니요?"

노부오는 갑자기 놀란 표정을 지었다. 야소가 무엇인지 잘 모른다. 그러나 할머니가 야소라는 작자들은 사람의 피를 빤다거나 살을 먹는다고 말했던 걸 떠올렸다. 게다가 야소는 일본을 망하게끔 여러 가지 무서운 일을 한다든가, 마법을 부려 사람을 홀리는 악인이라고 말한 것도 기억하고 있다.

그런 탓에 노부오는 야소란 용서받을 수 없는 나쁜 사람이라는 생각을 갖고 있었다. 어머니가 그런 야소라고 듣자 노부오는 어쩐지 섬뜩한 기분이 들었다. 부드러운 목소리로 무슨 짓을 저지를지 모를 것 같았다. 할머니가 어머니는 죽었다고 한 말도 이해가 갔다. 야소를 믿는 어머니보다는 차라리 어머니가 죽은 게 나을 거라는 생각을 하며 노부오는 어머니를 슬쩍 쳐다보았다.

야소 선생 야소 선생
마구간에서
태어났다니

이상도 하구나

도코돈야레 돈야레나(후렴)

아이들이 때때로 〈미야상 미야상〉宮さん宮さん: 1868년(메이지 원년) 신정부군
과 옛 막부세력과의 전쟁 때 정부군이 부른 노래로 일본 최초의 군가로 평가됨. 도코돈야
레 돈야레나(とことんやれとんやれな)는 이 노래 중에 나오는 일종의 추임새의 가사를
바꿔 부르면서 길거리에서 전도 활동을 하는 기독교 신자를 조롱하던 모
습도 기억한다.

"안녕! 왔구나. 오늘은 재미있는 얘기 하나 해 줄까?"

그 사내가 말하자 아이들은 갑자기 무서워져서 '와!' 하며 도망쳤다.

(여하튼 야소가 좋아질 리 없지.)

"싫어, 야소라니."

노부오는 난감한 표정을 지었다. 사다유키와 기쿠는 부드러운 시선으
로 노부오를 잠자코 지켜보았다.

"내일부터 와서 지내겠어요."

이렇게 말하고 기쿠는 그날 밤 돌아갔다.

사다유키는 기쿠가 집을 나가야만 했던 때를 생각했다. 기쿠는 도세의
지인의 딸로 도세가 호감을 가져 사다유키와 결혼했다. 그런데 결혼하고
3년쯤 지난 즈음, 기쿠가 기독교 신자임을 도세가 알았다. 도세는 사다유
키와 기쿠를 불러 질책했다.

"사다유키, 너는 지금까지 기쿠가 야소라는 걸 눈치 채지 못했단 말이냐?"

사다유키는 알고 있었다. 완고한 도세의 교육을 받은 사다유키는 소년

시절부터 오히려 진보적인 사고를 가지며 성장해 갔다. 어머니가 야소, 야소하며 기독교 신자를 눈엣가시처럼 대하는 걸 사다유키는 이해할 수 없었다.

"알고 있었습니다."

"뭐라고! 알면서 지금껏 아무렇지 않게 부부로 지내온 거냐?"

추잡스럽다고 말하려는 듯했다.

"기독교 신자라고 특별히 안 될 것도 없지요."

사다유키는 도세에게 말대꾸를 한 적이 없다. 도세가 격분하면 감당할 수 없게 되는 성향임을 알기 때문이다. 사다유키는 아버지의 피를 이어받아 성격이 온순했다. 하지만 이날은 사정이 달랐다. 사다유키는 기쿠를 감싸 주어야만 했다.

"어머! 무슨 말을 하는 거니? 그런 식으로 말대답을 하는 건 야소의 마법에 쏘였다는 증거야. 무섭구나."

도세는 화를 냈다.

"마법이라니요⋯⋯. 그런 게 지금 같은 대명천지에 있을 리가 없습니다. 기독교 신자가 특별히 나쁘다고 생각지 않습니다만⋯⋯."

"일본에는 예로부터 섬기는 신과 부처가 있는데 코쟁이가 절하는 신을 숭배할 필요는 절대 없다. 그게 일본인으로서 얼마나 수치스러운 일인지 모른단 말이냐?"

"어머니, 어머니가 숭배하는 불교도 나라시대奈良(710~794)에 외국에서 들어온 종교지요."

사다유키는 어이없다는 듯 말했다.

"사다유키. 또 말대꾸냐? 여하튼 나가노 집안에 야소 며느리는 둘 수 없다. 기쿠! 이 집을 나가거라."

"너무하시네요!"

사다유키는 엉겁결에 도세를 노려보았다.

"기쿠에게는 아무 죄도 없는데……."

"그럼 이 어미가 나갈까? 사다유키, 너는 어미를 버리고 야소와 평생 살려느냐?"

도세는 격분했다. 그때까지 잠자코 고개를 숙이고 있던 기쿠가 얼굴을 들었다.

"어머니. 부디 용서해 주시길……."

기독교 신자가 되면 부모 자식 사이라도 인연을 끊는 경우가 많았다. 도세만 유별나게 완고하다고 말할 수 없는 시절이었다.

"며느리가 야소라 인연을 끊었습니다."

라고 말해도 세상 사람들은,

"쯧쯧, 저런. 며느리가 야소라 어쩔 수 없었겠네요."

라고 대꾸하며 시어머니나 남편은 거의 비난하지 않았다.

"기쿠, 용서해 달라는 건 야소를 포기한다는 얘기냐?"

도세는 의심스러운 듯이 기쿠를 보았다. 한 번 야소가 된 사람 중에는 붙잡혀서 화형을 당해도 그 마음을 바꾸지 않는 자가 있다고 들었다.

"…………."

아니나 다를까 기쿠는 고개를 숙인 채 아무 대답도 하지 않았다.

"기쿠. 떠나거라."

도세의 단호한 말에 기쿠는 얼굴이 새파래졌다. 사다유키는,

"어머니, 그렇게까지 하지 마시죠. 노부오도 있으니 제가 잘 타이를 테

니까요."

하며 손을 조아렸다.

"네 말이 될 법이나 할 소리냐? 지금 그런 말을 할 거면 왜 이제껏 타이르지 못한 게냐?

기쿠! 너는 그토록 야소가 소중하니? 이 집에서 나가게 되더라도 야소에게서 떠날 수 없단 말이냐?"

도세는 기쿠의 고집에 화가 났다. 떠나라고 하면 어린 노부오도 있으니 마음을 고쳐먹고 용서해 달라고 할 줄 알았다. 아무 말 없이 그저 고개를 숙이고만 있는 기쿠가 꽤나 뻔뻔스럽게 생각되었다.

〈누구든지 사람 앞에서 나를 부인하면 나도 하늘에 계신 내 아버지
  앞에서 그를 부인하리라.〉(마태복음 10장 33절)

라는 그리스도의 가르침을 기쿠는 생각하고 있다. 기쿠는 그 말을 마음 속으로 계속 곱씹었다.

(나는 믿는다. 설령 그러면 죽는다 해도 나는 예수 그리스도를 부정할 수는 없다.)

기쿠는 박해를 받아 십자가에 달리신 예수 그리스도를 생각했다. 그 예수님이 드린 기도를 생각했다.

〈아버지, 저 사람들을 용서하여 주십시오. 저 사람들은 자기네가 무
  슨 일을 하는지를 알지 못합니다.〉(누가복음 23장 34절)

기쿠는 도세가 불쌍하다는 생각이 들었다. 가장 사랑하는 남편과 아들을 두고 나가라는 시어머니가 가련해 보였다. 그리스도를 모르면서 믿는 사람을 몰아세우는 도세가 불쌍했다.

(모두가 '야소, 야소' 하며 싫어하는 세상인데 어머니가 화내실 만도 하다.)

기쿠는 남편과 노부오와 헤어지는 건 죽기보다 괴로웠다. 어린 노부오 때문에,

"이제 그리스도는 믿지 않겠어요."

라며 용서를 구할까 몇 번이고 생각했다. 하지만 빈말이라도 그리스도를 부정할 수는 없었다. 이는 하나님을 부정함과 동시에 시어머니를 속이는 일이기도 했다. 빈말로 사태를 마무리하는 걸 수치스럽게 생각할 만큼 기쿠의 신앙은 순수했다.

(그렇더라도 노부오와 헤어질 수는 없다. 어머니를 잃은 노부오의 앞날이 어떻게 될지.)

기쿠는 진퇴양난이었다. 마음이 무너져 내릴 지경이었다.

(최악의 경우 노부오는 하나님께 맡겨 드리는 수밖에 없다.)

겨우 걷기 시작한 노부오의 귀여운 얼굴을 생각하자 기쿠는 눈물이 흘러넘쳤다.

"역시 야소는 마귀에 씌운 자들이야. 자기 아들과 헤어지든, 남편과 헤어지든 상관없다고 하는 걸 보니."

도세는 기가 막힌 듯 말했다. 헤어지게 하려는 자신이 더 마귀 같다는 생각은 하지 않는다. 무사 가문이 사교로 알려진 종교를 믿는 건 결코 용서할 수 없었기 때문이다.

"어머니, 저는 기쿠와 헤어질 마음이 없습니다……."

사다유키가 말하자,

"닥쳐! 기쿠는 나가노 집안의 며느리다. 이 어미가 살아 있는 동안은 야소 며느리는 집에 둘 수가 없다. 그래도 기쿠를 이 집에 두고 싶다면 내가 나가련다. 야소 며느리를 뒀다는 건 조상님들께 면목이 서질 않아."

도세에게는 타협할 틈이 없었다. 침실로 물러간 사다유키와 기쿠는 새근새근 잠자는 노부오의 얼굴을 잠자코 들여다보았다.

"죄송해요."

기쿠는 사다유키에게 두 손을 바닥에 짚으며 송구한 마음을 표시했다.

"아니요, 어머니가 완고해서 그러니 양해해 주시오."

"무슨 말씀이세요. 모두 제가 부족해서 그런 거지요. 차라리 더 이상 믿지 않겠다고 말씀드릴까 하는 생각도 들지만……."

"기쿠, 신념을 꺾지 마시오."

이 말은 사다유키가 아버지에게 곧잘 듣던 말이다. 사다유키는 요즘 세상이 받아 주지 않는 신앙을 지키는 소수의 기독교 신자를 존경받을 만한 사람들이라고 생각했다. 자신은 그 신앙을 가질 수 없다 해도 가장 사랑하는 아내에게는 그 길을 끝까지 가게끔 하고 싶었다.

"어머니는 말을 꺼내면 결코 물러서지 않으시오. 아무리 그렇더라도 어머니에게 이혼장을 써서 보일 수도 없고. 이 집을 나가서 무엇을 하든 당신의 자유요. 설령 당신이 지내는 곳에 남자가 드나든다 해도……."

"남자라니요……. 어떻게 그런 말씀을, 섭섭해요."

"아니, 끝까지 잘 들어요. 그 드나드는 남자가 바로 나라면 되지 않겠느냐는 말이요. 어떻소? 기쿠!"

"어머!"

기쿠는 눈물을 흘렸다.

노부오를 데리고 가는 건 어머니가 허락하지 않을 것이다. 머지않아 어머니가 손자를 불쌍히 여겨 기쿠를 집에 다시 오게 할 수도 있다고 사다유키는 생각했다.

직장인 일본은행과 자택인 혼고의 유미쵸 사이에 기쿠의 집을 마련하고, 기쿠는 친정의 묵인 아래 시댁에서 나갔다. 어머니의 뜻을 거스른 채 기쿠를 집에 남게 한들 더 이상 평안히 지낼 수 없을 것이라고 사다유키는 생각했다.

기쿠가 집을 나가자 도세는 기쿠에 대해 욕을 퍼부었다.

"그 애는 노부오의 어미라 할 수 없다. 제 자식보다도 그리스도라는 작자를 좋아하는 어미 따위는 결코 어미라 부를 수 없다."

그리하여 도세는 너의 엄마는 죽었다고 노부오에게 알려 주며 키웠던 것이다.

(지금은 괴롭지만 이 일도 결과적으로는 잘한 일이었다고 할 때가 온다. 하나님이 살아계시는 이상 틀림없이 노부오를 지켜 주실 것이다.)

기쿠는 이렇게 생각하며 참고 지냈다.

벚나무 아래

기쿠는 다음 날, 노부오의 여동생인 마치코를 데리고 와서 다시 나가노 가문의 가족이 되었다. 노부오가 학교에서 돌아오니 마치코가 문 옆에서 땅바닥에 뭔가를 쓰며 놀고 있었다.

"어머! 여기는 내 집이야."

노부오를 보고 일어선 마치코는 양손을 벌려 못 가게 막았다.

입을 꽉 다물고 못 가게 막는 마치코의 얼굴을 노부오는 물끄러미 바라보았다.

(이 애가 내 여동생이라고?)

마치코는 눈이 빛나고 둥근 얼굴에 피부가 하얗다. 꽉 다문 입 언저리가 건방져 보이면서도 사랑스럽게 느껴졌다. 누이동생이라는 생각이 들자 기분이 좋아진 노부오는 일부러 말없이 마치코의 옆을 지나치려 했다.

"안 돼. 여기는 내 집이야."

라며 양보하지 않는다.

(흥, 어린 녀석이 뻐기기는.)

나는 네 오빠라고 말하고 싶어 참을 수 없었다. 노부오는 잠자코 마치코를 내려다보았다. 단발머리를 한 마치코의 키는 노부오의 어깨에도 못 미쳤다.

"아! 노부오. 어서 오너라."

기쿠가 현관에서 모습을 드러냈다. 노부오는 저절로 얼굴이 붉어지며 꾸벅 인사를 했다.

"자, 마치코. 오빠에게 뭐 하는 거니?"

기쿠가 부드럽게 타일렀다.

"어? 오빠라고?"

마치코는 금세 밝게 웃고는,

"오빠! 마치코가 몰라봤어. 나한테 색종이 인형 있는데 같이 놀자. 새색시 모양이야."

하며 노부오의 손을 끌어당겼다. 포동포동한 작은 손의 감촉이 묘하게 간지럽고 기분이 좋았다. 어리광 부리는 목소리도 사랑스러웠다. 하지만 노부오는 왠지 부끄럼을 느껴,

"음."

한마디만 남기고 후다닥 집 안으로 뛰어 들어갔다.

"노부오, 점심 먹자."

기쿠가 노부오 옆에 와서 어깨에 손을 얹었다. 네모토 요시코 선생님처럼 좋은 냄새가 나서 노부오는 기분이 좋았다. 식탁 앞에 앉자 마치코가 노부오의 무릎에 손을 올리더니,

"이따가 공기놀이 하자."

라며 중요한 일인 양 귀에 대고 속삭였다.

응석받이라는 생각이 든 노부오가,

"잘 먹겠습니다."

하고 젓가락을 집었을 때 마치코가 깜짝 놀라 외쳤다.

"어? 오빠! 기도를 안 하네."

"기도 같은 거 안 해."

"이상하다. 하나님께 기도도 하지 않다니. 그렇지, 엄마?"

"아니야. 오빠는 아직 괜찮아."

가쿠는 이렇게 말하고 조용히 기도를 시작했다. 노부오는 두 손을 모으고 기도하는 어머니와 마치코를 잠자코 바라보았다. 기도가 끝나자 마치코가 큰 소리로,

"아멘!"

하고 외쳤다.

노부오는 자기만 따돌림을 받아 외롭다는 느낌이 갑자기 들었다.

(할머니도 기도하지 않았는데…….)

노부오는 불만스러웠다.

노부오는 접시 위에 놓인 노란 반달 모양의 음식이 무언지 알지 못했다. 할머니랑 하녀 쓰네는 이런 음식을 만들어 준 적이 없었다. 마치코가 그것을 맛있게 먹는 모습을 쳐다보면서 노부오는 절임 반찬만 먹었다.

"어? 노부오는 계란구이를 싫어하니?"

기쿠의 말을 듣자 노부오는 말없이 먹기 시작했다. 먹은 적이 없어서 싫고 좋고 할 것도 없었다. 노부오는 미적거리며 젓가락 끝으로 계란구이를 쿡쿡 찔렀다. 한입 가득히 먹자 노부오는 이렇게 맛있는 음식이 있었는지 깜짝 놀랐다.

(계란구이란 이름은 들어 봤지만 이게 그거란 말인가? 마치코는 이렇게

맛있는 걸 아무 때고 먹는다니.)

노부오는 마치코에게 질투심을 느꼈다. 할머니는 고기나 계란을 먹지 않아서 생선이나 야채 졸임 같은 게 나가노 집안의 반찬이었다.

저녁이 되어 사다유키가 돌아왔다. 마치코는 언젠가 길에서 했던 것처럼 두 팔을 크게 벌려 사다유키의 허리를 휘감았다. 노부오는 어서 오시라는 인사도 잊은 채 멍하니 그 모습을 쳐다보았다. 사다유키가 그런 노부오를 힐끗 보고 어깨를 두드렸다.

"기운이 없어 보이는데 무슨 일 있니?"

"아무것도 아니에요."

노부오는 조금 토라진 듯 말하고는 사다유키의 얼굴을 보지 않았다.

저녁 식사 때 노부오는 젓가락을 집으려다 깜짝 놀랐다. 자기만 빼고 모두 머리를 숙이고 있다. 기쿠가 기도를 시작했다. 노부오는,

(상관없어. 나는 기독교 신자가 아니야.)

하고 식사를 시작했다. 기쿠가 기도를 끝냈을 때 사다유키도 마치코와 함께,

"아멘!"

하고 외쳤다. 사다유키의 '아멘!' 소리를 듣고 노부오는 아버지에게 배신당한 느낌이 들었다.

(뭐야. 지금까지 아버지는 기도한 적이 없었고, '아멘' 소리를 낸 적도 없는데.)

노부오는 그런 아버지가 조금은 싫어진 것 같았다.

쌀쌀한 일요일 아침이다. 노부오가 눈을 떴을 때 이미 사다유키와 마치

코는 일어나 있었다. 아침 식사가 끝나자 마치코는 외출복으로 갈아입고 노부오에게 말했다.

"오빠, 빨리 교회 가자."

"교회라니, 뭔데?"

"어머? 교회는 기도하고, 말씀을 듣고 찬송가를 부르는 곳이야."

"음."

즐거운지 외발로 방 안을 이리저리 뛰어다니는 마치코를 노부오는 말 없이 보고 있다.

"노부오도 갈까?"

기쿠가 입은 검은색 하오리가 잘 어울린다는 생각이 들었다.

"아니요, 안 갈래요."

속마음은 어머니와 같이 외출하고 싶지만 교회는 가기 싫었다. 싫다기보다 어쩐지 기분이 나빴다는 쪽이 진심이다.

기쿠와 마치코가 나가자 사다유키는 화로에 손을 쬐며 책을 읽기 시작했다. 노부오는 연날리기라도 할 생각을 해 보았지만 이상하게 마음이 내키지 않았다. 할 수 없이 사다유키 옆에 멍하니 앉아 있었다.

"왜?"

사다유키가 시선을 책에서 노부오에게로 돌렸다.

"어머니는 일요일에 항상 교회에 가시나요?"

"응, 그렇지."

"야소 같은 거 그만두면 좋겠는데……."

노부오는 화난 듯이 말했다.

"노부오!"

사다유키는 책을 다다미 위에 놓은 다음 정색하고 말했다.

"네."

노부오도 정색하고 대답을 했다.

"인간에게는 목숨을 걸고라도 지켜야 하는 게 있는 법이다. 알겠니?"

노부오는 무슨 말인지 짐작하기가 힘들었다.

"어른이 되면 다시 잘 얘기해 줄게. 할머니는 기독교를 싫어해서 어머니를 나가게 하신 거다. 네가 갓난아기일 때였다."

"왜 저도 데리고 나가지 않았나요?"

햇살이 밝아 방은 점점 따뜻해졌다.

"할머니가 안 된다고 하셨기 때문이다."

사다유키는 노부오가 이런 이야기를 이해할지 걱정이 되었다.

"그럼 야소를 그만두고 집에 있었으면 되잖아요?"

노부오는 불만을 감추지 않았다.

"하지만, 노부오. 인간에게는 그만둘 수 있는 일과 그럴 수 없는 일이 있단다."

"그럼 저보다 야소가 중요했던 건가요?"

노부오는 기쿠의 마음을 이해할 수 없었다.

"그런지도 모르지. 어머니는 설사 십자가에 매달려도 신자임을 포기하지 않았을 것이다."

"십자가에 매달린다는 게 무슨 말이죠?"

"그렇지. 잠깐 기다려라."

사다유키는 일어나서 침실로 간 지 얼마 안 지나서 한 장의 작은 카드를 들고 돌아왔다.

"노부오, 매달린다는 건 이런 거야."

카드를 쥔 노부오는 보자마자 깜짝 놀랐다. 카드 색깔은 지금껏 본 적이 없는 아름다운 천연색이었지만 그림은 끔찍하기 이를 데 없었다. 두 손과 두 발에는 못이 박혀 있고 옆구리에서 피를 흘리며 십자가 위에 매달린 야윈 예수가 그려져 있었다. 노부오는 잠시 숨을 멈추고 그림을 바라보았다.

"이런 걸 매달린다고 한다."

노부오는 어머니가 알몸이 되어 이렇게 비참하게 매달린다고 생각하자 몸서리가 쳐졌다. 이런 일을 당해도 기독교를 포기하지 않겠다는 어머니의 마음이 노부오에게는 섬뜩하게 느껴졌다.

"아버지, 이 사람은 꽤나 나쁜 일을 했나 봐요."

노부오의 목소리가 조금 잠겼다. 아직 소학교 3학년인 노부오에게 그 그림은 너무나 강렬하게 다가왔다.

"아니다. 이분, 예수 그리스도는 나쁜 일을 한 적이 없어. 사람들의 병을 고쳐 주고 하나님의 말씀을 전하며 사랑했단다."

"좋은 일을 했는데 십자가에 매달렸다고요? 너무 끔찍해요."

어떤 고등과당시 학제로 소학교 4학년을 마치면 진학하는 4년제 과정이며 고등소학교로 불림 학생들은 복도를 오가는 노부오 또래들의 머리를 갑자기 때리거나 등을 두들기기도 했다. 고집이 센 노부오는 얻어맞기만 해도 속이 부글부글 끓을 만큼 분해서 자기보다 큰 학생에게 덤벼들었다. 하물며 착한 일만 했는데도 이런 모양으로 매달린다는 건 얼마나 분하고 억울할까 하는 생각에 눈물이 나오려 했다.

"끔찍하다고?"

사다유키는 이렇게 말하고 자신도 카드를 바라보았다.

"화를 냈을까요? 이 예수란 사람은?"

"아니, 그러지 않았어. 오히려 그 반대였대. 자기를 매단 자들을 위해 '하나님, 부디 이 사람들을 용서해 주세요. 이 사람들은 자기들이 무슨 일을 하는지 모르는 불쌍한 사람들입니다.'라고 기도했대."

"흠."

노부오는 예수란 사람은 이상하다고 생각했다. 화를 내지 않았다는 건 역시 뭔가 나쁜 일을 저질렀기 때문이라고 밖에는 생각되지 않았다.

"역시 야소라는 사람들은 이상하다니까."

노부오에게는 비참하게 매달린 모습만이 마음에 남았다.

벌써 땀이 날 만큼 더운 계절이 되고 벚꽃이 활짝 피었다. 노부오는 4학년이 되자 반장이 되었다. 선생님을 돕고 조금 늦게 교정으로 나오니 학교에서 가장 큰 벚나무 아래에 동급생 십여 명이 모여 숙덕거리고 있었다. 노부오가 다가가자 잠깐 얼굴을 마주 보더니 노부오를 위해 공간을 마련해 주었다.

"무슨 일이니?"

"너는 모르니? 고등과 화장실에 여자 머리카락이 있었대. 게다가 피가 잔뜩 떨어져 있었고."

반에서 왕초 노릇하는 마쓰이가 마치 큰일이 벌어진 듯 대답했다.

"몰라."

"밤에 여자 울음소리도 들린대. 도깨비가 나오는 거 아닐까?"

부반장인 오다케가 무서운 듯 거들었다.

"대체 누가 그 울음소리를 들었다는데?"

노부오는 침착하게 물었다.

"몰라. 모르지만 정말인가 봐."

마쓰이가 모두의 얼굴을 보았다. 다들 진지한 표정으로 고개를 끄덕였다. 노부오는 어이없어 하며 웃음을 지었다.

"그런 건 거짓말이야."

"거짓말이라니. 나가노는 어떻게 알지? 다들 정말로 도깨비가 나온다는데?"

마쓰이의 말에 "그럼, 그럼." 하며 아이들은 고개를 끄덕였다. 노부오는 조금 난감하기는 했지만 되받아쳤다.

"하지만 도깨비 같은 건 없다고 우리 아버지가 말하셨어."

"우리 아버지는 도깨비 보신 적이 있대."

"맞아. 우리 아버지도 도깨비는 정말 있대. 맨날 그러는데?"

모두들 있다며 입을 모아 말했다. 유령이나 도깨비의 존재를 믿는 어른들이 많은 게 분명했다.

"그런 건 없어."

노부오는 잘라 말했다.

"그럴까? 그럼 정말로 도깨비가 나오는지 아닌지 오늘 밤 8시에 이 나무 밑에 모이지 않을래?"

마쓰이가 말했다. 모두 말문이 막혔다. 갈 데가 있다며 슬쩍 가 버린 애도 있었다.

"어쩔래? 모이지 않을래?"

마쓰이가 대답을 재촉했다. 바람 탓에 고개를 숙이고 있는 아이들 위로 벚꽃 잎이 내려왔다.

"모두 모이니까 위험하지 않을 거야."

"그래. 밤에 다 모이면 재미있겠다."

부반장인 오다케가 마쓰이의 말에 찬성했다.

"나가노는 올 거지?"

마쓰이의 표정은 도망가지 말라고 말하는 것 같았다.

"그래. 오늘 밤 8시에 이리 오면 되지?"

노부오는 반장답게 침착함을 보이며 고개를 끄덕였다.

"좋아, 그럼 모두 오는 거네. 무슨 일이 있어도 와야 해."

마쓰이는 이렇게 말하고 모두를 둘러보았다. 다들 입을 모아 '응.' 했다.

저녁 식사 때부터 비가 조금씩 내리기 시작하더니 7시가 지날 즈음에는 바람까지 심해졌다.

"어머니, 저 지금 학교에 가도 돼요?"

아까부터 어두운 바깥을 바라보던 노부오가 말했다.

"근데 학교에 무슨 일이 있니?"

기쿠는 놀라서 노부오를 보았다.

"별거 아니긴 하지만……. 가 봐야 별일 아니니 가지 않을래요."

노부오는 다시 바깥을 보았다. 빗소리가 세졌다.

"무슨 일인데?"

신문을 보던 사다유키가 얼굴을 들었다.

"고등과 화장실에서 밤이 되면 여자 우는 소리가 난대요. 오늘 밤 모두 모여서 그게 도깨비인지 어떤지 보기로 했어요."

"글쎄다. 도깨비 같은 게 이 세상에 있을 리 없지. 이렇게 비가 오는데 그런 일로 나갈 필요 있겠니?"

기쿠는 재미있다는 듯이 웃었고 사다유키는 팔짱을 낀 채 알쏭달쏭한 표정을 지었다.

"네, 안 갈래요. 이렇게 비가 오니 아무도 모이지 않을 테니까요."

"그래? 안 가는 건 그렇다 치고. 대체 친구들과 어떤 약속을 했지?"

"오늘 밤 8시에 벚나무 아래에서 모이기로 했어요."

"그렇게 약속했구나. 약속했는데 가지 않겠다고?"

사다유키는 노부오를 물끄러미 쳐다보았다.

"약속은 했지만 가지 않아도 돼요. 도깨비가 있고 없고는 별거 아니니까요."

이렇게 비가 오는데 나가야 할 만큼 중요한 일은 아니라고 생각했다.

"노부오, 다녀오너라."

사다유키가 차분하게 말했다.

"네? ……하지만, 이렇게 비가 오는데요?"

"그럼 비가 내리면 오지 않아도 된다고 약속했니?"

엄격함이 묻어나는 목소리였다.

"아니요. 비가 오면 어떻게 할지는 정하지 않았어요."

노부오는 조심스레 사다유키를 보았다.

"약속을 깨는 건 개나 고양이보다 못난 짓이다. 그런 동물들은 약속 따위는 하지 않으니 깰 일도 없지. 사람보다 똑똑한 존재일지도 몰라."

(뭐, 별 대단한 약속도 아닌데…….)

노부오는 불만스러운 듯 입을 삐죽 내밀었다.

"노부오, 지키지 않아도 될 약속이라면 처음부터 하지 말았어야 해."

사다유키는 노부오의 마음을 꿰뚫듯이 말했다.

“네.”

노부오는 마지못해 일어섰다.

“저도 같이 다녀올게요.”

기쿠도 일어났다. 마치코는 식구들이 저녁 식사를 하는 중에 이미 잠이 들어 버렸다.

“기쿠. 노부오는 4학년 사내아이요. 혼자서 못 갈 일도 아니요.”

학교까지는 400~500미터쯤 걸어야 한다. 기쿠는 난처한 듯 사다유키를 보았다. 밖에 나가 몇 걸음 걷지 않는데 노부오는 금세 비로 흠뻑 젖어 버렸다. 깜깜한 길을 발끝으로 더듬듯이 걸어갔다. 생각만큼 바람이 세차지는 않았지만 비에 젖은 깜깜한 길은 걷기 힘들었다. 4년 동안 걸어 봐서 익숙한 길이었지만 밝을 때와는 사정이 달랐다.

(별거 아닌 약속은 하는 게 아니었다.)

노부오는 몇 번이고 후회했다.

(어차피 아무도 올 리가 없는데…….)

노부오는 아버지의 명령이 불만스러웠다. 진창에 발이 빠져 걷기 힘들었고 아무리 봄비라지만 몸이 흠뻑 젖는 바람에 한기를 느꼈다.

(약속이란 게 이렇게까지 해서 지켜야 하는 걸까?)

고작 400~500미터 거리가 열 배나 더 멀게 느껴져 울음이 나올 지경이었다.

겨우 교정에 다다랐을 즈음엔 다행히 보슬비로 바뀌었다. 어두운 교정은 쥐 죽은 듯 아무런 소리도 나지 않았다. 누가 왔는지 귀를 기울였지만 들리지 않았다. 정말로 어디에서 여자의 흐느끼는 소리가 들려올 것 같은 기분 나쁜 고요함이었다. 집합 장소인 벚나무 아래로 다가가자,

"누구니?"

하고 갑자기 소리가 들려왔다. 노부오는 뜨끔했다.

"나가노야."

"어… 노부오냐?"

교실에서 노부오 앞자리에 앉는 요시카와 오사무의 목소리였다. 요시카와는 평소 두드러지지는 않지만 차분하고 공부를 잘 하는 편이었다.

"아, 요시카와구나. 비가 많이 오는데 용케도 왔구나."

아무도 올 리 없다고 예단했기 때문에 노부오는 깜짝 놀랐다.

"그래도 약속을 했으니까."

요시카와가 담담하게 내뱉는 말이 의젓하게 들렸다.

(약속했으니까.)

노부오는 요시카와의 말을 마음속으로 중얼거려 보았다. 그러자 이상하게도 '약속'이라는 말이 지닌 묵직한 무게감을 노부오도 이해할 수 있을 것 같았다.

(나는 아버지가 가라고 해서 할 수 없이 왔다. 약속했기 때문에 온 건 아니다.)

노부오는 갑자기 자신이 부끄러워졌다. 요시카와 오사무가 훨씬 대단한 인물로 느껴졌다. 그즈음 반장이랍시고 갖고 있던 자부심이 아주 하찮게 생각되었다.

"다른 애들은 안 오네?"

노부오가 말했다.

"응."

"무슨 일이 있어도 모이자고 약속했는데."

노부오는 이제 자신은 약속을 지키러 여기에 온 것 같은 생각이 들었다.

"비가 많이 와서 올 수가 없었겠지."

요시카와가 말했다. 그 말에는 자신은 약속을 지켰음을 드러내려는 의지는 담기지 않았다. 노부오는 요시카와가 정말 대단하다고 생각했다.

숨바꼭질

"너는 커서 뭐 할 거니?"

요시카와 오사무가 노부오에게 물었다. 비 오던 그날 밤에 교정 벚나무 아래까지 간 사람은 노부오와 요시카와뿐이었다. 그 일이 있고 나서 반 친구들은 노부오와 요시카와가 자기들 보다 뛰어나다며 인정하게 되었고, 자연스레 둘은 친해졌다.

6월에 들어선 어느 날, 노부오는 요시카와의 집에 처음으로 놀러 갔다. 집에는 요시카와만 있었다. 노부오의 집처럼 대문이나 정원도 없었고 넓이는 삼분의 일도 되지 않는 세 칸 남짓한 두 세대가 붙어 있는 주택이었다. 갈대발이 쳐진 벽 밖으로 낸 창틀에 화분이 가지런히 놓여 있고 그 앞으로 사람이 지나다녔다. 창을 스칠 듯이 사람들이 다니는 게 노부오에게는 신기해 보였다. 요시카와의 아버지는 우체국 직원이었다.

"커서?"

노부오는 요시카와의 둥글둥글하고 평온해 보이는 얼굴을 바라보았다. 무슨 계기로 요시카와가 이렇게 좋아졌을까? 그보다는 왜 지금껏 요시카와와 사이좋게 지내지 않았는지 이상할 정도이다. 노부오에게 요시카와는 비 오는 그날 밤, 벚나무 아래에 갑자기 나타난 처음 보는 사람 같은 존재였다. 그전까지 노부오는 요시카와에게 관심을 가진 적이 없다. 그는 입이 무겁고 눈에 띄지 않았다.

"그럼 너는 뭐가 될 건데?"

노부오는 되물었다. 노부오 자신도 특별히 내세울 만한 무엇이 되려고 생각한 적이 없다. 남자답게 군인이 되려는 꿈도 없다. 무엇보다 노부오는 어른이 된다는 일이 실제로 어떤 건지 짐작이 가지 않았다. 어쩐지 언제까지고 자신은 어른이 되지 않을 것 같은 기분조차 들었다.

"나? 나는 스님이 되려고 생각해."

"뭐라고? 스님?"

노부오는 놀라서 자기도 모르게 큰 소리를 냈다.

"응, 스님 맞아."

"왜 스님이 되고 싶어? 머리를 반들반들하게 밀고 오랫동안 불경을 읽는 승려 말이지?"

할머니가 살아 있을 적에 매달 한 번은 승려가 불경을 읽으러 왔었다. 그러나 요즘은 그다지 눈에 뜨이지 않는다.

"맞아. 나가노는 뭐가 될 생각이야?"

"글쎄. 학교 선생 같은 게 어떨까 해."

노부오는 네모토 요시코 선생님의 하얀 얼굴을 떠올렸다. 학교 선생 쪽이 사찰의 스님보다 좋을 것 같았다. 학교 선생에게는 학생, 부모 모두 멈춰서 공손히 인사를 한다.

"학교 선생이라고? 그것도 좋겠네."

요시카와는 깊이 생각한 듯 끄덕이고 나서,

"하지만 학교 선생은 어른은 가르칠 수 없잖아? 나는 어린이, 어른 가리지 않고 가르칠 수 있는 스님이 되고 싶은 거야."

"음."

노부오는 요시카와가 대단한 어른처럼 보였다.

"나가노는 죽고 싶다는 생각을 한 적은 없어?"

"무슨 말이지?"

한 번이라도 죽고 싶다는 생각 따위는 해 본 적 없다. 노부오는 이렇게 말하는 요시카와가 섬뜩하게 느껴졌다. 요시카와가 무슨 생각을 하는지 쉽사리 짐작이 가지 않았다. 노부오는 할머니가 죽었을 때, 방금 전까지 살아 있던 사람이 너무나 어이없게 죽어 가는 모습에 공포심을 느꼈다. 지금껏 살아 있던 사람이 죽어 버렸다고 생각하게 되는 상황을 이해할 수 없었다. 할머니의 죽음은 병 때문이었기보다 무언가에 의해 갑자기 생명을 빼앗긴 것 같다는 인상을 심어 주었다.

할머니의 그런 죽음을 떠올리는 일조차 노부오에게는 공포 그 자체였다. 그리고 죽음이란 갑자기 닥쳐오는 것으로만 느껴졌다. 오랫동안 아프다가 점점 야위어지고 고통 끝에 죽어 가는 죽음이 있음을 생각할 수 없었다. 노부오는 가끔 어두운 곳에서 뒤를 돌아본 적이 있다. 갑자기 죽음의 신이 자신을 붙잡을지 모른다는 공포에 사로잡히기 때문이었다.

"죽고 싶다는 생각 따위는 하지 않아. 나는 언제까지고 살아 있고 싶어. 너는 죽고 싶어?"

"응, 죽고 싶다고 생각할 때가 있어."

요시카와가 허전한 듯 웃었다. 노부오는 요시카와를 지그시 쳐다보다가 만년청이 심겨진 화분 쪽으로 고개를 돌렸다. 창밖으로 아이들 네다섯 명이 달려가는 모습이 보였다.

"그래도 죽는 건 무섭겠지?"

"그거야 무서울지도 모르지. 근데 우리 아버지는 술을 마시면 어머니를 마구 걷어차곤 해."

"뭐? 마구 걷어찬다고? 끔찍하구나."

노부오는 아버지가 큰 소리를 내는 적도 거의 없음을 떠올렸다.

"그렇다니까. 어머니가 불쌍하니 때리고 걷어차지 말라는 편지를 아버지에게 쓰고 죽어 버릴까 하는 생각을 한 적이 있어."

"음."

노부오는 요시카와의 얼굴을 물끄러미 보았다. 대단한 친구라는 생각이 들었다. 그렇게까지 어머니를 생각하는 요시카와가 조금은 부럽기도 했다.

"하지만 말이야. 후지코를 생각하면 불쌍해서……."

"후지코? 네 동생?"

"응. 다리를 조금 절어. 날 때부터 그랬어. 밖에 나가면 모두가 '절름발이, 절름발이' 하며 놀리기 때문에 내가 따라다녀야 해. 불쌍한 아이지."

"음."

노부오는 어쩐지 자기가 요시카와에 비해 어린 것 같다는 생각이 들었다. 이제껏 친구들 집에 가면 대개 밖에서 술래잡기를 하거나 씨름을 하면서 놀았다. 그러나 요시카와는 놀기보다 이야기를 하고 싶어 했다. 그는 하고 싶은 게 아주 많은 것 같았다.

"잘 왔어. 오사무와 항상 친하게 지낸다며?"

외출했다 돌아온 요시카와의 어머니는 처음 보는 노부오에게 정답게 말했다. 음성이 밝았다.

(이런 사람이 걷어차이고 얻어맞는단 말인가?)

어머니가 불쌍해서 죽고 싶다고 한 요시카와의 말을 도저히 사실로 받아들일 수 없었다.

"안녕!"

어머니보다 조금 늦게 문을 활짝 열고 들어온 요시카와의 여동생 후지코는 귀여운 표정으로 노부오를 쓱 쳐다보았다. 마치코와 나이가 같아 보였다.

"안녕!"

노부오가 꾸벅 머리를 숙이자 후지코는 갑자기 수줍어하며 어머니의 어깨 뒤로 숨으려 했다.

"왜? 후지코. 부끄러워?"

요시카와가 말하자 후지코는,

"아니야. 그렇지 않아."

하며 천진난만하게 방 안을 가로질러 가더니 놀이를 하자며 공기를 가져왔다. 걸으면 다리가 바닥에 끌려 어깨가 흔들렸다. 걸을 때마다 어깨가 올라갔다 내려갔다 했는데 후지코가 뭔가 재미있게 보이고 싶어 그러는 것처럼 느껴졌다.

공기놀이는 후지코가 제일 잘했다. 평소에 같이 해서인지 요시카와도 제법 잘했다. 노부오가 가장 못했는데 조금이라도 잘하면 후지코의 동그랗고 귀여운 눈이 기쁜 듯 살짝 웃음기를 띠곤 했다.

노부오는 집에 돌아와 동생 마치코를 보자 후지코의 얼굴이 떠올랐다. 그 후지코가 밖에 나가면 아이들한테 놀림을 당한다니 노부오는 믿을 수 없었다. 어머니가 얻어맞고 걷어차인다는 말이나 후지코가 그런 취급을 받는다는 말도 왠지 거짓말만 같았다. 그만큼 요시카와의 어머니는 밝았고, 후지코는 사랑스러웠다.

"어머니, 불단에 밥을 올려 드려야겠어요."

노부오는 어머니에게 손을 내밀었다.

"뭐? 불단에?"

기쿠는 의아해하며 노부오를 보았다. 이제까지 노부오는 이런 말을 한 적이 없다.

"네."

노부오는 요즈음 어머니가 불단 앞에서 합장을 하지 않아 꽤나 신경이 쓰이기 시작했다. 전에 요시카와네 집에 놀러 갔을 때 스님이 독경을 하는 모습을 보았다. 불단에 등이 켜지고 향 연기가 방 안에 떠다니는 것을 보고 노부오는 자기 집 불단은 계속 닫혀 있음을 깨달았다.

(할머니가 계실 때에는 매일 불단에 밥을 올려놓고 향을 피웠다.)

이런 기억이 떠오르자 노부오는 갑자기 어머니가 냉정하다는 생각이 들었다.

"사다유키, 내가 죽거든 향 정도는 피워 주렴."

할머니가 종종 이런 말을 했음을 노부오는 기억했다. 죽은 할머니가 무척이나 불쌍하게 느껴졌다.

(어머니는 할머니 생각은 조금도 하지 않는 걸까?)

노부오는 어머니가 싫지는 않다. 오히려 더없이 다정한 어머니라는 생각이 든다. 하지만 식사 때가 되면 이상하게 어머니가 싫어졌다.

식사 전에는 반드시 기쿠가 기도하기 시작하고 아버지와 마치코는 같이 손을 모으고 기도하는 자세를 취했다. 그때마다 노부오는 자기만 따돌림을 당하는 신세 같아서 세 사람이 기도하는 모습을 물끄러미 바라보았다. 걸핏하면 느끼는 그 허전한 기분은 식사 중에도 사라지지 않는 적이 많았다. 노부오는 좀체 기도에 익숙해질 수 없었다. 자기도 기도해 볼까 하고 생각한 적이 있었지만 왠지 순순히 따라 할 수 없었다.

(기도 같은 건 안 하면 좋겠는데.)

식사 때가 다가오면 노부오는 문득 이런 생각이 들어 울적해지곤 했는데 오늘은 유난히 허전한 기분이 되었다.

"엄마, 내일 미노짱네 집에 금붕어 구경 가요."

마치코가 아까부터 몇 번이나 어머니에게 졸라대고 있었다.

"미노짱의 아빠가 아프셔서 방해가 될 거야."

어머니는 그럴 때마다 이렇게 답했다. 마치코는 또 잊어버린 듯이,

"네? 미노짱네 집에 내일 금붕어 구경 가요."

하며 조르고 있다. 어머니와 마치코의 대화를 들으면서 노부오는 외롭기 짝이 없는 기분에 젖어 들었다. 노부오는 미노가 어떤 아이고 어떤 집에 사는지도 모른다. 또 그 집에 어떤 금붕어가 있는지도 모른다. 그러나 어머니와 마치코는 잘 알고 있는 것이다. 자기가 모르는 사람들이나 집에 대해 서로 얘기하는 두 사람에게 노부오는 질투를 느꼈다. 자기만 어머니의 자식이 아닌 것 같다는 비뚤어진 생각마저 들었다.

(괜찮아. 나는 할머니가 지켜 주시니까.)

노부오는 문득 이런 생각을 하며 스스로 위안을 삼았다.

"어머니. 불단에 밥을 올려 드릴게요."

노부오는 굳은 표정으로 다시 말했다. 기쿠는 당황한 듯 뭔가 말하려 했

다. 그때 마치코가,

"엄마, 그런데 아빠는 아직 안 오시네요."

하며 노부오에게는 신경도 쓰지 않고 기쿠의 무릎을 흔들었다.

"그래. 아빠는 오늘 밤늦게 오신다고 했어."

기쿠는 마치코를 보고 미소 지었다.

"선물이라도 사 오시려나?"

"글쎄, 어떠실까?"

(역시 나는 어머니의 친자식이 아닐지도 몰라.)

진짜 어머니는 할머니 말처럼 자기가 태어나고 두 시간 만에 죽어 버린 것 같은 생각이 들었다. 노부오는 기쿠와 마치코를 번갈아 보다가 쓱 일어나 부엌으로 갔다. 그러나 불단에 올리는 밥공기가 어디에 있는지 알 수가 없었다.

할머니 도세는 노부오가 부엌에 함부로 들어가는 걸 엄하게 단속했다.

"남자가 부엌에 들어가면 안 된다."

"남자가 부엌일에 참견하면 안 된다."

도세는 이런 이해하기 어려운 말로 노부오를 꾸짖었다.

"남자에게는 남자대로, 여자에게는 여자대로 할 일이 있는 법이다. 남자는 높은 분에게 충의를 다하고 집안의 명예를 드높이는 일만 생각하면 된다."

부엌에 얼굴을 내밀면 도세는 반드시 이렇게 말했다. 다만, 도세가 말하는 높은 분은 천황을 말하는지 도쿠가와 이에야스에도 시대 초대 쇼군(1543~1616)를 말하는지 분명치 않았다.

방금 그 금기를 깨고 부엌에 들어간 순간 노부오는 할머니의 엄한 나무람을 떠올렸다. 이런 데에 있으면 할머니가 한숨지으실 거라고 생각했지만 그렇다고 부엌에서 그냥 나올 수는 없었다.

"노부오!"

기쿠가 부르는 소리가 들렸다. 노부오는 잠자코 고개를 떨궜다. 갑자기 눈물이 뚝 쏟아졌다.

"노부오, 밥 챙겨 줄게."

기쿠가 일어나서 왔다.

"어? 오빠가 우네."

달려온 마치코가 걱정스럽게 노부오를 올려보았다.

"오빠, 왜 그래?"

기쿠가 노부오의 얼굴을 살펴보았다. 노부오는 외면하고 기쿠의 옆을 지나쳐 불단이 있는 방으로 뛰어들었다. 불단 앞에 앉자 무언가 자신도 알 수 없는 슬픔으로 가슴이 미어졌다. 할머니가 불쌍해서인지 자신이 그래서인지 알 수 없었다. 그저 눈물만이 점점 뺨을 적셔 내려갔다.

"노부오. 내가 불단에 밥을 올려 드리지 않아서 화가 난 거니?"

기쿠가 노부오의 어깨에 손을 댔다.

"그런데…… 할머니가…… 불쌍해요."

노부오는 기쿠의 손을 피하며 몸을 뺐다.

"나는 할머니를 잊어버려서 밥을 올려 드리지 않는 게 아니란다."

기쿠는 노부오 앞에 단정히 앉았다. 지금까지 본 적이 없는 단호한 자세였다.

"그럼 왜 향도 피우지 않으시죠?"

"그러니까 그건…….."

기쿠의 말을 노부오는 들으려 하지 않고 자기 말을 이어 나갔다.

"어머니는 원래 할머니를 싫어하신 거예요."

"무슨 그런 말을……."

"어머니는 할머니에게 쫓겨났기 때문에 향도 피우지 않으시는 거죠."

"……무슨 그런 말을……."

기쿠는 놀라서 노부오의 손을 잡았다. 노부오는 손을 뿌리치며 외쳤다.

"죽은 할머니가 불쌍해요."

"노부오, 엄마는 말이다."

기쿠는 노부오를 달래려 했으나 일단 속마음을 숨김없이 털어놓게 된 노부오는 이를 주워 담을 수 없었다.

"저는 크면 스님이 될래요."

노부오는 무심코 뱉은 말에 자신도 놀랐다. 여태껏 승려가 되려는 마음은 전혀 없었다. 하지만 무심코 해 버린 말이 자신의 본심인 것 같은 느낌이 들었다. 마음속으로 정말 승려가 되어 할머니에게 감사한 마음을 담아 불경을 읽어 드리고 싶다는 생각을 했다.

"승려가 된다고?"

기쿠는 불단 쪽으로 시선을 돌렸다.

"네. 요시카와도 스님이 된대요. 저도 마찬가지고요."

삭발한 자신과 요시카와가 나란히 불경을 읽는 모습을 상상한다.

기쿠는 잠자코 끄덕이고는 눈물을 감추며 고개를 숙였다. 그날 밤 노부오는 잠자리에 들어서도 잠을 이룰 수 없었다. 어머니의 눈물이 마음에 걸렸다. 자신이 어머니에게 몹쓸 말을 많이 한 것 같은 생각이 들었다.

(그런 말은 하지 말았어야 했는데.)

노부오는 그것이 어머니에 대한 어리광의 표현임을 깨닫지 못했다.

"오빠, 친구가 왔어."

마당에 생겨난 개미집을 들여다보고 있던 노부오에게 마치코가 뛰어왔다.

"누구지?"

일어선 노부오에게 마치코가 낮게 속삭였다.

"저 말이야. 절름발이 여자애도 같이 왔어."

노부오는 마치코를 노려보았다.

"'절름발이'란 말 또 하면 용서 안 할 거야."

노부오는 이렇게 내뱉고 문 쪽으로 달려갔다.

"덥구나."

요시카와 오사무가 후지코의 손을 잡고 서 있었다.

"그래, 덥구나."

노부오도 똑같은 말을 했다. 후지코가 조금 수줍은 표정을 지으며 웃었다.

나무 그늘에 멍석을 깔고 마치코와 후지코는 곧바로 소꿉장난을 시작했다. 둘은 이전부터 같이 노는데 익숙한 친구처럼 사이가 좋아 보였다.

"오빠가 아빠를 하고 후지코가 엄마를 해."

마치코가 노부오에게 말했다.

"좋아. 그럼 마치코랑 오빠는 옆집 아빠, 엄마하고."

노부오와 요시카와는 마주 보고 웃었다.

"어서 오세요."

마치코가 엄마 기쿠를 흉내 내어 요시카와에게 두 손을 땅에 짚고 인사
했다.

"어머, 당신, 오늘 피곤하셨나 봐요."

후지코도 그럭저럭 자기 엄마를 흉내 내는 것 같았다.

"오빠도 가만있지 말고 뭐라고 인사를 해야지."

노부오와 요시카와는 낄낄대며 도망치기 시작했다.

둘은 헛간 뒤쪽에 있는 은행나무로 올라갔다. 뜰에서 노는 마치코와 후
지코의 모습이 보였다.

"요시카와, 나도 스님이 될까 봐."

전부터 하려다 못한 말을 노부오는 나무에 오르자마자 거침없이 말할
수 있었다.

"음."

요시카와는 나뭇가지에 걸친 다리를 흔들면서 이렇게 대답할 뿐이었다.

기뻐해 주리라 생각했던 노부오는 맥이 빠졌다.

"아빠들은 다 어디로 갔지요?"

마치코의 목소리가 들렸다.

"또 술이라도 마시고 있는가 봐요. 지겨워."

후지코가 대답하는 소리에 흔들거리던 요시카와의 다리가 멈췄다.

"노부오, 간식 먹자."

기쿠가 부르는 맑은 목소리가 들려왔다. 은행나무 위에 올라가 있는 노
부오와 요시카와에게는 툇마루 쪽에 서 있는 기쿠의 날씬한 모습이 보이
지만 기쿠는 다른 방향을 보고 부르고 있다.

"네."

노부오는 대담하고 은행나무 가지를 흔들었다. 기쿠의 하얀 얼굴이 이쪽을 향하여 웃었다.

"저분이 어머니니?"

"응!"

조금은 뽐내려는 마음이 담긴 말투였다. 누구에게라도 자신 있게 어머니라고 말할 수 있을 만큼 아름답다고 생각했다.

"오빠, 간식 먹어."

마치코의 높고 날카로운 목소리가 들려왔다.

"갈까?"

"응."

둘은 나무에서 내려와 툇마루로 뛰어갔다. 기쿠를 보자 귀밑까지 발그레해진 요시카와는 꾸벅 머리를 숙였다.

"영리해 보이는구나. 어서 와요."

기쿠는 툇마루에 손을 짚고 정중하게 예를 갖췄다.

"예쁘장하게 생겼네. 누이동생이지?"

요시카와는 머리를 긁었다.

"예쁘죠? 엄마. 나 후지코가 아주 좋아. 오빠는 어때?"

마치코가 노부오를 올려다보았다.

"요시카와. 손 씻으러 가자."

노부오는 말을 마치자마자 달려갔다. 왜 후지코가 예쁘다는 말을 못했는지 이상하다는 생각이 들었다.

"사내니까."

우물로 가서 두레박으로 찬물을 마셨다.

"뭐라고?"

요시카와가 이상한 듯 노부오를 보았다.

"우리들은 사내라고."

"당연하지."

요시카와는 노부오의 말이 싱거운지 웃음을 지었다.

둘은 툇마루에 앉아 쟁반에 놓인 짭짤한 전병을 먹었다. 기쿠는 그들이 오기 전에 자리를 떠났다.

"어머니가 마음이 고우신 분 같다."

잠자코 전병을 먹던 요시카와가 말했다. 이 말을 하려고 아까부터 참고 있었던 것 같은 느낌을 주는 말투였다.

"그래?"

노부오는 여동생들이 있는 쪽을 보았다. 마치코와 후지코는 햇볕을 피해 팔손이나무 아래에 깐 깔개에 앉아 있었다.

"딱 하나뿐이지만 드세요."

낭랑한 마치코의 목소리에,

"잘 먹겠어요."

하고 후지코도 맑은 목소리를 내며 천진난만하게 대답했다. 아마 전병이나 양갱도 소꿉놀이의 도구가 되어 버린 것 같다.

"그나저나…… 우리 어머니가 마음이 고우신 분인지는 잘 모르겠어."

노부오는 목소리를 낮추고 말했다.

"왜? 그렇지 않으셔?"

요시카와는 와드득 소리를 내며 전병을 깨물었다.

"그런데 말이야. 돌아가신 할머니를 위해 불단에 밥도 안 올리셔."

노부오는 그 점이 아주 불만스러웠다.

"음."

믿을 수 없다는 표정을 지으며 요시카와는 양갱을 입에 넣었다. 요시카와의 어머니는 아침저녁으로 불단에 등을 켜고 반드시 절을 한다.

"할머니와 어머니는 사이가 나빴어. 그래서 향도 피우지 않는 거야."

자기가 왜 이런 얘기를 꺼내는지 노부오도 알 수 없었다. 어머니를 좋아한다는 생각을 하면서도 어딘가에 친해질 수 없는 장벽이 있음을 노부오는 느끼고 있다. 그렇다고 해서 어머니를 남에게 나쁘게 말할 의도는 없었다.

"어머니는 마음씨가 고우신 분 같던데."

라는 말을 들으면 뭔가 반발하지 않고는 참을 수 없는 기분이 들기도 했다.

"아무리 사이가 나빴다고 해도 돌아가시면 모두 참배를 하잖아?"

요시카와는 이상하다는 듯 물었다.

"나도 그렇게 생각해. 그런데도 불단에 향도 피우지 않으니 할머니가 불쌍해."

"음."

요시카와는 생각에 잠긴 채 고개를 끄덕였다.

"그래서 나도 스님이 되어 할머니에게 불경을 읽어 드리려 생각했던 거야."

"흠."

요시카와는 노부오를 말끄러미 쳐다보았다.

"그럼 정말로 스님이 되겠다고? 나가노."

"응, 약속하자."

노부오는 새끼손가락을 내밀었다. 노부오보다 두툼한 요시카와의 새끼

손가락이 감겼다.

"어? 오빠, 왜 손가락 약속하는 거야?"

마치코가 달려왔다.

"손가락 약속?"

후지코도 마치코를 뒤따라 다리를 끌면서 달려왔다.

"비밀이야."

요시카와는 동생들을 돌아보고 말했다.

"알려 줘."

마치코는 요시카와의 무릎을 흔들었다. 요시카와는 꽉 다문 입술에 검지를 대고 노부오에게 끄덕여 보였다.

"비밀이야, 비밀."

이렇게 말하는 노부오를 올려보고 후지코가 붙임성 있게 웃었다. 노부오는 뭔가 겸연쩍은 생각이 들었다.

"야, 재미있나 보구나. 무슨 비밀인지 나도 묻고 싶은데?"

어느새 기쿠가 툇마루로 나와 있었다. 노부오는 깜짝 놀라 어머니를 보았다. 어머니에 대한 험담을 한 것 같아 꺼림칙했다.

"어머니도 알고 계신 일이에요."

노부오는 무뚝뚝하게 말했다.

"글쎄, 뭘까?"

기쿠는 미소를 지으며 후지코의 머리를 쓰다듬었다.

당장이라도 비가 내리기 시작할 것 같은 날씨에 걱정을 하며 노부오는 요시카와의 집을 향해 걸어갔다. 갑자기 바람이 멈추자 집집마다 뜰에 심겨진 초목들이 미동도 하지 않는다.

(여름 방학도 이제 곧 끝이구나.)

요시카와네 집 앞 모퉁이 공터에 있는 느티나무 아래에서 노부오는 평소처럼 무심코 멈춰 섰다. 이 느티나무까지 오면 이제 머지않아 요시카와네 집이 나온다. 노부오는 이곳에 다다르면 언제나 무심코 멈추곤 했다. 요시카와를 만나고 싶어서 왔는데 무엇 때문인지 곧장 달려가지 못했던 것이다.

(요시카와는 집에 있으려나?)

노부오는 이 느티나무 밑에 오게 되면 이런 생각을 하게 된다. 하지만 여기서 잠깐 멈추고는 어느새 기운차게 달려가기 시작한다.

"좋은 거 보여 줄까?"

요시카와는 이제나 저제나 하고 기다렸는지 보자마자 이렇게 말했다.

"좋은 거라니 뭔데?"

요시카와의 집은 방구석까지 반들반들하게 청소가 되어 있었다. 현관의 게다도 깨끗이 닦아서 장식처럼 놓여 있고 어느 것 하나 흐트러진 데가 없었다.

"갑 중 상(甲 中 上)'이다."

노부오는 반장이 되고 나서 매일 교실의 정리 정돈 점수를 칠판에 썼다, 그게 떠올라 요시카와네 집의 정돈된 모습이 최고점인 '갑 중 상'이라고 생각한 것이다.

"맞추면 그 좋은 걸 줄 수도 있지."

요시카와는 싱글싱글 웃었다.

집에는 그 혼자 있었다.

(이제 곧 비가 오겠구나.)

노부오는 마음 한편으로 언뜻 이런 생각을 하면서,

"뭔데? 팽이?"

노부오가 묻자 요시카와는 웃고 나서 머리를 옆으로 흔들었다.

"아이들 건 아니야."

"그럼 어른 거니?"

"아이들도 보기는 하지."

"보는 거라고? 그럼 에도시대에 유행했던 풍속화야?

"글쎄."

요시카와는 불단 아래 서랍에서 책을 꺼냈다. 첫 페이지를 열자 노부오는 눈썹을 찌푸렸다.

거기에는 깡말라 죽은 사람들이 파랗고 빨간 도깨비들에 쫓겨 바늘산하리노야마(針の山): 지옥에 있다는 바늘이 심겨 있는 산으로 고통에 시달리는 장소로 비유됨으로 도망가는 그림이었기 때문이다.

"도대체 이런 그림은 어떻게 갖게 되었니?"

"무섭지?"

요시카와는 조금은 우쭐거리듯 말했다.

"기분이 찜찜해."

노부오는 다음 페이지를 펼쳤다. 새빨간 연못에 빠지려는 사람이 도움을 구하고 있는 가하면 물가로 기어오르려는 사람을 도깨비들이 쇠몽둥이로 찌르고 있는 그림이었다.

"불쌍해 보이네."

노부오는 기분이 매우 언짢아졌다.

"어쩔 수 없어. 이승에서 나쁜 짓을 했기 때문이니. 이건 피의 연못이라는 거야."

"피의 연못?"

노부오는 미끈거리는 핏덩이를 떠올렸다.

"음. 이 사람들은 남을 죽여 피를 흘리게 했기 때문에 피의 연못에 던져진 거라고 어머니가 말하셨어."

"흠."

다음 페이지를 보니 불이 지펴진 가마 속에서 사람이 손을 들어 아우성치며 울고 있는 그림이 나왔다.

"끔찍해."

노부오는 우울해졌다.

"할 수 없어. 지옥이란 나쁜 자들이 떨어지는 곳이야."

요시카와는 노부오의 불안해하는 얼굴을 보고 웃었다.

"나쁜 짓을 하면 이렇게 되는 수밖에 없을까?"

노부오는 왠지 불안해졌다.

(만약 나쁜 짓을 하면 어떡하지?)

요시카와는 노부오의 우울해 보이는 얼굴을 보고 훌훌 책장을 넘겼다.

코끼리, 토끼, 사자가 아이들을 등에 태우거나 아이들과 씨름하는 그림이 보였다. 동물과 아이들 모두 웃고 있었다. 노부오는 저절로 웃음이 나왔다.

"극락을 그린 그림이야."

요시카와도 웃었다.

"극락은 좋은 곳이구나."

다음 페이지로 넘어가자 부처 주위에 평온해 보이는 남자들이 모여서 이야기를 듣고 있는 그림이 나왔다.

"이 사람들은 착한 사람들이었나?"

"그렇대."

"음."

노부오는 아까 본 끓는 가마 그림을 살짝 넘겨보았다.

"요시카와, 지옥에 간 자는 나쁜 짓을 한 번만 했을까, 아님 매일 그랬을까?"

"글쎄."

"단 한 번도 착한 일을 한 적이 없을까?"

"그럴지도 모르지."

"그렇다면 말이야. 극락에 가는 사람은 나쁜 일을 한 적이 한 번도 없다는 말이네."

"그런 말이 되나?"

요시카와는 노부오의 진지한 표정을 보고 조금 놀랐다.

"요시카와는 자신이 지옥에 간다고 생각해?"

"글쎄, 나가노는 어때?"

"아주 나쁜 짓을 한 기억은 없지만, 동생과 싸운 것도 나쁘겠지? 그런 적은 여러 번 있어."

"싸움이라면 나도 마찬가지야. 아버지가 취해서 주먹을 휘두르면 때리고 싶기도 했으니까."

요시카와는 주먹을 쑥 내밀어 보였다.

"음. 그런데 지옥이나 극락이란 게 정말 있을까?"

"스님은 있다고 말해."

"스님은 거짓말을 하지 않겠지?"

둘은 맞장구를 쳤다. 노부오는 또 한 번 지옥 그림을 펼쳐 보았다. 그때 멀리서 천둥소리가 울렸다.

"소나기가 오려나?"

요시카와가 창밖으로 얼굴을 내밀었다. 피의 연못에서 기어오르려는 죽은 자들을 바라보며 노부오는 불현듯 아버지가 보여 준 예수의 십자가 그림을 떠올렸다.

(그 사람은 지옥에 갔을까? 아니면 천국에 갔을까?)

그 그림도 지옥을 그린 게 아닐까 하는 생각이 들었다.

어느덧 오늘로 여름방학이 끝나게 되어 내일부터 학교에 가야 한다. 새하얀 소나기구름이 남쪽 하늘 높이 보인다. 이날 노부오는 집에서 멀지 않은 유시마 신사로 매미를 잡으러 갔다.

돌아와 보니 마치코와 후지코의 노랫소리가 들려왔다. 둘은 평소처럼 팔손이나무 아래에 깔개를 깔고 앉아 있었다. 그 옆에 사내아이의 뒷모습이 보이는데 요시카와는 아니었다.

(누구지?)

노부오가 다가가자, 세 명이 일제히 돌아보았다.

"이게 누구야? 도라짱이잖아?"

노부오는 반가운 듯 외쳤다. 할머니가 살아 계실 때 언제나 방물장수 로쿠 아저씨를 따라 놀러 오던 도라오였다.

"노부짱, 어디 갔었어?"

도라오는 예전처럼 검은콩 두 개를 가지런히 넣은 듯한 사랑스러워 보이는 눈을 깜박거리며 조금 수줍어했다.

"신사에 매미 잡으러⋯⋯. 그동안에 왜 놀러 오지 않았어? 도라짱."

"하지만 마님이 돌아가셔서⋯⋯."

도라오는 자기 아버지의 말투처럼 할머니를 마님이라고 불렀다.

"그래. 마님이 돌아가셨기 때문이지. 그렇지 도라짱?"

마치코는 잘 알지도 못하면서 이렇게 말했다. 붙임성 있는 마치코는 벌써 도라오와 친해졌다.

"로쿠 아저씨도 오셨어?"

"아니, 요즘은 이쪽 동네는 다니지 않아서⋯⋯."

오랜만에 도라오를 만나 기분이 좋아진 노부오는 후지코를 보았다.

"요시카와는 안 왔니?"

"엄마하고 안에서 이야기하고 있어."

마치코가 후지코 대신에 대답했다.

"어머니랑?"

노부오는 들어가려다 갑자기 주눅이 들어 멈췄다.

"오빠, 숨바꼭질하자."

마치코가 일어나자 도라오도 일어났다. 노부오는 도라오의 키가 조금 커진 것 같다는 생각을 하며 가위바위보를 했다. 도라오가 술래가 되었다.

"-여섯, 일곱, 여덟."

뜸을 들이며 천천히 숫자를 세는 도라오의 목소리가 노부오가 숨은 헛간까지 들려온다. 도라오의 목소리 말고는 아무 소리도 들리지 않는 조용한 오후였다.

"-아홉, 열. 이제 됐어?"

느긋한 도라오의 목소리에,

"아-직이야, 아직."

후지코가 당황한 듯 대답하며 헛간 문을 열었다.

"이제 됐어!"

후지코는 안심한 듯 큰 소리로 외쳤다.

"후지짱. 목소리가 커."

노부오는 낮은 목소리로 말했다.

"어머? 여기 있었어?"

노부오를 보고 후지코는 놀랐다.

"내 뒤에 숨어."

고개를 끄덕인 후지코가 노부오 옆에 왔다. 후지코의 옷자락에서 불편한 쪽 다리가 조금 앞으로 나와 있다. 가냘픈 다리였다.

"찾았다. 마치코짱."

어딘가에서 도라오의 신바람 난 소리가 들렸다. 어둑어둑한 헛간 안에서 노부오와 후지코는 얼굴을 마주하고 머리를 움츠렸다. 이때 노부오는 이상야릇하게 가슴이 답답해지고 후지코를 꼭 껴안고 싶다는 느낌이 들었다.

"후지짱!"

노부오가 살며시 불렀다.

"왜?"

후지코도 살며시 답했다. 길고 짙은 속눈썹 아래 맑은 눈도 "왜?"라고 말하고 있다.

"음, 아무것도 아니야."

(이대로 발견되지 않으면 좋겠다.)

노부오는 후지코와 둘이 몰래 숨어 있는 게 즐거웠다. 이제까지 숨바꼭질을 하면서 이만큼 달짝지근하게 즐거웠던 적이 있었는지 기억이 없다. 노부오는 후지코의 가냘픈 다리를 바라보았다.

다음은 마치코가 술래가 되고, 그다음은 노부오가 되었다.

"이제 됐어?"

은행나무에 기대어 노부오는 열까지 세고 눈을 떴다. 매미 우는 소리만 들리고 아무런 대답이 없다. 노부오는 살짝 발소리를 죽이며 헛간을 보았다. 아무도 없다. 부엌문 쪽으로 가만히 걸어갔다. 거실 쪽에서 기쿠의 목소리가 들렸다. 요시카와가 뭔가 말하는 소리도 들렸다. 노부오는 걸음을 멈추고 거실 유리창을 보았다.

기쿠가 요시카와의 어깨에 손을 얹고 요시카와는 가만히 고개를 숙이고 있다. 갑자기 노부오는 가슴이 뻥 뚫린 것 같은 허전함을 느꼈다. 어머니를 요시카와에게 빼앗기고, 요시카와를 어머니에게 빼앗긴 것 같은 감정이었다. 노부오는 바로 창문에서 물러섰다가 마냥 기다릴 수 없어서,

"요시카와!"

하고 불렀다.

"어? 왔구나."

유리창을 통해 요시카와의 얼굴이 보였다. 그 뒤에 기쿠가 서 있었다.

"노부오, 요시카와가 작별 인사를 하러 왔어."

기쿠의 눈에 물기가 어렸다.

"작별이요?"

노부오는 무슨 말인지 이해가 되지 않았다.

"나, 에조홋카이도의 옛 이름로 간다."

항상 편안한 표정을 짓던 요시카와가 금방이라도 울음이 나올 것 같은 얼굴로 지그시 바라본다.

"에조? 에조로 간다고?"

"응."

고개를 끄덕이는 요시카와의 눈에서 순식간에 눈물이 넘쳐 나왔다.

'새들도 오가지 않는 에조'라는 노래도 있을 만큼 에조는 멀고 외딴 곳이다.

너무도 갑작스러운 말에 노부오는 어리둥절하며 요시카와를 쳐다보았다.

2학기

2학기가 시작되었다. 긴 여름 방학 끝에 처음으로 학교에 가는 날은 왠지 묘한 기분이 된다. 노부오는 선생님과 친구들을 만나는 건 즐거우면서도 좀 멋쩍다.

친구들도 서로 잠깐 동안은 서먹서먹하지만, 이내 반가운 듯 이야기를 나누는가 하다가 평소처럼 다투기 시작하기도 한다. 모두 속에 담아 두었던 이야기를 한꺼번에 하려는지 아주 소란스럽다. 하지만 그들 속에서 요시카와의 모습은 볼 수 없었다. 그는 학교를 그만둔다는 말을 하려고 선생님에게 갔을 것이다.

(늦는구나.)

노부오가 이렇게 생각했을 때 가까이에 있던 부반장 오다케가 큰 소리로 말했다.

"야, 모두들 들어. 요시카와 녀석 말이야. 학교를 그만둔 거 알아?"

모두 한꺼번에 오다케 쪽을 보았다.

"뭐? 요시카와가 학교를 그만뒀다고? 왜?"

반에서 왕초 노릇하는 마쓰이가 놀란 듯이 오다케에게 다가갔다.

"야반도주했나 봐. 걔네 식구들."

오다케는 평소부터 노부오가 요시카와와 사이좋게 지내는 걸 탐탁지 않게 여겼다. 부반장인 자기보다 요시카와하고 친한 노부오에게 왠지 모르게 화를 내곤 했다.

"야반도주라고?"

누군가 느닷없이 괴상한 말투로 반문하자 모두 웃음을 터뜨렸다. 노부오는 자신을 보고 웃는다는 생각이 들었다.

"야반도주가 아니야. 요시카와의 아버지가 술을 너무 마셔서 빚이 많아졌다는데?"

딴 친구가 다시 말했다.

"바보 같은 소리 하지 마. 빚이 많아 갚을 수 없어 사라지는 걸 바로 야반도주라고 하는 거야."

오다케가 어른 말투를 쓰며 웃었다.

"아니야, 술을 마시고 싸우다 상대의 어깨인지 가슴인지를 찔렀다던데?"

"규슈로 갔다고 우리 할머니가 그러셨어."

"틀렸어. 니가타라고 들었는데."

모두 자기가 들은 걸 제각기 말했다. 아이들은 놀라우리만치 어른들 이야기를 민감하게 주워듣고 어른들처럼 열을 내며 이야기를 나누고 있었다.

수업 시간이 되어도 요시카와의 모습은 보이지 않았다.

(정말 야반도주했을까? 불쌍하기 짝이 없구나.)

횅하니 비어 있는 요시카와의 자리를 바라보며 노부오는 허전한 마음이 되었다.

담임인 다쿠라 선생님은 학생들을 둘러보고 말했다.

"웬일이지? 요시카와는 안 오나?"

"아닙니다. 요시카와네 식구는 야반도주했습니다."

오다케는 자신만만하게 보고했다.

"야반도주라고?"

다쿠라 선생님은 이렇게 말하고는 입을 다물어 버렸다.

수업이 끝난 후 노부오는 선생님이 불러서 교무실로 갔다.

"나가노, 요시카와가 어디로 갔는지 모르나?"

무더운 오후였다. 어디선가 저녁매미가 울고 있었다.

"글쎄요."

노부오는 요시카와가 에조로 간 줄로만 알았는데 오늘 아침 친구들 얘기로는 규슈나 니가타라며 행선지가 제각각이다. 그래서 홋카이도로 갔다고 확신할 수가 없었다. 게다가 노부오는 요시카와가 실제 홋카이도로 갔다고 해도 그 일은 누구에게도 알리고 싶지 않다는 생각이 들었다. 언젠가 할머니가,

"홋카이도는 어지간히 밥줄이 끊긴 사람이나, 나쁜 짓을 하고 피할 곳이 없어진 사람들이 가는 곳이야."

라고 한 말이 생각났기 때문이다.

"무슨 소리냐? 너하고 요시카와는 사이가 좋아 보였는데……. 역시 아이들은 단순한가 보구나. 어디 가는지 알리지도 않았나 보네."

다쿠라 선생님은 이렇게 말하고 웃었다. 노부오는 요시카와와 덩달아 웃음거리가 된 것 같은 느낌이 들어 울컥했다. 선생님은 딱 소리가 나도록 부채를 펼치고는 부산스럽게 부쳤다.

"저, 요시카와는 에조로 갔습니다."

노부오는 얼떨결에 말해 버렸다.

"뭐? 에조? 역시나 홋카이도였나? 일부러 머나먼 에조 구석까지 달아나지 않아도 어디든 갈 곳은 있었을 텐데. 나가노, 너 그걸 누구에게 들었지?"

"요시카와한테 들었습니다."

"그래? 그런데 나가노. 너는 반장임에도 거짓말쟁이로구나."

다쿠라 선생님은 이렇게 말하고 부채를 한층 부산스럽게 부쳤다.

(거짓말쟁이라고?)

노부오는 입술을 깨물었다. 불만스러운 표정을 지은 노부오에게 선생님이 말했다.

"그럼 그렇지 않다는 거냐? 내가 요시카와의 행방을 아냐고 물었을 때 너는 '글쎄요.'라고 했잖아? 어째서 바로 홋카이도로 갔다고 말하지 않은 거지?"

(그렇지만 나는 거짓말쟁이가 아니다.)

"무사는 두말하지 않는다는 이야기를 알고 있니? 메이지 시대가 되어 머리를 신식으로 깎았다고 해서 가볍게 행동하면 절대 안 돼. 반장은 다른 애들의 모범이 되어야 한다."

다쿠라 선생님은 노부오가 "글쎄요."라고 말한 이유를 모른다. 무더운 탓인지, 제자인 요시카와가 말없이 학교를 떠난 탓인지 선생님은 평소보다 기분이 나빴다.

(나는 요시카와가 홋카이도로 간 게 불쌍하게 생각되어 잠자코 있었을 뿐이다.)

노부오는 고개를 숙인 채 선생님의 말을 듣고 있었다.

"앞으로 거짓말하면 절대 안 된다. 이제 돌아가라."

선생님은 이렇게 말하고 책상 앞에 앉았다. 노부오는 인사를 하고 교무실에서 나왔다.

(나는 거짓말하지 않았어.)

노부오는 조금 닳아 해진 하카마의 허리끈을 잠자코 바라보았다.

(나는 거짓말쟁이가 아닌데…….)

노부오는 분했다. 선생님이 밉지는 않다. 설명을 잘하지 못한 자신에게 분노심이 일었던 것이다.

(어른이었다면 잘 설명했을 것이다. 빨리 어른이 되고 싶다.)

노부오는 절실한 마음으로 이렇게 생각했다. 이때의 분함을 고집 센 노부오는 오랫동안 잊을 수 없었다.

해가 저물었는데도 푹푹 찌는 날이었다.

"오늘 밤엔 비가 올까요?"

툇마루에 앉아 있는 사다유키 옆에서 모깃불을 피우면서 기쿠가 말했다.

"음."

사다유키는 조용히 부채를 부치고 있었다. 노부오는 아버지가 언제나 차분하다는 생각을 했다. 아무리 더워도 다쿠라 선생님처럼 파닥파닥 소리를 내며 부산스레 부채질을 하지 않는다. 그런 아버지를 전에는 좋아했지만 요즘은 좀 다르다. 야채절임을 천천히 씹고 느긋하게 차를 마시는 아버지를 보면 왠지 노부오는 짜증이 났다. 대화를 해도 뭔가 답답했다. 마음이 통하지 않는 느낌이 들기 때문이다. 그렇다고 아버지가 싫은 건 아니다. 아버지와 대화하고 싶었기에 느긋한 모습을 보이는 아버지가 더더욱 답답했을 수 있다.

"아버지."

노부오가 불렀다. 사다유키는 부채를 천천히 한 번 부치고 나서,

"왜?"

하고 노부오를 보았다. 노부오는 아버지가 바로 대답을 해 주길 바랐다.

"저 말이에요, 속마음을 모두 깔끔하게 얘기하려면 어떻게 해야 할까요?"

사다유키는 살짝 눈을 깜빡이고 나서,

"글쎄."

라고 말했다.

"노부오는 몇 학년이지?"

사다유키는 다른 얘기를 꺼냈다.

"4학년이요."

"4학년이구나. 내년엔 고등과 1학년이 되네. 그때가 되면 자신의 생각을 잘 말할 수 있게 될 거다."

"자신이 없어요."

노부오는 다쿠라 선생님에게 '거짓말쟁이'라는 말을 들었을 때도 제대로 변명할 수 없었다.

"그래?"

사다유키는 잠시 정원을 바라보았다.

"역시 비가 오는구나."

사다유키는 불쑥 말했다. 노부오는 응답을 기다리고 있었다. 조금 조바심이 났다.

"노부오, 자기 마음을 생각한 대로 모두 드러낸다거나 글로 쓰기란 어른이 되어서도 어려운 일이란다. 그런데 일단 말을 하려면 상대가 이해할 수 있도록 표현해야 하겠지. 이해시키려는 노력, 용기, 그리고 또 하나 중

요한 게 있는데 뭐라고 생각하니?"

"잘 모르겠어요."

노부오는 머리를 갸웃했다.

"진실함이다. 진실한 마음이 말에 담기고 얼굴에 나타나야 남에게 통하게 되는 법이야."

사다유키는 이렇게 말하고 또 조용히 부채를 부치기 시작했다.

(진실한 마음, 용기, 노력.)

노부오는 조금은 알 것 같았다.

"아버지, 그래도 통하지 않을 때도 있겠지요."

"응, 그럴 때가 있지."

사다유키는 도세에게 통하지 않았던 기쿠의 신앙을 생각했다.

"그렇지만 어쩔 수 없지. 사람 마음은 가지가지야. 네 마음을 모르는 사람도 있고, 네가 알아주지 않는 사람도 있어. 세상 사람은 다 다르니까."

(하지만 거짓말쟁이로 여겨지는 건 기분 나쁘다.)

노부오는 모기향에서 피어오르는 희미한 연기를 바라보고 있었다.

(그렇다. 책을 더 읽자. 책을 읽으면 분명히 자신의 마음을 잘 표현할 수 있을 거다.)

노부오는 그때부터 독서에 힘을 쏟기로 결심했다. 그런데 어느 날 책이 먼저 노부오에게 다가오는 사건이 일어났다.

그 후 2~3일 지나 학교에서 돌아오니 툇마루에 커다란 짐이 세 개쯤 놓여 있었다. 어머니의 조카인 아사다 다카시가 대학 입학을 위해 오사카에서 온 것이다. 다카시는 노부오를 보자,

"흠, 영리해 보이기는 하는데 그늘에서 자란 풀처럼 비실비실하잖아?"

하고 거침없이 내뱉었다. 목소리랑 체격은 커도 눈은 웃고 있고 있었다. 노부오는 첫눈에 다카시가 마음에 들었다.

저녁 식사 때 다카시가 좀 더 마음에 들게 되는 일이 벌어졌다.

"잘 먹겠습니다."

식탁에 앉자마자 다카시는 가장 먼저 젓가락을 쥐고 밥을 먹었다.

(기도를 해야 해요, 형님.)

노부오는 조마조마하며 다카시를 쿡쿡 찔렀다.

"왜?"

다카시는 이렇게 말하고 나서야 비로소 모두를 바라보았다. 기쿠가 평소처럼 기도하기 시작했다. 하지만 다카시는 유유히 식사를 계속했다. 기쿠의 기도가 끝나자,

"맞아, 숙모는 야소였지."

따끔하게 한마디 내뱉은 다카시는 젓가락질 세 번쯤 만에 싹 비운 밥공기를 기쿠에게 들이댔다.

"나는 야소가 아니야. 기도도 안 해."

다카시는 쾌활하게 선언했다. 노부오는 놀라서 다카시를 올려보았다. 마치코도 눈이 동그래져 다카시를 바라보았다.

"그렇지. 그건 자유니까 괜찮아."

기쿠도 시원스레 말했다. 전혀 주저하지 않는 다카시의 선언은 누구의 마음도 상하게 하지 않았다. 노부오는 감동했다. 하지만 이어진 다카시의 말에 노부오는 깜짝 놀랐다.

"앗! 잠깐, 이 조림 너무 짜요."

할머니 도세는 사내는 생각한 걸 모두 말해서는 안 된다고 가르쳐 주었다.

"노부오, 무사는 굶고도 배부른 체한다는 말을 알고 있니? '배가 고프다. 쓸쓸하다. 괴롭다.' 같은 말은 사내가 하면 안 되는 말이다. 생각한 바를 속에 담아 두어야 배포가 뛰어난 사내가 되는 법이다."

할머니는 '생각을 얼굴에 표시하면 안 된다. 속으로는 울어도 겉으로는 웃는 게 사내란다.'라는 말도 했다. 음식 맛이 좋으니 나쁘니 말하는 건 비천한 행동이라고 훈계하기도 했다. 그래서 방금 조림이 짜다고 태연하게 말하는 다카시를 보고 노부오는 깜짝 놀란 것이다.

"어머! 미안해. 간사이 지방의 맛과 많이 다르지?"

기쿠도 가볍게 응수했다. 기쿠의 친정과 나가노 집안의 가풍은 전혀 달랐다.

(생각하는 대로 말하는 게 잘하는 걸까?)

노부오는 잠자코 식사를 하고 있는 아버지 사다유키를 바라보았다. 다음 날 식사 때도 다카시는 기쿠의 기도를 무시하고 망설임 없이 먹기 시작했다. 그런데도 다카시는 결코 어색한 분위기를 만들지는 않았다. 오히려 다카시가 오고 나서 나가노 집안은 활기가 넘쳐났다고 하는 편이 맞을 것이다.

"난 다카시 오빠가 좋아."

마치코도 이렇게 말하며 다카시의 넓은 무릎에 앉고 싶어 했다.

그런 다카시의 방에는 수많은 책이 가지런히 꽂혀 있었다.

"나는 책만은 잘 정돈해 놓으려 해. 아무렇게나 내버려 두면 찾기 힘들기 때문이지."

다카시는 노부오에게 말했다.

"읽을 수 있는 책이 있으면 읽어. 너 정도 나이부터는 책이라면 뭐든지 읽어도 돼."

다카시는 노부오를 위해 《소년원》이라는 잡지랑 위대한 장군들의 전기나 『로빈슨 표류기』 같은 책들을 사 왔다. 또 젊은 여성들이 읽는 잡지까지 어디에선가 빌려와서 노부오에게 읽게 했다.

여학생의 글이 실린 잡지를 보고 자신이 쓴 글을 발표하는 여성이 있음을 노부오는 비로소 알았다. 여성은 할머니 도세나 어머니처럼 집안일만 하는 존재로 알았던 노부오에게 이는 대단한 발견이었다.

장군들의 전기도 재미있었지만 『로빈슨 표류기』는 훨씬 재미있었다. 혼자서 섬에 흘러간 로빈슨의 희망을 잃지 않는 강한 인내심에 노부오는 금세 매력을 느꼈다.

(만약 내가 그런 상황에 있었다면 어떻게 할까?)

아마 로빈슨처럼 혼자서 무인도에 있을 수는 없을 거라는 생각이 들었다.

(만약 나였다면…….)

노부오는 독서란 타인과 자신의 처지를 바꾸어서 생각해 보게 하는 일임을 배웠다.

그러던 중 노부오는 쓰보우치 쇼요메이지시대 소설가이자 평론가(1859~1935)가 1885년에 메이지시대 초기 학생 사회의 생활상을 그린 소설을 읽게 되었다. 논어를 어릴 때부터 배운 노부오에게는 성인용 소설도 그리 어렵지 않았다.

노부오는 그 소설 속에 나오는 여러 영어 단어들을 기억하게 되었다. 그 중에서 가타가나로 표기된 북스, 윗치, 유스풀 같은 단어를 무척이나 사용해 보고 싶었고 자기가 꽤나 어른이 된 듯 제법 의기양양한 기분에 젖었

다. 하지만 어느 날 다카시가 읽고 있는 독일어나 영어책을 보고 노부오
의 그런 기분은 한 방에 날아가 버렸다. 노부오가 읽을 수 있는 글자는 하
나도 없었기 때문이다.

"형님."

큰 맘 먹고 노부오는 말했다.

"뭔데?"

"영어를 가르쳐 주세요."

"뭐라고?"

"독일어나 영어를 배우고 싶어요."

"도련님, 지금 몇 학년이시죠?"

"4학년이요."

"음, 아직 무리다."

"왜요?"

노부오는 물러서지 않았다.

"중학교에 들어가면 배울 거야."

"하지만 그 영어는 미국이나 영국 애들도 쓰는 말이잖아요?"

"그거야 그렇지만."

"미국이나 영국 애들이 쓰는 말쯤은 일본 아이도 기억할 수 있지요."

노부오는 단호했다.

"흐음, 너 아주 재미있는 녀석이구나."

"미국인보다 일본인이 머리가 나쁠 리는 없잖아요?"

"그거야 맞는 말이지. 그쪽 애들은 매일 그 말을 하며 살고 있으니 기억
하게 되는 건 당연하지. 말이란 반복해서 사용하면 기억할 수 있으니까."

"그렇다면 그리 어려운 게 아니겠네요, 형님."

다카시는 그러는 노부오를 물끄러미 바라보았다.

"너, 몸은 약해 보여도 꽤나 근성이 강하구나."

그날 일을 계기로 다카시는 노부오를 다시 보게 되었고 노부오는 영어 공부를 시작했다.

동경심

　노부오는 고등과 3학년, 마치코는 소학교 3학년이 되었다.

　"오빠, 학교에 늦겠어."

　마치코가 현관에서 노부오를 불렀다. 노부오는 방 안에서 꿈지럭거리며 몇 번이고 책을 가방에 넣었다 빼기를 반복하고 있다.

　"오빠……."

　마치코가 울음이 나올 듯한 목소리로 말했다.

　"먼저 가도 좋아."

　노부오가 크게 외치자 마치코는 문밖으로 달려갔고 노부오는 그 뒤에서 천천히 걸어갔다.

　고등과 3학년이 되고 나서 노부오는 마치코와 같이 학교에 가는 게 왠지 싫어졌다.

　"오빠, 오빠. 저 빨간 꽃은 이름이 뭐야?"라든가, "저 애 예쁘네."라며 큰소리로 노부오에게 불쑥 말을 걸곤 했다. 이제까지는 아무렇지도 않았는데 갑자기 부끄럽다는 생각이 들었다.

　어제도 마찬가지였다.

교문 근처에서 귀엽게 생긴 소녀 아이가 달려왔다.

"오빠, 이애는 이름이 미야카와 게이코야. 귀엽지?"

마치코가 큰 소리로 말했을 때, 노부오는 몸이 불에 덴 것처럼 뜨거워졌다.

(마치코, 목소리가 너무 커.)

마치코는 붙임성이 좋아 아무하고나 금방 친구가 되었다. 자기 반 친구들뿐 아니라 고등과 여학생과도 금세 사이가 좋아졌다. 그래서 마치코와 같이 학교에 가다 보면 으레 여자아이들 여러 명과 동행하게 되었다.

이런 일상이 고등과 3학년이 되고 나서 왠지 갑자기 싫어졌다. 노부오는 종종걸음으로 걸어가는 마치코를 뒤에서 바라보다가,

(여자들은 이상한 존재야.)

문득 이런 생각이 들었다.

노부오는 요즈음 소설을 읽어도 여자가 나오는 장면을 보면 어쩐지 숨이 막히는 느낌이 들었다. 게다가 아름다운 여성이 나오면 그런 느낌이 묘하게 더 심해지는 것 같았다. 그리고 그 아름다운 여성의 얼굴을 떠올릴 때 그 여성이 기혼자면 어느새 어머니의 얼굴로 변했다. 미혼인 처녀이면 이상하게도 헤어진 지 3년이 넘게 지난 요시카와 오사무의 누이동생 후지코의 얼굴이 된다. 이는 노부오 혼자만의 비밀이었다.

아직 학교에도 들어가지 않았던 그 후지코의 얼굴이 왜 예쁜 소녀가 되어 소설 속에 나타나는지 노부오는 알 수 없다. 노부오와 같은 학년에도 예쁜 아이는 있다. 아버지가 꽤 큰 게다 상점 주인인 어떤 여자애는 복도에서 노부오와 스치면 홍조를 띠고 소매로 얼굴을 가린 채 숙이며 간다.

그럴 때 노부오는 두근거리기는 했지만 소설 속에 나타나는 후지코만큼 예쁘지는 않았다.

(요시카와 이 친구, 도대체 어디에 있는 거야?)

4학년 여름 홋카이도로 간다며 사라진 채 요시카와로부터 아무런 소식이 없다. 과연 홋카이도로 갔는지 다른 곳으로 갔는지 노부오는 짐작할 수 없었다. 홋카이도는 너무 멀어서 사는 동안 두 번 다시 만날 수 있을지 모를 것 같은 생각이 든다.

(요시카와는 스님이 된다고 했는데….)

자신도 그렇게 말하고 요시카와와 손가락을 걸고 약속한 것을 기억한다. 그의 두터운 새끼손가락에 자기 손가락을 감았던 것이다.

꽤나 먼 옛날 일 같지만 요시카와와 후지코는 이상하리만치 생생하게 생각이 난다.

"노부짱, 꽃구경 갈래?"

어느 토요일 오후 다카시가 노부오에게 물었다. 노부오는 다카시와 걷는 걸 좋아했지만 요즘은 꽃구경이고 축제고 딱히 즐겁지 않았다.

"공부해야 해서요."

노부오는 거절했다.

"흠."

다카시의 얼굴이 사이고 다카모리도쿠가와 막부를 전복시킨 메이지 유신의 지도자 가운데 한 사람(1827~1877)와 닮았다는 생각을 했다. 눈매만은 언제나 웃음기를 보여 다카시에게는 편하게 응석을 부릴 수 있을 것 같은 느낌이 들었다.

"정말 공부해야 해?"

다카시는 눈을 크게 뜨고 노부오의 얼굴을 들여다보려는 시늉을 냈다. 노부오는 머리를 긁으며 애매한 웃음을 지었다.

"그럴래? 너 요즘 좀 변했어, 맞지?"

다카시는 노부오 앞에 털썩 책상다리를 하고 앉았다. 노부오는 자기도 모르게 자세를 바로잡았다.

"그렇게 바로 앉지 않아도 돼."

다카시는 미소를 지었다.

"저, 변하지 않았어요."

"뭐, 적당한 나이가 되었잖아? 성性에 눈이 뜨기 시작하는 거지."

다카시는 웃었다. 성에 눈이 뜬다는 말을 듣고 노부오는 얼굴이 빨개졌다.

"너, 요즘 마치코와 같이 가지 않으려 하지? 성에 눈뜬 거야. 이제 2~3년은 남의 집에도 가지 않으려 할 거야. 재미있었던 꽃구경이 하찮아 보이던 기억은 내게도 있어."

다카시는 이렇게 말하고 고개를 끄덕였다.

"형님도 밖에 나가는 게 싫어진 때가 있었어요?"

노부오는 한숨을 쉬듯이 말했다. 다카시는 틈만 나면 바깥으로 나갔다. 그래서인지 어디에 집이 세워졌다느니 벚꽃 망울이 부풀어 올랐다느니 어느 식당의 뭐가 맛있다느니 하는 식으로 끊임없이 얘깃거리를 제공하곤 했다.

"그랬었지. 아무 데도 나가지 않고 방에 틀어박힌 채 이러는 내가 오래 살 수나 있을까 하며 이상하게 시름에 잠겨 있기만 했었지. 그래서 밥 먹을 때가 되면 일고여덟 공기나 먹어 치웠다니까."

다카시는 큰 소리로 말하며 웃었다. 노부오는 깜짝 놀랐다. 커다란 웃음소리에 놀란 게 아니다. 실은 노부오도 요즈음 왠지 자기가 오래 살지 못할 것 같은 기분이 들었던 것이다. 인간은 왜 죽어야 하는지 곰곰 생각에 잠기게 되었다. 할머니의 죽은 모습이 생생하게 떠오르고, 자기는 어떤 식으로 죽을지 궁금해하기도 했다.

"형님, 인간은 왜 죽는 겁니까?"

노부오는 진지한 표정이 되었다.

"살아 있으니까 죽는 거지."

다카시의 표정은 태연해 보였다.

"살아 있으니까 죽는다고요?"

과연 그럴지도 모른다. 하지만 다카시가 얼버무리는 것 같았다.

"살아 있는 존재라면 계속 살아가면 좋지 않나요?"

"그거야 그렇지. 어떻게 해야 계속 살아갈 수 있을지 나도 생각했어. 노부짱, '생자필멸 회자정리'란 말을 아니?"

"선생님에게 들었어요. 살아 있는 자는 반드시 죽고, 만난 자는 반드시 헤어진다는 말이라고요."

노부오는 요시카와 오사무를 생각했다. 지금 같이 공부하는 급우들과도 2년이 지나면 헤어지고 선생님과도 마찬가지다. 지금 앞에 있는 사이고 다카모리처럼 생긴 다카시와도 대학을 졸업하면 헤어져야 한다. 아버지, 어머니, 마치코 모두 언젠가 헤어지게 될지도 모른다. 이런 생각을 하자 노부오는 살아 있다는 자체가 허전하게 느껴졌다.

(만나면 헤어지게 된다니 차라리 아무도 만나지 않는 편이 낫지.)

노부오의 마음속 깊숙이 외로움이 조용히 자리 잡았다.

"단어 뜻대로야. 노부짱이 들은 대로 생자필멸이란 살아 있는 사람은 죽게 된다는 걸 말할 뿐이야. 왜 죽는지는 인간이 아무리 생각해도 알 수 없는 일이지. 나랑 너도 언젠가는 죽는다는 것만 알고 있을 뿐이고."

다카시의 말에 수긍할 수 없었다.

(왜 죽는지 정녕코 알 수 없단 말인가?)

"형님은 죽음이 두렵지 않으세요?"

"두렵지. 죽어야 하는 건 알고 있지만 1분이라도 오래 살고 싶지. 뭐 어쩔 도리는 없지만."

"아무리 해도 언제까지고 살 수는 없는 거지요?"

"당연하지. 하긴 숙모 같은 기독교 신자라면 영원한 생명 같은 걸 믿기는 하지만."

"영원한 생명이요?"

"응, 그런 걸 기독교 신자는 믿는다니까."

다카시는 이렇게 말하고 나서

"노부쨩. 너도 야소가 될 거 아닌가?"

하고 웃었다.

"저는 야소 같은 거 죽는 한이 있어도 절대 안 될 겁니다."

노부오는 발끈하며 말했다.

"뭐 그렇게까지 장담하지 않아도 돼. 그리 간단히 절대 아니라고 말할 수는 없어."

"그래도……."

노부오는 불만스러웠다.

"인간들은 말이야, 자기가 생각한 대로 인생을 보낼 수는 없는 법이야. 나도 도쿄에 가서 기를 쓰고 공부해서 제국대학1886년에 공포된 일본의 제국대학령에 의하여 설립된 대학, 처음에는 도쿄에 설립되었고 이후 여러 주요도시에 설립됨을 1등으로 나와야겠다는 생각을 한 적은 있어. 하지만 만나는 여자에게 마음이 흔들려 버렸어. 공부보다 여자와 놀고 싶어 좀이 쑤셨다니까."

다카시가 하는 말에 노부오는 얼굴이 빨개졌다.

"너는 어때? 여자가 나오는 꿈은 꾼 적도 없니?"

다카시는 담배연기를 노부오에게 내뿜는 듯한 동작을 했다. 노부오는 점점 빨개졌다. 노부오의 몸은 이미 어른이 되어 있다. 알지도 못하는 여자들이 꿈에 여러 번 나타났다.

"여자가 나오는 꿈도 꾸고 손을 잡고 싶은 생각을 하게 돼. 그게 남자야. 여자 때문에 끙끙 앓기도 하지. 그래도 괜찮아. 여자 일로 고민하는 건 사내답지 못한 거라고 말하는 녀석도 있지만 그건 새빨간 거짓말이야. 여자는 남자가 살아가는 데 중요한 상대니까. 여자에 대해 생각하는 건 나약하거나 불결한 행동이 아니야."

다카시는 진지한 표정으로 이렇게 말했다. 노부오는 후지코의 얼굴을 떠올렸다. 어린 여자아이였던 후지코가 노부오와 같은 또래의 여성으로 생각되었다.

결국 두 사람은 그날 꽃구경을 가지 않았다.

다카시가 오고 나서 사다유키는 기쿠와 같이 교회에 다녔는데, 요즈음 일요일이 되어도 교회에 잘 가지 않는다.

"나이 탓인가. 어쩐지 피곤한 것 같아."

사다유키는 이렇게 말하고 집에서 그냥 지내곤 했다.

"이제 갓 마흔 넘었는데 나이 탓이라니요. 빨리 의사에게 가보셔야 해요."

다카시는 걱정했지만 사다유키와 기쿠는 느긋했다.

"일이 많아서 피곤하신가 보네요. 일요일엔 푹 쉬세요."

그날도 기쿠는 사다유키의 몸 상태에 신경을 쓰지 않았지만 노부오는 피곤한 표정으로 누워 있는 아버지를 보고 불안해졌다.

"어머니, 아버지를 의사한테 보여 드려야 하지 않겠어요?"

아버지를 놔두고 교회로 가는 어머니를 은근히 원망하는 말투였다. 어머니는 비가 오나 눈이 오나 일요일 오전에는 교회에 갔다. 부모와 마치코가 나가고 나면 밀려오는 애매한 허전함은 언제나 그를 힘들게 했다.

다카시가 오고 나서 영어를 배우거나 같이 아사쿠사로 놀러 가기도 하면서 부모가 없는 일요일을 노부오 나름대로의 방식으로 보내곤 했다. 그럼에도 마치코를 데리고 나가는 부모의 모습에 노부오는 질투심 비슷한 묘한 기분에 젖어야 했다.

"맞아요, 숙모. 가끔은 교회에 가지 않는 게 좋겠어요. 노부짱은 일요일이면 항상 쓸쓸한 표정을 지어요. 노부오는 의사 핑계를 댔지만 실은 숙모가 집에 있어 주기를 바라는 거예요."

다카시는 거리낌이 없었다.

"그런 건 아니고요. 그저 아버지가……."

노부오는 횡설수설했다.

"의사는 필요 없어. 기쿠, 다녀와요."

사다유키는 팔베개를 한 채 기쿠를 재촉했다. 노부오는 왠지 사다유키에게 무시당한 느낌이었다.

"그래도……."

기쿠는 사다유키의 몸 상태보다 다카시가 방금 한 말이 마음에 걸려 노부오의 얼굴을 보았다. 노부오는 모른 체하며 읽다만 책을 펼쳤다.

"노부오는 이제 아이가 아니오. 벌써 고등과 3학년이니."

사다유키는 기쿠를 재촉했다.

"맛있는 거나 잔뜩 사 오세요."

다카시가 말했다.

"그래, 그러지. 그럼 다녀올게요."

기쿠는 빙긋이 웃으며 다카시를 향해 고개를 끄덕였다. 노부오는 다카시와 기쿠의 친밀함에 당할 수가 없었다. 어머니는 자기보다도 다카시와 더 친한 것 같았다.

"오빠도 어서 교회에 가게 되면 좋겠는데. 그렇죠, 어머니?"

마치코는 노부오를 조금은 안쓰러운 시선으로 보았다. 마치코가 교회에 갈 때면 언제나 보이는 표정이다. 노부오는 이럴 때 마치코가 싫었다. 그 표정도 싫었지만 어머니를 제 소유인 양 독차지하는 마치코에게 화가 났던 것이다.

"노부짱, 뭐 그렇게 멍청히 있어?"

다카시가 노부오의 어깨를 밀다시피 자기 방으로 데려갔다.

"너, 어머니한테 뭐가 불만인 거야?"

방에 들어서자마자 다카시는 넉살 좋게 말했다.

"별 불만은 없지만……."

"그래? 너, 어머니가 싫지? 아니야?"

다카시는 진지했다.

"싫어한다고요?"

싫어하기는커녕 노부오는 기쿠에게 동경심에 가까운 애정마저 품고 있었다. 싫어하는 게 아니라 왠지 친숙해지지 않는 것이다. 자신의 속마음을 전부 들어주길 바라면서도 말로 표현하기가 어렵다.

"근데, 어머니. 옆집 강아지가 나를 보면 웃어요."

마치코는 어머니에게 이런 허튼 소리도 한다.

"강아지가 웃는다고?"

어머니도 이상한지 웃으며 묻는다.

"그랬구나, 마치코. 너한테 오늘 기쁜 일이 있겠구나. 반드시 좋은 일이 있을 거라며 웃는 거야."

"그럼 다행이네요."

노부오는 그런 말도 하는 마치코가 부러웠다. 자기는 왜 그런 식으로 말할 수 없을까 하는 생각이 들었다.

"어머니, 어젯밤 꿈에 어머니를 봤어요. 엄청 예쁜 꽃을 많이 갖고 계셨어요."

마치코가 꿈 이야기를 한다. 자기도 어머니의 꿈을 꾼 적은 있다.

그러나 노부오는 말할 수가 없다.

"어머니. 어젯밤 꿈속에서 어머니가 저하고 같이 학교에 갔어요. 어머니는 주름치마를 입었는데 저처럼 학생이었어요."

이렇게 말하고 싶었는데 왠지 멋쩍어서 말할 수 없었다. 결코 어머니를 싫어하는 건 아니다.

"좀 더 분명하게 자신의 생각을 말해야 해. 부모 자식이라도 속마음은 꿰뚫어 볼 수 없는 법이다. 그래서 말로 해야 하는 거 아니겠니?"

다카시는 이렇게 말하고,

"네 기질로는 사랑하기도 힘들 거야."

하며 웃었다.

(사랑?)

노부오는 갑자기 가슴이 뛰어 고개를 숙이고 말았다.

추적추적하고 찌무룩한 날이 계속되었다. 노부오가 학교에서 돌아오자 마치코가 달려왔다.

"오빠, 놀라지 마!"

"놀라지 말라니, 뭘?"

아버지의 건강이 나빠지셨는지 걱정했는데, 마치코는 싱글벙글 웃고 있었다.

"맞춰 봐."

마치코가 약을 올리며 말했다.

"뭔데? 모르겠어."

노부오는 굳이 더 대꾸하지 않고 집 안으로 들어갔다. 마치코가 따라 들어와 노부오의 코앞에 편지를 들이밀었다.

"이거야."

노부오에게는 편지 따위가 온 적이 없다. 놀라서 노부오는 봉투를 뒤집었다.

"요시카와가 보낸 편지다!"

노부오는 책가방을 내팽개치고 봉투를 뜯었다. 봉투를 뜯는 손가락이 흔들렸다.

"나가노에게.

너무 오랫동안 소식을 전하지 못했구나. 너는 건강하지? 살은 좀 쪘을까? 내가 홋카이도에 온 지 3년이 지났네. 나하고 어머니, 누이동

생은 건강하지만, 아버지는 얼마 전에 돌아가셨어. 피를 토하고 돌
아가셨는데, 술을 너무 드셔서 위가 나빠진 것 같아.

살아 계신 동안엔 어머니를 괴롭혀서 나쁜 아버지라고 생각했지만
돌아가시고 나니 역시 슬펐어.

인간이 죽는다는 건 이상한 일이야. 어째서 증오심이 사라지는 건지.

후지코는 잘 지내. 요즘은 책을 많이 읽는데 제법 어른스러워졌다
니까. 아무래도 다리가 불편해서 같은 또래 애들보다 어른스러워지
는 걸까.

홋카이도는 불편한 곳이리라 생각하고 왔는데 지내다 보니 고향이
되더라. 삿포로는 좋은 곳이야. 겨울엔 눈이 내 키보다 높게 내려 지
붕까지 쌓이는 바람에 놀라기도 했지만 설경이 더할 나위 없이 멋
진 곳이지.

너는 내 일 따위는 까마득하게 잊어버렸는지도 모르겠구나.

아버지는 빚을 많이 남겨 두고 도쿄를 떠나기 때문에 내게 선생님
이나 친구들에게 편지를 써서는 안 된다고 하셨어. 그래서 소식을
전하지 않은 거야. 지금 네가 무척이나 보고 싶어."

요시카와의 둥글둥글한 글씨체가 반가웠다. 노부오는 서서 두 번 읽고
는 앉아서 또 읽었다. 홋카이도가 갑자기 가깝게 다가오는 느낌이었다.

추적추적한 장맛비도 더 이상 노부오의 기분을 상하게 할 수 없었다. 요
시카와의 편지를 읽은 것만으로 몸속에 새로운 힘이 넘쳐나는 것 같았다.
바로 답장을 쓰려고 책상 앞에 앉았지만 이상하게 가슴이 두근거렸다.

노부오는 연필을 정성스레 깎았다.

"요시카와,

정말 오랜만이다. 네 편지를 읽고 기쁘기 그지없었어."

여기까지 쓰고 노부오는 조금 이상하다는 생각이 들었다. 요시카와의 아버지가 돌아가셨다고 쓰여 있기 때문에 기쁘기 그지없었다는 식으로 시작해서는 너무 매정한 녀석이라는 말을 들을지도 모른다.

(그래도 기뻤던 건 사실이다.)

노부오는 요시카와의 편지를 또 한 번 다시 읽었다. 합쳐서 네 번 읽은 셈이다. 꼼꼼히 읽으니 역시 요시카와의 아버지가 돌아가신 건 끔찍한 일이라는 생각을 떨칠 수가 없었다.

(만약 나의 아버지가 돌아가셨다면…….)

요즈음 기운이 없는 아버지의 모습을 보기만 해도 노부오는 걱정이 되었다. 지금 아버지가 돌아가신다면 자기는 어떻게 될지 생각만 해도 불안한 마음에 사로잡혔다.

(우선 누가 일해서 밥을 먹고 지낼 것인가?)

어머니가 일을 할 수는 없고 자신이 일해야 한다고 생각했다. 일을 한다면 어딘가 큰 가게의 견습생 자리나 가능할 것 같다. 어머니와 마치코는 얼마나 슬프고 외로울까? 그런 생각이 들자 요시카와가 아버지를 여읜 사실이 얼마나 끔찍한 현실인지 깨닫게 되었다.

그토록 끔찍한 현실에 직면한 요시카와에게 편지를 읽고 기쁘기 그지없었다는 식으로 답장을 시작하려고 했던 자신이 너무나 냉정한 인간으로 생각될 뿐이었다. 노부오는 요시카와의 생활을 여러모로 상상하면서 연필을 고쳐 잡았다.

"요시카와에게.

정말 오랜만이구나. 네가 홋카이도로 가고 나서 몹시 보고 싶었어. 때때로 생각이 날 때는 홋카이도 어느 곳에 있을까 하고 지도를 들여다보기도 했지.

오늘 편지를 받고 신이 나서 봉투를 열었어. 기쁘다 보니 손가락 끝이 흔들려 제대로 뜯을 수도 없을 정도였지. 그런데 아버지께서 돌아가셨다는 소식에 깜짝 놀랐어. 얼마나 슬펐을지. 아버지가 돌아가시면 대체 누가 일해서 먹고 살까? 네가 일하는 걸까? 나와 동갑이라 아직 열네 살밖에 안 되는 네가 일한다는 게 너무 끔찍하다는 생각이 들었어.

부디 기운을 잃지 말고 건강하기를 바란다. 홋카이도도 지내다 보니 고향이 되었다며? 눈이 지붕 꼭대기까지 쌓인다고 해서 놀랐어. 꽤나 추울 텐데. 나는 별일 없이 잘 지내. 오사카에서 대학생 사촌 형이 와서 같이 사는데, 어딘가 남다른 면이 있는 이 형한테 영어를 배우고 있어. 마치코는 탈 없이 잘 크고 있단다. 학교는 별로 변하지 않았지만 네가 떠나 갈 때의 담임 선생님은 그만두셨어. 그럼 또 편지 쓸게. 잘 있어."

나가노 노부오

노부오는 쓴 편지를 다시 읽어 보았다. 요시카와의 편지를 받고 정말로 기쁘기만 했을 뿐인데, 아무리 봐도 아버지의 죽음을 슬퍼하는 요시카와의 마음을 걱정하는 듯한 자신의 편지에 노부오는 마음이 꺼림칙했다. 자신이 정직하지 못하다는 생각이 들었다.

(찜찜해.)

노부오는 쓰고 난 편지를 책상 위에 놓아 둔 채 창밖을 보았다. 비가 촉촉이 내리고 있다. 마치코가 만들어 추녀 끝에 매단 종이 인형다음 날 날씨가 좋기를 기원하며 종이인형을 만들어 추녀 끝에 매달아 놓는 풍습이 있음이 젖어 있다.

(찜찜해.)

또 이런 생각이 들었다. 요시카와를 좋아했고 기억이 날 때마다 만나고 싶다는 생각이 든 건 사실이다. 그러나 아버지의 죽음 소식을 듣고도 요시카와에게 일어난 불행을 진심으로 슬퍼해 줄 수가 없다.

(우정이란 게 이렇게 무책임한 건가?)

노부오는 자신이 타인의 입장에서 같이 울어 줄 수 없는 냉정한 인간처럼 느껴졌다.

노부오는 한 번 더 편지를 읽었다. 그러자 또 하나 중요한 사실을 알아차렸다. 후지코에 대해 전혀 쓰지 않은 점이다. 마음속으로는 후지코의 안부도 묻고 싶었지만 정작 자기 자신은 그렇지 않은 듯 실제로는 쓰지 않았던 것이다.

(어쩐지 거짓말만 쓴 것 같아.)

노부오는 편지 한 통에도 자신의 진심을 적나라하게 쓰기가 어렵다고 생각했다. 설사 진심을 담아 쓴다 해도 그것이 정직한 편지가 되지 못할 것 같은 생각이 든다. 자신도 납득하기 힘든 편지를 요시카와가 읽는다고 생각하니 노부오는 어쩐지 불안한 느낌이 들었다. 둘 사이의 우정이 이렇듯 불안한 상태로 이어질지 모른다는 생각을 하자 노부오는 여전히 기분이 찜찜했다.

노부오는 이런 생각을 하면서도 결국은 이 편지를 보내 버렸다.

일요일 아침에 눈을 뜨자 노부오는 어쩐지 등골이 서늘한 느낌이 들었다. 매일 비가 내린 탓에 이불이 축축해서 그런지 모른다는 생각을 했으나 목이 아프고 몸도 나른했다.

평소처럼 마치코가 일찍부터 외출복을 입고 까불거리고 있다.

(마치코는 학교보다 교회에 가는 게 즐거운가 보다.)

별난 아이라고 불쾌해하며 몸을 뒤척였다.

"오빠, 식사해."

마치코가 노부오를 깨우러 왔다. 노부오는 말하기도 힘들 만큼 나른한지 꼼짝 않고 눈을 감고 있었다.

"오빠는 잠꾸러기야."

마치코는 노부오의 이불을 휙 걷어냈다. 노부오는 몸이 으스스해서 자기도 모르게 움츠렸다.

"춥잖아!"

노부오가 나무랐다.

"어머!"

노부오의 표정을 보고 마치코는 깜짝 놀랐다. 노부오가 정색하고 화를 냈기 때문이다.

"잠꾸러기!"

마치코는 그대로 거실 쪽으로 내뺐다. 노부오는 젖혀진 이불을 다시 덮었지만 으스스해서 불쾌한 느낌이 가시지 않았다.

"웬일이지? 아직 안 일어났나?"

세면을 끝낸 사다유키가 말을 걸었다. 노부오는 대답은 하지 않고 사다유키를 올려 보았다.

"왜? 몸이 좋지 않아 보이는데?"

사다유키는 한쪽 무릎을 꿇고 노부오의 이마에 손을 댔다.

"기쿠! 기쿠!"

사다유키는 평소와 달리 당황한 모습을 보이며 기쿠를 불렀다.

"무슨 일이세요?"

기쿠는 방에 들어오자마자 노부오를 한 번 보고 노부오의 이마에 자신의 이마를 댔다. 노부오는 부끄럽고 기쁜 나머지 얼굴이 새빨개졌다. 지금껏 기쿠가 마치코의 볼을 비비는 걸 본 적은 있었지만, 노부오에게는 그런 적이 없다.

기쿠가 노부오를 처음 본 날에 꽉 안아 주었던 적은 있었지만 그 후는 이따금 어깨에 손을 대는 정도였다. 노부오는 어머니가 자신의 이마에 주저 없이 이마를 대 주자 마음이 매우 평온해졌다.

바로 의사가 불려왔다. 기쿠는 심각한 표정으로 의사가 진찰하는 모습을 지켜보았다. 노부오는 어머니의 걱정스러운 얼굴을 보면서 어느새 잠이 들어 버렸다.

(엄청 어둡네.)

노부오는 맨발로 깜깜한 길을 걷고 있다. 발이 차가워서 견딜 수가 없다. 학교에 가려고 걷는 중인데 어디로 가야하는지 알 수 없다. 그저 발이 차가울 뿐이다. 발은 차가운데 머리는 뜨겁다.

(아아! 불티가 날라 오는구나.)

노부오는 어째서 이렇게 머리가 뜨거운지 생각하면서 뒤를 돌아보니 어딘가에 있는 집이 불타고 있다. 몸이 굉장히 나른해졌다.

(피곤하다, 피곤해.)

노부오는 그 자리에 웅크리고 앉아 잠을 자기 시작했다.

한참 지나 노부오는 갑자기 눈을 떴다. 전등이 노란색으로 보인다.

"노부오!"

기쿠의 얼굴이 노부오를 들여다보고 있었다. 기쿠의 걱정스러운 눈길이 희미하게 미소를 띠었다.

"아주 오래 잠을 잤어."

(그렇게 오래 잠을 잤나.)

생각하며 노부오는 멀거니 어머니를 쳐다보았다.

"머리가 아파?"

기쿠는 물수건을 짰다. 어딘가에서 야경꾼의 딱따기 소리가 들렸다.

(아, 한밤중이구나.)

노부오는 기쿠를 보고 뭔가 말하고 싶었지만 어느새 또 잠이 들어 버렸다.

누군가 미음을 먹여 준 것 같았다. 의사가 와서 뭔가 얘기했던 것 같기도 하다. 잠옷이 벗겨진 기억도 희미하게 났다. 목이 아주 아팠던 기억만은 생생하다.

노부오는 그다음 날 깊은 밤이 되어서야 잠에서 완전히 깨어났다.

"노부오!"

기쿠의 얼굴이 노부오에 바짝 다가와 있었다.

"이제 괜찮아. 목이 아팠었대."

기쿠가 안심한 듯이 말했다.

"네."

노부오는 아주 고분고분한 마음으로 고개를 끄덕였다.

"어머니, 이제 주무셔도 돼요. 제가 몇 시간이나 잤나요?"

"어제 아침부터 지금까지 열이 높아서 제대로 눈을 뜨지 못했어."

"어제 아침부터요?"

노부오는 놀라 어머니를 보았다.

(어머니는 어제 아침부터 줄곧 내 옆에 계셔 주신 건가?)

노부오는 단정한 옷차림에 흐트러짐 없이 앉아 있는 어머니를 보았다.

"어머니, 한숨도 안 주무신 거예요?"

"노부오의 몸이 걱정되어서 그랬어."

기쿠는 상냥하게 웃으며 고개를 끄덕였다.

(어머니는 나를 그토록 아꼈단 말인가?)

노부오는 뭐라 표현할 수 없는 달콤한 희열이 솟아남을 느꼈다.

노부오는 이유를 모른 채 어머니에게 마음을 터놓을 수가 없었다. 오랫동안 떨어져 살았기 때문일 수 있다. 어머니의 식사 기도에 왠지 혼자 남겨진 듯한 쓸쓸함을 느낀 것은 그 이유의 하나인지 모른다. 어린 자신을 버리고 집을 나간 어머니를 결코 용서하지 않겠다는 마음이 무의식중에 생겨났기 때문일 수도 있다. 어머니가 인품이 훌륭하며 다정하다는 생각을 했고 동경심에 가까운 애정도 품기는 했지만, 진심으로 그 인품과 다정함을 완전히 믿은 건 아닐 수도 있다. 오히려 다정한 만큼 방심하지 못하게끔 하는 무언가가 있음을 어린 마음에 느끼고 있었을 것이다. 자신보다도 소중한 존재가 어머니에게 있다는 사실을 노부오는 납득할 수 없었다.

(자식을 팽개치고 집을 나가는 어머니가 이 세상에 있을까?)

그런 비참한 마음을 어린 시절에 알았다는 기억은 짧은 시간에는 도저히 치유될 수 없는 것이었다. 노부오는 정말로 어머니가 자신을 사랑하는지 알고 싶었다.

어머니가 자기를 걱정하여 줄곧 지켜보고 있었음을 이제 알게 된 노부오는 크게 안심하며 엄청난 희열감에 사로잡혔다.

(어머니는 역시 나의 어머니였다. 마치코만의 어머니가 아니었다.)

노부오는 진심으로 기뻤다.

"어머니."

노부오는 그 희열을 말하고 싶은 마음으로 어머니를 불렀다. 어머니라고 부른 한마디 말고 더 이상 말이 필요 없을 것 같았고, 자신의 마음이 그대로 자신의 어머니에게 흘러들어간 것 같은 기분이 되었다. 이런 일은 지금까지 한 번도 없었다.

"왜 그러니? 노부오."

기쿠의 눈에 눈물이 맺혀 있었다.

"왜 그러세요? 어머니, 왜 울고 계셔요?"

평소의 노부오라면 이렇게 다정다감하게는 물어볼 수 없었다.

"나는 말이야, 네 병이 이대로 낫지 않을까 봐 너무 걱정이 되고 무서워서 살아 있다는 느낌도 나지 않았어. 그도 그럴 것이 열이 너무 나고 계속 잠들어 있어서 말이야. 그래도 지금 눈이 떠진 노부오를 보니 정말로 안심이 됐어."

"안심이 돼서 눈물을 흘리신 건가요? 어머니."

"이상해 보이니? 눈물은 기쁠 때도, 슬플 때도 나오는 법이야."

기쿠는 눈자위를 소매로 살짝 눌렀다.

(내가 죽지 않아서 어머니는 기뻐하고 있다. 어머니는 진짜로 나의 어머니이다.)

노부오는 다시 이렇게 생각했다.

"오빠, 다행이다. 정말로 다행이야."

다음 날 아침 마치코가 노부오의 얼굴을 덮을 듯이 들여다보며 말했다.

"그래."

노부오는 마치코를 싫어하지는 않았지만 이따금 마치코와 어머니가 너무 친밀하다고 생각될 때에는 얄미웠다. 그러나 오늘 아침은 다르다. 마치코의 동그란 눈이 아주 귀엽게 생각되었다.

"나는 어리니까 가서 먼저 자라고 하셨어."

이렇게 말하며 마치코는 옆에 있는 인형을 내밀었다.

"이 인형이 오빠 옆에서 한숨도 자지 않고 걱정해 주었어. 내 대신 말이야. 이 인형을 오빠한테 줄 테니 빨리 낫도록 해. 예수님께도 기도했어."

마치코는 이렇게 말하고 바로 양손을 가슴에 모았다.

"하나님, 마치코의 기도를 들어주셔서 정말 감사합니다. 진심으로 감사드려요. 이제 오빠가 밥을 먹을 수 있게 되었어요. 이 인형을 오빠에게 아주 줄 거니까 오빠가 병에 다시 안 걸리게 해 주세요. 예수님의 이름으로 기도합니다. 아멘!"

마치코의 기도를 처음으로 들은 노부오는 감동했다. 붉은 꽃무늬 바탕에 소매가 긴 옷을 입힌 그 인형은 40~50센티쯤 되었다. 평소 마치코는 그 인형을 엄마도 손대지 못하게 할 만큼 소중히 여기고 있었다. 물론 친구들이 아무리 원해도 품지도 못하게 했다. 그런 소중한 인형을 노부오에게 준다는 건 상상하기 힘들 정도로 엄청난 일이었다.

노부오는 자기가 가장 아끼는 나전칠기 문진을 마치코에게 줄 수 있을지 생각해 보았다.

(도저히 줄 수 없다.)

두 번째로 소중한 주판을 줄 수 있을지도 생각했다.

(그것도 줄 수 없다.)

이런 생각들을 하다 보니 노부오는 마치코가 얼마나 자신을 좋아하는지 잘 알 수 있었다. 자기는 할 수 없는 행동을 이 어린 동생이 할 수 있다는 생각에 갑자기 마치코가 아주 대단하게 느껴졌다.

"마치코, 고마워. 근데 나는 남자라 인형은 필요 없어."

노부오는 상냥하게 말했다.

"괜찮아, 가져. 준다고 예수님께 약속했거든."

마치코는 진지한 표정으로 말했다.

"아니야. 이 인형은 마치코가 엄청 소중히 여기는 거잖아."

"그럼, 오빠. 오빠가 예수님에게 기도해 줘. 마치코가 준다고 한 인형을 돌려주어도 제발 화를 내지 않게 해 달라고 말해."

"기도? 나는 기독교 신자가 아니라 기도 같은 거 몰라."

말하고 나자 노부오는 기독교 신자를 야소라고 부르며 싫어했던 행동이 왠지 갑자기 창피한 생각이 들었다. 오빠를 위해 소중한 인형도 필요 없다며 기도해 주는 어린 마치코를 보고 이렇게 느낀 것이다.

"오빠가 기도할 줄 모르면 내가 가르쳐 줄까?"

마치코의 말에 노부오는 뭐라 답해야 좋을지 알 수가 없었다. 인형을 받을 수는 없다고 말했다. 그렇다고 기도는 할 수 없다. 노부오는 어찌할 바를 몰라 마치코의 얼굴을 바라보았다.

대문 앞

노부오가 중학교를 졸업하던 해였다. 오사카에서 사촌 형 다카시가 놀러왔다. 다카시는 오사카에서 가업인 포목 도매상을 돕고 있다.

"상인이란 게 별거 아니야. 월급은 일한 만큼의 반밖에 안 되는데다 모두에게 굽실거려야 하고."

이런 말을 하면서도 다카시는 그다지 대수로워하지 않았다.

청일전쟁(1894~1895)이 끝나고 나서 전반적으로 경기가 나쁜 시기라 다카시가 상인을 별거 아니라고 생각하는 것도 결코 허풍은 아니었다. 낙천적인 천성이 그런 어려움을 개의치 않는 것 같아 노부오는 부러운 생각이 들었다.

"노부짱, 아주 멋진 사내 티가 나는데?"

다카시는 큼지막한 손으로 노부오의 어깨를 툭 쳤다.

"마치짱도 대단한 미인이 되었지만 말이야."

다카시는 눈치 빠르게 마치코에게도 아첨을 떨었지만 마치코는 새침해져서,

"다카시 오빠한테는 칭찬받아도 기쁘지 않아요."

하고 대꾸했다. 노부오와 아름다운 어머니가 자기보다 더 닮았음을 마치코도 충분히 알고 있는 것이다.

오랜만에 다카시와 함께 저녁 식사를 한 노부오는 그를 따라 시내로 나갔다.

"노부짱, 이제 졸업이구나."

"네."

"오늘은 졸업을 축하하는 의미로 좋은 곳으로 데려가 줘야겠다."

다카시는 앞장서서 빨리 걸어갔다. 이따금 멈춰서,

"도쿄도 많이 변했네. 알아볼 수 없게 되었어."

하며 노부오를 돌아보았다.

"너, 여자랑 놀아 봤니?"

갑자기 소리를 낮춰 다카시가 말했다.

"여자와 놀다니요?"

노부오는 다카시가 한 말의 의미를 이해할 수 없었다.

"예를 들면 말이야. 요시와라에도시대(1603~1868) 초기인 1617년에 세워진 대규모 유곽에서 논 적이 있느냐는 얘기지."

요시와라란 말을 듣고 노부오는 새빨개졌다. 뭐라고 대답해야 좋을지 모를 만큼 몸이 화끈 달아오르는 느낌이었다.

"표정이 왜 그래?"

노부오의 모습을 보고 다카시는 크게 웃었다. 서른 살인 다카시에게는 아내와 자식도 있다.

"어차피 남자가 언젠가 한 번은 갈 곳이야. 졸업 기념으로 오늘 밤 데려가려고 해."

노부오는 두세 걸음 뒷걸음치다 멈춰 섰다. 요시와라라는 곳은 노부오도 들어서 알고 있다. 그곳에는 본 적도 없는 아름다운 여인들이 수백 명이나 있다고 했다. 거기서 남자들이 여자와 논다는 게 무엇을 의미하는지도 노부오는 알고 있다.

가고 싶지 않다고 말하면 거짓말이 된다. 그러나 가고 싶지 않다는 마음도 강했다. 노부오에게 그곳은 왠지 무섭게 느껴지는 장소였다. 마치 도깨비가 나오는 집을 보고 싶어 하면서도 무서워하는 어린아이의 마음 같았다.

노부오는 여자란 어떤 존재인지 전혀 짐작할 수 없었다. 이 세상에 남성과 여성 두 개의 성만 있는 사실을 매우 이상하게 생각할 정도였다.

어머니는 분명 여성이고 마치코도 열여섯 살 된 앳된 처녀이다. 같은 지붕 아래에서 자나 깨나 같이 지내는 두 사람조차 노부오에게 때때로 묘한 압박감을 느끼게 한 적이 있었다. 노부오는 마치코가 옆에 바싹 다가오면 갑자기 당황스러워 피하기도 했다. 여동생인데 공연히 밉살맞게 느껴지기도 하고 더할 나위 없이 사랑스럽기도 했다. 딱히 별다른 이유 없이 이런 감정들이 교차하게 만드는 여자란 존재가 어쩐지 무섭게 느껴졌다.

꿈속에서 어디 사는 누구인지 모르는 여성이 나타나는 적도 있었다. 그러고 나면 노부오는 그 꿈속의 여성을 오랫동안 잊을 수가 없었다. 얼굴이나 모습이 분명치 않으면서도 확실히 여성이라고 느낄 수 있다는 건 생각해 보면 역시 불쾌한 기억이었다.

학교에서 친구들과 한창 이야기를 나누다가 갑자기 그런 꿈이 떠올라 얼굴이 붉어지는 바람에 친구들을 놀라게 한 적도 있었다.

저녁 무렵 시내에서 여자가 몸을 비스듬히 기댄 아름다운 자세로 인력거를 타고 가는 걸 가끔 본 적이 있다. 그러면 노부오는 그 여자의 체온을 직접 느낀 것처럼 몸이 뜨거워지고, 그날 밤 여자의 환영에서 도망칠 수 없었다. 노부오는 나름 의지가 강하고 이성적이었지만 여성에 관한 일에 대해서는 도저히 자유로울 수가 없었다. 자신을 속박해 버리는 여성이라는 존재가 노부오에게는 무서우면서 불쾌했고, 게다가 성가시면서도 그 생각이 떠나지 않아 괴롭기까지 했다.

그즈음은 입대하기 전에 남자가 여자를 알게 되는 게 당연하게 받아들여지던 시기였다. 그래서 동급생의 절반 이상은 여자를 알게 된 사연을 신나게 털어놓곤 했다. 지금 다카시가 노부오를 요시와라로 끌고 가는 것도 세간의 일반적인 시각에서 보면 그다지 부도덕하거나 드문 일이 아니었다.

"뭐야, 겁쟁이같이!"

이렇게 말하는 다카시에게 등이 떠밀리자 노부오는 호흡을 진정시키며 다시 걷기 시작했다. 길거리 모습이나 오가는 사람들도 눈에 들어오지 않았다. 노부오는 몸이 점점 굳어져 옴을 느끼며 몇 번인가 크게 심호흡을 했다.

"노부짱, 여자란 무서워할 존재가 아니야. 알고 나면 아무것도 아니라고."

이렇게 말하는 다카시도 놀러 가는 기대감으로 좀 흥분하고 있는지 평소보다 목소리가 커지고 있었다.

노부오는 걷다가 무심코 요시카와 오사무가 떠올랐다.

(요시카와는 이미 여자를 알고 있을까?)

소학교 4학년 때 헤어지고 나서 지금은 편지로만 소통하고 있는 요시카와의 얼굴이 눈에 떠올랐다. 그의 얼굴은 4학년 때 헤어질 때 모습 그대로

인데 꽤 철이 든 어른으로 느껴졌다.

(요시카와라면 절대 여자와 놀지 않을 거야.)

요즈음 절에 자주 간다는 요시카와의 편지를 떠올렸다. 홋카이도의 탄광철도회사에 들어가 어머니와 여동생 후지코를 돌보는 한편, 절에 가서 스님의 설법을 듣는다는 요시카와에게는 여자와 놀 여유나 그럴 마음이 없을 게 틀림없다고 노부오는 생각했다. 지금의 노부오에게 요시카와는 양심을 지키게 하는 하나의 기준이 되어 있었다.

(그 친구가 하지 않는 걸 나는 하려고 한다.)

노부오는 단호하게 혼자서 집으로 돌아갈까 하는 생각을 했지만 발걸음은 여전히 다카시의 뒤를 따랐다.

(왜 돌아서질 못하는 걸까?)

이렇게 생각하면서도 발걸음은 멈출 수 없었다. 노부오는 한 번도 본 적이 없는 요시와라의 화려함을 기대하면서 계속 걸어갔다.

(어떤 여자들이 있을까?)

(여자에게 무슨 얘기를 하면 될까?)

급기야 이런 상상까지 하면서 노부오는 잠자코 다카시와 걸어갔다.

"노부짱, 봐. 저기 커다란 대문이 보이지? 저기가 요시와라야. 드디어 다 왔다."

다카시가 가리키는 방향을 바라봤을 때, 노부오의 가슴이 심하게 두근거리기 시작했다. 인력거를 탄 남자들이나 하카마를 입지 않은 약식 복장 차림의 남자들이 다카시와 노부오를 앞질러 가는 게 보였다. 모두 기대에 부푼 모습이었다. 젊은 학생들 대 여섯 명이 큰 소리로,

"적군이 수만 명이라도……."

로 시작되는 군가를 외치며 손을 흔들고 걸어갔다. 어둠 속에서 실루엣처럼 보이는 모습이 아주 선명하게 뇌리에 남았다.

"꽤나 많은 사람이 오는군요."

노부오는 자기의 목소리가 이상하리만치 떨리고 있음을 느꼈다.

"사내들이 다 그렇지, 뭐."

아무렇지도 않은 듯이 말하고 다카시는 웃었다.

자신도 이 많은 사내들 중의 하나일지 모른다는 생각에 노부오는 문득 허탈한 기분이 되었다.

(나는 지금 어디로 가려는 걸까?)

노부오는 자기 자신이 갑자기 싫어졌다. 여자를 산다는 게 지금 시대에는 반드시 나쁜 일이 아닐지 모른다. 그러나 칭찬받을 일도 아니라고 생각했다. 게다가 마음속 깊은 곳에는 그런 행위는 결코 좋은 게 아니라는 생각이 자리 잡고 있었다.

(요시카와라면 염치없이 이런 곳까지 오지도 않았을 것이다.)

노부오는 요시와라의 밝은 쪽을 바라보며 아직 돌아갈 결심을 하지 않았다. 꿈속에 나타나는 여인의 부드러운 피부가 현실로 다가옴에 대해 여전히 집착하고 있었다.

"야! 뭐 하는 거야. 남자답지 못하게."

다카시의 이런 말을 들은 순간 노부오는 깜짝 놀랐다.

(그렇다. 나는 남자답지 못하다.)

이렇게 생각하자 노부오는 마음속으로 자기 자신에게 크게 기합을 넣었다.

(우로 돌아!)

다리가 단호히 오른쪽으로 향하는가 싶더니 노부오는 이미 달려가고 있었다. 뒤에서 다카시가 외치는 소리도 들리지 않았고, 엇갈리는 사람들이 놀란 듯 돌아보는 모습도 눈에 들어오지 않았다. 노부오는,

(앞으로 전진! 앞으로 전진!)

반복하여 구령을 붙여 가며 달려갔다.

노부오는 이불 속에서 아까부터 자기 몸을 여기저기 꼬집고 있었다.

(이런 모습을 요시카와가 보면 뭐라고 할까?)

노부오는 요시와라의 대문까지 따라 간 자신의 연약함에 대해 벌을 주기 위하여 몇 번이고 자신의 몸을 꼬집었다. 그러나 마음은 좀체 진정되지 않았다. 노부오는 일어나 전등을 켰다.

아무래도 요시카와에게 알려야겠다는 생각이 들어 책상 앞에 앉아 편지지를 펼쳤다. 내일 다시 읽으면 찢어 버릴지라도 일단 써 두어야만 했다.

"요시카와에게.

지금은 밤 10시. 갑자기 자네에게 써야 할 일이 생겨 붓을 잡았네.

요시카와. 나는 오늘 밤 처음으로 인간이 얼마나 자유롭지 못한 존재인지를 절실하게 알게 되었네. 나는 중학교에 들어가서도 공부로는 남에게 결코 지지 않았고 체격은 가냘프지만 유도 공인 2단이기도 했지. 실제로 나란 존재는 뭘 해도 남보다 뛰어나다고 은근히 자부심을 갖고 있었어. 게다가 인성을 놓고 보더라도 같은 또래와 비교하면 꽤 분별력이 있고 의지도 강한 편이라고 생각하네. 그래서 그런지 인간은 만물의 영장이라는 말을 아무런 저항 없이 나 자신

에게도 적용하곤 했다네."

여기까지 쓰고 노부오는 앞으로 계속 쓸지 말지를 고민했다. 머나먼 홋카이도에 있어서 아무것도 모르는 요시카와에게 새삼 자신의 약점을 속속들이 드러내면 안 된다는 생각이 스쳐 갔다. 그러나 노부오에게 요시카와는 단순한 친구 이상의 존재였다. 요시카와는 항상 노부오보다 한 걸음 앞서 걷고 있는 인물로 생각되었다. 앞서 걷는다는 표현보다는 한층 높은 곳에서 살아가는 존재처럼 생각되었다는 게 맞을 것이다.

이는 요시카와가 멀리 떨어져 있기 때문에 그를 미화시키고자 하는 생각에서 비롯된 게 아니다. 노부오는 요시카와에 대한 이런 인상을 소학교 때부터 여태껏 쭉 지니고 있다.

노부오는 다시 붓을 잡았다.

"요시카와.
부끄러운 말이지만 나는 오늘 요시와라에 갔었네. 요시와라는 윤락 여성들이 있는 곳인데 사촌 형에게 이끌려 그 근처까지 가 버렸어. 하지만 대문 앞에서 도망쳐 돌아왔는데 그건 다 자네 덕분이야.
나는 자네라면 그런 곳에 갈 리가 없다는 생각이 들자 갑자기 부끄러워졌네. 만약 자네가 그토록 올바른 인물이 아니었다면 나는 지금쯤 윤락 여성과 같은 베개를 베고 자고 있을 거야.
요시카와. 고맙네. 자네는 먼 홋카이도에 있으면서 나의 위기를 구해 준 셈이야. 좋은 친구란 정말로 고마운 존재야. 자네를 몰랐다면 나는 어떤 뻔뻔한 짓을 저질렀을지 몰라.

요시카와. 내가 자유롭지 못하다고 한 건 실은 이 여성이라는 존재에 대해 갈피를 못 잡기 때문이네. 나는 아마 눈앞에 큰돈이 떨어져 있다 해도 그것을 내 것으로 하려는 마음은 없을 거야. 그 점에 있어서 나는 금전에 집착하지 않는 자유로운 인간이라고 말할 수 있을지 모르지.

하지만, 아무도 보지 않는 곳에서 여자에게 손을 잡힌다면 뿌리치고 도망갈 수는 없을 것 같네. 간단히 말하면 내게 가장 어려운 문제는 바로 성욕이야.

요시카와. 나는 성욕에 관해서는 평생 결코 자유롭지 못할 것 같은 생각이 드네. 얼마나 성적인 과오를 범할지 불안한 마음마저 든다네. 제발 나를 비웃지 말아 주고 이 문제에서 자유롭게 되는 길을 가르쳐 주게나.

좀 이상한 편지가 됐지만 스무 살인 내게 있어 지금 이보다 큰 문제는 없어. 부디 비웃지 말고 도와주게. 빠른 답장을 부탁하네.

오늘은 요시와라의 등불을 보기만 하고 도망쳐왔지만 앞으로 과연 또 그렇게 할 수 있을지 어떨지 나는 자신이 없다네."

나가노 노부오

추신

미안하지만 이 편지는 바로 태워 주게. 어머니나 후지코가 보면 너무 창피해서 견딜 수 없을 것 같군.

다 쓰고 나자 노부오는 마음이 조금 진정되었다. 그러나 후지코란 이름을 썼을 때 자기도 모르게 다정다감한 마음이 가슴 속에 자리 잡아 가는 느낌을 지울 수가 없었다.

다카시가 오사카로 돌아간 지 2~3일이 지났다. 이날은 1월인데도 4월처럼 따뜻하고 아침부터 하늘이 활짝 갰다.

"벚꽃이 필 것 같은 날씨네요."

기쿠가 말하자.

"음. 너무 따뜻하면 아무래도 몸에는 좋지 않겠지."

사다유키가 대답했다.

"어머! 아버지, 어디 아프세요?"

댕기 머리에 흰 리본을 맨 마치코가 사다유키를 보았다.

"음, 어쩐지 어깨가 결리네."

사다유키는 부쩍 처녀티가 나는 마치코를 보고 미소를 지었다.

(몸이 안 좋으면 쉬세요.)

노부오는 이렇게 말하려다 입을 다물었다.

이즈음 노부오는 말을 하려다 그만두는 적이 가끔 있었다. 왠지 하려는 말이 모두 별 대단한 의미가 없는 말로 생각되었기 때문이다. 그런 말들을 마음속으로 다시 새겨 보면 대부분은 하지 않아도 된다는 생각이 들었다. 노부오는 남과 말을 주고받는 게 헛되다고 느끼기 시작했다.

"당신, 괜찮아요?"

"별거 아닐 거요."

옷을 갈아입으면서 대답하는 아버지의 얼굴을 노부오는 바라보았다.

(쉬시면 좋을 텐데.)

아버지의 얼굴이 피곤해 보였다. 하지만 노부오는 여전히 잠자코 있었다. 자기보다 사리분별이 뛰어난 아버지에게 뭐라 할 말이 없을 거라고 생각한 것이다. 그런 노부오를 돌아보고 사다유키가 말했다.

"입시 공부는 잘돼 가니? 좀 피곤해 보이는데 몸을 해치면 안 된다."

노부오는 얼굴을 붉혔다. 입시 공부보다 노부오의 마음을 괴롭히는 건 성욕 문제였다. 노부오는 문을 나서 인력거를 타고 가는 아버지를 멍하니 배웅했다.

"다녀오겠습니다."

마치코가 가방 보퉁이를 안고 노부오의 옆을 지나갔다.

"어!"

건성으로 대답하는 노부오를 보고 마치코가 발걸음을 돌렸다. 거무스름한 적갈색 스커트의 주름이 가볍게 흔들렸다.

"오빠, 이렇게 좋은 날씨에 얼굴 표정이 왜 그래?"

"아니, 별거 아니야."

"그럼 다행이지만 아버지랑 오빠가 기운이 없어 보여 마음이 불편해."

이렇게 말하고는 뒤도 돌아보지 않고 재빨리 문을 나서는 마치코를 대문까지 천천히 따라갔다. 바로 얼마 전까지는 어디를 가더라도 같이 가고 싶어 했던 마치코가 요새는 노부오와 걷기를 결단코 싫어했다.

같은 방향인 학교로 갈 때에도 마치코는 반드시 노부오보다 한 걸음 앞서 집을 나선다. 노부오는 문 앞에 서서 이미 50미터쯤 앞서 가는 동생의 힘찬 뒷모습을 물끄러미 바라본다. 별다른 걱정거리 없이 명랑한 마치코는 상큼하고 기분 좋은 분위기를 자아내는 여동생이었다.

노부오도 학교에 가려고 문을 나서서 두세 걸음 갔을 때, 뒤에서 크고 날카로운 남자의 목소리가 들렸다. 돌아보니 아까 아버지를 태우고 집을 나선 인력거꾼이었다. 그는 인력거를 끌고 있지 않았다. 노부오는 등골이 오싹해짐을 느꼈다. 아버지에게 무슨 일이 일어난 것이다.

인력거꾼이 외치는 소리를 분명히 알아듣기 까지는 조금 시간이 걸렸다. 노부오는 급히 발걸음을 돌렸다. 서두르려 했지만 실제는 무릎이 바들바들 떨려서 남이 보았다면 아주 느리게 걷는 것처럼 보였을 것이다.

사다유키는 벌써 6시간이나 코를 크게 골며 계속 잠들어 있다. 지금 온 식구는 안절부절못하며 사다유키의 잠든 얼굴을 그저 바라보고 있을 뿐이다.

노부오는 오늘 아침 아버지의 피곤한 얼굴을 살펴보면서,

(쉬시면……)

하고 마음속에 담아둔 채 말은 하지 못하고 배웅해 버린 걸 뼈저리게 후회하고 있다.

(왜 단 한마디도 못했을까?)

피가 밸 정도로 세게 입술을 깨물면서 노부오는 생각했다.

"아버지, 아버지."

이따금 울음 섞인 목소리로 마치코가 사다유키를 부르며 흐느껴 울었다. 별다른 고생 않고 구김살 없이 자란 마치코에게는 참을 수 없이 슬픈 일이었다. 기쿠는 여전히 누구보다 침착함을 유지했으나 반나절 만에 그 아름다운 뺨이 홀쭉해졌다.

노부오는 자기도 모르게 양손을 꽉 쥐고 있었다.

(만약 이대로 아버지가 돌아가 버리시면……)

이런 생각만 해도 초조해서 견딜 수가 없었다. 납작 엎드려 누군가에게 기도해야만 할 것 같은 마음이었다. 어머니와 마치코가 양손을 모으고 기도하는 모습을 보자 노부오는 뭐라 표현하기 힘든 부러움을 느꼈다. 이두 사람의 기도라면 기독교 신자들이 믿는 신은 들어주시지 않을까 하는 생각이 들기도 했다.

(아버지!)

노부오는 아버지에게 야단맞던 어린 시절을 떠올렸다.

(도라짱에게 헛간 지붕에서 밀려 떨어졌을 때였다.)

"상인의 자식 나부랭이에게 밀려 떨어지진 않아요."

이렇게 말한 노부오는 처음으로 아버지에게 맞았다. 그런 아버지의 마음을 스무 살이 된 지금의 노부오는 잘 이해하고 있다.

(때리시길 잘하셨어.)

만약 그때 맞지 않고 끝났다면 자신이 지붕에서 떨어진 사실은 단순한 하나의 추억에 지나지 않았을 것이다. 그때에는 제대로 몰랐던 아버지라는 존재의 위대함을 이렇게 계속 잠들어 있는 모습을 보면서 실감할 수 있게 되었다.

내게 아버지가 계시다는 현실이 어쩌면 과거의 사실이 되어버릴지 모른다는 생각이 들자 무슨 일이 있어도 살아 계시길 바랐다. 계속 잠을 주무셔도 된다. 여하튼 숨을 쉬고 살아 주시기만 하면 감사할 뿐이라고 노부오는 생각했다.

그러나 사다유키는 결국 그날 밤 죽었다.

노부오는 장례식이란 불교식으로만 행해지는 줄 알고 있었다. 친척들도 당연히 불교식이라고 알고 있었으나 기쿠가 기독교식으로 할 것을 희망하는 바람에 갑작스레 화를 내기 시작했다.

"어떻게 그런 창피한 짓을 할 수 있단 말이요?"

도세의 동생은 기독교식이면 그냥 돌아가겠다고 말했다.

"네가 야소인 건 알았지만 사다유키까지 그런 식으로 장례를 치러야 되겠니?"

사람들은 저마다 기쿠를 비난했다. 지금까지 도세와의 사이에 일어났던 복잡한 사정을 속으로 좋지 않게 생각하는 사람들이 많았다. 하지만 사다유키의 온화한 인품이나 기쿠의 상냥함 탓에 그런 감정을 드러내지 않고 지내왔을 뿐이다.

그런 까닭에 사람들의 반대를 누르고 기독교식으로 하고 싶다는 기쿠의 바람은 사람들의 반감을 불러왔다.

"사다유키도 그런 장례식은 면목이 서지 않는다고 생각할 게 분명하다."

누군가 이렇게 말했을 때, 기쿠는 봉투 하나를 사람들 앞에 내밀었다.

"남편의 유서입니다."

기쿠는 이렇게 말하고 정중히 절을 했다.

노부오는 깜짝 놀랐다.

(유서라니? 아버지는 언제 그런 걸 써 두셨단 말인가?)

이상한 생각이 들었다.

유서는 도세의 동생이 읽었다.

"기쿠, 노부오, 마치코에게

인간은 자신이 언제 죽을지 미리 알 수 없는 법이다. 나의 뜻은 모두 기쿠가 잘 알고 있기 때문에 여기에 새삼스레 남겨 둘 만한 말은 없다. 같이 지내면서 가족들에게 한 말과 나의 행동 모두가 나의 유언이라고 받아들이길 바란다.

나는 하루하루를 이런 생각과 뜻으로 살아왔다. 그럼에도 나의 죽음으로 마음이 흔들릴 때에는 이 글도 힘이 되리라고 생각한다.

1. 노부오는 나가노 가문의 장남으로서 어머니에게 효도를 다하고 동생을 이끌어 행복한 가정의 기둥이 되기 바란다.
1. 그러나 결코 입신출세를 바라지는 않는다. 인간으로서 살아가는 방법은 어머니에게 배우는 게 바람직하다.
1. 특히 노부오는 인간으로 태어난 사실을 소중하게 마음에 명심하고 참된 인간이 되기 위해 각별한 노력을 기울이기 바란다.
1. 나는 기쿠의 남편이자 노부오와 마치코의 아버지로서 행복한 일생을 보냈다. 이는 모두 하나님이 베풀어 주신 은혜 때문이다.
1. 아버지의 죽음 때문에 경제적으로 어려워지더라도 놀라거나 당황해하지 말아라. 필요한 건 반드시 하나님이 주실 것이다.
1. 나의 장례식은 기독교식으로 해 주기를 바란다.

요즈음 유난히 심하게 피곤할 때가 많아 만일을 위해 써 둔다.

1월 14일 사다유키

유언을 다 듣고 나서 모두들 서로 고개를 끄덕이기만 할 뿐 소곤대는 소리조차 내지 않았다. 그들에게 유언이란 재산 분배를 말함이라고 해도 과언은 아니었다. 그런 탓에 도저히 종잡을 수 없을 것 같은 이 유언은 그들을 어리둥절케 했다.

그러나 유언을 남긴 효과는 분명했다. 누구 하나 기독교식으로 치르는 걸 더 이상 비난할 수 없었기 때문이다.

장례식이 끝나자 집안이 갑자기 쥐 죽은 듯 고요해졌다. 노부오는 잠자리에서 눈을 감고 있으면 크게 써진 사死 자가 줄곧 자신을 향해 덮쳐 오는 것 같은 압박감을 느꼈다. 할머니와 아버지의 죽음 모두 너무나 갑작스러웠다. 서로 이야기를 나눠 본다던가 간절하게 애원할 수 있는 시간적 여유마저 전혀 없었던 일방적이고 비정하기 짝이 없는 죽음이었다.

하다못해 2~3일이라도 간병할 수가 있고, 죽어 가는 사람과 남겨지는 사람이 서로 이야기를 할 수 있다면 슬픔은 얼마간 누그러질 수도 있다. 그럼에도 할머니, 아버지 모두 순식간에 의식을 잃고 당황해서 그저 지켜보기만 하는 사이에 숨을 거두었다.

(너무나 일방적이다.)

노부오는 무언가를 향해 호소하고 원망도 하고 싶은 마음이 들었다.

(나도 할머니랑 아버지처럼 언제인지 모를 때 갑자기 죽어 버리는 게 아닐까?)

노부오는 두려웠다. 아버지가 돌아가시기 직전까지는 성욕이라는 골칫거리가 노부오의 마음을 가장 괴롭혔다. 그러나 지금의 노부오에게는 죽음이 가장 큰 문제가 되었다. 죽음에 비하면 성욕 문제는 나름 상담할 수 있는 수단이 있고 뭔가 피할 길이 있을 것 같았다. 죽음은 절박하면서도 피할 수 없는 심각한 문제였다.

(나도 반드시 죽을 것이다. 언젠가 어딘가에서 뭔가의 원인으로…….)

노부오는 눈을 뜨고 지그시 자기의 양손을 바라보았다. 연분홍빛 손바닥을 보면서,

(이것은 살아 있는 손이다.)

라고 노부오는 생각했다. 이 손이 언젠가 완전히 차가워져서 어느새 움직이지 않게 되는 날을 상상했다. 노부오는 엄지부터 차례로 손가락을 구부렸다가 펴 보았다. 그때 노부오는 인간은 반드시 죽는 존재라는 사실을 확실히 이해했다.

(어째서 내가 죽게 되는 존재라는 인생의 중대한 문제를 지금까지 명확히 인지하지 못했을까?)

노부오는 아버지를 위대하다고 생각했다. 살아 계실 때는 지나치게 온화해서 안타깝게까지 생각되던 아버지였다. 그러나 아버지는 유서에서,

"같이 지내면서 가족들에게 한 말과 나의 행동 모두가 나의 유언이라고 받아들이길 바란다.

나는 하루하루를 이런 생각과 뜻으로 살아왔다……."

라고 말하셨다. 이것이야말로 항상 죽음을 각오하고 살아간 모습이라고 할 수 있지 않을까? 그 온화한 일상생활에서 아버지는 마음속 깊은 곳에 이 중요한 문제를 분명히 받아들이고 있었던 것이다.

(나는 나의 일상생활이 곧 유언이라 할 만큼 흔들림 없는 삶을 살아갈 수 있을까?)

노부오는 아버지의 죽음에 대해 슬퍼하기보다는 마음속 깊이 감동을 느끼고 있었다.

아버지의 장례식 때문에 노부오는 처음으로 교회에 발을 들여놓았다. 높은 천정과 조금 어두운 교회 내부는 어색하지 않았고, 요상할 것 같았

던 성직자의 모습도 아무렇지 않아 보였다. 모인 사람들도 유별나게 무서워 보인다거나 색다르지 않았다.

그렇지만 장례식인데 독경은 물론 향도 올리지 않으면서 오르간을 치고 노래를 부르는 모습은 너무나 매정하게 생각되어 견딜 수 없었다. 목사가 기도하고, 신자들이 입을 모아 '아멘' 하는 소리도 건성처럼 들려와 적응이 되지 않았다.

(그래도 아버지나 어머니가 그만큼 믿는 종교라면 아마 좋은 점이 있겠지.)

노부오는 이런 느낌이 들었지만 자신은 평생 그런 곳에 다닐 일은 없을 것이라고 생각했다.

아버지의 죽음으로 당장 고민해야 할 현실적인 문제가 하나 있었다. 그것은 노부오 자신의 대학 진학 문제였다. 은행에 근무할 때 꽤 수입이 좋았던 아버지라서 앞으로 2~3년은 경제적으로 어렵지는 않다.

그렇다고 노부오는 자신이 한 집안의 가장임을 고려할 때 아무것도 하지 않으면서 이를 탕진할 수는 없었다. 물론 대학에 진학해서 공부하고 싶다는 마음은 간절했다. 하지만 남에게 지기 싫어하는 성향의 노부오는 독학으로도 대학 정도의 학문은 완수할 자신이 있었다.

대학 진학보다 어머니와 여동생을 부양해야 한다는 생각이 청년기로 접어드는 노부오에게는 자부심을 갖게 하기도 했다.

(요시카와는 소학교만 나오고도 모친과 여동생을 잘 부양하고 있지 않은가?)

노부오는 요시카와가 대단히 훌륭한 일을 한다고 새삼 느꼈다.

아버지가 돌아가신 지 이레째 날 제사를 마친 다음 날 노부오는 요시카와에게 다시 편지를 썼다.

"요시카와에게.

내가 보낸 편지가 도착했을지 궁금하군. 얼마 전에 아버지가 갑자기 돌아가셨네. 어제 7일재를 지냈는데 아버지의 죽음을 현실로 받아들일 수가 없어.

아침에 눈을 떴을 때 오랫동안 꿈을 꾼 것처럼 아버지가 실제는 아직 살아 계시다는 생각이 드네. 그런 다음의 허전함이란 정말 견디기 힘들어. 자네도 아버지를 여의었기 때문에 이 기분을 잘 헤아릴 수 있으리라 생각하네.

아버지는 뇌졸중으로 졸지에 돌아가셨네. 만물의 영장이라는 인간이 이렇게 순식간에 죽어도 되는 존재일까라는 생각마저 하게 되네. 할머니도 뇌졸중으로 돌아가셨는데 아버지도 똑같은 병으로 급사하시게 되니 죽음이란 정말로 기습적으로 다가오는 고약한 녀석이라는 생각이 들 수밖에 없군.

모든 인간이 죽음을 꺼리는 건 당연하겠지만 아무런 조짐 없이 일격을 당할 수도 있다는 게 끔찍해서 견딜 수 없어. 나는 요즈음 죽음이라는 문제에 대해 갖가지 생각을 하게 되는데 나중에 자네의 의견을 듣고 싶네.

그나저나 자네와 나는 똑같이 부모랑 여동생이 있었는데 둘 다 아버지를 잃어버렸으니 우리는 같은 운명이라는 생각을 떨칠 수가 없네. 앞으로는 자네와 좋은 일로도 비슷한 운명에 처하고 싶네.

여하튼 자네는 소학교 때 아버지를 여의고 나서도 꿋꿋하게 지내고 있지 않은가? 내게는 선배나 마찬가지인 자네에게 뒤지지 않도록 나도 힘을 내겠네. 단숨에 쓰느라 내용에 두서가 없을 것 같군.

그리고 저번엔 이상한 편지를 보내 미안하네. 비웃지나 말아주면 좋겠어.

노부오

쓰고 싶은 말은 전혀 못 쓴 기분이 들었지만 노부오는 지금 한마디라도 좋으니 요시카와와 대화해 보고 싶은 마음이었다.

노부오는 중학교에 들어가고 나서 여러 친구를 사귀었지만 마음속까지 털어놓고 이야기하고 싶은 친구들은 왠지 한 명도 없었다. 머나먼 홋카이도에 사는 요시카와가 가장 대화하기 편한 친구였기 때문이리라. 지금 만난다면 의외로 아무런 얘기를 못할지 모르지만 상대의 얼굴을 보지 않고 쓸 수 있는 이런 편지가 노부오를 요시카와와 과감하게 연결한 것 같았다.

노부오가 편지를 부친 다음 날 요시카와에게서 편지가 도착했다. 노부오는 어제 보낸 편지에 벌써 답장이 왔나 하는 착각에 기뻐하며 봉투를 열었다. 요시카와 특유의 동그스름하고 포근함을 느끼게 하는 글씨가 띄엄띄엄 쓰여 있다. 글자를 보기만 해도 위로가 되는 기분이었다.

"나가노에게.

자네의 편지를 반갑게 잘 받아 보았네. 솔직히 아주 미안한 말이지만 자네가 그런 편지를 쓸 수 있을 만한 인물로 생각하지 않았어. 자네는 짐짓 점잖을 빼는 성향이 있어 보였기 때문이지. 성욕 따위로 고민하리라곤 꿈에도 생각지 못했네.

자네도 사람이지 않나. 스님은 사람들은 누구나 다 비슷하다고 했지만 마음속으로 나가노는 왠지 좀 다를 거라고 생각했어.

하지만 자네의 편지를 읽으니 진심으로 안심이 되고 새삼 존경스럽다는 생각이 들었네. 나도 성욕 문제에는 몹시 애를 먹고 있어. 이는 인간으로 태어난 이상 어쩔 수 없는 문제인 거야. 이런 고민을 많이 하는 사람들이야말로 부처님의 구원이 필요하지 않을까?

아직 아닌 것 같긴 한데 혹시 무슨 신앙 서적이라도 읽나? 아버지가 일찍 돌아가셔 가족들을 책임지느라 애쓰다 보니 내게는 역시 스님의 말씀이 무엇보다 힘을 주고 위로가 되었네.

여러 말씀을 듣다 보면 인간이란 살면서 실수를 할 수밖에 없는 존재임을 차츰 알게 되지.

좋은 일임을 알면서 이를 실행하는 게 왜 이리 어려운지 몰라. 하고 싶은 걸 하고, 하면 안 되는 걸 하지 않으면 그만인데 그게 잘되지 않는 거지. 자네 말대로 인간이란 자유롭지 못한 존재야. 후지코는 여전히 다리가 불편하니까 사람들은 후지코를 불구자라 생각하고 있다네.

그렇지만 눈에 보이는 불구자를 비웃기는 쉬워도 자신들의 마음이 얼마나 자유롭지 못하고 꼼짝 못하는 불구자인지에 대해서는 좀체 알아차리지 못하는 존재들이지.

그건 그렇고 우리들이 이제는 성욕에 대해 솔직하게 이야기를 나눌 수 있게 되었군. 이거 성대하게 축배를 들고 축하해야 할 일이 아니겠나? 그런데 자네가 기대하는 편지가 아니라서 유감이네. 축배 얘기가 나와서 말이네만 요즘 나는 술도 조금씩 마시게 되었네. 아무래도 이곳의 겨울은 자네들이 상상도 할 수 없으리만치 추우니까 그만 한 잔씩 마시게 되는 거 같아.

그래도 아버지의 술주정으로 몹시 어려움을 겪었기 때문에 아버지처럼 마시면 안 된다고 조심하고 있네. 옛말에,

"벗이 있어 멀리서 오니 이 또한 즐겁지 아니한가?"

라는 말이 있지 않은가? 훗날 자네를 홋카이도에서 만나 같이 마시고 싶기도 해.

뭐니 뭐니 해도 자네는 부모가 다 계시니 대학에 갈 수 있어 다행이야. 자네에게만은 항상 행운이 따르기를 바라고 있어. 그렇다고 해서 내가 불행하다는 생각은 조금도 하지 않네. 술을 많이 마시는 아버지가 계셨고, 일찍 돌아가시고, 또 내가 소학교만 갈 수밖에 없었던 현실은 결국 내게 주어진 하나의 시련이라고 생각해.

인간은 누구나 자신에게 동정심을 품기 시작하면 한이 없기 때문이지. 대학에 들어가면 바로 편지를 주게."

요시카와 오사무

추신

후지코 녀석이 요즘 갑자기 어른스러워지고 제법 미인이 됐어. 여동생이란 왠지 묘한 존재야. 여성이라는 이성이면서 내게는 이성이 아니니까. 이런 존재가 세상에 있는 사실을 누나나 여동생이 없는 사람은 과연 알기나 할까?

노부오는 다 읽고 나서 휴 하고 한숨을 쉬었다.

"요시카와는 아직 아버지의 죽음을 모른다."

이렇게 중얼거리며 노부오는 다시 요시카와의 편지를 읽었다.

(요시카와는 벌써 아버지를 잃었다.)

요시카와가 감당했던 나날이 노부오에게 갑자기 구체적인 현실로 다가왔다. 성욕 문제를 써서 보낸 자신의 마음이 너무나 사치스럽게 생각되어 견딜 수 없었다.

노부오의 행복을 부러워한다든가 질투하지 않고 항상 행운이 따르기를 바라는 요시카와의 마음 씀씀이가 고마웠다.

(내게도 이미 아버지는 없다.)

노부오는 눈물을 흘렸다. 그러나 이것은 아버지의 죽음을 슬퍼하는 눈물과는 달랐다. 객관적으로 자신보다 불행한 요시카와가 더없이 자신을 축복해 주는 아름다운 마음에 대한 감동의 눈물이었다.

(나는 결코 불행하지 않아.)

노부오는 대학에 갈 수 없더라도 결코 불행한 게 아니라고 생각하며 마음속으로 이런 다짐을 했다.

포승줄

중학교를 졸업한 노부오는 아버지의 상사가 도와주어 재판소의 사무원이 되었다.

취직하고 한 달쯤 지난 어느 비 오는 날이었다. 노부오는 서류를 들고 사무실을 나섰다. 복도를 돌아가자 법정 직원을 따라가는 사내와 딱 마주쳤다. 지금껏 그런 죄수를 복도에서 만나면 노부오는 되도록 시선을 돌려 상대를 벗어났다. 그러면서도 스치는 순간 가슴이 두근거리거나 이 사내에게 부모는 있는지, 어째서 저렇게 되었는지, 아내나 자식은 있을지 하는 생각들을 항상 하곤 했다.

하지만 오늘은 복도의 구석을 도는 순간 상대와 부딪쳤다. 피할 겨를도 없었다. 평소라면 보지 않고 지나칠 죄수와, 그것도 그의 가슴과 정면으로 부딪쳤다. 얼굴을 푹 가리는 삿갓을 쓴 죄수는 고개를 쳐들고 때리기라도 할 듯이 노부오를 보았다.

그 얼굴을 보고 노부오는 하마터면 소리를 지를 뻔했다. 그는 어릴 적 같이 놀았던 도라오였던 것이다.

"도라짱."

노부오는 입까지 나오려던 말을 삼켰다. 노부오의 시선을 쓱 피하려는 표정을 보이고 지나간 도라오의 뒷모습을 노부오는 멍하니 바라보았다.

(사람을 잘못 보았을까?)

저 검은콩 두 개가 나란히 들어 있는 듯 동그랗고 귀여워 보이는 눈은 틀림없이 도라오의 눈이라고 생각했다. 노부오는 도라오와 헛간 지붕에서 말다툼하다 떠밀려 떨어진 날을 그리운 듯 떠올렸다.

(언제나 방물장수 로쿠 아저씨를 따라왔는데…….)

노부오는 도라오를 얌전하고 성품이 좋은 아이로 기억하고 있다. 그런 도라오가 그 후 무슨 사연으로 포승줄에 묶인 신세가 되었는지 궁금해서 하루 종일 마음이 진정되지 않았다.

퇴근하기 전 법정 앞에 걸린 고지판을 보니 그는 분명 도라오였다. 절도와 상해죄로 재판을 받고 있는 중이었다.

집에 돌아와 저녁을 먹을 때에도 이상하게 마음이 초조했다. 처마에서 빗물이 떨어지는 소리조차 노부오의 귀에는 들리지 않았다.

"왜 그래? 오빠."

이상했는지 마치코가 노부오를 보았다.

"음, 뭐가?"

"근데 아까부터 그 두부를 찌르기만 하고 있잖아?"

꼼꼼한 노부오는 두부를 결코 부스러뜨리지 않고 원래의 사각형 모양 그대로 입에 넣곤 했다. 그 말을 듣고 보니 덮밥에 섞인 두부란 두부는 모조리 부서져 있었다.

"어머! 정말 그렇구나. 노부오답지 않네."

어머니 기쿠는 마치코보다 먼저 노부오의 낌새를 눈치 챘지만 지금 막 본 것처럼 이렇게 말했다.

"몸이 좋지 않니?"

기쿠는 불안을 감추며 물었다. 몸보다도 직장에서 뭔가 나쁜 일이 있지 않았는지 걱정했다.

"아니요. 오늘은 비 때문에 조금 추워서 그런 거 같아요."

노부오는 도라오를 본 일을 말할까 말까 망설였다. 어릴 때 친구라도 남에게 알리고 싶지 않은 그 모습에 대해서는 될 수 있으면 침묵을 지키고 싶었으나 이렇게 자신을 걱정해 주는 어머니와 여동생에게는 뭐든 숨김 없이 말하는 게 좋으리라는 생각이 들었다. 아버지가 돌아가시고 나서 노부오는 가족들의 마음이 하나 됨이 가장 중요하다고 생각해 왔다. 그래서 어머니와 여동생에 대한 사랑이 넘쳤고 기쁜 일이건 슬픈 일이건 같이 나누고 싶다는 생각을 하게 되었다.

이는 한 집안의 기둥이라는 자각 탓일 수도 있고, 청년 특유의 생기 넘치는 정감 때문이기도 할 것이다. 자기의 일을 최우선으로 주장하고 싶을 만큼 자아가 강한 청년기에 아버지를 잃은 노부오는 어머니와 여동생을 부양해야 하는 마음의 부담 탓에 언제나 그들의 일을 생각하는 어른으로 성장해 버린 면이 있었다.

"어머니, 전에 방물장수 로쿠 아저씨 기억나세요?"

저녁 식사를 마치고 나서 노부오가 말했다.

"로쿠 아저씨? 글쎄, 누구였더라?"

기쿠는 전혀 짐작이 가지 않는다는 표정을 지었다.

"그러니까, 빗이랑 장식용 깃이나 실 같은 걸 들고 온 방물장수가 있었잖아요?"

"방물장수?"

"네, 도라짱이라는 아이가 줄곧 따라왔는데, 언젠가 저를 지붕에서 밀어 떨어뜨렸던 적이 있었지요."

이 말을 하고 나서야 노부오는 퍼뜩 생각이 났다.

(그렇다. 그때는 아직 할머니가 살아 계셨다.)

"아, 지붕에서 떨어졌다는 이야기는 아버지한테 들었어."

기쿠는 고개를 끄덕이기는 했지만 별다른 관심을 보이지 않았다.

"아, 도라짱이라면 그 눈이 검고 얌전한 아이 말이지?"

마치코가 생각난 듯이 손뼉을 쳤다.

"그 애하고 숨바꼭질하며 논 거 기억나. 그런데 로쿠라는 아저씨가 우리 집에 왔었나?"

할머니가 돌아가시고 나서 로쿠 아저씨는 왠지 집에 들르지 않았다. 도라오 혼자 1년쯤 지나고 나서 불쑥 놀러 오더니 언젠가 또 발길이 멀어졌다.

"그 로쿠 아저씨란 분한테 무슨 일이 있니?"

기쿠가 다시 관심을 보였다.

"네, 실은 오늘 법원 복도에서 그 소꿉동무인 도라짱과 딱 마주쳤어요."

"어머, 오늘 봤다고? 어디에 있는데? 제법 어른 티가 나겠네."

마치코가 말했다.

"저, 그런데요……. 손이 뒤로 돌려져 있었어요."

노부오는 자신의 양손을 뒤로 돌려 보였다.

"어머!"

기쿠와 마치코가 소리를 높였다.

"왜 그랬을까?"

기쿠가 미간을 찌푸렸다.

"절도 상해죄인데 저도 정말 놀랐어요. 그토록 온순한 아이가 어째서 그랬을지 생각하면 너무 마음이 무거워요…….."

노부오의 말에 기쿠와 마치코가 끄덕였다.

"그러고 보니 얼마 전에 아사쿠사에서 점심때부터 취해서 어떤 여자에게 시비를 걸던 사내가 있었는데 그 사람도 역시 도라짱 같아요. 벌써 반달쯤 지난 일이지만 그때 저는 어딘가에서 본 얼굴이라고 생각하며 지나쳤어요. 그 사내가 도라짱과 닮았어요."

"그런 일이 있었니?"

노부오는 도라오가 술에 취한 모습을 상상하려 해도 좀체 떠올릴 수가 없었다.

"그렇지만 그때는 도라짱과 닮았다는 생각만 하고 설마 그 사람이라고는 짐작하지 못했어요."

마치코는 그때의 일을 떠올리는 눈빛을 보였다.

"어머니, 인간은 어렸을 때는 착하다가 어른이 되어 그런 모습으로 변하기도 할까요?"

아까부터 둘이 하는 이야기를 잠자코 듣고 있던 어머니에게 노부오는 이렇게 물었다.

"노부오, 인간이란 말이다. 시시때때로 자신도 모르게 변해 버리곤 하는 존재란다."

무릎에 단정히 손을 올려놓은 채 기쿠는 조용히 이렇게 말했다.

(자신도 예상하지 못한 존재가 되는 경우가 있다.)

노부오는 문득 얼굴이 붉어짐을 느꼈다. 설마 자신이 그 요시와라로 발길을 옮기리라고는 그때까지 생각하지 못하던 일이었다. 지금 생각해 보면 자기 혼자라면 결코 가지 않았을 게 틀림없다. 그 요시와라의 대문 바로 앞에서 도망쳐 돌아온 존재가 진정한 자신이라고 지금까지 노부오는 생각해 왔다.

그러나 그 요시와라로 발길을 서둘렀던 존재도 분명 진정한 자신이었음을 이제야 겨우 알게 된 느낌이 들었다. 때때로 여체의 관능적인 모습 때문에 잠들지 못하는 자신의 마음이나 모습을 누가 볼세라 부끄러웠다.

(그럴 때의 자신도 틀림없이 이 나가노 노부오다.)

마음이 약해 보이던 그 도라오가 진정한 도라오라면, 남에게 상처를 줄 만한 일을 한 자도 틀림없이 그 도라오인 것이다. 생각해 보면 아무리 어린이였다지만, 이미 그 즈음부터 울컥 화가 치밀면 무엇을 할지 모르는 성질을 지니고 있었기 때문에 지붕에서 자신을 밀어 떨어뜨린 거라고 마음을 바꿔 먹었다.

"인간은 무서운 존재 같아요. 저도 어떨 때는 아주 상냥하게 대하다가 스스로도 못돼먹었다고 생각될 만큼 행동하는 적도 있어요."

요즈음 부쩍 여자 티가 나는 마치코가 어깨를 살짝 흔들면서 말했다.

"나도 마찬가지야."

기쿠도 미소를 지었다.

"어머니도요……?"

어머니는 항상 조용하고 상냥하다고 노부오는 생각해 왔다. 이런 어머니의 어디에 흐트러짐이 있겠는가 하며 노부오는 어머니의 얼굴을 보았다.

"노부오, 뭐 그리 놀란 표정을 짓니. 나도 인간이야. 아주 겁쟁이에다 금방 섭섭해지지. 남을 미워하는가 하면 화를 내기도 하고…….”

“설마, 거짓말이죠? 어머니가 남을 미워한다거나 화를 낸다고는 상상할 수 없어요.”

노부오는 어머니의 말에 끼어들었다.

“노부오, 화난 모습으로 보이지 않는 것과 실제 화를 내지 않는 것과는 다르단다. 내가 한 번도 화를 낸 적이 없다는 식으로 생각했다면 큰 오해야.”

기쿠는 젖먹이인 노부오를 두고 이 집을 나가야 했던 때를 떠올리기만 해도 결코 마음이 평안하지 않았다. 절대로 도세가 나쁘다고 보지 않는다. 아무리 며느리고 친형제라 한들 야소가 되는 걸 전염병 대하듯이 혐오하고 깔보던 시대라서 도세만이 특히 심술궂었다는 생각은 하지 않는다. 그런 사정을 충분히 알지만 기쿠는 도세의 처사를 호의적으로 받아들일 수는 없었다. 기쿠도 자신을 박해한 도세에 대해 품는 이러한 마음이 용서받을 수 있다고는 절대 생각하지 않는다. 그뿐 아니라 그런 자신을 기독교 신자로서 자격이 없다며 자책했다.

〈너희를 박해하는 자를 위하여 기도하라〉(마태복음 5장 44절)

교회에서 듣는 이 말씀은 기쿠에게 고통 그 자체였다.

잠자리에 들고 나서 노부오는 어머니의 말을 떠올렸다.

“화난 모습으로 보이지 않는 것과 실제 화를 내지 않는 것은 다르단다.”

어머니는 이렇게 말했다.

“인간이란 시시때때로 자신도 생각지 못할 존재로 변해 버리곤 한단다.”

어머니는 이런 말도 했었다.

지금 스무 살인 자신이 앞으로 수십 년 사이에 도라오처럼 법을 어기는 죄를 범하지 않으리라고는 단언할 수 없다. 아마 어떤 상황이 닥쳐도 설마 도둑질은 하지 않으리라 노부오는 생각한다. 그러나 돈 한 푼 없고 배가 고파 참을 수 없을 때 눈앞에 주먹밥이 있다면 거기에 손을 대지 않으리라 단언할 수 없다는 생각도 든다.

그런 막다른 상태에 몰리는 경우는 그다지 없겠지만 성욕에 관해서는 자신이 없다. 예를 들면 자신이 하숙을 하고 그 집에 혼기가 된 처녀가 있다고 하자. 그 처녀와 둘만 있을 때 어쩌다 자신이 사나운 이리로 변하지 않는다고 장담할 수 없다. 또한 상대가 남의 아내였어도 그렇게 되지 않으리라고 단언할 수 없다는 두려운 마음이 들었다. 남의 아내나 미혼인 처녀를 함부로 범하면 법을 어기는 행위가 된다고 노부오는 생각했다.

(그러나 법에 저촉되지만 않는다면 무엇을 해도 좋다는 건 아니다. 법에 어긋나는 행위만이 죄가 아니다.)

이런 생각이 떠오르자 문득 이상한 느낌이 들었다.

주택가의 밤은 빨리 찾아온다. 모두 잠들어서 고요해졌는지 아무런 소리도 나지 않는다. 그때 어딘가 멀리서 개 짖는 소리가 들렸다. 그 소리가 자못 쓸쓸하게 느껴졌다.

(법을 위반하지는 않았어도 법을 위반한 죄보다 더 무거운 죄가 있지 않을까?)

라고 자문하다 보니 실제로 그런 죄가 있을 것 같았다. 예를 들어, 사과 한 알 훔쳐도 들키면 법의 심판을 받을 것이다. 그러나 사소한 우발적 행동으로 남의 물건을 훔치는 죄보다 더 무거운 죄가 있지 않을까? 노부오는 심보가 고약한 상사를 떠올리며 이런 생각을 했다. 그 상사는 부하에게 수시로 불합리한 지시를 했다.

"A 서류를 작성하게."

라고 말해서 A 서류를 내밀면,

"누가 A 서류 내라고 했나? B 서류라고 했지."

라는 식으로 말하는 적이 여러 번 있었다. 노부오는 그가 잘못 말했을지 생각해 보았지만 도무지 그런 것 같지는 않았다. 하루에 한두 번은 누군가가 이와 비슷한 질책을 당하는 걸 보고 노부오는 그 상사의 심리상태가 이상하다는 생각이 들게 되었다. 아무리 좋게 보아도 부하를 꾸짖고 싶어서 덫을 놓는 아주 못된 행동 같았다. 자신에게 말대꾸할 사람도 없는데 왜 그렇게 으스대고 싶어 하는지 노부오는 곰곰이 생각했었다.

그 상사의 나쁜 심보는 분명 법에 저촉되지 않는다. 하지만 사과 한 알이나 두 알 훔쳐서 법을 어긴다 해도 상사의 행위보다 남에게 끼치는 피해는 적다고 생각했다.

(그 상사의 죄가 훨씬 무겁다.)

이런 생각이 들자 노부오는 새삼 자신을 반성하지 않을 수 없었다.

(남을 불쾌하게 하는 행동 역시 큰 죄가 아닐까?)

항상 언짢은 표정을 짓는 한 동료가 있었다. 상사가 불렀을 때는 마지못해 반응을 하지만, 동료나 급사가 말을 걸면 좀체 대답을 하는 적이 없었다. 언제나 퉁퉁 부은 얼굴을 해서 같이 일하는 사람들은 불쾌해서 견디기 힘들었다. 그 불쾌함이 사무실 전체로 전파되어 버리는 것이었다.

(저 행위야말로 옆 사람에게 큰 피해를 준다. 좀도둑보다 나쁘다고 할 수 있지 않을까?)

하지만 죄라는 단어는 생각하면 할수록 도저히 이해할 수 없는 면이 있었다. 타인에게 아무런 폐를 끼치지만 않으면 그만이라고 단정할 건 아니라는 생각도 들었다.

(나처럼 마음속으로 여자를 상상하며 늘 괴로워하는 건 타인은 모르는 내 마음속의 비밀일 뿐 죄는 아니지 않나?)

이렇게 스스로를 합리화해 보았지만 이상하게도 싸움에서 남을 때리는 것보다 더 나쁜 죄라는 생각을 떨쳐낼 수 없었다. 타인의 눈에 보이지 않고 그들의 생활에 아무런 위협이 되지 않는 데도 왜 이리 죄라는 생각이 가시지 않는지 이해할 수 없었다.

(죄란 그야말로 아무도 모르는 마음 깊숙한 곳에서 무럭무럭 자라나고 있는 것이 아닐까?)

노부오는 이런 생각을 떠올리면서 잠들었다.

소설 『무화과』

다음 날 직장에서 돌아오니 다카시의 큰 목소리가 현관까지 들려왔다.

"야아! 어서 와."

다카시 혼자라고 생각했는데 거실에 들어가니 손님과 같이 있었다. 검은 기모노 차림에 머리칼이 헝클어지고 이마까지 내려온 서른 살쯤 되어 보이는 남자였다. 온화해 보이는 눈이 노부오의 마음을 사로잡았다. 좀체 보기 힘든 부드러운 눈이었다.

"이 친구가 사촌 동생 노부오야."

다카시는 이렇게 말하면서 노부오를 남자에게 소개했다.

"아, 그렇지, 요시와라에서 뒤로 돌아 도망친 그 고집통 말이야."

다카시는 거리낌 없이 말했다. 노부오는 얼굴이 벌게지며 인사를 했다. 옆에 어머니랑 마치코가 없어서 다행이었다. 요시와라에 간 얘기는 식구들에게 말하지 않았기 때문이다.

"너, 꽤 판단력이 있는 척하잖아? 이분은 세상 물정에 아주 밝으니 뭐든지 물어도 돼."

다카시가 이렇게 말했지만 노부오는 상대가 어떤 사람인지 전혀 알 수 없었다.

"형님, 이분은 어디서 오셨어요?"

노부오는 아직 무릎 꿇은 자세로 물었다.

"어디서 오시다니, 일본에 계신 분이지. 소설을 쓰는 나카무라 슝우^{실재}인물이며 인용되는 소설『무화과』의 저자 선생이야."

노부오는 나카무라 슝우라는 이름은 알지 못했지만 소설을 좋아했기 때문에 소설가를 남다른 존재로 생각하고 있었다.

"나카무라 슝우라고 하네. 잘 부탁해. 다카시와 가까운 곳에 살아서 자주 신세를 지고 있네."

나카무라 슝우는 오사카 사투리를 쓰지 않았다. 사투리 말투는 조금 있으나 오사카 사람 같지는 않았다.

"나카무라 선생은 조사할 게 좀 있어서 도쿄에 반년쯤 계실 테니 그동안에 많이 배우면 좋겠다."

다카시는 세간의 경기는 나쁘지만 가게는 순조롭게 운영되는지 기분이 좋아보였다.

"이건 내가 쓴 소설이네."

이렇게 말하고 나카무라 슝우는 품에서 책 한 권을 꺼내 노부오 앞에 놓았다.

『무화과』란 제목의 책이었다.

맑게 갠 일요일 오후 노부오는 나카무라 슝우에게 받은 소설책을 집어 들었다. 책을 새로 읽을 때면 언제나 그 책을 손바닥에 올려놓고 잠시 그 무게를 즐겨 보는 버릇이 있었다. 뜰에는 영산홍이 팔손이나무 뒤편에 피어 있고 그 주변은 아주 조용했다. 날개를 반짝이며 날아든 벌이 햇볕이 내리쬐는 영산홍에 잠시 주저하듯이 맴돌다가 앉았다.

노부오는 이럴 때가 가장 즐겁다. 노부오는 책을 읽기 전이면 언제나 이렇게 가만히 손에 쥔 채 어떤 내용이 쓰여 있을지 상상한다. 그곳에는 반드시 자신이 모르는 세계나 이야기가 있다. 특히 이 책은 저자에게 직접 받았다. 가느다란 눈이 부드럽고 사려 깊어 보이는 나카무라 슝우가 어떤 소설을 썼을지 상상만 해도 기대가 되고 남았다. 소설가는 어딘가 거만하고 방탕한 면이 있다고 생각했었지만 그에게는 그런 느낌이 전혀 없다. 오히려 그런 가느다란 눈 속에서 맑은 빛을 느낄 수가 있었다.

(저런 사람도 소설을 읽거나 쓰는구나.)

일반적으로 소설을 읽는 게 타락의 시작이라고 생각하는 사람이 많은 시대였다. 노부오 자신도 처음엔 소설 읽기에 꽤 거부감을 가졌다.

노부오는 영산홍에서 시선을 옮겨 조용히 책을 펼쳤다. 겨우 몇 페이지만 읽고도 노부오는 바로 소설 속으로 빠져들어 갔다.

이 책은 미국에서 돌아온 어느 목사의 이야기였다. 우아하고 청순한 천사 같은 미국 여성을 아내로 삼은 목사는 착임 인사를 할 때 신도들 앞에서 십여 년 전에 자신이 저지른 과오를 고백한다. 목사의 이름은 하토미야 요오노스케였다. 하토미야는 십여 년 전 법률을 공부하는 학생이었다. 그의 학자금을 보태 주기 위해 누나는 신바시의 게이샤가 되었다.

하토미야는 어느 변호사의 집에서 거주했는데 그 집에는 딸이 있었다. 그 딸과 하토미야는 사랑을 나눴다. 하지만 이 사랑에 입신출세를 원하는 하토미야의 속내가 있음을 전혀 부정할 수는 없었다. 어느새 두 사람은 서로를 허락하는 사이가 되었다. 그러나 이 사실이 부모에게 알려져 하토미야는 변호사의 집에서 쫓겨난다. 상심한 하토미야는 판사 시험에 실패했고 게다가 상대인 처녀는 다른 남자와 결혼해 버렸다. 실망이 겹쳐져 그는 해외로 떠났다. 미국에서 메리나라는 열정적인 목사의 설교를 듣고 기독교 신자가 되었다. 그는 메리나의 도움을 받아 예일 대학에 들어가 신학 학사가 되어 귀국했다.

하토미야는 독실한 신자면서 해외 선교의 뜻을 품은 메리나 목사의 딸 에미야와 결혼했다.

돌아온 하토미야는 신자들 앞에서 과거에 사랑하는 처녀를 범한 사실을 고백하며 진심으로 참회한다. 그 후 오랫동안 소식불통이었던 부모와 누나의 거처를 알아낸다. 누나는 은행원의 아내가 되어 자신의 부모를 부양하고 있었다. 그들은 찾아온 하토미야를 기쁘게 맞이했지만 직업이 목사라는 말에 매우 낙담한다.

"목사 같은 변변치 않은 일을 하다니."

부모나 누나 부부의 말은 날카로웠다.

"그런 거 그만두고 은행에 들어가게."

매형도 권했다. 은행원은 목사보다 3배가 넘는 월급을 받는다고 했다.

이런 의견을 단호히 물리친 하토미야는 뜻밖의 사실을 부모에게 들었다.

헤어진 이후 행복하게 살고 있으리라 생각했던 과거의 연인이 감옥에 있다는 소식이었다. 그 여성의 이름은 사와였다. 사와는 부모의 강요로 어쩔 수 없이 결혼했는데 이미 하토미야의 아이를 임신하고 있었다. 하토미야의 아이를 낙태시키라고 윽박지르는 남편과 다투다 급기야 남편을 죽여 버렸다. 사와는 감옥에서 하토미야의 딸을 낳고, 그 딸은 간수장의 집에 맡겨지자마자 행방이 묘연해졌다고 했다.

이 소식을 들은 하토미야는 회개하여 목사까지 됐음에도 과거 처녀의 신성함을 범한 죄가 이처럼 죄에 죄를 낳기까지 이른 현실에 며칠이나 고뇌한다.

얼마 안 있어 아내 에미야는 임신한다. 에미야는 임신한 몸이면서도 고아원을 시작하려고 우선 세 명의 어린 거지를 떠맡는다. 에미야는 남루한 옷차림의 거지들을 왕자나 공주처럼 대하며 보살핀다. 그런 아이들 중에 옥중에서 태어난 사생아도 있었다. 열두세 살쯤 된 여자아이였는데 이 아이가 실은 자기 자식임을 알고 하토미야는 더욱 놀라고 고심한다.

하토미야는 이치가야의 형무소에 교화목사 자격으로 설교하러 가는데 그곳에 과거 연인인 사와가 있었다. 어느 폭풍우가 몰아치던 날 밤 사와는 탈옥하여 목사관에 도움을 구하러 왔고, 에미야는 피곤하여 아무것도 모른 채 잠을 자고 있었다. 비에 흠뻑 젖어 머리칼이 마구 흐트러진 채 탈옥해 온 사와에게 하토미야는 자수를 권한다. 하지만 자신 때문에 이러한 신세가 된 사와를 생각하면 다시 그 차디찬 감옥으로 돌아가라고 계속 말하기가 무척 힘들었다. 할 수 없이 다른 방을 빌려 사와를 몰래 숨겨 준다.

한편, 하토미야의 부모는 누나의 집에서 나와 하토미야의 집에서 살고 있었다. 부모는 눈이 파란 미국인 며느리 에미야를 싫어해서 사사건건 매섭게 대한다. 에미야가 임신했어도,

"고양이 같은 눈을 가진 손자라니 생각만 해도 끔찍해."

라며 기뻐하지 않는다. 게다가 아들인 하토미야에게는 계속 이혼을 권한다. 하지만, 에미야는 얌전하고 고분고분하게 남편과 부모를 따랐다. 거지 아이들은 에미야를 마리아님이라고 부르고 하토미야의 어머니에게는 마귀할멈이라고 불렀다.

이윽고 사와의 신원이 밝혀져 사와를 몰래 숨긴 하토야마는 함께 감옥

에 가는 신세가 된다. 빈집을 지키는 에미야에게 하토미야의 부모는 더욱 더 매섭게 대했다. 어느 날 하토미야의 어머니는 에미야가 내민 약이 담긴 컵을 내동댕이친다. 에미야의 하얀 이마에서 피가 흘렀다. 하지만 에미야는 그 아픔을 참고 미소를 짓는다. 그 모습에 부모의 마음이 먼저 꺾였다. 감옥에 있는 남편은 면회 온 에미야에게,

"그 상처는 어찌 된 일이요?"

하고 물었다. 그러나 에미야는 좀 다쳤을 뿐이라고만 대답하고 어머니가 집어던진 컵에 맞았다고 말하지 않았다. 에미야는 남편이 사와를 몰래 숨겨준 사실은 물론 두 사람의 사이에 아이가 있고, 그 아이를 자신이 돌보고 있다는 사실도 몰랐다. 더구나 남편이 사와의 은신처에 머물렀던 사실도 몰랐다. 그러나 그 모두를 알았을 때 천사 같은 에미야도 이번에는 분노를 누르지 못하고 화가 치밀었다. 바로 미국에 있는 부모에게 편지를 썼지만 울면서 쓴 그 편지를 실제로 부칠 수는 없었다. 남편의 죄를 일일이 들추어내는 자신의 추함에 에미야는 부끄러움을 느꼈던 것이다.

〈의인은 없나니 하나도 없다〉(로마서 3장 10절)

벽에 붙여진 이 성경 말씀을 보자마자 에미야는 편지를 찢어 쓰레기통에 버렸다. 이때 에미야의 얼굴은 맑고 깨끗하게 빛나고 있었다.

머지않아 사와는 옥중에서 죽고 에미야는 아이를 낳는다. 이제 얼어붙었던 하토미야 부모의 마음은 녹아내렸다. 아이가 태어난 평화로운 집에 하토미야는 돌아온다. 사와가 죽었다는 소식을 들은 하토미야는 이전보다 더 괴로워한다. 점점 심약해진 하토미야는 사와의 백골을 환상으로 보

게 된다. 사와의 일생을 그르친 것은 전적으로 자신의 소행이라고 자책하여 마침내 가출을 한다. 그리고 하토야마는 방심한 채 휘청거리며 철로를 걷다가 기차에 치여 죽고 만다.

삼백 페이지 남짓한 이 소설을 노부오는 단숨에 끝까지 읽었다. 이미 해는 지고 주위에 저녁놀이 감돌고 있었다. 책을 읽느라 눈이 피곤해진 노부오는 긴장이 풀린 채 무심코 뜰을 바라보았다. 영산홍은 낮에 보았을 때보다 조금 거무스름하게 보이고 뜰에 핀 꽃들은 이제 거의 보이지 않는다.

(모처럼 하토미야 집안에 평화가 돌아왔는데 어째서 이런 결과가 되었을까?)

노부오는 이 점이 너무 아쉬워 견딜 수가 없었다. 죽은 하토미야 목사보다 미국에서 온 천사 같은 에미야가 더 가련하게 느껴졌다.

(아무리 자신이 저지른 죄 때문에 괴롭다고 해서 이렇게나 자신을 호되게 몰아쳐야만 할까?)

어쩐지 하토미야의 행동이 독선적으로만 느껴졌다.

(신앙을 가진 사람이 이런 결말에 이른다면 오히려 나처럼 아무것도 믿지 않는 쪽이 행복하다고 할 수 있다. 결국 기독교는 하토미야에게 살아갈 힘을 전혀 주지 못하지 않았는가?)

이렇게 생각할 수밖에 없었다. 하토미야와는 반대로 아내 에미야는 어떻게 그런 다른 방식으로 살 수 있었는지 궁금했다. 하토미야의 부모들에게 청소 하나 제대로 못한다고 야단을 맞아도 결코 화를 내지 않았다. 그뿐 아니라 에미야는 자신을 배반한 옥중의 남편에게 수시로 위로하는 말을 전하고, 또 옥사한 사와의 시신을 인계받아 정중하게 장례를 치러줬다. 이런 행동은 노부오를 매우 놀라게 했다. 사와는 에미야의 원수나 다름없지 않은가?

(이 원수의 자식을 받아들여 소중히 키우는 일만 해도 쉬운 건 아닌데⋯⋯.)

에미야의 아름다운 마음은 노부오에게 충격을 주었다.

저녁 식사 때에도 노부오는 소설의 내용을 줄곧 생각했다. 이 책은 지금까지 읽었던 소설과는 전혀 다른 감동을 주었다. 무슨 차이가 있는지 명확히 말하기는 어려웠지만 깊이 생각하게 하는 그 무엇인가가 담겨 있었다.

"오빠, 오늘은 공부를 꽤 열심히 하는 것 같던데? 내가 방에 두세 번 갔는데 눈치 못 채는 걸 보니."

"응, 재미있는 소설을 읽고 있었거든."

"어머? 소설이라고?"

마치코는 눈썹을 살짝 찌푸렸다.

"마치코, 소설을 읽는 게 잘못은 아니야."

"그래도 남녀 사이의 이야기가 나오잖아. 성경만큼 유익한 내용은 없는 거 같아."

성경이란 말을 듣고 노부오는 잠잠히 있었다. 어머니랑 마치코가 성경을 갖고 있음은 알고 있다. 그렇다고 지금껏 한 번이라도 읽고 싶다고 생각한 적은 없었지만 지금 그 말을 듣자 갑자기 노부오는 성경을 갖고 싶었다. 그 하토미야와 에미야가 매일 읽던 성경이란 책을 자신의 눈으로 확인해 보고 싶었던 것이다.

"성경에 '의인은 없나니 하나도 없다.'란 말이 있니?"

"어머! 오빠가 그 말씀을 어디서 들었어? 그건 성경에서도 아주 중요한 말씀인데."

의기양양하게 마치코가 말했다. 자기가 모르는 걸 알고 있는 여동생에게 노부오는 새삼 부러움과 질투심이 섞인 기분을 품지 않을 수 없었다.

"노부오, 무슨 소설이었니?"

기쿠가 웃으며 바라보았다. 노부오의 입에서 성경 구절을 듣자 기쿠는 속으로는 외치고 싶을 만큼 기뻤다.

"어제 다카시 형이랑 같이 만난 나카무라 슝우 선생이 쓴 『무화과』란 소설이에요."

노부오는 『무화과』를 받은 걸 어머니에게 알리지 못했다.

"어머! 오빠, 그분이 소설을 썼다고? 점잖고 깔끔하게 생긴 그분이?"

마치코가 밥 먹다가 멈췄다. 마치코도 소설가란 아무래도 보통 사람과는 많이 다르다고 생각하는 모양이었다.

"나카무라 씨가 소설가란 말은 들었지만 성경 구절을 소설 속에 썼단 말이니?"

기쿠는 이상한 듯 물었다.

"그 책은 목사님에 관한 이야기인데 저는 도무지 이해할 수 없는 내용이 있어요."

"어머, 목사님이라고? 그 사람은 물론 좋은 사람이겠지? 오빠."

"글쎄 나는 잘 모르겠어. 아주 양심적이고 십 년 넘게 지난 일을 뼈저리게 후회하기는 하면서도 자기 아내를 배반하거든."

"어머, 그럴 리가. 오빠, 그건 소설 속 이야기일 뿐이야. 목사님은 자기 아내를 배반하지 않아. 한낱 소설가가 목사님을 제대로 알기나 하겠어?"

마치코는 입을 삐죽 내밀었다.

"마치코, 과연 그럴까? 목사님도 사람이잖아. 사람인 이상 아무리 신앙이 독실해도 사탄의 유혹에 절대 지지 않는다고 말할 수는 없는 거니까."

"그래도 저는 나카무라 씨가 나쁘다고 생각해요. 목사님을 그런 모습으로 표현하면 안 되잖아요?"

"하지만 마치코, 나도 그 목사가 좋은지 나쁜지는 몰라."

"아니야, 아내를 배반하면 틀림없이 나쁘지. 그런 나쁜 사람이 목사라니."

"그런데 말이야, 둘 다 들어라. 인간은 좋은 사람과 나쁜 사람 두 부류가 있어 보이지만 단 한 부류만 있어. 아까 노부오가 말했지? '의인은 없나니 하나도 없다.'라고. 하나님 앞에서 올바른 사람은 절대로 없어."

기쿠는 부드러우면서도 단호하게 말했다.

"그럴까요? 저는 정직하고 성실한, 진실로 마음이 올바른 사람이 있다고 생각해요."

"오빠, 나도 그렇게 생각해. 그렇지만 교회 목사님은 어머니처럼 말씀하셔."

마치코는 쑥스러운 듯 미소를 지었다.

"무슨 소리야? 그럼 목사라서 자기 아내를 배반하지 않는다고 할 수는 없잖아?"

"그래, 그럴지도 모르지만 우리 교회 목사님은 그렇지 않아. 그런 나쁜 목사는 백 명에 한 명도 안 될 거야. 뭐, 그런 일이 아주 가끔 있을진 모르지만……."

"어머니, 하지만 이 세상에는 올바른 사람이 정말 하나도 없나요?"

"없어."

어머니의 단호한 대답을 듣고 노부오는 왠지 자신이 창피를 당한 느낌이 들었다. 나 정도면 올바른 인간이라 할 수 없단 말인가? 어머니는 나를 성실한 청년이라고 생각지 않는 걸까 하는 원망스러운 마음까지 들었다.

(나는 대학도 포기하고 이렇게 어머니와 여동생을 부양하고 있지 않은 가? 그럼에도 어머니는 그런 나를 아무렇지도 않게 생각해 주는 게 아닐 까? 나는 퇴근하면 다른 데로 놀러 가지 않고 곧장 귀가하는데도 말이다. 술은커녕 담배도 피우지 않고.)

노부오는 스스로를 더욱 더 칭찬해 주고 싶었다.

"노부오. 어쩐지 불만스러운 표정이구나. 내가 이렇게 성실한 데 왜 그 러지 하는 투네."

속마음을 들킨 노부오는 쓴웃음을 지었다. 어느새 식사는 끝났지만, 세 사람은 그 자리에 앉은 채 대화를 이어 갔다.

"노부오. 아버지는 어떤 분이었다고 생각하니?"

"아주 멋지고 저보다 훨씬 훌륭한 분이라고 생각해요."

"그렇지만 아버지는 자신을 결코 올바른 인간이라고 말하지 않으셨어. '나는 죄 많은 인간이다. 남보다 내가 더 대단한 존재인 것처럼 잘난 체하 고 싶어 하는 것만큼 하나님 앞에서 큰 죄는 없다.'라고 말씀하셨지."

기쿠의 말이 끝나자 아버지가 죽고 아직 넉 달도 지나지 않았기 때문인 지 마치코는 벌써 울상이 되었다.

"그렇습니까? 아버지가 그러셨군요. 그래도 아버지는 정말 멋있었기 때 문에 남보다 훌륭한 분이라고 생각한다고 해서 하나도 이상할 건 없지요."

일부러 쾌활하게 노부오는 말했다.

"아니야, 자기 스스로 훌륭하다고 생각하면서 실제로 훌륭한 사람은 없 는 법이야. 이걸 노부오가 지금 바로 이해할 수 있을지 어떨지……. 여하 튼 머지않아 이렇게 생각할 때가 오겠지만."

'자기 스스로 훌륭하다고 생각하면서 실제로 훌륭한 사람은 없다.'는 말은 노부오를 고통스럽게 했다. 자기가 한 일은 반드시 바로 칭찬받고 싶어진다. 참으로 이상하다는 생각이 새삼 들었다.

『무화과』를 다 읽고 나서 열흘쯤 지난 어느 날 밤 난데없이 나카무라 슝우가 방문했다. 그의 눈이 얼마나 맑은지 살피려는 생각으로 노부오는 처음 만난 사람처럼 얼굴을 유심히 보았다. 기름기 없는 머리칼이 지난번 왔을 때처럼 넓은 이마에 흘러내린다. 전에는 그저 인사만 나누고 바로 사촌 형과 시내로 나갔기 때문에 대화는 별로 나누지 못했다.

"소설을 다 읽었습니다."

노부오는 전보다 더욱 친밀감을 담아 인사를 했다.

"고맙네."

짧게 대답하고 나카무라 슝우는 조금은 멋쩍은 듯 머리를 긁었다.

"그런데 여러모로 어려운 소설이었습니다."

"그랬나? 아무래도 대중적인 소설은 아니라서……."

"결국 그 목사는 나쁜 목사인 셈이지요?"

역시 이렇게 묻지 않을 수 없었다.

"글쎄, 나쁘지 않은 사람이란 없으니까."

"어머니도 얼마 전에 그런 말을 했습니다만, 역시 선생님도…… 그거신 가요?"

노부오는 기독교 신자냐고 묻기를 주저했다.

"그거라면, 아! 기독교 신자냐는 건가? 물론이네."

나카무라 슝우는 자연스레 대답했다. 특별히 자랑하거나 비굴해하는

투가 아니었다.

"그렇습니까? 선생님도 그렇습니까? 그렇다면 목사를 좀 더 훌륭한 인물로 표현하면 좋았을 거라고 생각하는데요?"

"왜 그렇게 생각하나?"

"솔직히 세상 사람들은 기독교 신자를 싫어하지요. 제 어머니도 그런 탓에 젖먹이인 저를 두고 이 집을 나가야 했으니까요. 사람들이 기독교에 조금이라도 호의를 갖게 하려면 목사의 좋은 모습만 쓰는 쪽이 좋았을 거라고 생각합니다만……."

"오! 어머니가 그런 고초를 당하셨단 말인가?"

나카무라 슝우는 놀라서 기쿠가 있는 거실 쪽을 돌아보았다.

다카시는 기쿠가 기독교 신자임을 나카무라 슝우에게 말한 적이 없다. 당연히 기쿠가 신앙 때문에 집을 나간 사건도 듣지 못했다. 다카시가 '이래 봬도 내게는 에도에 사는 아름다운 숙모가 있다네.' 하며 자랑하는 바람에 기쿠에 대해 알게 되었을 뿐이다. 그것 말고 아는 거라곤 그 미인이 최근 남편을 잃었고 아이가 둘 있다는 아주 일반적인 정보뿐이었다.

"그래서, 어머니는 자네를 두고 혼자서 살았단 말인가?"

나카무라 슝우는 깊이 감동한 듯한 표정을 지었다.

"저는 어머니가 죽었다고 들었고, 할머니가 키워 주셨어요. 할머니는 야소를 지독히 싫어하셨던 것 같아요, 아버지는 할머니를 거역할 분이 아니라서 할 수 없이 어머니와 별거한 거지요. 그래도 아버지는 퇴근길에 어머니가 있는 곳에 들렀던지 여동생도 제가 모르는 사이에 태어났습니다."

"그런 일이 있었나? 모두들 힘들었겠네."

"뭐 그런 셈이지만, 할머니로서는 조상 때부터 숭배한 불교를 믿으셨는데 며느리가 야소라니 부끄러워 집에 있게 할 수가 없었겠지요."

무의식중에 노부오는 할머니를 두둔하고 있었다.

"내가 소설에도 썼지만 아직 세간에서는 목사나 기독교 신자를 변변치 않은 사람들이라며 비하하고 있으니 그러실 만도 했겠군."

"솔직히 저도 야소는 그다지 좋아하지는 않아요. 일본인인 주제에 서양인 흉내를 내고, '아멘' 같은 다른 나라의 말을 한다거나, '예수'라는 외국인을 하나님이라며 믿는 건 정말 까닭 없이 싫습니다."

노부오는 솔직하게 말했다. 나카무라 슝우 같은 인물에게는 두리뭉실하게 말할 필요가 없다고 느꼈기 때문이다. 그의 얼굴에는 진심이 드러나는 것 같았다. 오히려 진심이라기보다 한층 따뜻하면서도 남을 너그럽게 감싸 주고 받아들여 주는 힘이 있는 것처럼 느껴졌다.

"그렇겠군. 처음엔 나도 그런 식으로 느꼈네."

노부오처럼 생각하는 것도 무리가 아니라는 듯 고개를 끄덕였다.

"선생님은 어째서 기독교 같은 걸 믿게 되셨나요?"

"글쎄. 머지않아 이야기하게 되겠지만 이런저런 사정이 있었네."

뭔가를 떠올리려는 듯 슝우는 말을 끊었다. 그때 기쿠가 차와 양갱을 가지고 왔다.

"지난번엔 아주 좋은 책을 주셔서 감사드립니다."

기쿠는 예를 갖추어 말했다.

"별 말씀을요. 아주 보잘것없는 건데요……. 그런데 어머님도 기독교 신자라고 들었습니다만……."

나카무라 슝우는 눈이 부신 듯 기쿠를 보았다. 도저히 노부오의 어머니라고 생각되지 않는다. 고상한 아름다움과 함께 상중에 있는 사람의 슬픔이 담겨 있었다.

"제 주제에 감히 기독교 신자라고 말씀드리기는 부끄럽습니다만……."

기쿠는 조용히 고개를 숙였다. 이런 사람의 어디에 시댁에서 나가면서까지 신앙을 지켜 낼 강인함이 자리 잡고 있을까 하는 생각을 하며 나카무라 슝우는 가만히 기쿠를 바라보았다.

"천만에요, 말씀은 노부오 군에게 들었습니다. 저도 같은 신앙을 갖고 있습니다만 언제쯤 기독교를 믿는 사람이 일본에서 용납될 수 있을까 하는 생각을 하면 슬퍼질 때도 있습니다."

두 사람의 대화를 들으면서 노부오는 자신이 왜 이런 훌륭한 사람들의 신앙을 싫어하는지 스스로 이해가 되지 않았다. 자신은 처음부터 무턱대고 싫어해서 기독교의 참모습을 아예 보려 하지 않았기 때문이 아닐까 하는 생각이 들었다. 기독교의 가르침이 무언지 모르는 게 그 증거이다. 성경에 무엇이 쓰여 있는지 읽은 적도 없다. 그럼에도 기독교는 버터 냄새가 난다든가 외국 종교라고 해서 공연히 싫어했던 것이다. 자신이 싫어하는 이유에 전혀 근거가 없다고 생각할 수밖에 없었다.

어머니와 이 나카무라 슝우, 그리고 죽은 아버지와는 공통점이 있었다. 우선 매우 겸손하다. 만약 그 겸손함이 타고난 게 아니고 기독교를 믿게 되면서 무르익은 성품이라면 기독교를 재평가할 만하다는 생각이 들었다.

"어머니, 어머니는 어떻게 기독교를 믿게 되셨어요?"

노부오는 처음으로 진지하게 물어보고 싶은 마음이 생겼다. 진지한 노부오의 표정에 기쿠는 깜짝 놀랐다. 그러나 가볍게 끄덕이고는 "글쎄." 하고 잠시 생각에 잠겼다.

"나는 말이야, 어려서부터 사람은 어떻게 이 세상에 태어났는지, 무엇 때문에 살아가는지, 그리고 죽고 나면 어떻게 되는지 항상 생각하곤 했어. 그런데, 어느 날 오사카 근처 마을에 놀러 갔을 때 엄청난 경험을 했어. 웬일인지 길거리가 왁자지껄 시끄러워서 싸움이라도 났나 하며 가 보았더니, 모두가 '야소다, 더러운 야소다.'라면서 한 젊은 청년을 놀리고 있었던 거야. 그 사람은 잠자코 서 있었는데 어떤 사람이 야소니까 이거라도 먹으라며 분뇨 더미에서 국자로 오물을 담아 그 기독교 신자에게 뒤집어씌웠어. 머리랑 얼굴이 냄새나는 분뇨로 더럽혀졌는데도 그 사람은 잠자코 바로 옆 개천으로 들어가는 거야. 마을 사람들은 그냥 흩어졌지만 아직 어렸던 나는 다리 위에서 바라보고 있었어, 그런데 그 사람은 개천 물로 머리랑 얼굴을 씻고 나서 어찌 된 일인지 씩씩하고 우렁찬 소리로 찬송가를 부르기 시작하는 게 아니겠니? 그 얼굴이 너무나도 밝아 어린 마음에도 엄청 놀랐단다."

"와, 그 마을 사람들 참 나쁘네요. 어머니."

"참 너무들 했군요. 어머니께서는 그 후에 신자가 되신 건가요?"

"감수성이 예민한 어릴 때에 본 그 광경은 결코 잊을 수가 없었지만 바로 신자가 되지는 않았어요. 아무도 기독교에 대해 가르쳐 주지 않았기 때문이죠. 결혼하기 2년쯤 전에 친정에 자주 오시던 손님이 제게 예수님의 말씀을 알려 주셔서 바로 믿게 되었어요. 어린 시절에 본 그 마을의 사건이 제게 큰 영향을 주었겠지요."

"그래도 조상 때부터 숭배해 온 불교가 있는데 외국의 종교를 믿을 필요가 있을까요?"

"그런데 말이야, 노부오. 모두 기독교는 사교라며 혐오했지만, 나는 그때 손님에게 들은 예수님의 말씀 중에서 어떤 점이 사교에 해당되는지 궁금했어. 그 마을 사람들은 아마 불교가 일본의 종교라고 생각했을 텐데 정말로 부처님을 믿는다면 아무 짓도 하지 않은 그 젊은이에게 왜 분뇨를 뿌리면서 괴롭혔을까? 괴롭힌 쪽보다 괴롭힘을 당하고도 참으며 찬송가를 부른 사람의 신앙이 내게 호감을 주었던 것 같아."

기쿠가 담담히 하는 말을 노부오는 잠자코 듣고 있었다.

"믿음이란 게 꽤 혼란스럽게 하는 면이 있긴 하지요. 기독교 역사에도 결코 칭찬받기 힘든 종교 문제를 둘러싼 전쟁들이 있으니까요."

나카무라 슝우는 팔짱을 낀 채 중얼거리듯 말했다.

"그렇지요. 기독교 신자라고 모두 올바르지는 않지만 아직 소녀였을 때 느꼈던 정의감이 믿음으로 이어진 것 같아요."

"그럼 어머니, 제가 불교를 믿어도 딱히 패륜적인 행동은 아니겠네요."

노부오는 조금 안심하며 물었다.

"그게 너의 길이라면 아무 말도 하지 않으마."

기쿠와 나카무라 슝우가 얼굴을 마주하고 웃으면서 고개를 끄덕였다. 이는 신자끼리의 친밀함에서 나오는 웃음 띤 얼굴이었다. 노부오는 어쩐지 자기만 딴 세상 사람 같은 느낌이 들었다.

"어머니!"

마치코가 거실의 미닫이를 열었다.

"이리로 가져오너라."

어머니의 말을 듣고 마치코는 조금 수줍어하면서 가져 온 전병을 내려 놓았다.

"지난번에 얼핏 보았는데 아름다운 따님이시네요."

슝우는 연장자다운 차분함을 풍기며 마치코를 바라보았다.

"선생님은 소설을 쓰신다면서요?"

원래 붙임성이 좋았던 마치코는 곧장 허물없이 물었다.

"따님은 소설을 읽으시나요?"

"아니요, 저는 아직 소설이 뭔지 잘 몰라요."

"마치코, 그래도 나카무라 선생님의 『무화과』만은 읽어 두는 게 좋아."

"그런데 목사님의 악행이 나온다는데 왜 그런 걸 쓰셨어요?"

조금은 나무라는 어투로 말했다.

"따님도 신자인가요?"

나카무라 슝우는 팔짱을 낀 채 살짝 웃었다.

"네. 저는 어렸을 때부터 교회에 다녔어요."

보랏빛 잔무늬가 새겨진 옷의 소매를 접으면서 마치코가 대답했다.

"그렇습니까? 그렇다면 목사님을 나쁘게 썼다고 야단맞아도 할 수 없겠네요. 저는 목사가 될 만큼 굳센 믿음을 가진 분들에게는 진심으로 경의를 표하게 됩니다. 그러나 인간이란 그런 강한 믿음이 있어도 일단 사탄의 공격을 받으면 그만 무너져 버리는 존재가 아닐까 하는 생각이 들어요. 우리들은 모두 믿음으로 굳게 서 있다고 꽤나 자부심을 갖고 있지요. 여차하면 자신의 능력에 전적으로 의존하기 십상이고요. 아무리 목사라도 그런 자부심을 가질 때 신앙이 산산이 무너져 버린다는 느낌이 들어요. 그리고 보면 저 책은 우리 같은 신자들이 스스로 경계심을 갖게 하려는 소설이라 할 수 있습니다. 이는 머리말에 쓰여 있는 성경 구절을 읽으면 알게 될 거라고 생각합니다만……."

노부오가 책을 펼쳐 보였다.

〈또 실로암에서 망대가 무너져 치여 죽은 열여덟 사람이 예루살렘

에 거한 다른 모든 사람보다 죄가 더 있는 줄 아느냐.

너희에게 이르노니 아니라 너희도 만일 회개하지 아니하면 다 이와

같이 망하리라.

이에 비유로 말씀하시되 한 사람이 포도원에 무화과나무를 심은 것

이 있더니 와서 그 열매를 구하였으나 얻지 못한지라.

포도원 지기에게 이르되 내가 삼 년을 와서 이 무화과나무에서 열

매를 구하되 얻지 못하니 찍어버리라 어찌 땅만 버리게 하겠느냐.

대답하여 이르되 주인이여 금년에도 그대로 두소서 내가 두루 파고

거름을 주리니.

이후에 만일 열매가 열면 좋거니와 그렇지 않으면 찍어버리소서 하

였다 하시니라.〉(누가복음 13장 4~9절)

"무슨 말씀인지 알겠어요. '의인은 없나니 한 사람도 없다.'라고 성경에

쓰여 있으니까요. 하지만 안 그래도 세상 사람들은 '야소 야소' 하며 업신

여기는데 목사님의 악행을 쓰면 더 심하게 대하지 않겠어요?"

마치코는 반론을 제기했다.

"아주 난처한 질문인데요."

이마에 흘러내린 머리칼을 그러 올리며 나카무라 슝우는 자못 곤란한

듯 말했다.

"이 소설을 읽고 저는 에미야라는 부인이 정말로 대단하다고 생각했어

요. 예를 들면 아픈 시어머니에게 약을 가져갔더니 그 약이 들어간 컵을

집어던졌잖아요. 그런데도 참고 미소를 지었습니다. 그리고 남편의 과거

연인의 아이를 애지중지한다거나 감옥에서 죽은 그 여자의 장례를 훌륭하게 치러 주기도 하는 걸 보고 뭐라 말로 표현하기 힘든 감동을 받아 눈물을 흘렸어요."

"어머! 그렇게 훌륭한 부인이 있는데도 배반했단 말이에요?"

마치코는 노부오의 옆에 있는 『무화과』를 집어 들었다.

"좀 빌려줘."

라고 말했다.

"소설이란 게 읽는 사람들을 불편하게 하기도 하지요. 너그러운 아내 에미야를 두고 결국은 배반해 버린 목사의 모습은 하나님의 사랑을 잘 알면서도 걸핏하면 신앙심이 약해지는 기독교 신자의 모습, 아니 저 자신의 모습이라고 하는 게 맞겠지요. 제 소설에 그런 의도가 담겨 있는데 제가 다니는 교회에서도 꽤 많은 사람들이 이해하지 못하고 화를 내기도 했습니다."

나카무라 슝우는 노부오와 기쿠의 얼굴을 번갈아 보았다.

"참 난처하셨겠네요."

기쿠는 이렇게 말하고 차를 한 모금 마셨다.

"저는 기독교를 잘 모릅니다만 그렇다면 이 소설은 나카무라 선생님 자신의 신앙생활에 대한 반성이라 할 수 있나요?"

"뭐 그렇다고 볼 수 있겠지."

"뭔지는 잘 모르겠지만 폐부를 찌르는 것 같으면서 읽는 내내 가슴을 졸이게 한 소설이었습니다."

"그랬나? 가슴을 졸이게 했다고?"

슝우는 만족한 듯 미소를 짓고는 도쿄에는 아직 좀 있을 예정이라 가끔 놀러 오겠다는 말을 하고 돌아갔다.

트럼프 놀이

노부오는 소설을 읽고 나서 자기도 모르는 사이에 하나님이라는 존재
에 대해 깊이 생각하게 되었다.

6월 초의 어느 비 오는 날이었다. 점심시간이 되어 노부오는 도시락을
열었다. 파란 꽃무늬가 새겨진 2단짜리 도시락 뚜껑을 열기 전 언제나 이
무늬를 잠깐 보곤 했다. 그러다보면 저절로 어머니 생각이 났다. 반찬은
달걀과 고기를 기름에 볶고, 달짝지근하게 맛을 낸 부침, 곤약과 조림, 거
기다 단무지 절임이 두 조각 섞여 있었다. 노부오는 도시락을 먹으며 멀
거니 창 너머 법원 뜰을 바라보았다. 오동나무가 한 그루 우뚝 서있고 그
아래에 빨간 장미꽃이 비에 젖어 있다. 보일락 말락 내리는 빗줄기 속에
장미꽃과 나무 잎사귀가 촉촉이 젖어 있다.

(아름답구나.)

문득 이런 생각이 들었을 때 노부오는 무심결에 깜짝 놀랐다.

(저토록 아름다운 꽃이 저 더러운 흙에서 피어나다니……)

노부오는 이제껏 자신의 집 뜰을 수없이 보아 왔지만 이렇듯 꽃의 아름
다움을 신기하게 생각한 적은 없었다. 해마다 노부오의 방 앞에는 황매화

랑 붓꽃, 모란이 피었다. 때가 되면 나뭇가지에 고운 모란꽃이랑 노란 황매화 꽃이 피어나는 것이다. 이런 건 하나도 신기하지 않고 당연한 현상이다. 하지만 과연 당연하다고 할 수 있을까? 노부오는 지금 비에 젖은 붉은 장미를 보고 있다. 땅에서는 하양, 노랑, 파랑, 빨강 등 여러 색 꽃이 피는데 왜 자신은 한 번도 놀란 적이 없었는지 의아했다.

"장미꽃이 아름답네요."

노부오는 옆자리의 동료에게 말했다.

"음, 해마다 피는 건데, 뭐."

동료는 밥을 입에 듬뿍 문 채로 장미를 힐끗 볼 뿐이었다. 그런 모습을 보고 노부오는 참으로 감정이 무딘 사람이라고 느꼈다. 하지만 다시 생각해 보니 자신도 그와 별반 다르지 않게 그저 꽃이 피었다는 느낌 정도만 가졌던 것 같았다.

당연하게 생각했는데 일단 신기하게 느껴지기 시작하자 모든 걸 새롭게 바라보게 되었다.

(꽃뿐이 아니다. 아침이 되어 하루가 시작하고 밤이 되는 현상도 결코 당연한 게 아니다. 우주에는 1년 내내 밤인 곳이 있는가 하면 한낮인 곳도 있다. 그렇다면 항상 해 질 녘 같은 곳도 있지 않을까?)

노부오는 이런 엉뚱한 생각도 했다.

(대체 나 자신은 어디에서 왔을까?)

어머니에게서 태어난 건 알고 있지만 이를 단순히 당연한 일로 생각할 수는 없었다. 아버지와 어머니가 나를 태어나게 하려고 생각했을 리는 없다. 태어난 아기가 우연히 나 자신이라고 노부오는 생각했다.

(그런데 그게 정말로 우연일까?)

노부오는 필연이라는 단어를 떠올렸다. 자신이 필연적 존재인지 우연적 존재인지를 생각하고 있을 때 급사가 노부오의 이름을 불렀다.

"나가노 씨, 면회입니다."

급사는 용건을 말하자마자 돌아서 갔다. 재판소에 근무한지 아직 2개월 남짓밖에 지나지 않았는데 누가 방문했을지 짐작이 가지 않았다.

(누구일까?)

비가 오는 창밖을 흘끗 보고 옷매무새를 가다듬고 나서 복도로 나갔다. 현관으로 가니 전통복 차림을 한 청년이 있었다. 큰 키에 몸집이 좋고 얼굴이 둥근 청년이었다.

"여어! 나가노, 요시카와다."

청년은 큼지막한 손을 들어 붙임성 있게 웃었다.

"어? 자네, 요시카와잖아? 홋카이도의……."

몹시 놀란 노부오의 목소리가 저절로 높아졌다.

"그래, 요시카와야. 자네 얼굴은 여전히 창백하군. 자네라면 거리에서 딱 마주쳐도 금방 알아볼 것 같군."

요시카와는 반가운 나머지 노부오의 모습을 머리부터 발끝까지 몇 번이고 보았다.

"야아! 자네는 어른이 다 되었군. 그런데 언제 도쿄에 왔나?"

요시카와는 노부오보다 대여섯 살 많아 보였다.

"오늘 아침에 왔네. 할머니가 돌아가셨어. 어머니가 장례식에 꼭 가고 싶어 하셨지만 너무 멀어서 당연히 일정에 맞춰 올 수는 없었네. 뭐 장례식에는 참석 못 해도 효도한다는 마음으로 열흘쯤 쉬기로 하고 식구들 셋이서 같이 왔네."

"어? 셋이서……. 할머니가 돌아가셔서 힘들었겠군."

셋이라는 말을 듣고 노부오는 가슴이 두근거렸다.

저녁때 노부오의 집에 오기로 약속하고 요시카와는 돌아갔다.

저녁이 되어도 가랑비는 여전히 내렸다. 노부오는 요시카와가 온다는 생각에 이상하게 마음이 진정되지 않았다. 몇 번이나 문까지 나갔다가 다시 방으로 돌아왔다. 요시카와를 기다리는 마음속에 후지코와의 재회에 대한 기대가 슬며시 자리 잡고 있는 것이다. 이는 스스로도 인정하고 싶지 않을 뿐 아니라 당연히 남이 모르게 하고 싶은 속내였다. 현관에서 대문까지 놓인 비에 촉촉이 젖은 징검돌을 보니 평소엔 느낀 적이 없는 정겨운 마음이 노부오를 감쌌다.

"오빠, 오빠 말이야, 너무 그러지 말고 진득하게 방에 앉아 있어. 요시카와 씨가 오면 내가 바로 알려 줄 테니."

자신의 속마음을 꿰뚫고 있는 것 같은 마치코의 말에 노부오는 왠지 쑥스러워졌다.

"그게 아니라, 길을 모르는 게 아닌지 걱정이 돼서……."

노부오는 멈칫거리며 이렇게 말하고는 자기 방으로 들어갔다. 요시카와가 도쿄를 떠나고 거의 십 년이 지났다. 그때에 비해 도쿄는 상당히 변했을 거라는 생각을 하자 무심코 마치코에게 한 말이 떠올라 새삼 불안해졌다.

얼마 지나지 않아 마치코의 목소리가 들렸다.

"오빠, 오빠, 오셨어."

노부오는 당황하여 일어섰다가 또 앉았다가, 다시 천천히 일어섰다.

(혹시 요시카와 혼자 왔을까?)

현관으로 마중 나간 노부오는 깜짝 놀랐다. 키가 훌쩍한 요시카와 뒤에 피부가 희고 그 즈음 또래 여성들이 많이 하듯이 올림머리 모양을 한 아름다운 여성이 서 있었다.

"야아! 어서 오게."

노부오는 요시카와를 보고 말했다. 속마음을 솔직하게 탁 털어놓지는 못하면서 격식을 차리는 기분이었다. 노부오는 이런 마음을 겉으로 드러내지 않으려고,

"늦었구나."

하며 웃음을 보였다.

"응, 미안해. 아무래도 영락없이 시골뜨기가 되어 버린 모양이야."

요시카와는 쾌활하게 말하고 뒤를 돌아보았다.

"후지코도 같이 왔네."

"실례하겠습니다."

후지코는 마치코를 향해 먼저 머리를 숙이고 나서 노부오에게 말없이 인사를 했다.

줄무늬 기모노 차림에 붉은색 모직 허리띠가 아름다워 보였다.

"어서 오세요. 꼭 같이 오실 거라고 기대하고 있었어요. 그렇죠, 오빠?"

노부오도 후지코를 기다렸음을 어떻게든 알리고 싶은 마음이 담긴 말투였다.

"어허……."

노부오는 뭐라 말해야 좋을지 모른 채 머리를 긁적이고 먼저 응접실로 들어갔다. 요시카와도 주저 없이 성큼성큼 따라갔다.

"옛 생각이 나네. 이 집은 10년 전과 같구나. 산을 그린 저 그림도 그대로잖아?"

요시카와는 반가운 듯이 방을 한 바퀴 둘러보았다.

"팔손이나무가 많이 자랐군."

요시카와는 진지한 표정으로 노부오를 바라보았다.

"오랜만이구나."

"음, 10년이 지났네."

마치코와 후지코는 바로 응접실로 가지 않고 친한 사이처럼 현관에서 뭔가 얘기하며 웃고 있었다.

"먼저 참배를 할까?"

요시카와는 열려 있는 위패를 모신 방 쪽을 돌아보았다.

"아, 고맙네. 그런데 아버지의 위패는 없어."

"그래?"

"아버지는 어느새 기독교 신자가 되었던 것 같네."

노부오는 왜 그런지 부끄러운 느낌이 들었다.

"그런가? 선향을 사 왔는데 쓸 일이 없겠네."

요시카와는 의외로 담담하게 말하고 나서 들고 있던 보퉁이를 열었다.

"하지만 불단이 있으니 선향도 쓸모는 있겠지."

하고 노부오 앞에 놓고는,

"그리고 이건 홋카이도 명물인 다시마야."

큼직한 종이 꾸러미를 밀어놓았다.

"고마워. 이렇게 큼지막한 짐을 가져오느라 힘들었을 텐데."

노부오는 양손을 모으고 예를 갖췄다. 그때 기쿠가 마치코, 후지코와 함께 방으로 들어왔다.

"야아! 많이 컸구나……. 아주 멋진 어른이 됐네."

기쿠는 친밀감을 담아 이렇게 말하고 할머니와 이미 몇 년 전에 별세한 아버지에 대한 애도의 말을 건넸다.

"여동생도 아름다워지고……."

후지코의 그 시원스럽던 눈매, 항상 미소가 담긴 듯한 예쁜 입술은 노부오가 상상하던 이상으로 아름다웠다. 게다가 얼굴은 그저 아름답기만 한 게 아니라 청순한 마음마저 담겨 있는 듯 빛나고 있었다.

"정말 아름다워요, 후지코 씨."

마치코도 솔직하게 칭찬을 아끼지 않으며 말했다. 요시카와와 후지코 둘 다 어릴 적부터 아버지를 잃은 자식들에게 나타나는 우수 어린 그림자는 티끌만큼도 보이지 않았다. 기나긴 겨울 동안 새하얀 눈 속에서 추위를 견디며 살아 온 것 같은 청순함과 진지함이 엿보였다.

기쿠는 손님 식사를 위해 소고기 전골요리를 준비했다. 요시카와는 아버지가 돌아가시고 나서 자신이 겪은 어려움에 대해서는 거의 말하지 않았다. 괴로웠다거나 학교에 가고 싶었다든가 하는 얘기도 하지 않았다. 그저 홋카이도의 장엄한 풍경이나 추위에 대해 말할 뿐이었다. 듣다 보니 요시카와란 인물이 마치 홋카이도의 들판에서 가지를 쭉쭉 뻗으며 힘차게 자라나는 나무처럼 생각되었다.

"노부오, 자네도 홋카이도에 가지 않겠나?"

왕성한 식욕을 자랑하며 음식을 먹다가 요시카와는 진지한 얼굴로 말했다.

"홋카이도? 너무 먼 곳이잖아?"

노부오는 꽁무니를 빼듯이 대답했다.

"그런 무기력한 소리는 하지 말게. 일본도 지도로 보면 작지 않은가? 요즘은 미국까지 공부하러 가는 여성도 있는데 홋카이도 정도야 멀다고 할 수 없지."

요시카와는 이렇게 말하고 크게 웃었다.

"그래도 홋카이도에는 곰이 있다면서요? 저는 무서워요."

마치코가 무서운 듯 눈살을 찌푸렸다.

"그렇지 않아요. 저도 아직 곰 같은 거 만난 적 없어요."

"어머, 정말이요?"

"그럼요, 곰도 사람을 무서워하니까요. 깊은 산속은 몰라도 삿포로 같은 큰 거리에는 나타나지 않습니다."

"그래도 왠지 홋카이도라니까 두려워요."

"아니에요. 사람들이 넘쳐나는 에도가 훨씬 무섭지요."

이런 이야기를 나누는 사이에도 노부오는 자칫하면 후지코에게 시선이 갈 뻔하는 자신을 의식하고 있었다. 후지코와 시선이 마주치다 보면 묘한 기분에 사로잡혔다. 당황하여 시선을 돌렸지만, 어느새 후지코의 예쁜 이마나 시원스러운 눈매에 다시 시선을 빼앗겨 버렸다.

식사가 끝나자 여자들은 차를 마시러 자리를 옮겼다. 그때 노부오는 후지코가 다리를 끌며 걷는 뒷모습을 무심코 물끄러미 보고 말았다. 그 걸음걸이가 결코 흉해 보이지 않았다. 뭔가 불안정하고 의지할 데 없어 보이는 그 옆에 다가가 살짝 어깨를 감싸 주고 싶은 느낌이 들었다. 후지코를 물끄러미 바라보는 노부오의 얼굴을 요시카와가 잠자코 보고 있었다.

"노부오, 후지코가 불쌍해 보여?"

이 말을 들은 노부오는 당황했다.

"저 애는 말이야. 다리가 안 좋잖아. 그렇다고 남 앞에 나서는 걸 싫다고 말한 적은 한 번도 없네. 매일 태연하게 물건을 사러 가는가 하면 이렇게 도쿄랑 자네 집에도 오는 아이야."

요시카와는 말을 끊었다. 밖은 어두워졌다. 노부오는 일어나 마루문을 닫았다.

"그런데 다른 여자들과는 역시 어딘가 다른 느낌이 들어. 책을 많이 읽는데 전혀 기죽지 않아 보이고 자신의 불편한 다리를 조금이라도 한탄한 적이 없네. 하지만 후지코는 다리가 불편하기 때문에 어떤 의미에서는 다행이고 현실을 있는 그대로 받아들이게 되는 것 같다고 말한 적은 있어."

요시카와의 표정은 여동생에 대한 동정심으로 넘쳐났다. 요시카와처럼 마치코를 가엽게 여긴 적이 있었는지를 생각하자 노부오는 갑자기 자신이 아주 냉담한 인간처럼 느껴졌다.

"자네는 뛰어난 친구야. 어렸을 때부터 언제나 나보다 훨씬 앞서 갔으니까."

노부오는 도대체 왜 이렇게 서로 차이가 나는지 생각에 잠겼다.

"그렇지 않아. 자네야말로 대단한 인격자지."

"아니야, 나는 자네처럼 도량이 크거나 다정다감하질 않아. 자네는 적당한 표현을 찾을 수 없을 만큼 따뜻한 마음을 지니고 있어."

"글쎄, 그렇다면 그건 후지코 때문이겠지. 나는 어려서부터 불쌍한 후지코를 위해 뭐든지 먼저 해 주고 싶었네. 과자를 받아도 후지코에게 많이 주고 싶고, 같이 걸어갈 때에도 후지코가 걷기 편한 길로 가게 하고 싶었지. 누가 나한테 뭘 사 주는 대신 후지코에게 먼저 사 줄 때 기뻤어. 그러다 보니 습관이 된 거지. 자네도 만일 여동생이…… 마치코라고 했던가? ……몸이 불편하면 그렇게 했을 거야."

"과연 그럴 수 있을까?"

노부오는 자신감 없이 대답했다.

"그럴 거야. 지금 문득 생각이 났는데, 병자나 장애인은 인간들의 마음씨를 너그럽게 만들기 위해 존재하는 특별한 사람들이 아닐까?"

요시카와의 눈이 빛났다. 노부오는 요시카와의 말을 잘 이해하지 못하고 의아한 표정을 지었다.

"그게 맞을 거야. 나가노, 나는 방금까지 단순히 후지코를 다리가 불편해서 불쌍한 아이로만 생각했었어. 왜 이렇게 불행하게 태어났는지에만 관심이 있었던 거지. 우리들은 병으로 고통 받는 사람을 보면 불쌍하다면서 어떻게 하면 고통이 줄어들까 하고 동정할 거야. 만약 이 세상에 병자나 장애인이 없다면 인간은 동정심이나 따뜻한 마음을 별로 갖지 못하면서 살아가게 되지 않을까? 후지코의 저 다리도 이렇게 생각해 보면 나의 인격 형성에 꽤 큰 영향을 주게 된 것 같이 느껴져. 병자나 장애인은 인간의 마음속에서 다정함이 자라날 수 있게 특별한 사명을 가지고 이 세상에 태어난 게 아닐까 하는 생각이 드네."

요시카와는 진지하게 말했다.

"과연 그럴지도 모르지만 사람들은 자네처럼 약자에게 동정만 하지는 않을 거야. 너무 오랫동안 아프면 마음속으로는 빨리 죽어 주길 바라는 가족도 있다니까 말이네."

"그래, 그건 분명해. 후지코 역시 어릴 적부터 다리가 불편한 탓에 같은 또래한테 괴롭힘을 당했고 지금도 깔보듯 흘기고 가는 자들도 많으니까."

요시카와는 감색 옷소매를 걷고 햇볕에 그을린 두터운 팔뚝을 보이며 팔짱을 꼈다.

다실 쪽에서 여자들이 뭔가 이야기를 나누는 소리가 들린다.

"음, 아직도 그런다고?"

요시카와가 크게 고개를 끄덕였다.

"그럼 이렇게 말할 수도 있지 않을까? 후지코와 같은 처지의 사람들은 이 세상 인간들에게 시금석 같은 존재가 아닐까 하고 말이야. 모든 사람이 우열의 차이가 전혀 없이 능력, 용모, 체격, 체력이 같다면 자기 자신이 어떤 유형의 인간인지 좀체 알 수 없겠지. 그러나 아픈 사람에 대해 갑은 다정한 마음이, 을은 냉담한 마음이 생긴다고 가정해 본다면 이럴 때 인간은 확연히 구분이 되지 않겠나?"

요시카와는 깊이 생각에 잠긴 듯한 시선으로 노부오의 얼굴을 살폈다. 노부오는 고개를 깊숙이 숙였다. 그러면서 자신이 오늘 느낀 장미의 아름다움을 떠올렸다. 이 지상에 있는 모든 것에는 나름대로 존재의 의미가 있다고 생각할 수밖에 없었다.

"좋은 말 잘 들었네. 그런데 자네는 언제나 이렇게 매사를 심사숙고하나?"

"아니야, 나 자신이 딱히 그런다고는 생각지 않네."

"나는 나름 자신감에 넘쳐 있었는데 요즈음은 이 세상에서 아무 쓸모없는 존재일지 모른다고 생각하게 되었네. 그런데 지금 자네의 말을 들으니 나 자신도 뭔가 사명을 띤 존재가 아닐까 하는 생각이 새삼스레 들었어. 꽃에는 꽃 나름의 존재가치라는 게 있지 않겠나? 꽃을 보고 아름답다거나 신기하다고 생각하는 마음을 우리가 가지고 있는지 여부는 역시 우리들에게 중요한 문제가 될 거야."

"음, 그럴까? 이 세상에서 어떤 의미도 발견할 수 없다는 사고방식이 있을 수 있어. 인간이건 개나 고양이건 단순한 동물에 지나지 않고, 죽어 버리면 모든 게 무無로 돌아간다는 사고방식도 있겠지. 하지만 보고 듣는 모두가 자신의 인격과 깊이 연관되어 있다고 인식하며 살아가는 방식도 있을 거야."

두 사람은 서로의 뜻이 상대에게 정확히 전달되고 있음을 인식하고 이는 젊은이만이 느낄 수 있는 순수한 희열감이라는 생각을 했다.

"그렇지. 모두 무의미하다고 하면 그뿐이지만 나는 모든 말을 의미심장하게 느끼며 살아가고 싶네. 우리가 아버지들의 죽음에 깊은 뜻이 담겨 있음을 인식하며 살아갈 때에 진정한 의미에서 죽은 분들이 우리들 가운데에 살아 계시다고 말할 수 있지 않을까?"

노부오는 비로소 죽은 아버지의 목숨이 각별히 존귀하다는 생각이 들었다. 아버지와 아들이라는 끊으려야 끊을 수 없는 인연의 의미를 납득할 수 있을 것 같았다.

"나가노, 그런데 우리들은 죽음이나 사랑이라는 문제에 정말로 진지하게 직면하며 살아가고 싶은 존재 같아. 이렇게 자네와 대화하니 더욱 실감하게 되네. 매일 바쁘게 지내다 보니 대화하는 친구도 적고, 수박 겉핥기 같은 생활이 되어 버리기 때문에 조심해야 한다고 생각해. 자네가 홋카이도에 있으면 얼마나 좋을까?"

노부오도 이런 요시카와와 매일 대화하고 지낼 수 있다면 당연히 자신의 인생도 훨씬 풍요로워질 게 틀림없다는 생각이 들었다.

"내가 홋카이도에 가기보다 자네가 도쿄로 돌아오면 좋겠는데."

"그건 곤란하네. 홋카이도라는 곳은 내 성향에 맞아. 그 곳의 겨울은 지긋지긋할 정도로 긴 데다 모든 게 흰 눈으로 덮여서 푸른 것은 하나도 보이지 않지. 단지 상록수인 소나무 잎사귀만 보이고 나머지는 온통 고목이야. 그런 대자연을 보면서 처음엔 자연이 완전히 시들어 죽어 버린 모습이라고 생각하곤 했네. 하지만 드디어 반년이나 되는 겨울이 지나 눈 밑에서 푸른 풀이 모습을 드러내자 겨울은 결코 자연을 죽인 게 아니라고 생각하게 되었지. 더 나아가 인간의 죽음도 어쩌면 이 겨울 같은 모습은 아닐까, 언젠가 활기 넘치게 다시 숨을 쉬게 되지나 않을까 하는 생각까지 하게 된다네."

"홋카이도의 겨울은 꽤나 혹독한가 보지?"

"아무렴. 도쿄에서는 상상도 할 수 없을 정도지. 단단히 대비하지 않으면 얼어 죽게 돼. 한 치 앞도 볼 수 없을 만큼 눈보라가 치면 길도 들판도 구별할 수 없게 되어 버리지. 눈보라 때문에 죽는 사람도 매년 있다니까. 하지만 이 자연의 혹독함이 역시 내게는 필요해."

"과연 그렇겠네. 게다가 그렇게 겨울이 길면 기다림이랄까 참음이랄까 인내심이 자기도 모르는 사이에 엄청 강해질 테니."

노부오는 아직 경험하지 못한 홋카이도의 혹독하고 기나긴 겨울을 상상했다. 자신이 모르는 그런 겨울을 요시카와는 벌써 열 번 가까이 체험했다고 생각하자 왠지 자신은 감당 못 할 존재 같은 느낌이 들었다. 자신이 도쿄에 그대로 있는 한 언제 계절이 바뀌었는지 모를 만큼 따뜻한 사계절 속에서 태평스레 일생을 끝마칠 거라는 생각이 들어 조금은 아쉬운 기분이 들었다. 일생을 홋카이도에서 지낼 마음은 없지만 4~5년쯤이면 살아보아도 괜찮을 것 같았다.

그때 문이 열리고 마치코가 차를 들여왔다.

"이야기가 한창이시네요. 오늘 밤은 여기서 주무시라고 어머니가 말했어요."

"물론 그래야지. 요시카와, 오늘뿐 아니라 도쿄에 있는 동안은 여기서 지내게."

"그러면 좋겠지만, 그래도 그리 오래 폐를 끼칠 수는 없지."

요시카와는 큼지막한 손으로 차를 마셨다.

"아니에요, 우리들은 여기서 지내시는 걸 바라요. 그렇죠? 오빠?"

"그렇고말고. 오늘 밤새 얘기 나눠도 하지 못한 게 쌓여 있을 테니 말이야."

노부오도 요시카와랑 후지코가 자고 가길 원했다.

"아무튼 오늘 밤만은 신세를 지겠네."

요시카와의 말에 마치코는,

"그럼 우리들도 좀 끼워 줘요. 트럼프 놀이라도 하면서 놀고 싶어요."

라며 응석을 부렸다.

"트럼프?"

노부오는 쓴웃음을 지었다. 역시 마치코는 열여섯 살 소녀답게 아직 유치한 구석이 있다고 생각했다.

"그래. 트럼프도 좋겠지. 후지코 씨도 지루하면 안 되니까."

기쿠도 들어와 다섯 명이서 트럼프 놀이를 시작했다. 노부오의 옆이 마치코, 다음에 기쿠, 후지코. 그리고 요시카와가 둥그렇게 자리를 잡았다. 트럼프 같은 건 그다지 좋아하지 않는 노부오도 오늘 밤은 기대가 되었다.

"그 카드가 나가노 씨에게 있었네요."

라며 후지코가 친밀함을 보이며 말을 걸어오자 노부오의 마음은 억누를 수 없을 만큼 기쁨이 넘쳤다. 이 밤이 자신의 일생에서 잊을 수 없는 밤이 되는 게 아닌가 하고 생각하면서 노부오는 트럼프 놀이에 빠져들었다.

그날 밤 노부오와 요시카와는 한 방에서 나란히 잠을 잤다.

"홋카이도에서 도쿄까지 오느라 꽤 피곤하겠네."

뭔가 생각에 잠겨 보이는 요시카와에게 노부오가 말을 걸었다.

"아니, 괜찮아. 나는 철도원이긴 하지만 화물을 들거나 메는 일을 하니까 체력엔 자신 있네. 기차 안에서 푹 잤고, 오늘 자네 직장을 방문한 뒤에도 조금 잤어."

피곤하지 않다는 그의 목소리가 왠지 아까와는 달리 밝지 않았다. 노부오는 신경이 쓰였지만 따져 묻기는 꺼려졌다.

"참, 요시카와, 얼마 전에 재미있는 소설을 읽었네. 게다가 그 소설을 쓴 작가에게 직접 받은 책이야."

은근히 요시카와의 흥미를 돋우기 위해 노부오는 나카무라 슝우의 소설『무화과』의 내용을 요약해서 들려주었다.

"꽤 재미있는 소설이겠는데?"

"응, 응." 하며 대꾸하던 요시카와가 누운 채 얼굴을 들었다.

"그래, 자네도 읽어 보면 좋을 거야. 뭔가 묵직한 게 가슴에 다가와서 2~3일 동안 생각에 잠겼다니까."

"그래? 자네는 겉보기와 다른 면이 있어. 소설 같은 건 눈길도 주지 않을 것처럼 고지식해 보이지만……."

요시카와는 침상에서 벌떡 일어나 책상다리를 하고 앉았다.

"나도 소설 정도는 읽어. 연극에는 거의 관심이 없지만."

얼굴이 조금 벌게진 노부오가 웃었다.

"겉만 봐서는 모른다지만 자네가 저 요시와라의 대문 앞까지 갔다는 편지에 놀랐네."

정곡이 찔리자 노부오는 다시 벌게졌다.

"자네한테도 성적인 고뇌가 있음을 알고 나는 안심했네. 자네는 고매한 철학을 논하기 좋아하는 성향이라 좀 겁이 났었거든."

담배통을 끌어당겨 담뱃대에 불을 붙였다. 담뱃대를 쥐느라 둥그스름해진 두터운 손가락이 요시카와의 따스함을 느끼게 했다.

"그런데 정말 괴로워. 언제나 머릿속이 무언가로 뒤덮인 느낌이었어. 공부 같은 건 손에 잡히지도 않고 말이야."

"다 마찬가지야. 있는 그대로 받아들이면 그만이지. 물론 나는 나대로 좀 괴롭다는 생각을 한 적도 있지만 남자가 여자에게 마음을 끌리게끔 태어난 건 사실이니까 그대로 받아들이자고 마음먹고 있네."

침착한 요시카와의 말투에 노부오는 부러움을 느꼈다.

"자네는 대단한 친구야. 어쩐지 모든 걸 통달한 것처럼 보여."

"농담이라도 그런 말은 곤란하지. 통달이라니 말도 안 돼. 나란 작자에게는 자네처럼 죄의식이라는 고상한 게 없을 뿐이야."

큼지막한 손을 흔들자 전등 아래에 떠돌고 있던 담배 연기가 흐트러졌다.

"놀리지 말게. 나도 죄의식 따위는 잘 몰라. 『무화과』란 소설을 읽고 곰곰이 생각했을 뿐이지."

"그 곰곰이 생각했다는 점이 바로 뛰어난 거네."

"그래도 나는 아는 게 너무 없어."

"그런데 말이네, 자기가 아무것도 모른다는 사실을 분명히 안다면 그 사람은 정말 현명한 사람이라고 집에 오시는 스님이 말하셨어."

"자네는 역시 스님이 될 작정인가?"

"어라? 어째서? 내가 스님이 된다고?"

요시카와는 놀라며 크게 웃었다. 노부오는 요시카와와 손가락을 걸고 승려가 되자고 한 약속을 잊지 않았다. 그 이야기를 듣자 요시카와는,

"자네, 정말 놀라게 하는 친구로군. 그건 소년 시절의 꿈이지. 열 살 때건 열다섯 살 때건 그 나이에 맞는 나름의 꿈이 있는 게 좋지 않겠어? 인간은 처음부터 이 나무에는 이 꽃이 피는 것처럼 앞날이 정해져 버린 존재는 아니니까 말이네."

"나는 왜 이리도 유치할까? 요시카와, 나는 말이야, 자네와 스님이 되는 약속을 했기 때문에 늘 그 일이 마음에 걸렸네. 이렇게 재판소에 근무하고 있는 게 왠지 잘못을 저지르고 있는 기분마저 들었다니까."

이 말에 요시카와는 큰 소리를 내며 한바탕 웃어젖히고는 유심히 노부오의 얼굴을 바라보고 말했다.

"나가노, 자네야말로 정말 좋은 친구야. 거기다 정직하고. 에도 한복판에 자네 같은 사람이 있으리라고는 생각 못 했네."

진지한 말투였다. 노부오는 자신의 유치한 생각이 부끄러웠다. 그런 자신을 따뜻하게 감쌀 듯이 바라봐 주는 요시카와가 고마웠다.

"나가노, 나는 말이야, 현재로서는 철도원으로 일생을 마칠 계획이네. 후지코를 좋은 남자와 결혼시키고, 나도 나와 딱 맞는 여자와 결혼하여 자식도 대여섯 명 키우고, 어머니가 이제껏 살아서 좋았다고 생각하실 정도로 효도도 하는……. 뭐, 그런 게 나한테 맞는 삶이 아닐까 하는 생각이

드네."

요시카와의 총명해 보이는 눈을 바라보면서 노부오는 고개를 끄덕였다. 요시카와는 아무리 생각해도 뛰어나면서도 평범하다는 표현에 딱 어울리는 인물이라고 생각했다. 너나없이 입신출세를 꿈꾸는 이런 메이지 시대에 요시카와 같은 성품의 소유자가 하는 말을 들을 수 있다는 건 귀한 경험이었다. 대학을 나와 학사나 박사가 되든가, 또는 대신이나 재산가가 되려는 꿈을 꾸는 청년이 많은 시대에 요시카와처럼 말하는 건 용기 있는 행동이다. 더구나 요시카와는 스스로 포기하지도 않는다. 오히려 철도원으로 끝내는 걸 스스로 선택하고 있는 침착함이 돋보였다. 무엇이 요시카와를 그렇게 키웠을지 알고 싶었다. 그건 타고났기 때문이며 자신과 같은 사람은 평생 얻을 수 없는 것이라고 생각하면서 노부오는 말했다.

"대단해, 자네는 정말 대단해."

"뭐가 대단한가?"

요시카와는 자신이 대단한지 아닌지에 대해서는 그리 관심이 없는 것 같았다.

"나는 자네와 동갑이지만 아직도 확고한 사고방식을 가질 수는 없어. 역시 마음속으로는 언젠가 뭔가 해야지 하는 것 같은 공명심 때문에 좀이 쑤신다네. 이대로 재판소에서 근무하며 일생을 마치려는 생각은 없어. 이 나이가 되어도 무엇을 하고 싶은지 모르는 주제에 뭔가 해야겠다는 마음만은 도저히 떨칠 수가 없네."

"자네가 솔직한 거야. 그런 게 스무 살 청년의 진정한 모습일 거야. 자네는 소학교 때부터 공부도 잘했으니 뭔가 할 수 있다는 생각은 아주 자연스러운 거네."

요시카와는 이 말을 하고 다시 벌렁 드러누웠다. 멀리서 점점 다가오는지 야경꾼의 딱따기 소리가 들려왔다.

"하지만 요시카와. 자네처럼 살려는 젊은이는 적어. 자네는 오늘 하루를 차분하고 소중하게 살고 있는, 진정한 의미에서 살아가는 사람이야. 나는 뭔가 하고 싶다고 마음만 설렐 뿐 하루하루를 헛되게 보내 버린다네. 나중에 정신을 차렸을 때에는 나는 여전히 가늘고 약한 묘목이지만, 자네는 어느새 우러러볼 만한 큰 나무로 성장해 있는 건 아닐까 하는 생각이 들어."

"그거 역시 과대평가된 거네."

요시카와는 드러누운 채 팔짱을 끼고 웃었다.

"다른 이야기인데 자네는 죽음이란 걸 어떻게 생각하나? 부끄러운 말이지만 나는 할머니, 아버지 모두 갑자기 돌아가셔서 그런지 죽음이란 문제가 너무 신경이 쓰이네. 밤중에 갑자기 눈이 떠지면 '아아 나는 살아 있구나.' 하는 생각에 빠질 정도니 말이네. 그러다 어떨 때는 '나는 무슨 병에 걸려, 언제 어디서 어떤 사람들이 둘러보는 가운데 죽어 가게 될까.' 하는 어린애 같이 얼빠진 생각을 하기도 한다니까."

"그러긴 나도 마찬가지야. 죽는 게 무섭고 하루라도 오래 살고 싶다는 생각은 하지. 다만 그런 생각에 한없이 매달려 있지 않을 뿐이네. 조국을 위한다면서 청일전쟁에서 죽은 사람들도 실은 나와 같았을 거라고 생각해."

"그런가? 자네도 죽는 게 두렵단 말인가?"

노부오는 안심한 듯이 요시카와를 보았다. 두 사람은 마주 보고 웃었다.

"자네와 얘기하고 있으면 마음이 편안해지네."

"그래? 하지만 그건 편안한 마음이 될 뿐이지. 정말로 그렇게 되는 것과는 달라."

"그럴까?"

"그럼. 그저 이렇게 같이 이야기를 나누기만 한다고 해서 죽음이라는 문제가 해결될 리는 없지 않은가? 무엇을 위해 자신이 사는지를 생각하면 역시 아무 목적도 없이 살고 있다는 느낌이 들어 허전해질 거야. 살아 있는 의미를 모르면 죽는 의미도 알 수는 없어. 설령 그런 의미를 알았다고 해서 안심하고 죽을 수 있는 문제도 아니고."

"그렇겠군."

"나가노. 자네는 원래 습관적으로 죽음이나 삶에 대해 생각하며 살고 있지 않나? 나처럼 살아 있는 사람은 죽는 게 당연하다고 생각해 버리면 그뿐이야."

"그러고 보니 나는 체념을 잘 못하는 거 같네. 할머니, 아버지 모두 죽기 직전까지는 건강했어. 살아 있는 사람이라면 언제까지고 계속 살면 좋은데 죽어야만 하는 이유에 대해 누군가와 담판하고 싶은 기분이 들어……. 자, 이제 그만 잘까? 자네도 피곤할 테니."

"그러지."

노부오는 전등 스위치를 껐다.

잠시 후 어두움에 눈이 익숙해지자 미닫이가 어렴풋이 하얗게 눈에 보였다. 그 하얀색이 후지코의 얼굴을 연상시켰다. 청순한 후지코의 이마랑 얼굴이 눈앞에 떠오른다. 후지코도 같은 지붕 아래에서 자고 있다는 생각이 들자 노부오는 묘한 기분에 젖었다. 특별히 내세울 만한 후지코와의 추억은 없다. 다만 한 가지, 술래잡기를 하면서 놀 때의 기억은 잊을 수 없다. 노부오가 숨어 있는 헛간에 후지코가 들어와 둘이서 숨을 죽이며 숨어 있던 그때 일을 어쩌된 영문인지 잊을 수가 없었다. 그 소년 시절에 처음으로 이성에 대한 숨 막힐 듯한 감정을 알게 된 느낌이었다. 그리고 왠지 그날 보았던 후지코의 불편한 다리가 사랑스럽게 느껴졌다는 생각이 들었다.

"나가노, 자나?"

벌써 자고 있으리라 생각했던 요시카와가 몸을 뒤치며 돌아누웠다.

"아니, 아직."

"나도 잠이 잘 안 오네."

"잠자리가 바뀌어서 그럴 거야."

"나는 잠자리가 바뀌어도 잠은 잘 자는 편이야. 그런데 오늘은 왜 그런지 후지코가 신경 쓰이네."

노부오는 대꾸하지 않았다. 방금 후지코를 생각하던 자신의 속내가 고스란히 드러난 것 같았다.

"후지코는 곧 열여섯 살이야. 슬슬 결혼해야 하는 나이지."

"뭐라고? 열여섯 살에……, 좀 빠르잖아? 열여섯이라면 우리 마치코와 동갑이야. 마치코는 아직 여학교에 다니고 있는데."

노부오는 갑자기 한 방 얻어맞은 느낌이었다.

"여학교에 가는 애들은 대개 열여덟 살 정도면 결혼하겠지. 홋카이도에서 열여섯 살에 결혼하는 건 그리 드문 일이 아니야. 후지코는 다리가 저러니까 실은 받아들이는 쪽이 없을까 봐 걱정하고 있는데 혼담이 있긴 하네."

"오! 그거 축하할 일이군."

노부오는 이렇게 말하는 수밖에 없었다.

"아니, 혼담이 있을 뿐이고 아직 정해진 건 없네. 상대는 나하고 같은 직장에서 일하는데 딱히 부족한 자는 아니지만 후지코의 일생을 맡길 마음은 들지 않아서 어떻게 하면 좋을지 생각 중이네.”

노부오는 여러 생각에 지친 듯했던 요시카와의 말투를 이제야 충분히 이해할 수 있었다.

“그럼 거절하면 되지 않나?”

“자네 말대로 그렇게 간단히 거절할 수 있다면 아무 걱정도 없지. 그 애는 자네 동생처럼 사지가 멀쩡하기 않기 때문이네. 두 번 다시 혼담이 있으리라는 보장이 없지 않나?”

노부오는 잠자코 어둠 속에 어렴풋이 나타나는 미닫이를 보았다. 듣고 보니 과연 그 혼담은 후지코에게 생애 단 한 번뿐인 기회인지도 모른다.

노부오는 오늘 막 만난 후지코에게 이상하리만큼 마음이 끌렸다. 흔히 말하는 한눈에 반했다고 할 수 있다. 그러나 지금은 이 마음이 그 이상으로 커 간다는 확신은 없다. 단지 혼담이라는 말을 들은 순간 후지코는 어느 누구와도 맺어지지 않기를 바라는 마음을 갖게 된 것이다.

“열여섯이나 열일곱에 결혼하지 않으면 금방 열여덟 살이 되어 버려. 열여덟에 적당한 혼담이 있으면 좋은데 열아홉이 되면 모든 여자의 액년이라 해서 결혼을 시키거나 며느리로 맞아들이지도 않거든. 게다가 막상 스무 살이 되면 이미 때가 지났다는 말을 듣게 될 형편이라 다리가 불편한 후지코에게는 적당한 혼담이 점점 없어질 수 있지. 웬만한 일은 결단할 수 있는데 후지코에 관해서는 너무 혼돈스러워 그럴 수가 없네.”

요시카와는 자조하듯이 웃었다. 노부오는 요시카와에게 도저히 당할 재간이 없다는 생각이 다시 들었다.

(나는 마치코를 위해 저렇게 갖은 고민을 해 가며 걱정해 줄 수 있기나

할까?)

요시카와의 걱정이 후지코의 다리가 불편하다는 이유뿐일지 생각해 보았다. 설령 마치코의 다리가 그렇다 해도 자기는 훨씬 냉담하지 않을까 하는 기분이 자꾸 들었다.

"자네는 대단한 친구야."

몇 번이나 반복했던 말을 노부오는 다시 했다.

"그렇지 않아……. 팔이 안으로 굽는 것뿐이지. 다시 말하면 후지코보다 내 자신을 사랑하는 거야. 그 애가 하찮은 사내한테 가서 고생하는 걸보고 싶지 않다는 극히 이기적인 생각인 거지."

갑자기 입을 다물고 나서,

"그래! 결심했다. 돌아가면 바로 후지코의 혼담을 마무리하자. 그래, 그렇게 하는 거야. 그만 자자."

무슨 생각을 했는지 요시카와는 이렇게 말하고 밝게 웃었다. 몇 분 지나지 않아 잠자는 소리가 들렸다.

그러나 노부오는 잠을 이룰 수 없었다. 요시카와는 후지코의 행복을 바라는 마음 가운데 이기적인 모습을 발견하여 갑자기 이를 뿌리쳐 버리듯혼담을 정하기로 한 것 같다. 하지만 결심했다는 말을 들은 순간 노부오는 후지코가 갑자기 중요한 존재로 생각되었다. 그렇다고 해서 후지코가 좋다고 말을 꺼낼 만한 마음도 없었다. 노부오는 그저 허전하기만 했다.

어느덧 7월이 다가오는 무더운 어느 날 홋카이도로 돌아간 요시카와에게서 편지가 왔다.

"장마철이라 후덥지근했던 도쿄에서 돌아오니 홋카이도는 맑게 갠 하늘이 계속 계속되어 어쩐지 별천지에 온 느낌이 드는군. 도쿄에서는 여러모로 신세가 많았네. 우리가 어쨌든 스무 살 청년이 된 것만은 분명한 모양이야. 자네와 간 모교 교정의 엄청나게 크게 자란 나무들을 보니 10년이라는 지나간 세월을 실감하게 되었네. 4학년 때 벚나무 아래에서 도깨비가 있고 없고 따지며 일어났던 사건이 다시 기억나게 해 주더군. 시간을 내서 엄청 번잡해진 긴자랑 아사쿠사를 안내해 주어 정말 고마웠네.

후지코 녀석은 자네가 아사쿠사에서 손금을 본 일로 계속 걱정하고 있네. 자네는 단명이라고 수염 꼬리가 올라간 그 노인이 말하지 않았나? 내가 점쟁이라도 그렇게 말했을 거야. 자네는 피부가 하얗고 몸이 말라서 폐병에 걸리지 않았나 하는 생각을 그 점쟁이가 했던 거지. 하지만 같이 걸어 보니 의외로 튼튼해서 나는 안심했네.

돌아와서 좀 바빴던 탓인지 도무지 차분하게 편지를 쓸 수 없었네. 이 바쁜 와중에 후지코의 혼담도 진행이 되어 금년 가을 한 식당에서 후지코의 결혼식을 열기로 결정했네. 상대는 사가와라는 건장한 사내야. 예물 전달 예식은 아직 하지 않았지만 여하튼 결혼은 결정이 돼서 안심이네. 어머니랑 후지코도 마음이 놓이는 모양이고.

나중에 천천히 편지를 쓰기로 하고 이걸로 감사 인사를 대신하겠네. 어머니와 마치코 씨에게 안부를 전해 주기 바라네."

요시카와 오사무

직장에서 돌아온 노부오는 자기 방에 우두커니 선 채 반복해서 이 편지를 읽었다. 목덜미에 축축이 흐르는 땀이 불쾌했다.

"왜 이리 무더울까."

아까부터 노부오는 같은 말을 중얼거렸다. 저 백설의 결정체 같이 청순한 후지코가 이번 가을이면 남의 아내가 되어 버린다는 생각을 하자 뭐라 표현할 길 없이 마음이 허전해졌다. 노부오는 그 정도 다리가 불편한 건 결함도 아니라며 후지코의 혼사는 돌이킬 수 없을 것 같다는 생각을 했다. 겨우 2~3일 도쿄를 안내했을 뿐인데 노부오는 후지코를 잊을 수 없게 되었다.

특히 아사쿠사에 있는 손금 보는 집에서 요시카와가 장래에 상당한 지위에 오른다는 말을 듣고 난 다음 자신이 손을 내밀었을 때의 후지코의 얼굴 표정은 잊을 수가 없었다.

"당신은 앞으로 2~3년밖에 살지 못하겠지만 내 말을 잘 듣고 밥을 잘 씹어 먹고, 햇볕이 잘 드는 방에서 지내면 아마 쉰 살까지는 살 거요."

이 말을 들었을 때, 후지코는 그 동그란 눈으로 지그시 노부오를 주시하더니,

"오래 사시길 바라요."

하고 노부오의 귓전에 상냥하게 속삭였다. 귀를 간지럽혔던 그 따뜻한 숨결이 노부오에게는 어떤 대가를 치르더라도 얻기 어려운 보석처럼 생각되었다.

연락선

노부오는 스물세 살이 되었다.

요시카와 일행이 도쿄를 방문하고 나서 3년이 지난 7월, 노부오는 지금 아오모리와 하코다테를 오가는 연락선의 갑판에 서 있다.

바다는 고요했다. 아직 아오모리 항구에 있는 사람들의 모습이 또렷이 보인다. 노부오는 불현듯 바닷속에 뛰어들어 다시 돌아가고 싶은 생각에 사로잡혔다. 헤어진 어머니와 마치코의 모습이 눈에 어른거려 견딜 수가 없었다.

(마치코는 저 기시모토와 함께라면 반드시 행복하게 지낼 거야.)

마치코는 지난해 가을, 제국대학을 나온 의사 기시모토와 결혼했다. 기시모토는 오사카에 사는 나카무라 슝우의 소개로 알게 된 기독교 신자이다. 나카무라 슝우와 같은 오사카 출신으로 도쿄의 한 병원에 근무하고 있는데 마치코와는 아홉 살 차이로 노부오보다 다섯 살 연상이다.

언젠가 홋카이도에 가 보고 싶다는 말을 노부오가 했을 때 기시모토는 듣자마자 찬성하고, 2~3년 정도면 홋카이도에서 살아 보는 것도 나쁘지는 않으리라고 권했다.

"형님, 저도 결혼 전에 홋카이도에 가 보고 싶었어요. 거기에는 우치무라 간조일본의 대표적인 기독교 지도자(1861~1930)가 졸업한 농업학교가 있어서죠."

기시모토는 기독교 신자다운 동경심에서 홋카이도를 생각한 것 같았다.

노부오가 대학에 가지 않고 직장을 다녀 미안한 마음을 품고 있던 어머니 기쿠는 그가 가기 원하는 홋카이도에 자신도 따라갈 수 있다는 말까지 했다. 그런데 이런 논의를 하는 중에 마치코가 임신하는 바람에 셋집에 살던 기시모토는 마치코와 함께 처갓집으로 이사하게 되었다.

기시모토는 마음씀씀이가 넉넉한 사내로 모두가 호감을 갖게 하는 인품을 지녔다. 2~3년 정도라면 이런 기시모토에게 어머니를 맡기고 홋카이도로 가도 괜찮을 것 같았다.

노부오는 징병 검사에 불합격하고 나서 쭉 재판소에 근무하고 있다. 이미 판임관메이지시대 공무원 직제 중 최하위 직급이 되었지만 왠지 재판소에 평생 근무할 마음은 없었다. 서른 살까지는 뭔가 자기 나름대로 살아갈 길을 찾을 수 있을 것 같아 야간 법률학교에서 공부하기도 했다.

노부오는 멀어져 가는 육지의 산을 이제 그만 떨치려고 돌아섰다. 그러자 이번에는 놀랍게도 홋카이도의 산들이 바로 앞에 보였다.

(홋카이도다!)

몇 시간이나 배를 타야 볼 수 있다고 생각했을 뿐인데 눈앞에 홋카이도의 산들이 보이자 노부오는 힘이 솟구쳤다.

(후지코!)

노부오는 마음 깊숙한 곳에 숨겨 놓은 모습을 불러내었다. 후지코가 사가와라는 사내와 결혼을 약속했다고 들은 때는 3년 전 6월이었다. 곧 이어 요시카와에게서 후지코의 발병을 알리는 편지가 왔다.

"인생이란 좋은 일만 계속되지는 않는 것 같군. 얼마 전에 후지코의 혼인 예물이 막 들어왔는데 갑자기 후지코가 병이 나 버렸다네. 이제 생각해 보니 갑작스레 걸린 병은 아닌 게 확실한 거 같아. 도쿄에서 돌아온 뒤 한동안 식욕이 없길래 여독 때문일 거라 생각했다네. 한여름이 지나 가을이 되면 식욕도 원래대로 돌아 오리라며 느긋하게 안심하고 있었는데 가을 들어 감기가 계속 낫지 않는 거야. 아무래도 이상하다 싶어 진찰을 받았을 때는 이미 폐병이 조금 진행되었네. 불쌍하게도 모처럼 오간 혼담을 이 때문에 무효로 하게 될지도 모르겠네. 사가와는 후지코를 무척 마음에 들어 하는지 도로 보낸 예물을 받지 않았지만 언제까지고 상대의 호의에 기대고 있을 수만은 없지 않겠나?"

이런 내용을 담은 편지가 오고 나서 한동안 요시카와에게서는 아무런 연락이 없었다. 노부오는 노부오대로 바로 문안 편지를 보내려 생각하면서도 웬일인지 보낼 기회를 놓쳤다. 폐병을 앓는 후지코와 얽히는 걸 겁내는 속내가 전혀 없었다고 자신할 수 없었다. 폐병 환자는 이웃에게서 다른 곳으로 떠나라고 강요받을 만큼 꺼려지던 시대이다.

그러다가 그 해가 기울어 갈 즈음 노부오는 엽서를 썼다. 아버지 사다유키가 죽은 해였기 때문에 연하장을 쓸 수는 없었다.

"홋카이도의 매서운 겨울은 후지코 씨의 건강에 해로울 것 같군. 문안 편지를 빨리 보내려 마음먹으면서도 자네나 후지코 씨의 심정을 헤아리다 보니 무슨 말을 써야 할지 몰라서……"

노부오는 자신의 엽서를 다시 읽고 불쾌한 기분이 들었다. 자신이 문안 편지를 보내지 않았던 마음속에는 훨씬 이기적이고 냉혹한 생각이 있었음이 분명하다. 그렇다고 해서 이 엽서의 내용이 전혀 거짓은 아니었다.

자신의 엽서와 엇갈려 요시카와의 엽서가 왔다.

"자네도 쓸쓸한 설을 지내겠군. 아버님이 안 계신 설이라 더 허전하게 느껴질 거야. 후지코는 건강하네. 여전히 미열은 남아있지만 마음만은 건강해. 아니, 겉으로만 그렇게 보이는 건지도 모르지. 어머니도 기분을 맞춰 주려 하지만 역시 가장 힘드신 분은 어머니야."

후지코의 결혼에 대해서는 한마디도 적지 않았다. 아마 이미 파기되었으리라 생각하며 그 엽서를 읽었다.

이윽고 봄이 되자 노부오는 책갈피에 넣어 말린 벚꽃을 봄이 늦게 찾아오는 홋카이도로 보냈다. 그 후 바로 요시카와에게서 두툼한 편지가 왔다.

"자네가 보내 준 말린 벚꽃을 받고 얼마나 기뻤는지 모르네. 나보다도 후지코가 훨씬 기뻐했어. 자네의 편지는 마침 눈보라가 날려 유리창에 성에꽃이 핀 날에 받았네. 눈보라와 함께 바라보는 말린 벚꽃은 자네가 상상할 수 없을 만큼 후지코의 마음에 위안을 주었네. 요즈음 후지코는 종일 침대에 누워 있어. 가슴 쪽은 그리 나쁘지 않은가 본데 척추가 나빠진 모양이네. 걸으면 비틀거리기 때문에 할 수 없이 줄곧 누워 있는 거지. 사가와가 가끔 찾아와 위로해 주는데 그도 결혼은 이미 포기한 것 같고……."

요시카와의 편지와 함께 후지코의 편지도 들어 있었다.

"나가노 씨.
보내 주신 말린 벚꽃 정말 감사했습니다. 너무 자주 바라보아서 어머니가 놀리셨어요.
저는 벚꽃을 볼 때까지 살아 있을 수 있으리라 생각하지 못했습니다. 그래서 이 말린 벚꽃을 보았을 때 더 이상 뭐라 말할 수 없이 기뻤습니다. 이제는 어쩐지 일 년은 더 살 수 있을 것 같은 느낌이 들었어요……."

이런 내용이 후지코의 편지에 적혀 있었다. 이 편지를 받고부터 노부오는 꽃을 볼 때마다 책갈피에 넣어 말리지 않고는 그냥 지나칠 수 없을 정도가 되었다. 튤립, 작약은 물론 금작화까지 작건 크건 말려서 후지코에게 보냈다. 그때마다 후지코가 간단하지만 마음이 담긴 답장을 보내 왔다. 노부오는 편지를 받을 때마다 화선지로 싸서 책상 속에 간직해 두었다.

재판소에서도 꽃에 시선이 가면 문득 후지코의 얼굴이 눈에 선했다. 후지코의 병이 무섭다고 생각된 건 처음 소식을 들었을 때뿐이었다. 사람들이 꺼리는 폐병에 걸린 후지코가 한없이 불쌍했다. 후지코가 내년까지만 살 수 있을지 모른다는 생각에 노부오는 동병상련의 마음으로 꽃을 바라보았다. 그러자 장미 한 송이, 작약 한 송이만 보아도 왠지 눈물이 맺히려 했다.

마치코가 어머니와 즐겁게 학교 이야기를 하는 모습을 볼 때면 노부오는 후지코를 생각했다. 마치코는 앞으로 몇 십 년이고 저렇게 건강하게 살아갈 수 있을 것이다. 그러나 후지코는 열일곱 나이에 이대로 생을 마감할지도 모르는 형편이다. 그런 생각이 들 때면 자신도 모르게 책상 앞에 앉아 편지를 쓰지 않고는 견딜 수 없었다. 뭔가 한마디라도 말을 걸어주면 그만큼 후지코의 생명이 길어질 수 있을 것 같은 느낌이 들었다.

후지코가 보내오는 편지의 내용이 점점 짧아져 갔다. 마치 후지코의 생명이 점점 줄어드는 것 같은 불안한 느낌이 들었다.

이렇게 후지코를 걱정하며 지내는 사이에 어느새 노부오도 생명이라는 문제를 진지하게 생각하게 되었다. 길을 가다가 건강한 소학생을 보면 저 아이들도 언젠가는 죽는다는 생각이 느닷없이 들곤 했다.

"다녀오겠습니다."

어머니에게 손을 모으고 인사한 후 얼굴을 든 순간, 오늘 살아서 집으로 다시 돌아올지 어떨지 아무런 보장이 없다는 생각을 한 적도 있었다. 이는 아버지가 인력거를 타고 문을 나서고 얼마 지나지 않아 노상에서 의식 불명이 된 채 마침내 다시 돌아올 수 없는 사람이 되어 버린 사건과도 관계가 있다. 어쨌든 노부오에게 생명에 대한 관점은 단순한 '걱정거리'가 아닌 문제가 되어 버렸다.

아버지의 갑작스런 죽음을 경험한 노부오는 죽음을 무섭게 받아들이게 되었다. 그리고 인간은 반드시 죽는 존재라는 사실을 실감했다. 그러나 지금 노부오는 죽음에 대해 생각하는 방식이 그때와는 조금 달라져 있다. 언젠가 자신도 죽는 존재이지만 어떻게 살아야 마땅한가를 진지하게 생각하게 된 것이다.

어느 날 노부오는 어머니 기쿠에게 물었다.

"어머니, 인간은 죽으면 모든 것이 끝나겠지요?"

노부오는 후지코를 생각하면서 말했다. 기쿠는 따져 묻는 듯한 노부오의 표정에 잠시 멈칫하고는 대답을 했다.

"노부오, 나는 말이야. 죽음이 모든 것의 마지막이라고는 생각하지 않아."

"그럼, 어머니, 죽어서 무엇이 시작된다는 거죠? 죽은 인간에게 미래가 있다는 말씀이세요?"

노부오는 조급하게 물었다. 기쿠는 조용히 고개를 끄덕였다. 확신에 차서 끄덕이는 모습이었다.

"어떤 미래가 있다는 건가요?"

노부오는 거듭 물었다.

"그건 말이야, 노부오. 내가 지금 죽음은 잠들었다가 다시 깨어나는 것이라고 말해도 너는 믿지 않을 거야. 참으로 이 문제를 진지하게 생각한다면 성급하게 답을 구해서는 안 돼. 목사님이나 스님에게 겸손히 물어보아야 해."

기쿠는 이렇게 말했다. 노부오는 왠지 석연치 않았다. 어머니가 자신과는 머나 먼 세계에 있을 뿐 아니라 안이하게 사후의 미래를 믿는 것 같았다. 누구에게 물어봐도 도저히 믿을 수 없을 것 같았다.

이렇게 느끼면서도 저 후지코가 죽음을 눈앞에 두고,

"분명히 죽음은 모든 것의 마지막이 아니다."

라고 믿을 수 있게 된다면 얼마나 큰 힘이 될까 하고 노부오는 생각했다. 그리고 자신은 믿어지지 않는 이 말을 후지코에게 알려 주고 싶은 간절한 마음이 들었다.

(과연 이 말이 인간에게 정말로 살아갈 힘을 줄 수 있을까? 살아가는 힘이란 대체 어떤 것일까?)

노부오는 그것이 알고 싶었다. 자신을 위해서나 후지코를 위해서 그것
이 알고 싶었다.

이런 생각에 젖어 있을 때 요시카와에게서 또 편지가 왔다. 후지코의 약
혼자인 사가와가 드디어 이를 파기하고 아내를 맞이했다는 소식이었다.
그 편지를 읽고 노부오는 사가와라는 사내가 이 세상에서 보기 드물게 훌
륭한 사내라고 생각했다. 사람들은 폐병 환자라면 그의 집 앞에서마저 입
을 막고 달아나기 마련이다. 그러나 사가와는 그 폐병을 앓는 후지코를 1
년이나 계속 문병했다고 한다. 노부오는 자기 자신은 따라 할 수 없다는
생각을 했다. 멀리 떨어진 도쿄에 있기에 이렇게 편지를 쓰거나 할 뿐, 만
약 가까운 곳에 있었다면 과연 문병을 갈 수나 있었을까?

노부오에게 후지코는 사랑의 대상이기는 했지만 곰곰 생각해 보면 무
책임한 사랑이라 할 수 있다. 말로 사랑한다는 말을 입 밖으로 내지 않았
음은 물론 어떤 약속도 하지 않았다. 문병 가겠다고 말한 적도 없다. 그것
은 하늘에서 빛나는 별을 사랑하는 것 같은 비현실적인 사랑이었다. 그저
후지코를 생각함에 따라 노부오 자신이 만족감을 느끼게 되는 독선적인
사랑이기도 했다.

후지코는 사가와에 대한 얘기는 한 번도 쓰지 않았다. 그래서 노부오는
후지코가 사가와를 사랑하지 않는다고 생각했다. 그날 밤 아사쿠사에서,

"오래 사시길 바라요."

라고 자기의 귓가에 속삭이던 후지코의 목소리를 떠올릴 때마다 노부
오는 달콤한 감정에 잠겼다. 그리고 어느새 그 행동이 자신에 대한 후지
코의 사랑처럼 착각을 하게 되었다.

(혹시 후지코는 사가와를 진심으로 사랑했을 수도 있다. 지금 사가와가

떠나서 괴로워하는지도 모른다.)

노부오는 처음으로 이런 생각을 했다. 질투심 비슷한 감정이 노부오를 우울하게 했다.

그 후 한동안 노부오는 편지를 쓰지 않았고, 요시카와와 후지코도 소식을 전하지 않았다.

(후지코는 사가와의 결혼 때문에 낙담하여 이제 이번 가을이 마지막이 될 거라고 생각하고 있지나 않을까?)

어느 개인 일요일 툇마루에 누운 채 노부오는 물끄러미 하늘을 바라보고 있었다. 가을 햇볕에 반짝이면서 흰 조각구름 여럿이 차양 저편에 나타났다가는 사라졌다.

(저 구름은 어디서 와서 어디로 가는 걸까?)

강아지 얼굴로 보이던 구름이 가을바람 때문에 순식간에 모양이 바뀐다. 구름은 잠시도 같은 모양으로 있지 못했다. 분명히 그곳에 있었던 구름인데 어느새 형태도 없이 사라져 버린다. 그렇게 빨리 바뀌는 구름 모양을 바라보면서 노부오는,

"덧없구나."

하며 무심코 중얼거렸다. 하늘이 노부오 자신의 모습처럼 생각되어 견딜 수 없었다. 인간은 너무나 여러 모습으로 변해 간다.

후지코를 생각하는 마음에 변함은 없지만, 이즈음 노부오에게 조금씩 변화가 일어나기 시작했다. 직장을 오가며 보게 되는 여자의 모습에 시선을 빼앗길 때가 많아진 것 같았다.

붉은색 다스키어깨에서 겨드랑이에 걸쳐 열십자로 엇매어 일본 옷의 옷소매를 걷어매는 끈를 단단히 졸라매고 격자문을 닦고 있는 젊은 여성의 하얀 팔뚝이

나 노랑 바탕 줄무늬 비단옷에 고마게다굽을 달지 않고, 통나무를 깎아 만든 왜나막신를 신고 딸각딸각 소리를 내며 걸어가는 처녀의 모습 따위에 무심코 시선이 가는 자신을 발견하곤 했다. 치마끈을 가슴께까지 올려 매고 쾌활하게 걸어가는 여학생들도 노부오의 관심을 돋우었다.

전에는 어머니와 동년배의 여성이라도 부끄러워 똑바로 볼 수 없었던 노부오였다. 왜 이렇게 변해 가는가 생각하다 보니 갑자기 불안해졌다.

(종잡을 수 없는 게 사람의 마음이다.)

이런 말이 떠오르면서 자신의 마음이 생각지도 못한 방향으로 가 버릴 것 같은 느낌이 더더욱 든다.

마음속으로는 여전히 후지코를 담아 두고 있지만, 이는 후지코를 생각한다기보다 후지코를 매개로 젊은 여성을 사랑하고 있는 것 같은 느낌이 들었다. 노부오는 후지코가 반드시 자신의 상대이어야 할 만큼 강하게 끌어당기는 존재는 아닌 것 같은 생각도 했다.

노부오는 흘러가는 구름을 바라보며 인간의 마음이 이리도 종잡을 수 없는 것임에 새삼 놀랐다.

(저 구름처럼 나 또한 어디에서 와서 어디로 가는지 모르는 존재이다.)

노부오는 이런 생각이 들자 끔찍한 허전함이 밀려왔다. 덧없이 흘러가는 구름과 아무런 목적 없이 이생에서 헤매고 다니는 것 같은 자신이 너무나 똑같이 생각되어 견딜 수 없었다. 왠지 살아 있다는 사실이 공허하게 느껴졌다.

요시카와가 도쿄에 찾아왔을 때,

(사람은 각기 존재의 이유가 있다. 병자에게는 병자의 존재 이유가 있고, 우리들도 또한 그렇다.)

라는 이야기를 나눈 적이 있다. 분명코 그때는 그렇게 생각했는데 이제는 모두가 목적이 없는 것처럼 생각되었다.

마음속으로 자신의 분명한 장래 모습 하나 제대로 정해 놓지 못했음을 깨달은 그 가을날 이후 노부오는 빈집에 홀로 있는 것처럼 쓸쓸하기 짝이 없는 감정에 빠져 들었다.

어느 날 밤, 노부오는 오랫동안 자신이 금기시했던 정욕에 이끌리어 자신의 몸이 하는 대로 내버려 두었다. 세찬 폭풍 같은 한때가 지나자 노부오는 한층 허전한 기분이 되었다. 자기혐오와 공허한 감정에 휩싸인 노부오는 태어나서 처음으로 자신의 또 다른 얼굴을 본 느낌이 들었다. 그것은 근면하고 자제하려는, 그리고 발전하려는 모습이 아니라 끝없는 나락으로 떨어지고 싶어 하는 것 같은 얼마간은 뻔뻔하고 무절제한 또 다른 자신의 모습이었다.

그것은 이제까지 노부오가 스스로 깨닫지 못한 또 다른 자신의 모습이었다. 이를 깨닫자 노부오는 이불을 밀어젖히고 벌떡 일어났다. 노부오는 툇마루의 덧문을 살짝 열고 우물가로 나갔다. 두레박에 뚜렷이 전해 오는 감촉을 느끼면서 한 통 가득히 물을 퍼 올리고 자신의 알몸에 퍼부었다. 11월도 끝나갈 무렵의 우물물은 차가웠다. 노부오는 입술을 꽉 물면서 계속해서 세 바가지를 퍼붓자 그제야 자기 자신으로 돌아온 것 같은 생각이 들었다.

(그때부터 2년이 지났구나.)

점점 다가오는 하코다테산의 우뚝 솟은 모습을 바라보며 노부오는 그때의 자신을 떠올렸다. 2년 전에 비해 얼마나 변했을지 스스로 생각해 보았다.

어제 아침 일찍 우에노까지 배웅하러 나온 마치코의 남편 기시모토가 성경을 선물로 주었다. 그 첫 페이지에 기시모토의 필체로,

〈하나님은 사랑이시라〉(요한1서 4장 16절)

라는 구절이 쓰여 있었다. 노부오는 그 말을 속으로 중얼거려 보았다.

(과연 하나님은 사랑이실까?)

아무 죄도 없는 후지코가 다리가 불편하고, 게다가 폐병과 척추카리에스로 누워 있다는 사실 자체를 노부오는 수긍할 수 없었다. 찬물을 끼얹던 2년 전 그날 밤부터 노부오는 자신을 통제하는 것은 자신의 의지와 이성이라고 생각하게 되었다. 하나님에게 의지할 만큼 자신은 약하지 않다고 스스로 생각하게 되었다. 왜냐하면 그날 밤 이후 노부오는 맹렬하게 자신의 정욕과 싸우고 그때마다 이겨 낼 수 있었기 때문이었다.

삿포로 거리

노부오가 탄 기차는 이시카리 지역의 넓은 들판을 달리고 있다. 쨍쨍 내리쬐는 7월의 태양 아래 한 사람도 보이지 않는다.

(넓구나!)

노부오는 하얀 감자꽃이 피어 있는 들판 끝을 바라보았다. 기차는 머지 않아 삿포로에 도착할 예정이다. 노부오는 자기가 보아도 대담한 일을 했다는 생각에 잠겨 있었다.

(나는 대체 무슨 목적으로 재판소를 그만두고, 어머니와 여동생을 도쿄에 남겨 둔 채 홋카이도까지 왔을까?)

돌이켜 보니 무엇 때문에 홋카이도에서 새로운 출발을 하고 싶다는 정열이 마음속에서 불타올랐는지 짐작할 수가 없었다.

요시카와가 사는 삿포로에서 자기도 살고 싶다는 마음은 이유가 되기 힘들다. 요시카와의 여동생 후지코를 사랑해서 여기까지 찾아왔다고 한다는 것 또한 진실과 거리가 멀다. 겨울이 긴 홋카이도에서 3년 넘게 병을 앓고 있는 후지코를 불쌍히 여기는 마음은 분명했다. 도쿄에서 마음속으로 그려 보던 후지코의 모습은 너무도 불쌍해서 당장이라도 문병을 가고 싶은 생각이 들었다. 그렇다고 저 후지코 때문이라는 이유만으로 먼 길을 마다않고 홋카이도로 찾아갈 만큼 분명한 애정을 품고 있지는 않다. 어느새 마음속에 살그머니 들어와 자리 잡은 후지코였지만 그것은 아마 스물세 살 노부오의 센티멘털한 감정인지도 모른다.

(젊다. 나는 젊다.)

노부오는 마음속으로 중얼거렸다. 아직 보지 않은 땅을 동경하고, 그곳에서 전개될 새로운 생활에 도전한다는 각오를 하면서 은밀히 후지코의 생김새를 상상한다. 이는 스물세 살 노부오의 젊음의 소산임이 분명할 것이다.

갑자기 가옥들이 많이 보이기 시작하자 기차의 속도는 점점 완만해졌다. 이윽고 기차는 크게 흔들리며 삿포로 역에 들어섰다. 노부오는 선반에서 트렁크 두 개를 내리고 양손으로 잡았다. 유리창에서 톡톡 소리가 들려 쳐다보니 요시카와가 반가운 듯이 창밖에서 하얀 이를 보이며 서 있었다.

플랫폼에 내리자 요시카와가 몸을 부딪치려는 듯이 노부오의 어깨를 감쌌다.

"잘 왔다. 정말 잘 왔어."

요시카와는 팔로 눈물을 쓱 닦았다.

"그러게. 드디어 오게 됐구나."

노부오는 가슴이 뜨거워졌다. 도쿄에서 헤어지고 이제야 다시 만난 두 사람은 서로를 지그시 바라보며 미소를 지었다.

"자네는 변함없이 날씬하군."

"응, 신체검사에서 병종을 받았네. 비록 제비뽑기로 면제를 받았다 해도 자네 같은 갑종 합격자와 비교가 될 수 있겠나? 자네는 어쩐지 한결 더 커진 거 같군."

"응, 아직 한참 자라는 중이니까."

두 사람은 같이 웃었다. 요시카와의 목소리는 노부오의 소리를 잠재울 정도로 컸다. 요시카와는 두 개의 트렁크를 가볍게 들었다.

"괜찮아. 하나는 내가 들겠네."

"무슨 소리야. 나는 이 역에서 매일 화물을 다루고 있어. 걱정 말게."

요시카와는 성큼성큼 걷기 시작했다.

"역이 꽤 크군."

"자네도 여기서 일할 계획이라고 했지? 재판소에서 판임관으로 일했기 때문에 쉽게 입사할 수 있을 거야. 그나저나 정말로 잘 결심했네. 자네, 의외로 결단력이 있어."

"나야말로 젊지 않나?"

조금 전 기차 안에서 혼자 생각해 낸 결론을 노부오는 태연하게 말했다.

"음, 맞는 말이야. 문자 그대로 우리들은 젊은이라고."

그 말을 들으면서 노부오는 젊음이란 대체 어떤 걸까 하는 생각에 잠겼다.

역 앞으로 나오자 푸르른 아카시아가 아득히 멀리까지 늘어서 있다. 그 가로수 길에 깔린 레일 위로 마차가 경쾌한 말발굽 소리를 내며 달리고 있다. 역 바로 앞에 야마가타야라는 큰 료칸이 보였다.

"자, 저기 보이는 건물이 재판소라네."

두세 블록 건너 보이는 큰 건물을 트렁크를 쥔 요시카와의 두터운 손가락이 가리켰다. 노부오는 문득 도쿄 재판소에 있던 자신의 좌석을 떠올렸다. 그러나 마음속에 남아 있던 꺼림칙한 기분은 금방 사라졌다.

역 앞에는 호객꾼들이 시끄러우리만치 많았는데 요시카와가 역에서 일하는 걸 알았는지 두 사람에게는 말을 건네지 않았다.

"숙박업소가 꽤 있나 보군."

"응, 야마가타야나 마루소처럼 꽤 크고 좋은 료칸이 있네."

"홋카이도라면 그저 산이나 들만 떠올렸는데, 아무래도 생각이 짧았나 보네."

두 사람은 역 앞 넓은 길을 걸어갔다.

"놋포로였던가? 창밖으로 기와공장이 보이더군. 삿포로에는 아마유 회사랑 맥주 공장들도 있는지 상상도 못 했네."

"삿포로 사람들이 들으면 웃음을 터뜨리겠군. 그래도 뭐, 도쿄에 비하면 아직 시골이니까."

"아니야. 벽이 하얀 서양식 건물이 울창한 느릅나무 사이로 보이는가 하면 길이 넓고 반듯한 게 꽤나 신식 티가 나던데?"

노부오는 후지코의 몸 상태를 물어보려다 기회를 놓쳤다. 요시카와의 집은 바로 대여섯 블록 떨어진 곳에 있다고 들었는데 가까워 오자 노부오의 입은 무거워졌다. 후지코의 바짝 마르고 창백한 얼굴이 눈에 선하다. 3년이나 누워 있어서 어떤 위로도 건성으로 들릴 게 틀림없다고 생각하자 만나서 어떻게 격려해야 할지 답이 나오지 않았다. 하루 이틀 감기로 눕기만 해도 답답할 터인데 3년 넘게 매일 누워 있으니 얼마나 힘들까? 더구나 젊은 처녀의 몸이다. 동갑인 마치코는 좋은 반려자를 만나 벌써 엄마가 된다고 생각하니 노부오는 가슴이 먹먹해짐을 느꼈다.

큼직한 보따리를 지고 어린이의 손을 끌고 가는 여자, 밀짚모자를 쓰고

유카타집 안이나 숙박업소에서 목욕 후 입거나 여름철 산책할 때에 입기도 하는 일본의
전통 의상 옷자락을 걷어 올리고 가는 노인, 이마에 땀을 흘리며 큰 짐수레
를 끄는 젊은이 모두 어딘가 느긋해 보였다. 이런 느긋한 거리 모습조차
후지코를 생각하면 노부오에게는 애처롭게 느껴졌다.

아카시아 가로수 길을 한참 가서 왼쪽으로 돌자,

"저쪽 세 번째 집이네."

라며 요시카와가 턱으로 가리켰다. 두 채가 붙어 있는 연립주택이었는
데 노송나무를 얇게 켜서 이어 만든 지붕이 집의 반을 덮을 듯 길게 내려
져 있었다. 요시카와가 살던 도쿄의 자그마한 집을 상상한 노부오에게는
의외로 큰 집이었다. 그래 봐야 방이 4개쯤 되는 것 같았다.

"어머니랑 동생도 기다리고 있어."

요시카와는 활짝 열어 놓은 현관에 한쪽 다리를 디딘 채 노부오를 돌아
보았다.

"어머, 어서 오너라."

성격이 밝은 요시카와의 어머니가 노부오를 보자마자 그의 손을 꽉 잡
았다. 요시카와의 어머니는 3년 전 우에노 역에서 배웅했을 때보다 꽤 늙
어 보였다. 후지코의 병이 이 어머니를 늙게 한 게 아닌가 생각하면서 노
부오는 머리를 깊숙이 숙였다.

"정말 잘 왔어. 피곤하겠구나. 무로란에서 이와미자와를 돌아서 왔겠
네. 우리들은 하코다테에서 오타루까지 배로 왔는데 그때 멀미로 고생했
어. 하코다테에서 무로란까지 가는 배는 흔들리지 않았나?"

요시카와의 어머니는 뭐부터 이야기해야 좋을지 모르듯 두서없이 말을
늘어놓았다.

"홋카이도도 제법 덥네요. 안심했습니다."

"나가노, 그 말은 여기서도 쌀이 수확되느냐고 묻는 것처럼 뭘 모르는 소리야. 도쿄처럼 더운 날도 있네."

후지코에 관한 얘기는 끝내 나오지 않았다. 노부오는 왠지 불안해졌다. 혹시 후지코는 집에 없고 병원에 입원한지도 모른다는 생각에 노부오는 마음이 편치 않았다.

"저…… 좀 어떻습니까?"

노부오는 후지코란 이름은 말하지 않고 가까스로 물었다.

"아아, 후지코 말인가? 자네, 만나 줄 텐가? 아무튼 결핵이라서 말을 꺼내기가 좀 어려웠네."

요시카와는 일어서면서 말했다.

"결핵이라 해도 가슴 쪽은 거의 나쁘지 않지만……."

이렇게 말하면서도 요시카와는 자못 미안하게 여기는 듯했다. 결핵 환자가 있다는 이유로 세상 사람들에게 꺼림칙한 시선을 받으며 살아가는 요시카와의 어려움을 실감했다.

(뭐라고 말하면서 위로를 해 주어야 좋을까?)

노부오는 조금 긴장하면서 요시카와의 뒤를 따랐다. 구석 건넛방의 미닫이를 요시카와는 별 주저 없이 열었다.

"후지코, 나가노가 왔어."

요시카와의 다정다감한 목소리가 노부오를 감동시켰다.

"어머, 와 주셔서 감사합니다."

너무도 밝은 목소리에 노부오는 깜짝 놀라서 멈춰 섰다. 아주 자그마한 방의 창가에 후지코가 가냘픈 몸을 누이고 있었다. 하지만 그 얼굴은 일찍이 노부오가 본 적이 없을 정도로 밝게 빛나고 있었다.

"후지코 씨."

노부오는 이름만 부르고 바로 앉았다. 이렇게 야위고 종일 누워 지내면서도 쾌활한 모습을 드러낼 수 있음에 충격을 받아 말을 이어 갈 수가 없었다.

"피곤하시겠어요. 도쿄는 꽤나 먼 곳이니까요."

가련한 목소리가 소녀처럼 앳되었다. 노부오는 언뜻 신부 차림을 한 마치코가 생각났다. 무심코 눈길을 돌리니 후지코가 누워 있는 쪽의 벽에 노부오가 보낸 말린 꽃잎이 쭉 붙어 있었다. 벚꽃, 제비꽃, 매화 꽃잎에 받은 날짜가 작게 쓰여 있었다. 노부오는 가슴이 뜨거워졌다.

"나가노 씨가 보내 주신 말린 꽃잎이 이렇게 많아졌어요."

요시카와는 어느새 자리를 떴다. 혼자 남은 노부오는 가슴이 미어짐을 느끼며 새삼 후지코의 얼굴을 지긋이 바라보았다. 그러는 노부오를 후지코는 조용히 마주 보았다. 놀라울 정도로 맑은 눈이다. 순간 그 눈에 눈물이 살짝 비쳤다. 하지만 다음 순간 후지코는 생긋 웃었다.

"저, 꽃잎을 받고 정말 기뻤어요."

웃었던 그 눈에서 눈물이 저절로 흘러내렸다. 그 눈물을 가냘픈 손가락으로 닦으며 말을 이어 갔다.

"이상하네요, 기쁠 때에도 눈물이 나온다니까요."

노부오는 그런 후지코를 바라보면서 마음속으로 후지코가 가엽게 생각되었다. 이 가련한 후지코를 위해 무슨 일이라도 해주고 싶다는 생각을 했다. 후지코를 기쁘게 하기 위해 자신이 할 수 있는 일이라면 어떤 노력도 아끼지 않으리라 마음먹었다. 도쿄에서 내내 생각했던 것과 전혀 다른 후지코의 그 밝은 모습에 노부오는 감동했다. 이는 자신이 건강한 자로서 보이는 연민 비슷한 생각이 아니라 존경심이라고 표현할 만한 감정이었다. 노부오는 자신의 수중에 들어와 버린 것 같은 후지코의 손을 보았다. 그 손을 세게 쥐고 싶은 마음을 참아내면서,

"후지코 씨, 나중에 또 오겠습니다. 저는 이제부터 계속 삿포로에서 지낼 거니까 이제는 말린 꽃잎이 아닌 피어 있는 꽃을 갖고 와 드리겠습니다."

라고 말했다. 후지코의 눈은 어느새 눈물이 가득 고여 그 긴 속눈썹이 반짝 빛났다. 창밖에 달린 풍경이 바람에 흔들려 소리가 났다.

노부오는 계획대로 홋카이도 탄광철도주식회사에 취직하여 삿포로역에서 근무하게 되었다. 화물계에서 일하는 요시카와와 달리 노부오는 경리 업무를 담당했다.

요시카와의 집에서 두 블록 정도 떨어진 곳에 하숙을 구하고 한 주에 한 번은 그의 집을 방문했다. 매일이라도 가고 싶은 마음이었지만 막상 그러지는 못하고 요시카와를 핑계 대며 후지코를 문병했다.

삿포로에 온 지 한 달쯤 지난 8월 오봉8월 15일을 전후로 조상에게 제사를 지내는 행사날 밤에 노부오는 상사인 와쿠라 레이노스케의 초대를 받았다. 거리 곳곳에 망대가 지어지고 그날 추는 전통춤에 장단을 맞추는 북소리가 바람을 타고 들려왔다.

와쿠라 레이노스케는 술을 좋아했다.

"뭐야, 젊은 사람이 두세 잔에 새빨개지다니 한심하군."

와쿠라는 유카타의 한쪽 어깨를 드러내고 근육이 잘 발달한 가슴을 찰싹찰싹 두드려 보였다. 와쿠라는 궁도의 달인이라고 소문이 난 체격이 장

대한 사내다. 옆에서 열일고여덟 살쯤 되어 보이는 와쿠라의 딸 미사가 미소를 지었다. 와쿠라를 닮아 몸집이 크고 억척스러워 보였는데 목까지 바른 분가루가 너무 짙다는 생각이 들었다.

"그런데 말이야, 나가노 군. 자네는 몸은 꽤 말랐는데 어디 아픈 데는 없어 보이는군."

와쿠라는 약간 정색한 듯이 노부오를 보았다.

"예, 바람에 꺾이지 않는 버드나무 같다는 말씀이시죠? 좀체 감기도 안 걸립니다."

"음, 하지만 홋카이도의 겨울은 뼈에 사무칠 만큼 춥네. 혼슈하곤 비교가 안 되지. 뭐 험담은 하지 않을 테니 이제부터 술을 배워 두게. 미사, 너도 술 마시는 남자가 믿음직하겠지?"

와쿠라는 소리를 높여 웃었다. 미사는 새빨개져 고개를 숙인 채 기모노에 딱 붙어 터질 듯 불거진 넓적다리 윗부분을 자꾸 매만졌다. 노부오는 이제야 이 자리가 어떤 자리인지를 눈치 채고 내심 당황하여 툇마루에 걸린 오봉 때 달아 놓는 등을 올려보았다.

"나가노 군, 나도 여러 부하를 만나 봤지만 자네 같은 사내는 지금껏 본 적이 없네. 솔직히 말해 자네가 왜 도쿄의 재판소를 그만두고 왔는지 좀 의아하게 생각해. 판임관까지 됐으면서 이 홋카이도 구석까지 흘러올 이유는 하나도 없으니까 말이네."

와쿠라는 여러 잔을 더 마셨다. 기름기가 도는 벌건 코가 역겹지는 않았다. 미사는 수시로 어머니가 있는 부엌으로 술병을 가지러 일어났다. 일어설 때마다 풍기는 짙은 화장 냄새가 노부오의 신경을 거슬렀다. 눈이 검은 편이고 귀여운 얼굴이긴 하나 화장이 너무 짙었다. 노부오는 무심결에 독성이 있는 꽃을 떠올렸다.

"그런데 내가 들은 바로는 자네는 아무런 과실도 저지르지 않은 데다 오히려 만류하는데도 뿌리치듯이 홋카이도로 떠났다더군. 나는 자네를 처음 보고 사내 히나닌교여자 어린이의 성장을 축하하는 일본의 전통축제인 하나마츠리때 제단에 진열하는 인형처럼 예쁘장해서 주는 것 없이 미운 녀석이라고 생각했었네. 줏대가 없이 흐물흐물하지 않나 생각하기도 했고. 그런데 일을 시켜 보니 머리가 아주 좋은지 이해가 빠른데다 책임감이 강하고 일 처리가 정확한 거야. 인형으로 치면 3월에는 예쁘장한 사내아이였는데 5월에는 강건한 무사가 되었다는 느낌을 갖게 되었다네."

노부오는 그다음에 나올 말을 각오했다.

"천만의 말씀입니다. 처음이라 조심할 뿐이고 이제 많은 결점이 드러날 겁니다."

"아니야. 나는 이렇게 투박한 인간이지만 사람을 알아보는 눈은 있어. 뭐 탁 까놓고 말하면 내 딸을 자네가 받아 주면 어떨까 하고 욕심을 내 버렸네. 지금 바로 가타부타 답을 들으려는 건 아니고, 저런 녀석이지만 한번 생각해 주길 바랐네. 왜 쇠뿔도 단김에 빼라는 말도 있지 않나? 그래서 급히 딸을 보여 주고 싶어서 오늘 밤 오게 한 거야."

취하기는 했지만 진지한 말투였다. 마침 미사가 새 술병을 가져오기 위해 부엌으로 간 뒤라 노부오는 한편으론 안심하면서도 난처해졌다는 생각이 들었다.

"좋게 보아 주셔서 황송합니다."

이 말만 하고 머리를 숙였다.

"나가노 군, 궁금해서 그러는데 이미 정해 놓은 사람이 있나?"

"아닙니다. 없습니다."

대답하고 나서 노부오는 후지코를 떠올렸다. 평생 낫지 못할 수도 있는 환자인 후지코와의 결혼을 생각한 적은 전혀 없었다. 물론 말로 결혼을 약속하지도 않았다. 하지만 지금 억지로 와쿠라의 딸과 맞선을 보게 되고 나니 저 후지코를 두고 다른 어떤 여성과 결혼할 수는 없지 않을까 하는 생각이 들었다. 만약 정해 놓은 사람이 있냐고 묻지 않고 좋아하는 사람이 있냐고 물었다면 노부오는 주저 없이 있다고 했을지도 모른다.

"그럼 하나 더 묻겠네. 자네는 평생 삿포로에서 살 계획인가? 아님 돈 벌 구석이 있다면 기를 쓰고 달려드는 한탕주의자처럼 톡톡히 벌어 혼슈로 돌아갈 심산인가?"

"저는 장남이고 도쿄의 혼고에 집과 토지가 있습니다. 어머니를 돌봐야 하는데 어머니가 홋카이도로 오시지 않으면 어떻게 될지 모르지만 저는 저대로 지금의 일에 몰두할 생각입니다."

갓 취직했기 때문에 2~3년 안에 도쿄로 돌아간다고 말하기는 힘들었다. 하지만 머지않아 일본의 철도가 관영화되면 도쿄로 전근을 가는 방법도 있을 거라는 생각은 들었다.

밤바람을 맞으며 하숙집으로 돌아가면서 노부오는 와쿠라의 집에서 나올 때 딸의 표정을 떠올렸다. 눈을 치켜뜨고 교태를 부리듯이 노부오를 바라보던 미사의 모습에서 여자가 지닌 신비함을 느끼게 했다. 그 모습이 결코 불쾌하지는 않았다. 노부오는 그런 자신이 역겹게 느껴졌다.

(이것 또한 젊다는 증거의 하나일까?)

노부오는 젊음이란 무엇일지 고민하는 표정을 지었다.

(젊음이란 원래 혼돈스러운 것일까?)

이런 생각도 들었다. 젊은 에너지가 혼돈을 불러오는 것 같기도 했다. 지구는 처음에는 질척질척한 불덩이 같았다고 한다. 그것은 젊은 지구의 모습이다. 지금 노부오의 마음속에는 육체적인 욕망과 청년다운 이상이 혼재되어 있는 것 같았다.

(아니다. 젊은이란 성장하는 에너지이다.)

문득 이런 생각이 든 노부오는 가던 길을 멈춰 섰다. 여름 밤하늘을 올려다보며 그렇다면 자신은 무엇을 목표로 성장해야 하는가 하는 생각에 골똘히 잠겼다. 북두칠성이 가지런하게 머리 위에서 빛나고 있었다.

가을비

  일요일 오후 노부오는 뒤뜰 너머 이어진 옥수수 밭을 하숙집 2층의 창 너머로 바라보고 있었다. 높게 자란 옥수수 잎사귀에 떨어지는 가을비를 보고 있노라니 그래 봐야 사방 150미터쯤 되는 밭임에도 한없이 넓은 들판에 서 있는 것 같은 쓸쓸함을 느꼈다.

  "어떻게 할 건가? 이제 슬슬 생각을 듣고 싶은데."

  어제 와쿠라 레이노스케는 일을 끝내고 돌아가려는 노부오를 불러 세우고 말했다.

  "미사는 자네가 마음먹기에 달렸다고 하는데……."

  군이 재촉을 받지 않더라도 노부오는 한 달 반쯤 전에 와쿠라의 집에 초대 받고 나서부터 쭉 이 문제를 생각해왔다. 그때 이후 노부오는 미사를 길거리에서 한 번 마주쳤다. 미사는 노부오를 보고 인사를 했는데 목덜미까지 새빨개지며 도망치듯이 사라져 갔다. 보퉁이를 가슴에 품은 그 모습이 와쿠라의 집에서 만났을 때보다 훨씬 아름답게 보였다. 어디라고 콕 집어서 특별히 싫어할 만한 구석은 없다. 오히려 애교 있게 치켜뜬 눈매나 예쁜 입언저리는 매력적이기도 했다. 그러나 그뿐이었다. 무엇보다 홋카이도에 오자마자 아내를 맞을 마음은 들지 않았다. 그럼에도 문득 미사의 얼굴이 떠오를 때가 있었다. 태어나서 처음으로 맞선을 본 상대라서 혼자 사는 노부오에게 미사 정도의 여성도 자극적이고 마음에 걸리는 존재였을지도 모른다.

이대로 미사를 뚝 끊고 만나지 않으려니 어쩐지 허전한 기분이 든다. 그렇다고 해서 아직 결혼할 마음은 없다. 그런가 하면 요시카와의 여동생인 후지코도 결코 잊을 수는 없다. 이따금 찾아가면 딱 5~6분이지만 서로 이야기를 나누고 온다. 말주변이 없는 노부오는 오늘은 덥다든가 춥다든가, 몸 상태는 어떤지 하는 틀에 박힌 말로 문병하고 오지만 갈 때마다 후지코의 표정은 밝았다. 그런 모습을 보면 왠지 노부오의 마음은 평온해진다. 노부오는 다른 어느 곳보다 후지코 앞에 있을 때가 즐거웠다. 만약 자신이 지금 미사와 결혼한다면 후지코가 어떻게 받아들일지 궁금하다. 의외로 아무렇지 않게 여전히 밝고 조용히 살아갈지도 모른다. 그러나 자신은 지금처럼 자주 후지코에게 문병을 갈 수 없게 되어 꽤나 허전해지지 않을까 하는 생각이 들기도 한다.

계단이 삐걱거리는 소리를 내며 요시카와 오사무가 들어왔다.

"왜 그래? 그 우울해 보이는 표정하고는. 도쿄가 그리워지기라도 했나?"

잔무늬가 들어간 기모노 차림을 한 요시카와가 털썩 책상다리를 하고 앉았다.

"오늘은 비번인가? 내가 쉬는 날하고 딱 맞는군."

노부오는 자신이 깔고 있던 방석을 뒤집어 요시카와에게 권했다. 요시카와는 여러 번 왔던 노부오의 방을 새삼스러운 듯 둘러보면서,

"쓸쓸하겠구나. 오늘처럼 비 오는 날은 더 하지."

하고 불쑥 말했다. 노부오가 쓴웃음을 짓자, 요시카와는 말을 이어 갔다.

"자네가 온 지 석 달이 되어 오는군. 석 달쯤이면 고향이 그리워서 견디기 힘들게 될 만도 하지. 누구나 긴장했던 마음이 한 번은 풀어질 때이니."

노부오는 요시카와 앞에 전병을 봉지 채 내밀고 밑에 내려가 차를 가지고 올라왔다.

"별 거 아니야, 도쿄가 그리워진 건 아닌데……. 잠깐 할 얘기가 있어. 혼담이라네."

"저런, 과연 자네는 달라. 벌써 누구한테 점 찍힌 건가?"

마시다 만 찻잔을 바닥에 놓았다. 오봉날 밤, 맞선처럼 되어 버린 경위를 노부오는 간략하게 설명했다.

"어떻게 할까?"

"어떻게 하다니, 그건 자네의 마음먹기에 달렸지."

"그걸 잘 모르겠다니까."

노부오는 자신의 미사에 대한 마음을 말했다.

"과연. 나가노, 자네는 아직…… 뭐랄까. 여자를 모를 거야."

요시카와가 거침없이 말하자 노부오는 멈칫했다.

"나가노, 실은 나는 말이야. 자네처럼 여자를 몰라서 그런지 만났던 여자들이 어쩐지 묘하게 신비스럽고 희한한 존재로 생각되는 거야. 그래서 제법 알 만한 사이가 되면 떠나보내기가 아쉽고 단념할 수가 없다니까. 자네와 매한가지지."

노부오는 고개를 끄덕였다.

"하지만 말이네, 나가노, 나는 후지코의 혼담이 쓰라린 기억으로 남아 있기 때문에 혼담이라는 말만 들으면 어쩐지 마음이 무거워지네. 여자가 상처받지 않도록 하루라도 빨리 결혼하게. 쓸데없는 참견일지 모르지만 말이야. 여하튼 좋다고 생각하면 받아들이게."

요시카와답게 대범한 말투였다. 노부오는 도리어 그의 한마디 한마디에 여동생 후지코에 대한 배려가 넘쳐난다는 생각이 들었다. 미사 이야기를 꺼낸 게 분별없는 행동 같았다. '여자가 상처받지 않도록'이라는 말이 어쩐지 가슴이 쓰릴 만큼 와닿았다. 그러자 노부오는 자신도 미처 생각 못한 마음이 솟아남을 느꼈다.

(나는 역시 후지코를 사랑하고 있는 것이다.)

이제는 왠지 자신의 이런 마음이 분명히 이해되는 느낌이 들었다. 지금 노부오의 마음을 사로잡고 있는 것은 저 미사가 아니라 병상에 있는 후지코의 모습이다. 앞으로 혼담이 있을 때에 조금은 헷갈리고 마음이 흔들리더라도 결국은 후지코를 버리고 다른 여자와 결혼하지는 못하리라고 노부오는 생각했다.

(그렇다. 후지코 한 사람을 나의 아내로 마음에 정하고 살아가자. 설령 평생 기다려야 한다 하더라도!)

가을비가 한바탕 지붕을 때리고 지나갔다.

"요시카와!"

노부오는 자세를 고쳐 앉았다.

"뭐야? 새삼스럽게."

전병을 어적어적 먹던 요시카와가 놀랐다.

"요시카와, 후지코 씨를 내게 주지 않겠나?"

노부오는 두 손을 앞으로 모으고 엎드렸다.

"무슨 소리야, 나가노. 후지코를 달라니 그게 무슨 의미인가?"

요시카와도 놀라서 책상다리를 했던 무릎 한 쪽을 세웠다.

"후지코 씨를 내게 주지 않겠느냐고 부탁하는 거네."

"무슨 말을 하나, 나가노. 후지코는 환자야. 언제 나을지 모르는 환자란 말이네. 농담하면 안 되지."

"물론 농담이 아니네. 갑자기 이런 말을 꺼내니 장난친다고 생각할 수도 있겠지. 나는 본래 신중한 성향이라 뭐든 깊이 생각하고 나서 말을 하는 편이긴 하지만, 솔직히 말해 여태껏 후지코 씨를 평생의 아내감이라고는 생각하지 않았네. 그러나 생각에 생각을 거듭한 결정이 반드시 그 사람의 본심이라 단정할 수도 없고, 갑자기 생각했다 해서 그것이 경박하다거나 거짓말이라 말할 수도 없지 않겠나?"

"음."

요시카와는 날이 개이면서 띄엄띄엄 드러나기 시작하는 하늘을 보면서 고개를 끄덕였다.

"털어놓고 얘기하겠네. 3년 전 장성한 후지코 씨와 만났을 때 한눈에 반한 것 같아. 그래서 후지코 씨가 약혼한다는 얘기를 들었을 때는 아주 섭섭했네. 그런데 병에 걸리고 그 사이 여러 번 편지를 주고받으면서 후지코 씨를 아주 많이 생각하게 되었네. 돌이켜 보면 나를 홋카이도로 오게 한 가장 큰 요인은 후지코 씨 같아."

"나가노, 자네 마음은 고맙네. 후지코의 오빠로서 뭐라고 감사의 말을 해야 할지 모를 정도야. 하지만 말이야, 현실적으로 후지코는 환자이지 않나? 의사도 나을 거라는 말은 하지 않아. 나도 그렇게 생각하고. 그런 후지코를 자네에게 주겠다고 말할 수는 없지 않겠나?"

"물론 지금 바로 승낙을 받으려는 건 아니네. 하지만 나는 후지코 씨를 어떻게든 원래 상태로 돌아오게 하고 싶네. 어쩐지 건강하게 될 것 같은 느낌이 들어. 나의 이런 마음을 이해한다면 후지코 씨와의 교제를 허락해 달라는 거네."

구름 사이로 햇빛이 드러났다.

"고맙네. 하지만 나는 거절하겠네. 자네와 후지코 모두를 위해서야."

"나를 위해서라고?"

노부오는 의아스런 표정을 지었다. 햇볕에 바랜 다다미 위를 파리 두 마리가 지나간다.

"자네는 지금 한 말에 얽매여 장차 다른 사람과 결혼하고 싶을 때 발목이 잡힐 거야. 자네라는 사내는 열 살 때 스님이 되기로 약속한 걸 스무 살이 넘어서도 마음에 둘 만큼 정직하기 때문이지. 허튼 약속은 함부로 하지 않는 게 좋아."

요시카와가 이런 말을 할 만도 하다. 그러나 노부오는 저 후지코를 두고 다른 여자와 결혼하는 자신을 지금은 도저히 상상할 수 없었다. 그 점에서 노부오는 고집스러운 구석이 있었다.

"뭐, 자네는 그렇다 치고 후지코는 어떻게 되겠나? 그 애는 약혼자인 사가와가 결혼했을 때에도 푸념 한마디 하지 않았네. 하지만 오빠인 나는 마음이 괴로웠네. 누가 뭐라고 설득해도 안 될 만큼 괴로웠어. 이번엔 자네가 나타났으니 한동안은 위안이 되겠지. 그런데 그런 자네가 또 누군가와 결혼할 때엔 몇 배나 큰 슬픔을 맛보게 될 거야."

어느새 하늘은 완전히 개었다.

"개었다가 구름이 꼈다가, 가을 하늘과 여자의 마음이……. 하지만 남자의 마음은 그보다 더 쉽게 변하지."

그러나 노부오는 방금 자신이 한 말에 거짓은 없다고 생각했다. 그것은 자기 자신조차 깨닫지 못한 자신의 진심처럼 느껴졌다.

"나가노, 지금 들은 말은 잊겠네."

"아니야, 그러지 말게. 나는 후지코 씨를 원하네."

"나가노, 홋카이도에 와서 감상적인 성향이 되었구먼."

"그렇지 않네."

"아니야, 이제 곧 홋카이도가 익숙해지면 더 이상 그런 말은 하지 않게 될 거야."

"그 말은……. 요시카와, 자네는 내가 그토록 믿지 못할 사내라는 건가?"

노부오는 따지고들 듯이 말했다.

"아니야, 자네는 요즘같이 개화가 진행되는 메이지 시대에 보기 드문 고지식한 사람이라는 거지."

"그럼 어째서 믿어 주지 않는 건가?"

"하지만 말이야, 나가노. 아무리 뛰어나다 해도 어차피 자네는 인간이야. 신도 부처도 아니지. 게다가 한 번 더 말해 두지만 후지코는 환자란 말이네."

"잘 알고 있네."

"그래? 잘 알고 있다고? 자네는 후지코를 아직 제대로는 몰라."

요시카와는 노부오를 뚫어지게 바라보았다.

"그럴까? 나는 후지코라는 인물을 조금은 알고 있다고 생각하네. 환자이지만 언제나 밝고 생글생글 웃는 표정을 지으니 그것만으로도 대단하다는 말을 듣기에 충분해."

"그래? 그뿐인가? 자네는 후지코의 참모습을 보지 못하고 있네."

요시카와는 여전히 노부오를 뚫어지게 보고 있다.

"참모습이라니?"

"나가노, 후지코는 말이야. 후지코는 기독교 신자라고."

"뭐라고!?"

노부오는 놀라서 말문이 막혔다.

"몰랐겠지, 나가노. 후지코는 기독교 신자야. 자네가 싫어하는."

노부오는 문병을 갈 때마다 항상 밝은 후지코의 얼굴을 생각했다. 어째서 그토록 상큼하리만치 밝아 보였는지 그 원인을 이제야 알 것 같았다.

"하지만 요시카와, 나는 기독교를 무작정 싫어하는 건 아니네. 어머니와 여동생, 여동생의 배우자 모두 크리스천이네."

"그래도 자네는 오래 전부터 기독교에는 문제가 있다고 생각하는 것처럼 보였어. 착각인지 모르지만 말이야. 적어도 기독교 신자를 아내로 맞이하고 싶다는 생각은 하지 않겠지."

요시카와는 침착하게 말했다. 구름이 빠르게 움직이고 있었다. 보는 사이에 형태가 바뀌면서 흘러간다. 옥수수 잎이 또 한꺼번에 술렁거린다.

"요시카와, 대체 후지코 씨가 어떻게 크리스천이 되었나? 누워 있어서 교회에 갈 수도 없을 텐데."

"음, 그게 말이네, 후지코가 누워 지내기 전에 어머니가 여자들을 많이 모아서 재봉 기술을 가르쳐 주셨는데, 그중에 교회에 다니는 신자가 있었네. 그 신자가 결혼하기까지 후지코를 문병해 주었어."

"그런 일이 있었나?"

"폐병이라면 누구나 다가가지 않으려는 게 당연하지. 어머니도 후지코의 병 때문에 재봉소를 그만두었을 정도인데 그분만은 태연히 드나들며 아주 친절하게 대해 주었어. 오타루로 시집갈 때는 후지코의 손을 잡고 울면서 헤어졌다네. 그런 일이 있고 나서 후지코는 그분이 준 성경을 읽다가 바로 신자가 되었네."

"바로?"

"응, 후지코는 다리가 불편했기 때문에 이런저런 생각을 했던 것 같아. 게다가 약혼하자마자 폐병에 걸려 버려서 어째서 이렇게 자신만 괴로움을 당할까 하고 생각했을 거고. 하지만 한 번도 우리들에게 그런 말을 한 적이 없네. 그 애는 진심으로 하나님을 믿으며 기뻐하고 있어. '하나님은 사랑이시라.'는 말을 종종 한다니까."

노부오는 깜짝 놀랐다. 자신이 홋카이도에 올 때, 마치코의 남편인 기시모토가 준 성경의 안표지에 쓰여 있던 글이 '하나님은 사랑이시라.'라는 성경 구절이었다. 후지코가 그 구절을 종종 말하며 기뻐한다는 이야기는 결코 우연이 아니라는 생각이 들었다. 노부오도 인간을 넘어서는 존재가 이 세상에 있음은 본디부터 느끼고 있다. 어릴 적부터 집 안에 신을 모셔 놓은 감실이나 불단에 아무런 의심 없이 줄곧 합장해 온 건 결국은 인간을 넘어서는 위대한 존재를 믿어 왔기 때문이라고 할 수 있을 것이다. 하지만 이는 노부오로서는 어디까지나 일본인들이 보편적으로 지니고 있는 신에 대한 관점에서 비롯된 행동이다. 노부오가 볼 때 신도^{일본 민족 고유의} ^{전통적인 신앙}에서 모시는 신들은 아득히 오래 전 신들이 지배했다는 시대의 사람을 의미하고, 부처는 조상님 같은 존재이다. 다만 인간이 죽으면 추악함이나 욕망이 사라진 존귀한 존재가 되는 것 같다는 생각을 했다. 그리고 그것이 자신이 생각해 낼 수 있는 인간을 초월한 존재인 것이다. 그래서 방금 단순한 우연이 아니라고 느낀 것도 '부처님의 인도' 때문이라고 생각하는 정도였다. 그럼에도 노부오는 나름 자신과 후지코를 잇는 무엇인가를 강하게 느끼지 않을 수가 없었다.

"그런데 말이네, 요시카와. 자네 집은 불교를 믿을 텐데 후지코 씨가 기독교 신자가 되는 걸 자네랑 어머니도 허락했나?"

"나가노, 자네는 지금 기독교보다 불교가 옳으면서 좋은 종교라고 미리 결론을 내놓고 말하는 것 같은데 그렇게 단정 지을 수는 없어. 나도 후지코의 머리맡에서 가끔 성경을 읽어 보았어."

"자네도 읽었다고?"

노부오는 놀라서 물었다.

"후지코는 성경을 읽게 되면서 세상만사를 대하는 사고방식이 많이 변했어. 나는 성경이 이상한 책이라는 생각이 들었네. 성경 속에서 홍미 있는, 아니 홍미 있다기보다 내게는 가장 고통스런 말이 쓰여 있었어. 깜짝 놀랐네. 그 말을 읽었을 때는……."

요시카와는 이렇게 말하고 노부오의 얼굴을 진지한 표정으로 바라보았다.

"무슨 말이 쓰여 있었는데?"

요시카와의 진지한 태도에 압도되어 노부오는 다시 물었다.

"나는 달달 외울 정도로 알고 있네. 이런 말이야. 〈간음하지 말라 하였다는 것을 너희가 들었으나 나는 너희에게 이르노니 음욕을 품고 여자를 보는 자마다 마음에 이미 간음하였느니라.〉(마태복음 5장 27~28절)라는 말이네."

"허……, 한 번 더 말해 주지 않겠나?"

요시카와는 반복했다.

"놀랍군."

노부오는 자신의 무릎에 시선을 떨구고 그 말을 되새겨 음미하는 듯한 자세를 취했다.

"그렇지?"

"음, 대단히 고상한 사고방식이군. 생각만 해도 잘못이란 건가? 그럼 나는 몇 백번 간음한지도 모른다는 얘기가 되네."

"그래. 나도 마찬가지야."

"생각만 해도 간음한 게 된다면 간음하지 않는 인간은 이 세상에 없다는 말이 되네."

"그렇지. 그래서 성경에는 '의인은 없나니 한 사람도 없다.'고 쓰여 있는 거야."

요시카와는 자신의 목을 손바닥으로 싹둑 자르는 흉내를 내며 웃었다.

"잠깐만. 그 말은 나도 알고 있어. 3년 전에 나카무라 슌우의 소설에서 읽은 적이 있거든."

노부오는 책상에 턱을 괴었다. 전에 읽을 때는 이 정도로 마음에 와닿는 말은 아니었다. 그러나 지금은 왠지 이상하리만치 노부오의 마음을 붙잡고 놓아주지 않았다. 마음속 깊은 곳에서 갑자기 이해되는 느낌이 들었다. 이는 '간음하지 말라.'는 말과 함께 또 하나의 엄중한 성경 말씀을 요시카와로부터 들었기 때문일까? 노부오는 불현듯 성경을 한 글자도 남김없이 읽고 싶다는 생각을 했다. 자신이 아직 모르는 엄청난 내용이 성경 속에 넘쳐날 것 같은 생각이 들어 참을 수가 없었다.

"왜 그러지? 무슨 생각을 그렇게 하나?"

요시카와가 놀란 듯 말했다. 노부오는 그러는 요시카와의 다정한 표정을 바라보면서 목마른 사람이 물을 바라는 것처럼 성경을 읽고 싶은 절실한 마음에 사로잡혔다.

요시카와가 돌아가자 노부오는 바로 마치코의 남편에게서 받은 성경을 펼쳤다. 지금 노부오는 성경을 처음부터 끝까지 빠짐없이 읽고 싶은 마음이 간절했다. 하지만 램프 아래에서 단단히 벼르고 펼친 성경은 조금도 흥미롭지 않았다. 첫 페이지부터 사람의 이름만 많이 쓰여 있었다. 전혀 낯선 타국인의 이름이 잔뜩 나열되었을 뿐이다. 오히려 역대 천황의 이름을 암송하는 쪽이 재미있으리라 생각했다.

(왜 이렇게 시시한 걸 가장 먼저 써 놓았을까?)

노부오는 이상한 생각이 들었다.

이런 이름보다도 아까 요시카와에게 들었던,

"음욕을 품고 여자를 보는 자마다⋯⋯."

같은 말이 쓰여 있으면 얼마나 시작하기 쉬울까? 이런 생각을 하면서도 착실하고 꼼꼼한 노부오는 한 글자 한 구절도 건너뛰지 않고 그 이름을 읽어 나갔다. 하지만 이름 뒤에 이어지는 내용은 노부오를 더욱 당혹케 했다.

그것은 처녀 마리아에게서 예수가 태어났다는 스토리였다.

"어이없네. 처녀에게서 아이가 태어날 리가 있나?"

노부오는 바보 취급을 당한 기분이 되었다. 성경에서 눈을 떼고 고개를 들었다. 책상 하나뿐인 자신의 방이 오늘은 한층 을씨년스러워 보인다. 벽에 걸린 옷과 수건이 하나 있을 뿐이다. 노부오는 다시 성경으로 눈을 돌렸다. 마리아가 나오는 구절을 한 번 더 읽어 보았다. 아무리 생각해도 이 성경이라는 책은 판매에는 전혀 관심이 없는 책 같았다.

(이렇게 지루한 사람 이름이나 처녀에게서 아이가 태어난 이야기 따위를 읽는 게 지겨워져 내던지고 싶을 뿐이다. 그런데 여기서 내던진다면 성경은 자신과 인연이 없는 책이 되어 버린다. 이 부분을 참고 읽어 나가면 좀 더 좋은 내용이 쓰여 있을지 모른다.)

결국 그 다음은 첫 페이지 같은 내용은 아닐 거라 기대하며 다음으로 빨리 넘어갔다. 다섯 페이지쯤 읽어 나가자 요시카와가 말한 구절이 나왔다. 노부오는 재빨리 그것을 외우기 시작했다.

〈'간음하지 말라' 하였다는 것을 너희가 들었으나 나는 너희에게 이르노니 음욕을 품고 여자를 보는 자마다 마음에 이미 간음하였느니라.〉

반복하면 할수록 노부오는 이 구절에 두려움을 느꼈다.
(이런 말을 한 예수라는 사나이는 대체 어떤 사람일까?)
이상한 내용이라며 노부오는 반복해서 말해 보았다. 일단 다 외우자 성경이 한층 친밀해진 느낌이 들었다. 노부오는 다른 좋은 구절을 더 외우려고 다음 페이지로 넘어갔다.

〈악한 자를 대적하지 말라. 누구든지 네 오른뺨을 치거든 왼편도 돌려대라. 너를 고발하여 속옷을 가지고자 하는 자에게 겉옷까지도 가지게 하라.〉(마태복음 5장 39~40절)

이 구절이 노부오의 시선을 끌었다. 참으로 이상한 내용이었다. 어릴 때 할머니 도세는 종종 노부오에게,

"노부오, 사내는 한 대 얻어맞으면 두 대로 되받아쳐야 해. 세 대 맞으면 여섯 대 되받아쳐야 하고. 그러지 않으면 사내라고 할 수 없어."

라는 말을 했다.

그 말과 이 성경 구절이 어떻게 이리 다를지 노부오는 놀랐다.

(되받아치기보다도 그러지 않는 쪽이 사내답지 않을까?)

노부오는 눈을 감고 생각해 보았다. 누군가 자신의 뺨을 한 대 때린다. 무슨 짓이냐며 나는 두 대로 되받아친다. 그리고 또 다른 자신은 뺨을 한 대 맞고 나서 여유 있게 미소 지으며 다른 한쪽의 뺨을 흥분한 상대 앞에 내어 준다. 과연 자신은 어느 쪽이 되고 싶을지 스스로 물어보았다. 노부오는 자신이 할머니에게 받은 가르침이나 그 가르침의 영향을 받은 사고방식이 얼마나 천박한지를 깨달았다.

(그렇지만 맞아도 되받아치지 않고, 속옷을 가지고자 하는 자에게 겉옷까지 준다는 건 악인을 그저 방치하는 건 아닐까?)

심오한 가르침 같아서 그 의미를 도저히 이해할 수 없었다. 그럼에도 노부오는 이 성경 말씀 중에 자신의 생각과는 전혀 다른 사고방식이 많음을 인정할 수밖에 없었다. 이어서 바로,

〈너희 원수를 사랑하며 너희를 박해하는 자를 위하여 기도하라.〉(마태복음 5장 44절)

라는 말씀이 있었다. 이를 보고는 일본인의 감정과 전혀 양립될 수 없음을 느꼈다. 일본인은 복수에 관한 이야기를 좋아한다. 만약 아코일본 효고현 남서단에 있는 시에서 주군의 원수를 갚기 위해 일어선 47인의 떠돌이 무

사들이 이 성경의 말씀을 지켰다면 어떻게 되었을지 진지하게 생각했다. 아코성의 번주 아사노 나가노리의 원통함은 저 키라 요시히사아사노 나가노리를 자결하게끔 명령함의 목을 베지 않으면 풀리지 않았을 것이다.

그 무사들이 키라 요시히사를 용서할 뿐만 아니라 사랑하고, 그 자를 위해 안녕을 기원했다면 세상 사람들은 결코 47인을 용서하지 않았을 게 틀림없다. 무사의 세계에서 복수는 크게 칭송받는 행동이었기 때문이다. 이 예수란 사나이는 자신의 아버지가 살해당하고 임금이 죽임을 당해도 그 원수를 갚지 않을 것인가? 그 원수를 사랑할 수 있을까? 노부오는 참 이해하기 힘든 인간이라고 생각했다.

(미워하지 않는 게 그렇게 중요할까? 미워해야 할 사람은 미워하는 게 인간의 도리가 아닐까?)

이렇게는 생각했지만 그런 자신의 생각에 확신은 없었다. 어딘가 천박하다는 느낌도 들었다.

모이와산

아래층 거실에서 저녁 식사를 하면서 노부오는 자신이 요시카와에게 한 말을 떠올렸다. 후지코를 아내로 맞이하고 싶다며 요시카와 앞에 두 손 모아 간청을 했던 것이다. 말이란 일단 입 밖으로 나오면 뜻밖의 결과를 가져오는 것 같은 생각이 들었다. 언제나 누운 채 식사를 하는 후지코가 자신처럼 이렇게 앉은 채 식사를 할 수 있게 하고 싶은 마음이 간절해졌다. 노부오는 일찍이 후지코가 몸져누워 있는 괴로움을 이만큼 실감한 적이 없었다. 어째서 이제까지 그러질 못했는지 스스로도 이상한 생각이 든다.

"후지코 씨를 내게 주지 않겠나?"

라고 한 말이 자기 자신 속에 잠자고 있는 마음을 단번에 흔들어 일으킨 느낌이다.

"아주머니, 삿포로에서 제일가는 명의라면 어디 있는 의사인가요?"

식사를 끝내고 차를 마시면서 노부오가 물었다. 하숙집 주인은 쉰 살을 넘긴 미망인으로 아들이 소학교 교사이다. 아들은 오늘 밤 당직이라 집에 없었다.

"나가노 씨, 어디가 안 좋으세요?"

놀란 듯이 물었다.

"아니요, 저는 아프지 않습니다만……."

노부오는 말끝을 흐렸다.

"그렇다면 안심이네요. 이 삿포로에는 서른 명 넘게 의사가 있지만, 뭐니 뭐니 해도 호쿠신병원의 세키바 선생님의 평판이 좋아요."

하숙집 주인은 곧바로 대답했다. 호쿠신병원의 세키바 후지히코라면 모르는 사람이 없을 만큼 유명하다. 맥을 짚기만 해도 병이 나았다는 환자도 있었다. 이를 알게 된 노부오는 "좋은 일은 서두르라."는 속담처럼 내일 당장 찾아가 보리라 결심했다.

"그런데 아주머니, 아무리 명의라도 폐병이나 카리에스는 못 고치겠죠?"

폐병이란 말을 듣고 여주인은 당황하여 자신의 입을 손으로 막았다.

"나가노 씨, 그런 무서운 병은 이름만 입 밖에 내도 그 병에 걸린다고 해요. 신이나 부처도 못 고치는 겁나는 병이죠. 그런 환자를 알고 있나요?"

"그게 아니고요, 지금 인기 있는 『불여귀(不如歸)』1898년 11월부터 이듬해 5월까지 신문에 연재된 도쿠토미 로카의 소설, 여주인공 나미코가 결핵에 걸려 시댁에서 이혼을 강요당한다라는 소설은 아주머니도 아시죠? 그 소설의 여주인공 나미코 씨가 어떻게든 나을 수 있지 않았을까 하는 생각에……."

만일, 요시카와의 여동생이 환자라는 식으로 말했다가는 이 여주인은 요시카와를 집에 들이지 않으리라 생각했다.

"뭐야, 소설 이야기예요? 젊은 사람은 못 당한다니까."

여주인은 웃으며 상을 치웠다.

노부오는 방에 돌아와 내일은 오후 반차를 써야겠다고 결심했다. 후지코는 요즈음 갈근탕을 달여 마실 뿐 의사의 진찰은 받지 않고 있다. 의사에게 진찰을 받은들 약값만 비싸고 그다지 빨리 나을 수 있는 병이 아니었다. 그렇다고 그렇게 누워만 있게 놔두는 건 어쩐지 불안해서 견딜 수가 없다. 할 수 있다면 삿포로에서 제일가는 명의에게 후지코를 진단받게 하고 싶었다. 명의라면 고칠 수 없는 병이라도 만에 하나 고칠 수 있을지 모른다.

(요시카와와 의논하고 나서 병원에 갈까?)

이런 생각도 했다. 하지만 요시카와의 봉급과 어머니의 재봉일 수입으로는 의사의 치료를 받는 게 어려워 보였다. 어쨌든 명의라고 알려진 세키바 박사와 상담하면 요양을 잘 할 수 있는 방법이라도 알 수 있게 되리라 생각했다.

다음 날 아침, 출근하고 바로 노부오는 와쿠라 레이노스케에게 오후부터 쉬겠다는 조퇴원을 제출했다.

"무슨 일이지? 병원에 가고 싶다니."

와쿠라는 친근한 표정을 지었다. 호탕하게 보이지만 마음이 따뜻한 사내다. 머지않아 와쿠라의 딸 미사와의 일도 거절해야 한다고 생각하자 노부오는 와쿠라의 친절에 부담을 느꼈다.

"아닙니다, 대단한 일은 아닙니다."

노부오는 낮은 목소리로 말했다.

"나가노 군, 컨디션이 안 좋으면 무리하지 말고 오전부터 쉬어도 되네. 자네는 홋카이도가 처음인데다 가을이 빨리 와서 감기라도 걸렸을 거야."

와쿠라는 큼직한 손을 노부오의 이마에 대었다.

"오, 열이 조금 있는 거 같군. 조심해야겠는걸."

와쿠라는 끈질기게 친절함을 보였다. 노부오는 도망치듯이 자신의 책상으로 돌아갔다. 빨리 미사의 일을 거절해야 한다. 하지만 와쿠라가 낙담할 게 틀림없다고 생각하니 뭐라고 거절하기가 거북했다.

게다가 언제 나을지 알 수 없는 후지코 때문에 저 건강하고 씩씩한 미사를 거절하는 자신의 마음을 도저히 이해시킬 수 없을 것 같았다.

오후가 되어 노부오는 회사를 나와 역 앞 길가에 있는 식당에서 냄비우동을 먹었다. 세키바 박사를 만난다는 긴장 탓인지, 아니면 와쿠라 레이노스케에 대한 미안함 때문인지 고작 한 그릇의 우동만 먹었는데 가슴에 얹혀 있는 것 같았다.

병원 복도에까지 환자가 넘쳐났다. 하나같이 조용히 자기 형편만 생각하는 모습이었다. 겨우 4만 인구 남짓한 삿포로에 이렇게 많은 환자가 있는지 놀라웠다. 꺼칠꺼칠하게 마른 누런 피부, 계속 들려오는 바튼 기침소리. 눈곱이 낀 충혈된 눈. 모두의 시선이 어두운 구멍을 들여다보는 것처럼 우울해 보였다. 노부오는 자연스레 후지코의 밝은 표정을 떠올렸다.

후지코는 벌써 3년이나 그 방에 누워만 있다. 이 환자들은 여하튼 병원까지 올 수 있는 몸이지만 후지코는 그조차도 할 수 없다. 그럼에도 여기있는 누구보다 후지코의 얼굴이 밝았다. 더구나 같이 일하는 어떤 직원들의 모습보다 후지코가 밝다는 생각이 들었다. 지금 마음 같아서는 아무 앞에서나 후지코를 자랑하고 싶었다.

환자들 중에는 차례차례 진찰실로 불려 들어갔다가 나올 때는 안심하는 표정으로 나오는 사람도 있다. 모두 갈색이나 투명한 물약 등을 가루약과 함께 소중하게 보자기 속에 집어넣고 돌아간다. 노부오는 점차 불안해졌다.

(저렇게 약이 많은데 후지코를 고칠 수 있는 약은 없나?)

이윽고 노부오의 이름이 불렸다.

가을 햇빛이 눈이 부실 만큼 내려 쬐이는 삿포로의 거리를 노부오는 잰 걸음으로 걷고 있었다. 정신을 차려 보니 넓은 거리의 한가운데. 마차랑 인력거가 계속 지나갔다. 평소보다 매우 복잡하다는 생각을 하며 노부오는 주위를 둘러보았다. 50미터쯤 건너편에 만국기가 사방팔방으로 둘러쳐 있어서 무슨 일인가 하고 가까이 가 보니 커다란 2층 기와지붕 건물에 할인 대매출을 알리는 등롱이 쭉 늘어져 있고 축제 때처럼 소란스럽다. 만국기가 펄럭이는 소리도 흥겹게 들렸다. 매장 앞에는 자기네 상호가 쓰인 윗도리를 입은 젊은 남자들과 당시 유행하던 올림머리를 한 젊은 여성들이 유난히 눈에 띄었다. 마루이 포목점에서 대매출 행사를 하고 있었다.

노부오는 멈춰 서서 잠시 그 가게의 외관을 바라보고는 다시 발걸음을 재촉했다. 지금 노부오는 호쿠신병원에서 돌아가는 길이었다. 세키바 박사는 후지코를 한 번 진찰하지 않고선 잘 알 수 없다며 카리에스라는 병에 대해 여러 가지 설명해 주었다.

"결론적으로 말씀드리면, 카리에스란 병은 결핵균으로 뼈가 썩는 병입니다. 일단 카리에스에 걸리면 십 년이고 이십 년이고 누운 채로 지내다 급기야는 말라서 죽어 갑니다. 낫는다고 해도 곱사등이처럼 등이 굽어 버리는 경우가 많고요. 참으로 안타까운 병입니다."

세키바 박사는 동정하듯이 말했다.

"그래도 결코 불치병은 아닙니다. 체력을 키우는 게 아주 중요합니다.

먼저 가만히 누워 있어야 하지요. 다음에 자그마한 생선이나 야채를 잘 씹어 먹어야 하고 몸을 이틀에 한 번은 깨끗하게 닦아 주어야 합니다. 이런 일을 환자뿐 아니라 주변 분들도 강한 인내심을 가지고 계속해야 합니다. 무엇보다 본인과 가족이 긍정적인 자세로 반드시 낫는다는 확신을 가지는 게 중요합니다."

노부오는 아까부터 그 세키바 박사의 말을 음미하듯 몇 번이고 반복하며 생각했다. 도중에 들러서 말린 정어리, 무, 인삼 등을 사들였다. 어쨌든 세키바 박사는 불치병은 아니라고 했다. 노부오는 그것만으로도 가슴이 뛰었다. 마침 아까 보았던 대매출 행사로 흥청거리던 광경이 왠지 좋은 징조처럼 생각되기만 했다.

(마음가짐이 가장 어렵다고 박사는 말했다. 하지만 후지코는 저토록 밝은 모습을 보이고 있지 않은가?)

이런 생각을 하자 노부오는 이미 후지코가 나은 것 같은 착각에 빠졌다. 문득 얼굴을 드니 4~5미터 앞에 와쿠라의 딸 미사가 예전처럼 보통이를 안고 서 있었다. 전에 마주쳤을 때도 분명히 이 길모퉁이 근처였다는 생각이 든 노부오는 당황하며 인사를 했다. 오늘은 미사가 도망가지 않고 답례를 했다.

"심부름 나오셨나요?"

미사가 서 있었기 때문에 노부오도 그대로 지나칠 수는 없었다.

"아니요. 바느질 용무를 마치고 돌아가는 길이에요."

미사는 이렇게 말한 채 계속 서 있었다. 노부오는 곤혹스러웠다. 대낮에 젊은 처녀와 서서 이야기하는 게 꺼림칙했다. 그렇다고 앞에 있는 미사를 두고 그냥 갈 수도 없다.

"저…… 저한테 따로 하실 말이라도 있으신가요?"

노부오는 이런 말밖에 할 수 없었다.

"아니에요."

미사는 방긋방긋 웃으며 서 있었다. 미사도 무슨 말을 해야 할지 몰랐던 것이다. 고개를 숙이고는 힐끔힐끔 노부오를 보았다.

"저, 저는 가 보겠습니다."

노부오는 머리를 꾸벅 숙이고 걷기 시작했다.

"어머!"

미사가 놀란 듯 작게 외치는 소리가 들렸다. 노부오가 돌아보자 미사가 가슴 언저리에 맨 붉은 모직 띠가 얼핏 보였다. 그 띠는 미사가 보퉁이를 다시 품자 바로 보이지 않았다. 두 사람은 얼굴을 마주 보고 두 번째 인사를 하고 헤어졌다. 노부오는 다시 마음이 좀 무거워졌다. 방금 본 미사의 표정으로 미루어 결코 노부오를 싫어하지는 않아 보인다. 뭔가 할 말이 있는 것 같다는 생각을 하자 노부오는 마음이 무거웠어도 아주 기분이 나쁘지는 않았다. 만약 후지코가 없었다면 미사와 결혼할지도 모른다고 생각했다. 그러나 이는 후지코에 대해 마음속으로 행한 약속을 깨는 변명의 여지없이 잘못된 생각이다. 노부오는 이런 생각을 뿌리치기라도 하려는 듯 후지코의 집을 향해 발걸음을 재촉했다.

하지만 미사를 만나고, 다만 한순간일지라도 미사에게 마음이 흔들렸던 일이 노부오에게 양심의 가책을 느끼게 했다. 노부오는 바로 요시카와의 집으로 가지 않고 소세이강 근처에 섰다. 소세이강은 삿포로를 남북으로 가로지르는 작은 강이다. 하늘이 개어 저 멀리 모이와산의 모습이 또렷이 보였다. 점점 물들기 시작해서인지 산꼭대기 주변이 보랏빛으로 보인다. 언제 보아도 같은 모습인 모이와산을 보고 노부오는 문득 아쉬움을 느꼈다. 그것은 지금 자신의 마음이 희미하게 흔들렸음에 대한 아쉬움이었는지도 모른다.

(저 산은 이 삿포로가 울창한 원시림이었을 때부터 저 모습 그대로 저기에 있었을 것이다.)

이윽고 사람들이 들어와 나무가 잘려 나가고 밭이 경작됨과 아울러 반듯한 시가지가 만들어졌다. 또 이 시가지는 큰불이 나거나 홍수가 나기도 했다. 저 산은 언제나 저곳에서 꼼짝 않고 삿포로의 거리를 내려다보고 있었을 거라 생각하며 노부오는 자연의 비정함을 새삼 느꼈다.

태양이나 달도 마찬가지라는 생각이 들었다. 사람이 태어나서 죽고 전쟁이 일어나고 기근이 발생해도 태양과 달은 그 자리에서 그저 지구를 바라보기만 했을 뿐이다.

(얼마나 비정한 존재들인가?)

그 비정함이 지금의 노부오에게는 부럽게까지 생각되었다. 강물 위에 하얗고 기다란 대파 하나가 떠올랐다 가라앉다 하며 흘러간다. 그 하얀색이 노부오의 눈에 스며들었다. 그것은 자고 있는 후지코의 하얀 얼굴을 연상시켰다.

(나는 도저히 비정해질 수 없다.)

쓴웃음을 지으며 천천히 걷기 시작했다.

노부오가 호쿠신병원의 세키바 박사를 방문하고 나서 한 달쯤 지났다. 후지코는 고분고분하게 노부오의 권고를 잘 지켰다. 몇 번이고 잘 씹어서 먹으라고 하면 한 모금에 50~60번은 씹는다. 그렇게 생각해서인지 후지코의 뺨이 조금 부풀어 오른 느낌이 들었다. 후지코의 어머니도 전에는 증세에 지장을 주지나 않을까 걱정한 나머지 후지코의 몸을 닦아 주는 일도 하지 않았는데 이제는 하루걸러 닦게 되었다. 요시카와의 집에 뭔가 새로운 바람이 스며드는 듯 활기를 띠었다.

눈이 내리다 녹다 하더니 요즈음 2~3일은 전혀 녹을 기미가 없다. 노부오는 미사와의 혼담을 거절하려고 지금 와쿠라 레이노스케의 집에 가는 중이다. 눈빛을 받아 밝게 빛나는 길을 노부오는 자못 무거운 마음으로 걷고 있었다. 사범학교 학생 대여섯 명이 큰 소리로 유행가를 부르며 지나쳤다.

"안녕하세요, 나가노입니다."

어둠 속에서 서로의 얼굴은 보이지 않는다.

"어머!"

미사는 가볍게 목소리를 높이며 노부오를 맞아들였다.

"어서 오게. 추운데 용케 나왔군."

와쿠라 레이노스케는 큼지막한 손으로 장작을 난로 속에 던져 넣었다.

"미사, 술 좀 사 오너라."

와쿠라는 바로 미사에게 명령했다.

"괜찮습니다, 술은……."

노부오가 만류하자 와쿠라는 웃으며 말했다.

"자네가 마실 게 아니네."

마사가 나갔다. 와쿠라는 딱딱한 자세로 앉아 있는 노부오의 옆에 다가가 어깨를 두드렸다.

"그렇게 긴장할 필요는 없네. 자네가 왜 왔는지 쯤 모를 내가 아니야. 상사의 딸과 혼담을 꺼낸 사람이 나쁘지. 이거만큼 거절하기 어려운 일은 없을 테니 말일세."

노부오는 깜짝 놀라 와쿠라 레이노스케를 보았다. 소탈해 보여도 혼담을 거절하면 거북한 말 한두 마디쯤은 들어도 할 수 없다고 각오했다. 하지만 레이노스케는 오히려 노부오의 입장에서 상대의 기분을 이해해 주었다.

"죄송합니다."

노부오는 양손을 짚고 머리를 숙였다. 미사에 대한 문제는 차치하더라도 이런 사람을 아버지라 불러보고 싶은 치기 어린 감정을 느낄 정도였다.

"미련한 질문이지만 말이네. 왜 미사를 거절하지? 아버지로서 알아 두고 싶네. 자네는 정해 놓은 사람이 분명히 없다고 말하지 않았나?"

"네……. 하지만……."

노부오는 단단히 마음먹고 후지코의 사연을 알렸다. 미사와의 혼담이 있고부터 갑자기 후지코가 마음에 걸렸고, 결국 후지코가 나을 때까지 기다리기로 결심했다는 그간의 경위를 말했다.

"그런가? 그렇다면 내가 꺼낸 말이 자네의 연애 감정을 확고하게 만들어 준 셈이 되는군."

와쿠라 레이노스케는 이렇게 말하고 나서 잠시 노부오의 얼굴을 지그시 바라보았다.

"하지만 말이네. 그 처녀가 몇십 년이고 낫지 않으면 어떻게 할 셈인가?"

"그렇더라도 나을 때까지 기다릴 겁니다."

"오! 자네는 어처구니없을 만큼 바보로군. 그야말로 위대한 바보야. 개화 시대에 접어 든 지금 나도 마찬가지지만 모두가 약삭빨라졌다고 생각하는데 자네 같은 진짜 바보가 아직 남아 있었다니 말이네."

레이노스케는 자신의 놀란 감정을 감추려는 듯이 큰 소리를 내며 웃었다.

노부오는 잠자코 고개를 숙였다.

"딸바보라고 웃어도 좋네. 실은 미사에게 혼담을 거절당했다고 차마 알릴 수가 없었네. 될 수 있으면 내 쪽에서 거절하는 게 좋다고 생각하고 미사를 밖에 내보낸 건데……. 하지만 내 생각을 바꿨네. 자네 같은 사내가 이 세상에 있음을 그 애에게도 알려 주고 싶은 마음이 드네. 뭐, 어쨌든 그 처녀를 소중히 여겨 주게."

"네!"

노부오는 정중하게 예를 갖췄다.

"뭐, 괜찮네. 저런 애이긴 해도 미사에게는 상대가 또 나타나겠지. 그렇지만 그 아픈 처녀에게는 자네 같은 사내가 두 번 다시 나타나지는 않을 거야. 나도 자식이 있는 아버지라 어쩔 수 없었나 보네."

와쿠라 레이노스케는 타고 있는 난로를 잠자코 바라보았다. 부엌에서는 와쿠라의 아내가 뭔가 썰고 있는지 탁탁 소리가 났다.

눈 덮인 길

와쿠라 레이노스케의 태도는 회사에 출근해서도 바뀌지 않았다.

연말이 다가올 때쯤 노부오의 동료 미호리 미네키치가 사고를 쳤다. 그 날은 봉급날이었는데 동료 한 사람이 막 받은 봉급을 분실했다. 그는 무심코 봉급 봉투를 책상 위에 놓은 채 일이 있어 사무실을 나갔다. 겨우 15분 남짓 후에 돌아와 책상 위에 놓았던 봉급이 없어진 걸 알고는 소리치기 시작했다.

와쿠라 레이노스케는 그 사내를 불러 너무 떠들지 말라고 주의를 주었다. 정말로 책상 위에 있었다면 같은 사무실의 누군가가 훔친 게 된다. 누구든지 혐의를 받는 건 기분 나쁜 일이다. 퇴근하기 시작할 때라 여러 명이 일어섰다 앉았다 했기 때문에 누가 그 봉급 봉투에 손을 댔는지 짐작을 할 수 없었다. 와쿠라는 부하 전원을 각자의 자리에 앉혔다.

"말하기 거북하지만 지금 봉급 봉투 하나가 분실됐다. 오늘은 밖에서 다른 사람이 오지 않았으니 기분 나쁘더라도 이 사무실에 있던 자에게 혐의가 간다. 모두 눈을 꼭 감고 자신의 봉급을 책상 속에 넣기 바란다. 내가 눈을 뜨라고 할 때까지 결코 떠서는 안 된다. 만약 실수해서 봉급 봉투를 두 개 가지고 있으면 둘 다 책상 속에 넣기 바란다."

모두 지시받은 대로 책상 속에 봉급을 넣었다. 그리고 나서 와쿠라 혼자 사무실에 남고 나머지는 복도로 나갔다. 책상 속을 조사했으나 봉급 봉투는 모두 하나뿐이었다. 하지만 미호리의 책상 속에 있었던 봉급 봉투는 그 자신의 것이 아니라 분실한 직원의 이름이 적힌 봉투였다. 미호리는 멍청하게도 자신의 봉투와 훔친 봉투를 잘못 바꿔 버린 것이다.

와쿠라 레이노스케는 다시 모두를 사무실로 불러들여 각자의 봉급을 들고 퇴근하도록 명령했다.

"여전히 봉투가 하나 부족하다. 나는 자네들의 양심에 호소하고 싶다고 생각하는데 아무래도 내 마음이 통하지 않은 것 같다. 오늘 중에 나한테 가져오면 되지만 그렇지 않으면 철도회사 사원으로서 인정할 수 없으니 그렇게 알아주기 바란다."

미호리는 자신이 실수로 봉투를 잘못 넣은 걸 알았으나 아직 와쿠라가 눈치 채지 못했으리라 생각하고 그대로 돌아가 버렸다.

다음 날 아침 미호리가 아직 자고 있을 때 와쿠라 레이노스케가 갑자기 들이닥쳤다. 어머니가 깨워 와쿠라를 만난 순간 미호리의 안색이 확 바뀌었다.

"왜 어젯밤에 나한테 오지 않았나?"

와쿠라는 집안 식구들이 알아차리지 못하게끔 이렇게만 말했다.

"바로 그걸 이리 가져오게. 오늘부터 출근할 필요 없네. 나중에 통지가 있을 걸세."

미호리는 새파랗게 질려 멍하니 고개를 떨궜다. 와쿠라는 봉급 봉투를 받아들고 돌아갔다.

미호리의 결근은 때가 때인지라 모두의 주목을 받았다. 와쿠라는 하루 종일 기분이 나빴다. 다음 날도, 그 다음 날도 미호리는 결근했다. 노부오는 미호리 미네키치가 봉급 분실의 범인임을 눈치 챘지만 그가 이대로 직장에서 사라지는 건 불쌍하다고 생각했다. 성품이 경솔한 편이라 때때로 스스키노에 있는 유곽에 놀러간 일도 제 입으로 털어놓는 걸 몇 번이나 들은 적이 있다. 아마 유흥비가 부족해서 나쁜 줄 알면서도 저지른 짓이 틀림없다.

노부오는 입사했을 때 미호리가 누구보다 친절하게 대해 준 일을 떠올렸다.

(본성이 나쁜 사람은 아니다.)

분명 어머니와 둘이 산다고 들었는데 아들이 회사에서 쫓겨난 걸 알면 어머니가 얼마나 괴로워하실지 걱정이 되었다. 하지만 와쿠라에게 너무 주제넘은 말을 할 수도 없었다. 그렇다고 미호리의 집을 찾아가려니 아무래도 거북한 느낌이 든다. 잘못을 저지른 미호리지만 성의를 보여 사과하면 천성이 대범한 와쿠라는 용서해 줄 것 같은 생각이 들었다. 어떻게 할지 주저하다가 결국 미호리를 찾아가 보기로 했다.

일요일 오후, 미호리는 풀이 죽어 방에 처박혀 있었다. 노부오의 권고를 듣자 미호리는 머리를 가로저었다.

"그래 봐야 용서해 줄지 어쩔지 알 수 없지 않나. 그 상사는 그리 만만치 않아."

몇 번이나 권해도 '그렇다면 가 볼까.' 하는 말은 하지 않았다.

게다가, '나도 나쁘지만 책상 위에 봉급 봉투를 놓아 둔 그 녀석도 마찬가지야.'라고 덧붙였다.

겉보기와 달리 미호리는 고집불통이었다. 당사자가 사죄하려 하지 않는데 억지로 와쿠라한테 데리고 갈 수도 없는 노릇이었다. 노부오는 사각사각 소리가 나는 눈길을 지나 역 쪽으로 갔다. 연말이 다가와 오가는 사람들이 평소보다 훨씬 많다. 말이 끄는 썰매 여러 대가 방울 소리를 내며 지나갔다. 붉은 기와로 유명한 농산물 판매소인 코노샤까지 가자 뭔가 큰 소리가 들려왔다. 한 사내가 외투도 입지 않고 큰 소리로 외치고 있는 모습이 보였다. 아무도 귀를 기울이지 않는다. 노부오는 방금 들린 말에 이끌려 멈춰 섰다.

"여러분, 인간이란 대체 어떤 존재입니까? 인간이란 자신을 누구보다도 소중하다고 생각하는 존재입니다."

추위가 매서운 오후였다. 나이가 서른 살쯤 되었을지, 아님 서너 살은 더 들어 보이기도 하는 그 사내가 입을 열 때마다 하얀 김이 피어오른다. 멈춰 선 노부오를 보자 그 사내는 한층 더 소리를 높였다.

"그런데 여러분, 정말로 자신이 소중하게 여겨야 하는 건 무엇일까요? 여러분은 그것을 모릅니다. 그건 바로 자신의 추악함을 증오하는 일입니다. 그러나 우리들은 자신의 추악함을 인정하고 싶지 않은 존재입니다. 예를 들면 남이 손으로 집어 먹는 행동은 천하다고 여기지만 자기가 그렇게 하는 건 천하다고 생각하지 않습니다. 남을 험담하는 행동은 사내답지 않은 일임을 알면서도 자기 자신이 하는 욕은 정의로운 꾸짖음처럼 생각합니다. 도둑에게도 서 푼짜리 핑계가 있다는 속담이 있지 않습니까? 남의 물건을 훔치면서 무슨 변명이 있겠습니까? 그러나 도둑에게는 도둑 나름의 할 말이 있는 법입니다."

노부오는 놀라서 사내를 보았다. 사내의 맑은 눈이 노부오를 정면으로 뚫어지게 보고 있었다.

　(이 사람은 마치 지금의 내 마음을 꿰뚫어 보기라도 하는 것 같다.)

　붉은 방한 망토를 걸친 여자랑 큼지막한 짐을 등에 진 점원들이 노부오와 사내를 번갈아 보면서 바쁘게 지나갔다. 그러나 노부오는 지금 자신이 어디에 서 있는지를 잊을 정도로 사내의 말에 빨려들어 갔다.

　"여러분, 그러나 저는 단 한 사람, 유난히 바보 같은 사람을 알고 있습니다. 그 사람은 예수 그리스도입니다."

　사내는 노부오 쪽으로 힘껏 한 걸음 다가서며 외쳤다.

　"예수 그리스도는 어떤 나쁜 짓도 하지 않았습니다. 태어날 때부터 소경이거나 앉은뱅이인 병자들을 고치고, 사람들에게 참사랑을 가르쳤습니다. 참사랑이 무엇인지 여러분은 알고 계십니까?"

　노부오는 이 사내가 기독교 전도사임을 알았다. 사내의 목소리는 낭랑하고 힘찼지만 멈춰 서 있는 사람은 노부오뿐이었다.

　"여러분, 사랑이란 자신에게 가장 소중한 것을 남에게 주는 일입니다. 가장 소중한 것이란 무엇입니까? 그것은 목숨이 아니겠습니까? 이 예수 그리스도는 자신의 목숨을 우리들에게 주셨습니다. 그는 결코 죄를 짓지 않으셨습니다. 사람들은 자신이 악한 행동을 하면서도 스스로 잘못이 없다고 하지만 아무 잘못이 없는 예수 그리스도는 이 세상의 모든 죄를 지고 십자가에 매달리셨습니다. 그는 자신은 잘못이 없다며 도망갈 수 있었지만 그러지 않았습니다. 잘못이 없는 자가 잘못한 자의 죄를 짊어지고, 잘못한 자는 잘못이 없다며 도망갑니다. 여기에 분명히 하나님의 아들의 모습과 죄인의 모습에 차이가 있는 것입니다. 여러분, 십자가에 매달리셨을 때 예수 그리스도는 그 십자가 위에서 이렇게 기도하셨습니다.

'아버지, 저 사람들을 용서하여 주십시오. 저 사람들은 자기네가 무슨 일을 하는지를 알지 못합니다. 아버지, 저 사람들을 용서하여 주십시오. 저 사람들은 자기네가 무슨 일을 하는지를 알지 못합니다.'

들으셨습니까? 여러분. 지금 자신을 찔러 죽이는 자를 위해 용서해 달라고 기도할 수 있는 사람이야말로 하나님의 인격을 소유하는 분이라고 저는 생각합니다⋯⋯."

갑자기 전도사의 맑은 눈에서 눈물이 떨어졌다. 노부오는 꼼짝 않고 서 있었다.

"저는 이 하나님이자 사람인 예수 그리스도의 사랑을 전파하러 도쿄에서 여기에 왔습니다. 열흘 동안 여기서 외쳤습니다만 아무도 귀를 기울이지 않았습니다."

그는 양손을 가슴에 모으고 기도하기 시작했다.

"하늘에 계신 아버지 하나님, 크신 은혜를 감사드립니다. 지금 제 앞에 선 어린양을 주님은 보셨습니다. 주여 이 어린양을 붙들어 주시옵소서. 주여 이 어린양을 사용하여 주시옵소서.

제 부족한 입술을 주님의 은혜로 훈련시켜 주시옵소서. 존귀하신 주님의 아들 그리스도의 이름으로 기도 올립니다. 아멘."

큰 소리로 외쳤을 때 길을 가던 사람이 웃었다.

"야소다!"

"예수쟁이다!"

들으라는 듯 내뱉고 가는 사내도 있다. 하지만 전도사는 아랑곳 않고 노부오를 보고 머리를 숙였다. 그 순간, 노부오의 귀를 스치며 눈덩이가 날아갔다. 깜짝 놀란 순간, 이어서 다른 눈덩이가 노부오의 어깨를 맞췄다.

노부오는 홱 뒤돌아보았다.

"아프셨겠네요."

사내는 눈썹을 찌푸리고 노부오의 어깨에 손을 댔다.

"고약한 짓을 하는군요."

노부오는 화가 나서 주위를 둘러보았다. 재빨리 골목으로 달려가는 아이들의 모습이 보였다.

그날 밤 노부오는 흥분한 나머지 잠이 오지 않았다. 전도사의 이름은 이키 카즈마였다. 노부오는 그를 데리고 자기 하숙집으로 왔다.

"선생님, 저는 선생님의 말씀을 듣고 예수가 하나님이라고 진심으로 생각했습니다. 아니, 그 사람이 하나님이 아니라면 누가 하나님일까 하고 생각했습니다."

노부오는 진심에서 우러나와 이렇게 말했다. 아이들이 던진 눈덩이가 자신의 어깨를 세게 때렸을 때 무심코 노부오는 분노에 가득 차서 뒤를 돌아보았다. 그리고 십자가 위에서 예수가 말했다는,

"아버지, 저 사람들을 용서하여 주십시오. 저 사람들은 자기네가 무슨 일을 하는지를 알지 못합니다."

라는 말이 처음으로 가슴에 뼈저리게 다가왔다. 아이들은 정말로 아무 것도 모른 채 그저 반 장난삼아 눈덩이를 던진 것이다. 하지만 만약 가까이에 있었다면 자신은 과연 아이들을 용서했을까? 그들을 잡아서 추궁하고 어쩌면 한 대 쥐어박았을 지도 모른다.

그러나 예수는 이제 바야흐로 죽임을 당할 고통스러운 시간에 자신을 죽이려는 자들을 불쌍히 여겼다. 노부오는 만약 이 예수가 하나님의 인격

이 아니라면 무엇이 하나님의 인격이라고 말할 수 있을까 하는 생각이 들자 엄청난 감동이 밀려들었다. 예수는 마태복음에서,

〈너희 원수를 사랑하라.〉

라고 말하고 있다. 이 가르침처럼 원수를 사랑하고 죽을 수 있었던 예수를 생각하자 노부오는 속아 넘어가도 좋으니 이 예수의 말을 따라 살고 싶다는 마음이 뼈에 사무칠 정도로 느껴졌다.

"그렇다면 나가노 씨, 당신은 예수님을 하나님의 아들이라고 믿습니까?"

"믿습니다."

노부오는 단호히 말했다.

"그렇다면, 당신은 일평생 그리스도를 따라 살겠습니까?"

"그렇게 하겠습니다."

"사람들 앞에서 자신은 그리스도의 제자라고 말할 수 있습니까?"

이키 카즈마는 천천히 물었다.

"말할 수 있다고 생각합니다."

노부오는 거침이 없었다.

"그렇지만 오늘 막 들었으면서 어떻게 바로 예수를 믿겠다고 할 수 있었습니까?"

"제 부모님과 여동생, 여동생의 남편과 그리고…… 저의 미래의 아내도 모두 신자입니다. 꽤 오래전부터 저는 기독교에 관심을 갖고 있었습니다."

그러나 그 관심에는 다분히 반감이 포함되어 있었다. 특히 기독교가 외국의 종교임에 노부오는 강한 저항감을 갖고 있었던 것이다. 그런데 언젠

가 후지코가 이런 말을 했다.

"불단 앞에서 합장하는 행동만이 조상님을 소중히 여긴다는 표시는 아니라고 생각해요. 조상님이 보고 기뻐해 주실 것 같은 나날을 보낼 수 있다면 그것이 조상님에 대한 진정한 공양이라고 생각합니다."

이 말을 노부오는 마음속 깊이 기억하고 있다. 그런 사연도 노부오는 이키 카즈마에게 말했다.

"그럼 당신의 마음은 꽤 오래전부터 그리스도를 찾았던 셈이네요."

카즈마는 그제야 노부오의 고백에 수긍할 수 있을 것 같다는 표정이었다.

난로에서 장작이 타면서 탁탁 튀는 소리가 들렸다.

"그랬군요. 그럼 질문을 하나 더 하겠습니다. 나가노 씨, 당신은 예수님이 하나님의 아들임을 믿고 그리스도를 따라 일평생 살아갈 거라고 말했습니다. 또 사람 앞에서 그리스도의 제자라고 말할 수 있다고 했습니다."

노부오는 분명히 인정했다.

"그런데 당신은 깨닫지 못한 것이 하나 있습니다. 그리스도가 왜 십자가에 매달렸는지를 아십니까?"

노부오는 잠깐 주저하고 나서,

"아까 선생님은 이 세상 모든 죄를 지고 십자가에 매달리셨다고 말씀하셨는데……."

"그렇습니다. 그대로입니다. 그러나 나가노 씨, 그리스도가 당신을 위해 십자가에 매달렸음을, 아니, 십자가에 매단 사람이 당신 자신이라는 걸 알고 있습니까?"

이키 카즈마의 시선은 날카로웠다.

"천만에요. 저는 그리스도를 십자가에 매단 기억은 전혀 없습니다."

손을 가로젓는 노부오를 보고 이키 카즈마는 빙긋이 웃었다.

"그렇다면 당신은 그리스도와 아무 인연이 없는 인간이지요."

그 말을 노부오는 이해할 수 없었다.

"선생님, 저는 메이지 시대를 살아가는 사람입니다. 그리스도가 매달리신 건 아주 오랜 옛날이 아닙니까? 어떻게 메이지 시대에 태어난 제가 그리스도를 십자가에 매달았다는 식으로 생각할 수 있겠습니까?"

"그렇습니다. 나가노 씨처럼 생각하는 게 보통의 사고방식이지요. 그렇지만 저는 다릅니다. 아무 죄도 없는 예수 그리스도를 매단 자는 저 자신이라고 생각합니다. 이것은 죄라는 문제가 자신의 문제임을 알지 않으면 이해할 수 없는 것입니다. 당신은 자신을 죄 많은 인간이라고 생각합니까?"

솔직히 말해 노부오는 자신을 성실한 부류의 인간이라고 생각하고 있다. 성적인 생각에 사로잡혔을 때는 자기 자신도 죄 많은 인간이라고 느낀 적은 있다. 그러나 정작 타인에게 이런 질문을 받으면 그다지 죄가 많다는 생각은 들지 않는다.

"그 부분이 제게는 잘 이해가 되지 않습니다. 제가 특별히 죄 많은 인간이라고는 생각하지 않습니다만…… 성경에 음욕을 품고 여자를 보는 자는 이미 간음한 자라는 말씀을 읽고 이것은 상당히 수준이 높은 윤리라고 생각했습니다. 그리고 '의인은 없나니 한 사람도 없다.'라는 말씀이 제 나름대로 이해가 되었습니다. 그렇지만 지금 선생님의 질문을 듣고 생각해 보니 제가 분명하게 인정할 만한 죄의식은 없는 것 같습니다."

이키 카즈마는 여러 번 크게 끄덕이면서 품에서 성경을 꺼냈다.

"알겠습니다. 나가노 씨, 제가 시도해 본 적이 있는 일이지만 당신도 해 보지 않겠습니까? 성경의 아무 데라도 좋으니 한 구절을 철저하게 실행해 보십시오. 철저하게 말입니다. 그렇게 하면 마땅히 그래야 할 인간의 모습과 자신이 얼마나 동떨어진 존재인지를 알게 될 겁니다. 저는 '네게 구하는 자에게 주며 네게 꾸고자 하는 자에게 거절하지 말라.'라는 말씀을 지키려고 했는데 열흘 만에 손을 들어 버렸어요. 당신은 당신이 실행하고자 하는 말씀을 발견해 보세요."

이키 카즈마는 저녁 식사를 하고 돌아갔다. 카즈마가 한 그 수많은 말을 생각하면서 노부오는 전혀 잠을 이루지 못했다.

다음 날 아침, 노부오는 미호리 미네키치의 집을 찾아갔다. 미네키치는 졸린 눈을 비비면서 언짢은 표정으로 나왔다. 그러나 노부오는 아랑곳 않고 자기가 스스로 거실로 올라가 미네키치와 그의 어머니 앞에서 잘라 말했다.

"자네, 이제 바로 와쿠라 주임 댁으로 가지 않겠나?"

평소의 노부오와 달랐다. 늠름한 말투였다. 노부오는 단정한 자세로 앉아 있었다.

"가도 소용없네."

조금 토라진 듯이 미네케치가 대답했다.

"그래. 자네가 말한 대로 소용없을지도 모르지. 하지만 가령 그렇더라도 말이네. 자네도 인간으로서 진심을 담아 사과하면 어떻겠나? 그런 진심 어린 행동은 이럴 때 필요한 게 아니겠나?"

노부오의 말에는 딴소리를 못 하게 하는 울림이 있었다. 미네키치의 어머니도,

"용서를 하실지 어떨지 알 수 없지만 여하튼 손을 모으고 사과하는 게

인간의 도리다. 나가노 씨가 이렇게 일부러 와 주셨으니까 다녀오거라.
나도 같이 사과하러 가겠다."

하며 거들었다. 미네키치의 어머니도 이미 사정을 알고 있는 듯했다.
미네키치는 더 이상 거역을 하지 않고 마지못해 와쿠라의 집에 가기로 했
다. 아직 직장인들이 출근하기 전 시간이고 눈길에는 희뿌옇게 안개가 떠
다니고 있었다. 세 사람은 묵묵히 와쿠라의 집을 향해 서둘렀다.

와쿠라의 집이 가까워지자 미네키치가 말했다.

"나가노, 어째서 자네까지 같이 가는 건가?"

"어째서긴, 내가 회사에 들어갔을 때 자네는 누구보다 훨씬 친절하게 말
을 걸어 주지 않았나? 그런 자네가 지금 그만둔다면 나도 섭섭할 테니."

이 말은 거짓이 아니다. 하지만 그 이상으로 노부오를 움직이고 있는 것
이 있었다. 그것은 어젯밤, 이키 카즈마 전도사가 한 말이다. 이키 카즈마
는 죄의식이 명확하지 않다고 한 노부오에게 성경 속의 한 구절을 철저히
실행해 보라고 말했다. 노부오는 잠도 못 이루고 성경을 열심히 읽었다.
그중에서 한 구절이 노부오의 마음을 끌었다.

〈어떤 율법교사가 일어나 예수를 시험하여 이르되 선생님 내가 무
엇을 하여야 영생을 얻으리이까. 예수께서 이르시되 율법에 무엇이
라 기록되었으며 네가 어떻게 읽느냐 대답하여 이르되 네 마음을 다
하며 목숨을 다하며 힘을 다하며 뜻을 다하여 주 너의 하나님을 사
랑하고 또한 네 이웃을 네 자신 같이 사랑하라 하였나이다. 예수께서
이르시되 네 대답이 옳도다. 이를 행하라 그러면 살리라 하시니,
그 사람이 자기를 옳게 보이려고 예수께 여짜오되 그러면 내 이웃

이 누구니이까? 예수께서 대답하여 이르시되 어떤 사람이 예루살렘에서 여리고로 내려가다가 강도를 만나매 강도들이 그 옷을 벗기고 때려 거의 죽은 것을 버리고 갔더라. 마침 한 제사장이 그 길로 내려가다가 그를 보고 피하여 지나가고 또 이와 같이 한 레위인도 그곳에 이르러 그를 보고 피하여 지나가되

어떤 사마리아 사람은 여행하는 중 거기 이르러 그를 보고 불쌍히 여겨 가까이 가서 기름과 포도주를 그 상처에 붓고 싸매고 자기 짐승에 태워 주막으로 데리고 가서 돌보아 주니라.

그 이튿날 그가 주막 주인에게 데나리온 둘을 내어 주며 이르되 이 사람을 돌보아 주라. 비용이 더 들면 내가 돌아올 때에 갚으리라 하였으니 네 생각에는 이 세 사람 중에 누가 강도 만난 자의 이웃이 되겠느냐? 이르되 자비를 베푼 자니이다. 예수께서 이르시되 가서 너도 이와 같이 하라 하시니라.〉(누가복음 10장 25~37절)

처음 읽었을 때에는 이런 몰인정한 이야기가 나오는 게 의아스러웠다. 강도에게 습격당해 반죽임을 당한 부상자를 돕지 않는다는 건 있을 수 없다고 생각했다.

(나라면 반드시 이 부상자를 도울 게 틀림없어.)

이렇게 말하고 노부오는 다시 읽었다. 그때 문득, 미호리 미네키치의 일을 떠올렸다.

생각해 보면 미네키치도 반죽음 상태에 있는 게 아닐까? 하지만 동료들 모두 미네키치에게 냉담했다.

'남의 돈을 훔치다니 어처구니없는 녀석이다.'

모두 이렇게 생각하는 것 같았다. 적어도 철도회사의 사원이라는 자가 동료의 봉급 봉투를 훔친 사건은 말을 꺼내는 것만으로도 창피한 일이라며 모두 화를 내고 있었다.

"메이지 유신시대에 인간이 너무 경박해졌어. 양복이나 입고 다니면서 일본 민족 고유의 야마토 정신은 어디다 내팽개치고 말이야."

라며 은근히 미네키치를 비난하는 자도 있었다. 노부오도 남의 물건을 훔치는 행위는 용서하기 힘든 일이라고 생각했다. 하지만 노부오는 미네키치에게 갚아야 할 은혜가 있다고 느끼고 있었다.

노부오는 나이에 비해 우대를 받아 입사했다. 재판소에서 이미 근무했던 경력이 있었기 때문이다. 이를 시기했는지 입사 당시 노부오를 차갑게 대하는 자가 많았다. 하지만 미네키치는 업무나 회사 안의 일을 이것저것 친절히 가르쳐 주었다. "종이 한 장을 받아도 은혜는 은혜이다. 남의 은혜를 잊으면 개나 고양이나 다름없다." 할머니 도세가 자주 한 말이었다. 그 탓인지 노부오는 다른 동료들처럼 미네키치에게 냉담할 수 없었다.

노부오는 성경을 읽으면서 점점 미네키치가 중상을 입고 길에 쓰러져 있는 사람처럼 생각되었다.

(나는 그의 진정한 이웃이 될 수 있을까? 이 성경 속의 이웃이 된 사마리아 사람은 본 적도 없는 모르는 사람을 도와주었다. 더구나 자신에게 미호리는 동료이자 은혜를 입었다고 느끼게 하는 사람이다. 그렇다, 나는 이 성경의 말씀에 따라 철저히 그의 훌륭한 이웃이 되어야겠다.)

노부오는 마음을 굳게 먹었다.

"나 같은 자가 그만두어도 자네는 섭섭해한단 말인가?"

미네키치는 노부오의 말에 감동한 것 같았다.

현관으로 나온 와쿠라 레이노스케는 세 사람을 보자 불쾌한 안색을 보였다. 그런 표정 때문에 미호리는 사과할 말이 나오지 않았다.

"미네키치가 정말로 나쁜 짓을 했습니다……. 부디 용서해 주실 수 없을까요?"

쭈뼛쭈뼛 머리를 숙인 미네키치의 어머니에게 와쿠라는 말했다.

"어머니, 어머니도 이런 불효자를 두셨으니 운이 없으시네요."

그러나 와쿠라는 용서한다거나 집으로 들어오라는 말도 하지 않았다. 미네키치는 그저 고개를 숙인 채 서 있을 뿐이었다.

"미호리, 삿포로에는 메밀국수나 우동집이 많아. 일하려고 마음먹으면 일할 곳은 얼마든지 있을 거야."

쌀쌀하기 그지없는 말투였다. 노부오는 그런 와쿠라에게 매달리는 듯한 시선을 보냈다.

"주임님, 제발 미호리를 한 번만 용서해 주시지 않겠습니까? 확실히 미호리 군은 그때 순간적으로 나쁜 마음이 들었다고 생각합니다. 하지만 다시는 절대 그런 일을 하지 않을 겁니다. 부탁드립니다. 이렇게 어머니도 같이 용서를 빌러 오셨으니 부디 용서해 주십시오."

노부오는 머리를 깊숙이 숙였다.

"용서를 빌기에는 좀 늦었네. 정말로 미호리가 잘못했다고 생각했다면 그다음 날에라도 나한테 왔어야 했다. 일할 곳은 사방에 깔렸어. 그만 단념하고 돌아가게."

와쿠라는 문을 닫으려고 미닫이에 손을 댔다. 노부오는 필사적이었다.

"주임님!"

갑자기 노부오는 시멘트 바닥에 양손을 짚고 머리를 비벼댔다. 미네키치도 어머니도 덩달아 바닥에 앉았다.

"주임님, 남의 돈을 훔치는 건 정말 수치스러운 짓입니다. 나쁜 짓입니다. 미호리도 분명히 용서를 빌러 오고 싶었지만 혼자서는 부끄러워서 찾아뵙지 못했다고 생각합니다. 동료로서 그런 처지를 더 빨리 알아챘으면 좋았을 겁니다. 그랬으면 더 빨리 용서를 빌러 찾아왔을 텐데요. 저의 우정이 부족했습니다. 주임님, 말씀대로 일할 곳은 삿포로에 있기는 하겠지요. 그러나 그렇게 되면 남들은 '미호리 저 자는 돈을 훔쳐서 해고당했다.'는 말을 계속 수군거릴 게 틀림없습니다. 미호리는 결혼할 때에도 그런 얘기를 반드시 들을 겁니다. 태어난 자식에게도 누군가가 언젠가 알려 줄지도 모릅니다. 다음에 미호리가 뭐가 잘못을 저지른다면 저도 같이 그만두게 하셔도 개의치 않겠습니다. 제발 이번만은 어떻게든 도와주시지 않겠습니까?"

노부오는 찬 시멘트 바닥에 머리를 비벼댄 채 미동도 하지 않았다.

발령

한 해가 저물었다. 그동안 와쿠라는 미호리 문제에 대해 전혀 반응을 보이지 않았다. 삿포로에서 맞이하는 첫 정월이지만 미호리가 신경이 쓰여 마냥 즐길 수만은 없었다.

(정말로 하나님이 계시다면 나의 이 기도를 들어주실 텐데⋯⋯.)

노부오는 몇 번이나 이런 생각을 했다.

정월 연휴가 시작되었다. 와쿠라가 여전히 답을 주지 않아 노부오는 점점 불안해졌다. 그리고서 또 며칠쯤 지났다.

미호리와 같이 찾아간 게 잘못 같다는 생각이 들기 시작했다. 미사와의 혼담을 거절한 지 얼마 지나지 않아 와쿠라에게 부탁하러 간 건 너무 순진한 짓이었는지도 모른다. 노부오로서도 껄끄러운 곳에 간 셈인데 와쿠라가 이를 어떻게 받아들였는지 알 수 없다. 미호리 모자에게 잘 알아듣게 말해 두 사람만 사과하러 가게 하는 게 좋았을지도 모른다며 노부오는 후회했다.

반달쯤 지난 어느 날 아침이었다. 사무실 분위기가 이상하게 들떠 있었다. 모두 수군거리며 이야기를 주고받고 있었다. 노부오는 미호리가 용서를 받았나 하는 기대감으로 순간 가슴이 두근거렸다.

"그래도 아쉬워요. 주임님이 결국 아사히카와로 영전되기로 정해졌대요."

옆자리의 동료가 노부오에게 속삭였다.

"어? 주임님이……."

노부오는 귀를 의심했다. 와쿠라가 어딘가로 영전하여 가는 날이 올 수 있으리라는 생각을 했다. 위아래에서 모두 좋은 평가를 받는 와쿠라가 이대로 삿포로에 계속 있을 수는 없다고 예상했다. 상사로서는 더할 나위 없다는 말을 들을 만한 인물이었다. 노부오는 지금 영전한다는 사실 때문에 놀라는 게 아니었다. 와쿠라가 삿포로를 떠난다면 미호리 미네키치가 복귀할 가능성이 없어진다는 절망에 가까운 충격 때문이었다.

"자, 그렇게 바닥에 엎드려 있지 말고 빨리 돌아가게. 잘못되지는 않을 테니."

와쿠라는 그날 아침 분명히 이렇게 말했다. 하지만 그 말도 단순히 상황을 일시적으로 모면하려는 말이었을지 모른다는 생각을 하며 멍하니 바깥을 내다보았다. 탐스런 함박눈이 소리 없이 내리고 있다. 노부오는 쓸쓸해졌다. 와쿠라 같은 사나이도 그런 식으로 둘러대는가 생각을 하니 울적하기 짝이 없는 기분이 되었다. 와쿠라에 대한 기대가 배반당한 것 같은 씁쓸함과 기도가 응답되지 않았다는 허전한 마음이 교차했다.

(기도는 그렇게 손쉽게 응답되지 않는 법이다.)

라고 생각하면서도 뭔가 맥이 탁 풀려 일이 손에 잡히지 않았다. 와쿠라 레이노스케는 하루 종일 바쁜 듯이 자리를 떴다.

아침부터 내리던 눈이 그치고 퇴근할 준비를 하는데 와쿠라가 노부오의 어깨를 두드렸다. 와쿠라는 눈짓으로 노부오를 응접실로 데려갔다.

"결국 아사히카와로 가기로 정해졌네."

의자에 앉자마자 와쿠라는 말했다.

"축하드립니다."

노부오는 다소 냉랭하게 머리를 숙였다.

"목구멍이 포도청이란 말도 있지 않나? 아사히카와는 추워서 그다지 환영하지 않는 곳이지만 뭐 할 수 없지."

이렇게 말하고 와쿠라는 입을 다물었다. 노부오는 아무런 대꾸를 하지 않았고 와쿠라도 침묵을 이어 갔다. 무슨 생각을 하고 있을까? 와쿠라의 의중을 알 것 같았다. 미호리 문제는 시간이 부족해서 어쩔 수 없었다고 말할 작정인지도 모른다. 노부오도 좀체 입을 열지 않았다.

"처음 맞는 겨울이겠군."

와쿠라가 불쑥 말을 꺼냈다. 노부오에게 하는 말이다.

"네."

"많이 춥겠군."

"아닙니다. 아직 생각만큼 춥지 않네요."

"음……."

다시 와쿠라의 말이 끊어졌다.

"저, 무슨 일이 있으십니까?"

"음, 맞네. 두 가지 중요한 게 있네."

와쿠라는 빙긋 웃었다.

"어떤 일인가요?"

"나가노 군, 자네는 정말 대단한 사내야. 우리 미사처럼 튼튼해서 아이를 몇 명이고 낳을 것 같은 여자를 거절하고 언제 병이 나을지 모르는 여자를 기다린다는 것만으로도 놀랐지만 이번에 또다시 깜짝 놀랐네. 무사 가문 출신인 자네가 시멘트 바닥에 손을 짚고 엎드려 조아리기까지 하면 서 저 보잘것없는 미호리를 용서해 달라고 빌지를 않나, 미호리가 다시 잘못을 저지르면 자신도 같이 회사를 그만두겠다고 잘라 말하질 않나. 참 으로 놀라운 친구야."

와쿠라는 노부오를 유심히 보았다. 노부오는 고개를 숙였다.

"얼굴을 보면 온순해 보이는데 말이야. 나도 이런저런 사내를 보았지만 자네 같은 친구는 처음이네. 누구도 무섭다고 생각한 적은 없는데 자네만 은 마음속으로 무서운 녀석이라는 생각이 들었어. 그 무서운 사내의 소원 을 들어주기 위해 조금 분주했네. 나가노 군, 미호리는 아사히카와로 데 리고 갈 거야."

"네? 아사히카와요?"

"응, 여기서는 그 녀석도 일하기 힘들 거야. 아사히카와로 데려가 근성 을 엄하게 바로잡으려고 하네. 그 녀석도 전근 발령이 났어."

와쿠라는 호주머니에서 둥글게 만 사령장을 테이블 위에 탁 놓았다. 무 심코 벌떡 일어선 노부오는 90도로 절을 했다.

"감사합니다. 감사합니다."

다시 노부오는 머리를 깊숙이 숙였다.

"아니야, 고맙다는 말을 듣기는 아직 이르네. 실은 말이네, 나가노 군. 나는 나름 체념이 빠른 사내라고 생각했지만 이젠 아무래도 둔해졌나 봐. 자네 같은 부하는 두 번 다시 만날 수 없다는 생각에 이대로 삿포로에 두 고 가는 게 아쉽기 짝이 없어. 자네도 아사히카와에 같이 가게 해 달라고 하고 싶은데 어떤가?"

노부오는 바로 대답할 수가 없었다.

"자네는 미호리에 대해서도 책임을 질 생각이었지? 이제 와서 그 말을 상기시키는 게 사내로서 좀 껄끄럽긴 하지만 자네도 그렇게 단언한 이상 미호리를 계속 돌봐주어야 하지 않겠나? 생각해 보지 않겠는가?"

노부오는 고개를 끄덕였다.

"어머니. 오랫동안 소식을 못 드렸습니다. 그간 어머니도 별고 없으셨고 마치코네도 잘 지내고 있으리라 믿습니다. 저는 지금 하숙집 2층 유리창 너머로 눈 쌓인 지붕들을 내려다보면서 이 편지를 쓰고 있습니다. 여기는 눈이 처마 끝에 닿을 만큼 많이 쌓여 있습니다.

어머니, 도쿄 집 뜰에는 수선화가 피어 있겠네요. 온통 눈으로 뒤덮인 이 삿포로의 거리를 바라보면 참으로 이상한 생각이 듭니다. 도쿄에 사는 사람들은 당연하다고 생각하며 눈 없는 겨울을 지내고, 홋카이도에서는 마찬가지 생각으로 눈과 추위를 견디며 살아갑니다. 저는 어쩐지 홋카이도에 사는 사람들이 애처롭다는 생각은 들지 않습니다. 여기에서는 추위가 매서운 걸 꽁꽁 얼었다고 말합니다. 그런 날엔 이불깃이 딱딱하게 얼고 유리창은 아름다운 모양을 보이며 하얗게 얼어 있습니다. 그 모양들이 천변만화란 표현이 어울릴 만큼 풀고사리 잎, 공작 날개, 소용돌이 등 갖가지 모양을 나타내며 계속 바뀌기 때문에 딱히 어떻게 설명해야 좋을지 모를 만큼 아름답습니다.

저는 아직 젊은 탓인지 눈보라가 치는 날이나 얼어붙는 날이나 다 즐겁습니다. 등을 구부리고 거센 눈보라를 맞으며 걸어갈 때면 분명 살아 있다는 실감이 납니다. 살을 에는 듯이 아플 만큼 얼어붙은 날도 마찬가지로 팽팽한 긴장 속에서 기쁨을 느낍니다.

어머니, 홋카이도에 와서 겨울을 맞아 보니 역시 오길 잘했다고 생각합니다. 화창한 날에 즐기는 꽃구경도 하나의 기쁨이겠지만, 몸과 마음을 바짝 긴장시키며 혹독한 추위를 견디는 것도 그 이상으로 큰 기쁨이 아닐까요?

내년 겨울, 저는 여기보다 훨씬 더 추운 아사히카와로 가게 됩니다."

여기까지 쓴 노부오는 펜을 놓고 난로에 장작을 넣었다. 말이 끄는 썰매가 방울 소리를 크게 내며 집 앞을 지나갔다. 노부오는 미호리 미네키치의 일을 알릴까 말까 잠시 고민했다. 노부오는 와쿠라 레이노스케의 권유를 받아 그 자리에서 그대로 따르겠다고 대답했던 것이다. 와쿠라는,

"나가노 군, 자네는 놀라운 친구야. 아무리 그래도 미호리를 위해 아사히카와 구석까지 가려고 하니 말이야."

라며 놀라서 기막힌 듯 감탄했다. 노부오는 잠깐 동안 유리창 너머 매달린 두터운 고드름을 바라보다가 다시 펜을 잡았다.

"어머니, 저는 홋카이도에 와서 변화됐습니다. 매일 그리스도에 대해 생각합니다. 인간이란 이상한 존재 같습니다. 전에는 어머니가 기독교 신자인 사실이 왠지 싫어서 견딜 수 없었습니다. 그럼에도 이제는 그리스도의 말씀에 따라 어느 한 사람을 위해 추운 아사히카와로 전근 가기로 결심했으니까요. 막상 결심은 하였지만 날이 갈수록 이 결심이 조금 흔들리고 있습니다. 부디 제가 당당한 기독

교 신자가 될 수 있도록 어머니도 기도해 주시기 바랍니다.

아무쪼록 몸 잘 챙기시고 기시모토와 마치코에게도 안부 전해 주시기 바랍니다."

편지를 다시 읽고 봉투에 넣었을 때 노부오는 문득 자신도 이 봉투에 들어가 도쿄로 돌아가고 싶은 생각이 들었다. 며칠 지나면 이 편지가 저 혼고의 집 문을 지나 다정한 어머니의 손으로 건너갈 걸 생각하니 다시 집이 그리워졌다. 어머니가 가위로 봉투를 자르고 편지를 급히 읽어 나가는 모습이 눈에 선하다. 노부오는 봉투 속에 자신의 숨을 훅 불어 넣고 풀을 붙였다.

4월 들어 눈이 그치고, 벚꽃이 피는 5월이 지나 아카시아랑 라일락이 피는 6월이 되어도 어찌 된 일인지 노부오가 아사히카와로 전근될 기미가 전혀 보이지 않았다. 와쿠라 레이노스케가 후지코와의 사연을 배려해 전근을 늦춰 주는 건지 모른다는 생각에 감사한 마음을 가지면서도 발령이 나지 않음에 신경이 쓰였다.

한편, 이대로 아사히카와로 가지 않고 끝난다면 얼마나 감사한 일일까 생각되기도 했다. 1주일에 한 번은 후지코를 문병하고 같이 성경을 읽고 기도했다. 노부오가 후지코에 대한 마음을 입 밖에 내지 않았지만 어느덧 서로의 마음이 통했다. 후지코와 있을 때가 노부오에게는 가장 알찬 시간처럼 생각되었다.

노부오는 바깥의 경치나 거리에서 본 모습 등을 자주 들려주었는데 후지코는 언제나 진심으로 기뻐하며 들었다. 또한 문병가면서 어떤 물건을 가져가든, 예를 들어 길가에 핀 민들레꽃 한 송이를 가져가도 후지코는 얼굴 가득히 기쁨을 드러내었다.

"저, 나가노 씨. 저는 이 민들레꽃을 따실 때의 당신 모습을 눈으로 직접 보듯이 상상할 수 있어요. 이 꽃은 어느 조용한 길목에 자리 잡은 서양식 주택 앞에 피어 있던 느낌이 들어요. 그 집 옆에는 커다란 백양나무가 있고, 귀여운 어린 여자아이가 빨간색 공기를 갖고 놀고 있죠. 거기서 나가노 씨는 이 민들레꽃을 꺾어 주신 거지요. 저를 위해……."

종일 누운 채로 지내면서 몇 년이나 바깥을 본 적이 없는 후지코는 그 흔하디흔한 민들레꽃 한 송이만 놓고도 이런저런 풍경을 떠올리는 것이다. 그러면서 자기를 기쁘게 하려는 노부오의 마음을 언제나 또렷하게 알아차려 주었다. 그런 후지코가 점점 사랑스럽고 다정하게 느껴졌다.

남의 호의를 받아들이는 데 있어서 후지코는 천재라는 칭찬이 아깝지 않을 능력을 지녔다. 아무리 작은 호의도 그것을 후지코가 받아들일 때는 한없이 풍부한 상상을 더해 재미있는 동화나 시가 되었다.

사과나 귤을 사 오면 후지코는 손에 쥐고 뚫어지게 바라보았다.

"나가노 씨, 이렇게 아름다운 색을 만드신 건 하나님이시죠? 저는 하나님이 가지신 그림물감 상자가 보고 싶어요. 그 상자에는 대체 얼마나 많은 그림물감이 들어 있을까요?"

후지코는 순진한 표정을 지으며 기뻐했다. 문병하러 온 쪽이 되레 즐거워질 정도로 기뻐하는 것이었다.

노부오는 항상 기뻐하는 후지코를 위해 자신이 보는 건 뭐든지 바로 보여 주고 싶었다. 특히 서산으로 넘어가는 태양의 모습이나 아카시아 가로수를 보여 주고 싶었다. 얼마나 기뻐할지 상상만 해도 후지코와 함께 바라보고 있는 기분이 들었다.

　이렇듯 후지코를 문병하고 얘기를 나누는 일은 노부오에게는 커다란 기쁨이자 마음의 버팀목으로까지 여겨지게 되었다. 이 때문에 언제 실현될지 모르지만 아사히카와 전근 문제는 점점 커다란 마음의 부담이 되어 가고 있었다.

　노부오의 전근 발령은 9월 초에 났다. 코스모스 꽃이 바람에 흔들리는 아침, 노부오는 발령 사실을 알았다. 각오는 하고 있었지만 역시 맥이 풀렸다.

　와쿠라 레이노스케는 후지코의 병을 분명히 알고 있다. 와쿠라에게도 딸이 있기 때문에 후지코의 딱한 입장을 헤아려 줄 수도 있지 않았을까 하는 생각에 속상할 지경이었다. 이대로 후지코와 헤어져 아사히카와로 가게 되면 와쿠라는 딸 미사가 자신에게 다시 접근하게 하려는 의도는 아닌지 의심도 해 보았다.

　노부오가 자신이 읽은 성경의 말씀을 잊은 건 아니다. 미호리 미네키치의 참친구, 참이웃이 되려고 굳게 마음먹은 사실을 잊었을 리 없다. 솔직히 말해서 건강한 미호리를 위해 굳이 아사히카와까지 가는 대신 병든 후지코의 이웃이 되어 주는 쪽이 좋지 않을까 하는 생각을 했다. 자신이 대신하여 용서를 구한 덕분에 미호리는 해고되지 않고 끝났기 때문에 그것으로 충분하지 않을까 하는 기분도 들었다. 뭔가 개운치 않은 생각에 잠긴 노부오는 그날 바로 후지코의 집으로 갔다.

　비번이라 집에 있던 요시카와의 얼굴을 보자 노부오는 갑자기 맥이 탁 풀렸다.

"요시카와, 전근 가게 되었네."

거실로 올라오자마자 노부오는 말했다.

"뭐, 전근? 어디로?"

요시카와는 금방 얼굴이 굳어지더니 후지코가 있는 방 쪽을 돌아보았다.

"아사히카와야."

노부오도 후지코의 방을 살폈다.

"아사히카와라고? 그런데 자네는 입사한 지 이제 겨우 1년 지나지 않았나?"

"응, 하지만 말이네, 방법이 없었네."

노부오는 미호리의 일을 이야기하려 생각했으나 그건 요시카와에게 밝히면 안 될 것 같았다.

"그런가? 아사히카와라……."

책상다리를 하고 앉아있던 요시카와는 무릎을 큼지막한 손으로 꽉 누르며 중얼거렸다. 부엌에서 얼굴을 내민 요시카와의 어머니도 전근이란 말을 듣자 어찌할 바를 몰라 울먹이며 말했다.

"어머, 어떻게 하지. 어쩌면 좋아."

노부오는 요시카와와 어머니의 모습을 보자 갑자기 불안해졌다. 이 두 사람조차 이렇게 안타까워하는데 당사자인 후지코는 어떻게 반응할지 걱정이 되어 견딜 수 없었다.

최근 1년 후지코의 몸은 순조롭게 회복되는 중이었다. 모처럼 차도를 보이고 있는 몸에 지장이 있지나 않을까 생각하자 전근을 알리는 건 아무래도 가혹한 것 같았다.

"뭐, 할 수 없겠지. 회사정리라는 말이 있지 않나. 그런 엄중한 철칙에는 거역할 수 없으니까. 하지만 나가노, 후지코에게는 자네가 말해 주게. 나는 여기 있을 테니.”

평소의 요시카와답지 않게 약한 모습이다. 요시카와의 어머니도 다다미에 털썩 주저앉은 채 꼼짝 않고 있다. 어쩔 수 없이 노부오는 혼자 후지코의 방으로 갔다.

“어서 오세요, 나가노 씨. 오늘은 잠자리가 방 안에 날아왔어요. 아주 기뻤어요.”

빛이 날 정도로 밝은 후지코의 표정에 노부오는 더욱 마음이 무거워졌다. 이 방을 몇 번이나 찾아왔을까? 아무리 와도 후지코는 한 번도 언짢아한 적이 없었다. 이런 상태라면 밝혀도 문제없을지 모른다고 굳게 마음을 다지면서 노부오는 후지코의 침대가에 앉았다.

“후지코 씨.”

노부오의 딱딱한 목소리에 후지코의 맑은 눈이 의심스러운 듯 쳐다보았다. 그 눈을 보자 노부오는 역시 말을 꺼내기 힘들었다. 뭐라 말해야 가장 놀라지 않을지, 슬퍼하지 않을지 노부오는 할 말을 찾고 있었다.

“무슨 일이세요? 아주 힘든 표정이시네요.”

“저, 매우 난처한 일입니다.”

노부오는 살짝 웃었다. 자신이 삿포로를 떠나도 후지코는 이곳에 이렇게 그저 누워 있기만 해야 할 뿐이라고 생각하자 바로 전근 이야기를 할 수는 없었다.

“후지코 씨.”

노부오는 무심코 후지코의 손을 잡았다. 가늘고 여린 손이 노부오의 양손에 순순히 쥐어졌다. 녹아 버릴 것 같이 여린 손을 쥐고 있자 후지코의 가늘디가는 생명이 직접 느껴져 노부오는 가슴이 뭉클해졌다. 만약 전근을 알린다면 이 손은 정말로 살아갈 힘을 잃어버리지나 않을까 하는 생각을 하고 노부오는 그 손을 살짝 감싸듯이 고쳐 쥐었다.

"웬일이세요? 평소의 나가노 씨와 뭔가 다르네요."

후지코는 손이 쥐어져 수줍어했다.

"그게…… 후지코 씨."

노부오는 결심하고 말했다.

"저는 아사히카와로 전근 가게 되었습니다. 거기는 아주 가까워 한 달에 한두 번은 문병 올 수 있긴 하지만……."

지그시 노부오의 눈을 바라보던 후지코의 눈동자가 순식간에 축축해졌다. 아주 크게 뜬 그 눈에 눈물이 솟아올랐다 싶더니 그 눈물이 구르듯이 양쪽 귓가에 흘러내렸다.

후지코는 한마디도 하지 않았다. 이불을 가슴께까지 살짝 올렸다가 목까지 덮고, 급기야는 얼굴까지 푹 덮어 버렸다. 이불이 살짝 움직이고 후지코는 그 속에서 소리 없이 울고 있는 것 같았다. 이불을 잡고 있던 가냘픈 손이 속으로 감추어졌다. 그 가냘픈 손이 눈물을 훔치고 있으리라 생각하자 노부오는 가슴이 미어졌다.

얼마큼 지났을까? 이윽고 후지코가 이불을 내리고 얼굴을 드러냈다. 눈이 새빨갛게 부은 채임에도 노부오를 보고 방긋 웃었다.

"이상해요. 제게는 눈물이 없다고 생각했었는데 이렇게 많은 눈물이 어디에 숨어 있었을까요?"

웃음을 보이던 눈에서 또 눈물이 쏟아졌다.

"축하한다고 말씀드려야겠지요?"

여기까지 말하고 입술에 경련이 일어난 후지코는 다시 눈물을 훔쳤다.

노부오도 자신의 눈물을 닦았다.

"저는요. 언제나 주님 뜻대로 해 달라고 기도했어요. 하지만 그대로 된다는 것은 몹시 괴로운 일이네요."

조금 지나고 나서 후지코는 말했다.

"그렇지만 후지코 씨, 영영 이별하는 건 아닙니다. 일요일마다 문병하러 올라올 거니까요. 그렇게 괴로워하지 마세요."

"고마운 말씀입니다만 그러다가 나가노 씨는 저를 잊어버리게 되겠지요. 그래도 그건 나가노 씨를 위해 좋은 일일지도 모릅니다."

"후지코 씨, 무슨 심한 말씀을……. 저는 저의 속마음을 입 밖에 낸 적은 없지만 당신은 알아주리라 생각했어요."

"……그래도…… 나가노 씨는 건강하시니까요."

"마침 좋은 기회 같으니 분명히 말씀드릴게요. 후지코 씨. 실은 삿포로에 와서 혼담이 있었어요. 상사의 딸입니다. 그러나 저는 거절했습니다. 제게는 후지코라는 분이 계시기 때문입니다."

후지코는 놀라서 노부오를 보았다.

"당신은 반드시 나아서 저와 결혼하게 됩니다. 아무리 오래 걸려도 반드시 나으셔야 됩니다. 만약 낫지 않는다 해도 저는 평생 다른 사람과는 결혼하지 않겠습니다."

노부오는 처음으로 자신의 생각을 후지코에게 고백할 수 있었다. 진실로 이 가련한 후지코 말고 누구와도 결혼하지 않으리라 새삼 마음속으로 다짐했다.

"어머, 그런…… 과분한……."

"과분하다니요? 저야말로 당신처럼 아름다운 마음을 지닌 분과 이렇게 있을 수 있다는 게 얼마나 과분한지 모릅니다."

노부오는 자세를 바로 하며 말했다.

"후지코 씨, 저와 평생을 같이해 주시겠습니까?"

후지코의 눈에서 다시 눈물이 넘쳐났다. 후지코는 머리를 세차게 흔들었다.

"안 됩니다. 나가노 씨는 건강한 분과 결혼하세요. 저를 불쌍히 여겨서는 안 됩니다."

노부오는 후지코 옆으로 다가갔다. 손수건으로 후지코의 눈물을 닦으면서 노부오는 말했다.

"후지코 씨, 인간에게 가장 중요한 것은 몸이라고 말하기도 하지만 저는 그렇게 생각지 않습니다. 제게는 몸보다 마음이 중요합니다."

"고마워요……. 하지만……."

"무슨 일이 있어도 말입니다. 인간이 인간다움을 알 수 있는 증거는 그 인격에 있는 법입니다. 손이나 눈이 없거나 말을 할 수 없어도 인간에게 가장 소중한 마음만 훌륭하면 그 사람을 훌륭한 인간이라고 말할 수 있지 않겠습니까? 병을 앓고 있다 해서 결코 스스로 비하해서는 안 돼요. 당신에게는 누구도 흉내 낼 수 없는 고운 마음씨와 순수함이 있으니까요."

노부오는 진지하게 말했다.

"나가노 씨. 그렇게 말씀해 주셔서 기뻐요. 하지만……."

"왜 그러세요, 또 '하지만'입니까? 더 이상 그런 말 하지 마세요."

"하지만……."

그때 노부오는 후지코의 축축한 입술을 완전히 덮을 듯이 자신의 입술을 겹쳤다. 후지코는 필사적으로 노부오의 가슴을 양손으로 밀어내려 했다.

이윽고 노부오가 얼굴을 떼었다. 새파래진 후지코의 얼굴이 조금씩 흔들리고 가슴은 심하게 헐떡이고 있었다.

"후지코 씨."

노부오는 후지코를 가만히 불렀다. 후지코는 양손으로 얼굴을 덮은 채 말했다.

"나가노 씨, 저는…… 폐병 환자예요. 만약 당신에게 옮기면……."

후지코는 입맞춤을 받은 기쁨보다도 노부오의 몸을 걱정했다.

"걱정 마세요. 당신의 아픈 가슴은 거의 낫고 있을 거니까요. 만약 옮길 만큼 증세가 심하다면 요시카와와 저는 벌써 걸렸겠지요. 후지코 씨."

노부오는 미소를 지었다.

어느새 방은 어두컴컴해졌다. 노부오는 침대가의 램프를 켰다. 램프가 '치잇' 소리를 내고 불꽃이 조금 흔들렸다. 두 사람은 말없이 얼굴을 마주 보았다. 유리창이 바람에 덜커덩 소리를 냈다.

"일 년이네요."

"아, 제가 삿포로에 오고 나서요?"

"네, 1년하고 2개월이에요."

후지코는 뭔가를 생각하는 듯했다.

"그래서요?"

"아니요, 겨우 1년 2개월이라 해도 왠지 제가 지내 온 십몇 년 동안 즐거웠던 걸 합쳐도 이 즐거움에는 비교할 수 없다는 생각이 들었어요."

후지코는 생긋 웃었다.

이웃

노부오가 아사히카와에 오고 나서 열흘쯤 지났다. 삿포로를 축소한 곳
이라고 들어왔는데 확실히 바둑판의 눈금같이 쭉 뻗은 도로는 널찍널찍
해서 기분이 상쾌했다. 삿포로보다 작기는 해도 군부대가 있어서인지 활
기가 느껴졌다.

무엇보다도 9월의 하늘 멀리 또렷이 우뚝 솟은 다이세쓰산과 도카치다
케의 이어진 봉우리들을 바라보는 게 즐거움을 주었다. 산 위에는 이미
눈이 쌓여 있고 그 하얀 산의 모습은 노부오의 아사히카와에서의 생활을
암시하는 것 같았다. 막힘이 없고 웅장하다는 생각이 들었다.

노부오가 빌린 집은 삿포로와 마찬가지로 역 근처에 있었다. 평범하기
짝이 없는 세 칸짜리 단층집이었다. 그럼에도 집 앞 큰 길 한가운데에 우
뚝 서 있는 커다란 느릅나무가 노부오의 마음을 사로잡았다.

저녁에 부엌에서 식사 준비를 하고 있으면 그 나무 아래에서 노는 아이
들의 목소리가 어두워질 때까지 들렸다. 노부오는 아사히카와에서 자취
생활을 하기로 했다. 언젠가 후지코와 결혼해도 취사는 노부오 자신이 해
주어야 한다는 마음에서 비롯된 결심이었다.

어느 날 밤, 설거지를 하고 있을 때 미호리 미네키치가 술에 취해 찾아왔다.

"야아, 잘 왔네."

노부오는 미호리를 기쁘게 맞았다. 그러나 미호리는 꽤 술기운이 올라서 눈이 풀려 있었다.

"들어가도 되겠나?"

"물론이지. 나 혼자네. 신경 쓰지 말게."

미호리는 거실로 오를 때 문턱에 걸려 비틀거렸다.

"어지간히 취했구먼, 미호리."

미호리는 화로 옆에 털썩 책상다리를 하고 앉았다.

"취하고 말고는 내 맘이네. 내 돈으로 내가 마셨다고. 훔친 돈이 아니야, 나가노."

무심코 노부오는 미호리를 보았다.

"나가노. 오늘 내가 왜 술을 마셨는지 알겠나?"

"글쎄, 모르겠는걸?"

"뭐 모른다고? 모를 리가 없을 텐데."

미호리 미네키치는 화로에 꽂혀 있는 불쏘시개를 힘껏 빼냈다.

"미호리, 자네 오늘 왜 그러나?"

노부오는 화로에서 조금 떨어져 앉아 있었다.

"왜 그러긴? 그저 묻고 있을 뿐이야. 내가 왜 술을 마시는지를."

"답답하군. 나는 전혀 모르겠네."

아사히카와역에 내렸을 때 마중 나온 미호리의 얼굴을 노부오는 생각했다.

"기분이 몹시 좋은가 보군."

같이 마중 나온 와쿠라 레이노스케가 미호리의 어깨를 두드리며 놀렸을 정도로 미호리는 그때 기분 좋은 표정을 짓고 있었다. 그랬던 미호리가 지금은 책상다리를 한 채 양손은 무르팍에 떡하니 올려놓고는 어깨를 으쓱거리며 위압적인 태도를 보이고 있다.

"나는 말이야, 불쾌하네."

"불쾌하다니? 무슨 일이 일어났나?"

"아, 당연하지, 나가노, 자네 말이야. 아사히카와에 왜 왔나?"

"왜 오다니? 내가 여기에 와서 자네가 불쾌하다는 건가?"

"당연하지 않은가? 아사히카와에는 와쿠라 오야붕 말고는 아무도 나의 잘못된 과거를 몰라. 그런 곳에 당신이 온 거다."

노부오는 미호리의 속내를 알 것 같았다.

"나가노, 자네 말이야, 아사히카와 구석까지 온 건 내 생활을 감시할 계획이었겠지?"

"감시라니 무슨 그런……."

"아니야, 맞아. 그런 게 틀림없어. 내가 또 다른 사람의 봉급 봉투를 슬쩍 훔치지 않을까 하고 지켜볼 속셈인 거야. 나를 바보 취급하는 짓거리라고. 자네가 지켜보지 않아도 더 이상 남의 봉급 같은 데에 손대지 않아."

바보 취급을 한다는 미호리의 말에 노부오는 가슴이 철렁 내려앉았다.

"너무 터무니없는 말을 하면 안 되지, 미호리."

"터무니없다고? 그래 그렇겠지. 내 말이나 행동 모두 어차피 자네에게는 터무니없어 보이겠지. 나가노, 자네의 본심을 나는 알고 있어. 암 알고 말고. 자네는 말이야, 저 오야붕 앞에서 이렇게 말했어. 이 불쌍한 미호리 미네키치가 또 한 번 나쁜 짓을 하는 날에는 나도 같이 회사를 그만두겠다며 아무쪼록 제발 용서해 달라고 말이야. 대단하시네요, 나가노 선생. 하지만 말이야. 당신은 이 미호리라는 놈이 나쁜 짓이라도 하면 자신이 잘릴까 봐 자리보전하려고 나를 여기까지 지켜보러 왔을 거야. 그게 당신 본심이지 않나?"

미호리의 말투는 점점 이상해져 갔다.

"왜 그러나? 내가 여기에 온 건 발령이 났기 때문이야. 발령이 났으니 어쩔 수가 없지 않은가?"

"흠, 발령이라고? 발령 같은 건 와쿠라 오야붕에게 부탁하면 얼마든지 날 수 있지 않나? 나를 아사히카와로 날려 버린 것도 자네의 조종 때문이 아니었나?"

미호리는 해고될 뻔한 자신이 복직되게 도와준 사실 따위는 벌써 잊어 버린 것 같은 말투였다.

"미호리, 자네가 하고 싶은 말은 그뿐인가?"

노부오는 미호리의 이웃이자 진정한 친구가 되려고 후지코가 있는 삿포로를 떠나 이 아사히카와까지 온 자신을 생각했다. 그의 진정한 친구가 되고 철저히 그를 위하려는 선택이 잘난 체하려고 한 행동 같아서 노부오는 마음이 무거워졌다. 성경 말씀대로 진심으로 미호리의 친구가 되려고 했다. 한편 노부오는 후지코의 옆을 지키고 싶은 마음도 간절했다. 미호리보다 후지코가 자신을 더 필요로 할 것 같아 갈피를 잡을 수 없었다. 그러나 노부오는 성경 말씀대로 실천해 보고 싶었다. 현재 자신의 생활에서 가장 소중한 존재는 후지코였다. 그토록 소중한 후지코를 두고 아사히카와까지 온 것은 바로 미호리에 대한 진실된 마음이라고 생각했다. 하지만 그 진심이 미호리에게는 전혀 통하지 않았다.

"아무렴, 하고 싶은 말은 아주 많지. 노부오, 아사히카와까지 와서 내 악담을 퍼뜨릴 속셈이었나?"

"그런데, 미호리, 자네는 아까부터 내가 조종해서 아사히카와까지 쫓겨져 버렸으니 어떠니 말하지만 나는 말이네, 자네의 진정한 친구가 될 마음이었네. 자네에 대한 험담 따위 말할 이유가 없네."

"친구? 웃기는군. 자네는 '저 미호리란 녀석은 삿포로에서 동료의 봉급을 훔친 손버릇 나쁜 놈'이라는 식으로 언제라도 말을 꺼낼 위험한 자야. 친구는 무슨 친구, 그런 소리 말게."

미호리는 노부오의 말에는 귀 기울이지 않았다.

"미호리!"

노부오는 더 이상 참지 못하고 갑자기 엄숙한 표정을 지었다.

"미호리, 싱거운 억측은 그만두게. 그리고 술 같은 건 끊어 버리고. 술을 마시고 남에게 시비를 걸어 보았자 소용없지 않은가? 술만 마시지 않으면 자네는 좋은 사람이야."

"오! 본심을 말하는군. 내가 술을 마시고 또 큰 실수라도 저지르면 그야말로 큰일 났다고 벌벌 떨겠지. 하지만 말이네, 나가노, 나는 마실 거야. 암 마시고말고. 이 추운 아사히카와까지 튕겨 왔는데 안마시고 배길 수 있다고 생각하는가?"

미네키치는 비틀거리며 일어섰다.

"나가노, 한마디 더 해 두겠네. 자네가 나에게 은혜를 베풀 셈이었는지 모르겠지만 나는 은혜 같은 거 받고 싶지 않아."

문턱에 앉아 신발을 찾는 미호리에게 노부오는 램프를 내밀었다. 미호리는 많이 닳은 게다를 아무렇게나 신고는 쿵 하고 문에 부딪힌 다음 탁 소리를 내며 열고 나갔다.

"아 참, 하나 잊은 게 있었네. 나가노, 혹시 저 와쿠라 오야붕의 딸한테 마음이 있는 건 아닌가? 아, 실례 많았네."

미호리는 큰 소리로 웃고 나서 문을 조금 열어 놓은 채 사라져 갔다.

활짝 갠 10월의 일요일 아침이었다. 노부오는 가까이에 교회가 있다는 말을 듣고 큰맘 먹고 찾아가 보았다. 삿포로에 있을 때에도 교회에는 한두 번 찾아간 적이 있다. 삿포로의 교회에서는 같은 신자끼리는 서로 사이가 좋았지만 외부인에게는 어딘가 냉담한 것 같았다. 노부오 자신이 교회에 익숙하지 않기 때문에 그런 느낌을 가졌을지도 모른다.

알려 준 대로 찾아간 교회는 말이 교회이지 사찰 뒤에 있는 건물을 빌려 이를 목사관 겸 예배실로 보수한 곳이었다. 폭 좁은 바둑판무늬 유리창이 생소했다. 노부오가 교회 안에 들어가 보니 아이들이 20~30명쯤 모여 찬송가를 부르고 있었다. 아이들은 노부오를 생소한 듯 바라보았다. 노부오 역시 찬송가를 부르는 아이들이 신기했다. 찬송이 끝나자 전통 정장 차림으로 찬송가를 가르치던 머리를 짧게 기른 청년이 노부오에게 다가왔다. 아이들도 노부오 옆으로 왔다.

"선생님, 이번에 저희들 선생님이 되시는 거예요?"

건강해 보이는 사내아이가 노부오에게 물었다.

"아니, 나는 아직……. 이 교회에 처음 와서."

"처음이라도 괜찮아요. 저희들 선생님이 되어 주세요. 선생님 이름이 뭐예요?"

노부오는 자기와 동년배로 보이는 주일학교의 교사와 인사를 했다.

"저는 나가노 노부오라고 합니다. 200미터쯤 떨어진 곳에 사는 철도원입니다."

"나가노 선생님, 나가노 선생님."

아이들은 졸지에 노부오를 자기들의 선생님으로 결정해 버렸다. 나중에 발간된 그 교회의 교회사에,

> "강단에서 설교를 하실 때는 매우 열정적이었으며 평소 창백하던 얼굴색은 상기되었다. 그리 크지 않고 여윈 몸집임에도 하시는 말씀은 하늘에서 내려오는 음성처럼 울려 퍼졌다. 강단에서 내려가시면 어느새 부드럽고 온화한 모습으로 돌아오시니 모두들 깊이 존경하고 사모하지 않을 수 없었다."

라고 쓰여 있었는데 그 온화한 얼굴이 순진한 아이들의 마음을 한눈에 끌어당긴 게 아니었을까?

교회에 한 걸음 들어갔을 뿐인데 바로 주일학교 교사 취급을 받은 사람은 나가노 노부오 말고 아무도 없었을 것이다.

이렇게 해서 노부오는 아이들의 바람대로 교회 주일학교의 교사가 되었다. 이미 세례를 받기로 결심했기 때문에 교회 측도 노부오를 신자와 마찬가지로 인정해 주었다.

이 교회 생활 덕분에 노부오는 아사히카와에서 충실한 나날을 지낼 수 있었다. 직장에서 미호리 미네키치가 비굴할 정도로 노부오의 얼굴을 살피는 모습이 그의 마음을 침울하게 했지만 노부오는 결코 미호리를 책망

할 마음은 생기지 않았다. 취해서 시비를 걸며 미호리가 한 말은 노부오를 겸손하게 했다. 처음엔 화가 나고 미웠어도 자신이 결코 성경 말씀을 온전히 실행할 수 있는 인간은 아님을 알았을 때 오히려 미호리의 말이 고마울 정도였다.

미호리를 구하려는 마음속에 자신의 우쭐함이 있었음을 노부오는 인정하지 않을 수 없었다. 그리고 할 수 있는 한 미호리의 진정한 친구로 지내고자 마음먹었다.

노부오의 세례 및 신앙고백 의식은 그해 크리스마스에 열리게 되었다. 크리스마스 예배 전날 밤 노부오가 램프 옆에서 신앙 고백문을 집중하여 조목조목 써 내려갈 때 미호리 미네키치가 또 찾아왔다. 미호리는 그날도 여전히 얼큰하게 취했다.

"뭐야, 연애편지라도 쓰고 있나? 나가노 씨."

벼룻집과 종이를 보고 미호리는 비웃었다.

"연애편지? 글쎄, 그런지도 모르지."

노부오도 웃었다. 램프의 불빛을 받아 웃는 노부오의 그림자가 칸막이에 크게 비쳤다.

"그럴 거라 생각했지. 상대는 누군가? 와쿠라의 딸이겠지."

미호리는 와쿠라의 딸이 꽤나 신경이 쓰였던 모양이다.

"아니, 그 사람은 아니네."

"그럼 누구에게?"

"카미사마神様(하나님)네."

"카미상上さん(상인이나 신분이 낮은 사람의 아내)이라니? 어디에 사는 카미상인가? 남의 카미상을 건드리면 경찰에게 끌려가게 돼. 죄로 치면 남의 봉

급에 손을 대는 것보다 훨씬 무겁지."

미호리는 카미사마를 카미상으로 잘못 알아들었던 것이다,

노부오는 아무런 대꾸 없이 완성한 신앙 고백문을 미호리에게 내밀었다.

"읽어도 되나?"

미호리는 약간 비틀거렸다.

"괜찮네. 기꺼이 읽겠다면."

"그럼 구경 좀 할까? 남의 카미상에게 어떤 연애편지를 썼단 말인가? 이
야깃거리가 되겠군."

미네키치는 두루마리를 펼쳤다.

"뭐라 뭐라? 삼가 하나님과 여러분 앞에 신앙고백을 드립니다. 뭐지 이
건? 묘한 연애편지로군."

내팽개칠 줄 생각했는데 미호리는 그대로 두루마리를 펼쳐 갔다.

"삼가 하나님과 여러분 앞에 신앙고백을 드립니다. 저의 어머니는
기독교 신자라는 이유로 할머니께서 집을 나가게 하셨습니다. 할머
니는 기독교를 너무나 싫어하셔서 저는 그 영향을 많이 받고 자랐
습니다. 할머니가 돌아가시고 나서 어머니는 다시 아버지와 살게
되었습니다만 저는 아무리 노력해도 기독교 신자인 어머니와 친숙
해질 수 없었습니다. 저는 친아들인 저를 버리면서까지 신앙을 지
키려 한 어머니를 용서할 수 없었던 것입니다. 그러나 할머니와 아
버지의 갑작스러운 죽음을 경험하면서 죽음에 대해 생각하게 되고
점차 죄라는 문제도 생각하게 되었습니다. 특히 소년 시절부터 청
년 시절에 느꼈던 육체적인 고뇌에 저 자신이 죄 많은 존재라고 생

각되어 견딜 수 없는 적도 있었습니다.

한편 저는 제가 남보다 성실한 인간이라는 자부심을 버릴 수가 없었습니다. 그런데 도쿄에서 삿포로로 온 해의 겨울에 마침 추운 거리에서 노방전도를 하고 있던 이키라는 분의 말씀을 들은 적이 있습니다. 그때 큰 감동을 받은 저는 기독교 신자가 되어도 좋겠다는 생각이 들었습니다. 불교 문제도 이미 저 나름대로 해결을 했고, 기독교 신자가 됨에 저항감을 느끼지 않게 되었습니다. 그런데 그때 그분은 당신의 죄가 예수 그리스도를 십자가에 매단 것임을 인정할 수 있냐고 물었습니다. 그러나 저는 예수 그리스도를 십자가에 매달았던 만큼의 죄는 없다고 생각했습니다. 저는 지극히 성실한 인간이라는 자부심을 갖고 있었기 때문입니다. 그 질문을 하고 나서 그 분은 제게 다만 한 구절일지라도 성경 말씀을 철저히 실천해 보라고 말했습니다. 저는 선한 사마리아인이 나오는 성경구절을 읽고 저라면 그렇게 몰인정한 짓을 하지 않고, 그 사마리아인과 똑같은 사람이 될 수 있지 않을까 하는 자만에 빠졌습니다. 그러고 나서 한 친구를 위해 문자 그대로 철저하게 진정한 이웃이 되겠다고 마음먹었습니다.

저는 그의 이웃이 되기 위해 여러 면에서 손해가 될 것을 충분히 알면서도 그 친구가 있는 아사히카와로 왔습니다. 그리고 제가 그를 진심으로 사랑하고 진실한 친구가 되면 당연히 상대도 기뻐하리라고 생각했습니다. 그러나 그는 저를 받아들여 주지 않았습니다. 저는 그를 매우 미워했습니다. 그 사마리아인처럼 산길에 쓰러져 있는, 살았을지 죽었을지 모를 병자를 열심히 간호하고 있는데도 왜 제가 비난을 받는지 이해할 수가 없었습니다. 저는 그를 구하려 했습니다만 그는 저의 손을 거칠게 뿌리쳤습니다. 그가 뿌리칠 때마다 저는 그를 미워하고 마음속으로 욕했습니다. 급기야 저의 마음은 그에 대한 미움으로 가득 차 버렸습니다. 그리고 나서야 저는 깨달았습니다.

저는 맨 처음부터 그를 얕보았음을 깨달은 것입니다. 날이면 날마다 마음이 불편해 저는 하나님께 기도했습니다. 그때에 저는 하나님의 음성을 들었습니다. '너야말로 산길에 쓰러져 있는 중상을 입은 병자이다. 너는 나의 도움을 구하며 계속 외치고 있는 게 그 증거다.'라고요. 저야말로 진정으로 도움을 받아야만 하는 죄인이었던 것입니다. 그 선한 사마리아인은 바로 하나님의 독생자 예수 그리스도였음을 깨달았습니다.

그럼에도 저는 교만하게도 하나님의 아들의 자리에 저를 놓고 친구를 얕보았던 것입니다. 하나님을 인정하지 않는다는 일이 얼마나 큰 죄인지를 저는 체험했습니다. 저의 이 교만한 죄가 예수님을 십자가에 매단 것임을 알았습니다. 이제 저는 십자가의 대속을 믿습니다. 부활하심을 믿습니다. 또 약속하신 영원한 생명을 믿습니다. 이 몸을 하나님께 드려 진정한 의미에서 하나님의 종이 되고 싶습니다.

이것으로 저의 신앙고백을 마치고자 합니다.

예수 그리스도의 이름으로, 아멘."

아무 말 없이 열심히 끝까지 다 읽고 난 미호리 미네키치는 잠자코 두루

마리를 둘둘 감았는데,

"'아멘'이라고?"

이렇게 말하고 노부오 앞에 그 신앙 고백문을 툭 놓았다.

"별거 아닌 걸 읽었네. 술만 깼지 않은가?"

이렇게 말한 미네키치는 난로 옆에 계속 앉아 있었다. 노부오는 마음속으로 제발 이 친구가 하나님의 진실한 사랑을 알게 되기를 기도했다.

"미호리, 내가 무척 건방졌었네. 분수도 모르고 어떻게든 자네의 마음가짐을 바꾸어 보고 싶다고도 생각했었어. 자네는 처음 이 집에 왔을 때 깔보지 말라는 식으로 화를 냈었지. 그때 나는 깔보려는 의도는 없었다고 생각했지만, 다시 생각해 보니 역시 자네를 얕본 게 맞아. 부디 용서해 주지 않겠나?"

노부오는 고개를 깊이 숙였다. 난로에서 장작 타는 소리만 들리고 미호리는 잠자코 앉아 있었다.

노부오가 세례를 받고 두 달쯤 지난 어느 날 밤이었다. 3월이 다가온 푸근한 밤이다. 밤이 됐는데도 아직 처마에서 녹은 눈이 떨어지는 소리가 나고 있다. 노부오는 난로 옆에서 회사의 규정집을 읽고 있었다. 현관문이 덜커덕 소리를 냈다. 미호리가 또 왔나 싶어 나가 보니 뜻밖에 와쿠라 레이노스케의 큼직한 몸집이 좁은 현관을 가로막고 있었다.

"아담하고 좋은 집이로군."

와쿠라는 책상 말고는 아무런 가재도구도 없는 방을 기웃기웃 둘러보았다.

"정말 곤란한 일이 생겼네, 나가노 군."

와쿠라는 내온 차를 한입 꿀꺽 마시고 나서 말했다.

"네?"

노부오는 와쿠라가 갑자기 찾아와서 또 뭔가 난처한 이야기라도 하려는가 보다 하는 예감이 들었다.

"램프가 밝군. 자네는 꼼꼼해서 손질을 잘하는가 보네."

램프를 올려보고 와쿠라는 딴소리를 했다.

"실은 말이네, 미사에 대한 일인데……."

와쿠라는 엿보는 듯 노부오의 얼굴을 보았다. 미사에 대한 일이라면 오래 전에 거절한지라 노부오는 미간을 약간 찌푸렸다.

"아닐세. 더 이상 자네에게 받아 달라는 말은 하지 않겠네."

노부오의 표정을 보고 와쿠라는 웃었다.

"실은 미사의 상대가 정해졌네."

"그런 일이 있었습니까? 축하드립니다."

얼핏 미사의 포동포동한 몸이 얼핏 떠오르는가 하면 마음속으로 물건을 잃어버린 느낌이 들었다.

"아니, 축하받을 만한 게……. 실은 상대가 미호리란 녀석이네."

노부오는 바로 대꾸를 할 수 없었다.

"놀라셨겠네요."

"놀랐지."

노부오는 솔직하게 말했다.

"남녀는 의외로 쉽게 맺어진다는 말도 있지만 나도 몰랐네. 실은 말이네, 삿포로에서 아사히카와로 왔을 때 미호리를 한 달쯤 우리 집에 있게 했거든."

그 사연은 노부오도 들었다. 미호리는 어머니의 신경통 탓인지 우선 혼자 부임했다고 들었다. 하지만 어머니가 오기 전까지만 와쿠라의 집에 있었을 거라고 노부오는 생각했다.

"한 달이나요?"

"딸 바보란 말은 나를 두고 하는 것이겠지. 미사는 세간의 처녀보다 똑똑한 아이라고 생각했으니. 설마 미호리 같은 녀석에게 반할 줄은 생각도 못 했네."

와쿠라는 미호리가 삿포로에서 저지른 일의 상세한 내용은 아내는 물론 미사에게도 말하지 않았다. 미호리가 아침 일찍 노부오와 같이 온 건 다들 알고 있었다. 그러나 무슨 일로 왔는지는 알 리가 없었다. 그저 와쿠라의 기분을 상하게 한 정도로만 생각했었다.

"미사는 말이네. 자기 어머니처럼 남자의 그늘에서 쥐 죽은 듯 살아가는 스타일이 아니야. 미호리가 어쩐지 황송해하며 쓸쓸히 내 집에서 같이 지내는 모습이 불쌍해 보였는지 필요 이상으로 미호리에게 친절했던 거야. 미호리가 그걸 착각해서 받아들였는지, 미사는 미사대로 그 착각이 기뻤는지, 저간의 사정은 알 수 없네."

"그런 사정이 있었습니까?"

"생각해 보면 젊은이들끼리 같은 지붕 아래에서 한 달이나 있으면 왠지 묘한 기분이 되는 것도 무리는 아니지. 그걸 눈치 못 챈 내가 멍청했다고 해야겠지. 그 후로도 가끔 남의 눈을 피해 만난 것 같아. 아무래도 아기가 태어나겠고."

평소엔 호탕한 와쿠라 역시 맥을 못 추는 모양이었다. 노부오는 잠자코 듣는 거 말고는 방법이 없었다. 뜻밖의 일이 일어났다고 말할 수도, 그렇다고 해서 새삼스레 축하한다고 말할 수도 없었다. 이제 와서 보니 미호리가 취해서 자기에게 시비를 건 마음이 이해가 되었다. 자신의 전근은 미호리로서는 결코 유쾌한 일은 아니었음에 틀림없다. 와쿠라가 총애하는 사실만으로도 미호리는 미사를 빼앗기는 게 아닐까 생각했을 것이다.

"미호리도 결혼하면 안정을 찾게 되지 않겠습니까? 근본이 나쁜 사람은 아니니까요……."

노부오는 진심으로 이렇게 생각했다. 더 이상 남에게 시비를 거는 일도 없을 것 같았다. 아이가 태어나면 자식을 끔찍이 아끼는 다정한 아버지가 될 것 같은 느낌도 들었다.

"뭐 그럴지도 모르지. 그 녀석은 졸장부라서. 엄청나게 나쁜 짓은 저지르지 못할 거야."

와쿠라는 자신의 무릎을 손으로 가볍게 두드리며 말했다.

"나가노 군, 자네 같은 사내가 미사를 맞이하기를 바랐었네. 자네와 미호리는 차이가 너무 많아."

와쿠라는 미련이 남은 듯 웃었다. 노부오는 얼굴을 들고 말했다.

"그렇지 않습니다. 저는 인간은 모두 같다고 교회에서 들었습니다. 부디 저를 뭔가 뛰어난 자처럼 생각하지 말아 주십시오. 하나님의 눈에서 보면 미호리 군이 축복받고 있는지도 모릅니다."

노부오는 진지하게 말했다. 미호리는 자기 자신이 노부오보다 열등하다는 생각에 빠져 그렇게 시비를 걸었음이 틀림없다. 그리고 자신도 깨닫지 못하는 사이에 그런 미호리보다 뛰어나다는 생각을 갖게 된 게 아닌가 하는 생각에 노부오는 부끄러움을 느꼈다. 와쿠라는 좀 놀란 듯 노부오를 쳐다보았는데,

"아니, 아니야. 자네와 미호리는 하늘과 땅 차이야."

라며 커다란 손을 흔들었다. 노부오는 당황하여,

"아닙니다, 그렇지 않습니다. 성경에는 그렇게 쓰여 있지 않습니다. 〈의인은 없나니 하나도 없다.〉라고 분명히 쓰여 있으니까요."

"아니, 성경인지 뭔지에 뭐라고 써 놓았건 내 눈은 틀림없네. 아니, 나쁜이 아니야. 누가 보든 뛰어난 자는 뛰어나고, 바보 같은 자는 바보야."

와쿠라가 전병을 쪼개는 소리가 크게 났다.

"그렇게 말씀하시면 어쩔 수 없겠지만……."

"그럼 묻겠네. 나하고 미호리도 같다는 얘기인가? 농담이 아니라 나는 미호리보다는 조금은 지혜로운 편이라고."

와쿠라는 전병을 아삭아삭 씹었다.

"주임님도 성경을 한번 읽어 보시겠습니까? 인간의 눈으로 인간을 보면 한쪽은 뛰어나고, 다른 쪽은 바보로 보이겠지만 하나님 앞에 자신이 세워진다면 얘기는 또 달라집니다. 분명 인간은 하나님 앞에서 자기가 뛰어난 인물이라고 뽐낼 수는 없을 겁니다."

노부오는 진지하게 말했다.

"글쎄……, 나는 바람을 피웠어도 고작 다섯 번쯤밖에 안 돼. 이 메이지 시대에 성인 남자가 계집질 좀 했다고 해서 딱히 나쁜 게 아닐 거고, 남의 물건을 훔쳤을 리 없고 사람을 죽인 일도 더더욱 없지. 나라면 염라대왕 앞에서건 하나님 앞에서건 그다지 부끄러운 일은 없으니까 말이네."

와쿠라는 이렇게 말하고 크게 웃었다. 그러고 나서 잠시 회사 이야기 따위를 하고는 바로 돌아갔다. 돌아갈 때에 장화를 신으며 와쿠라는 말했다.

"나가노 군, 바보 같은 녀석이지만 미호리를 보살펴 주지 않겠나? 그렇지, 그 녀석에게 아까 자네가 말한 야소 이야기도 해 주게. 내게는 그리 필요하지 않은 이야기지만."

와쿠라는 큼지막한 손을 내밀고 노부오의 손을 굳게 잡았다.

미호리와 미사는 결혼하고 지난달 7월에 귀여운 여자아이가 태어났다. 미호리는 많이 마시던 술도 끊고 부지런해졌다. 부부 사이도 좋아 보여 걱정할 일은 거의 없었다.

노부오는 주일학교의 교사가 되었기 때문에 좀체 삿포로에 있는 후지코를 문병할 수가 없었다. 처음엔 한 주에 한 번은 문병할 계획이었는데 그 계획이 완전히 망가져 버렸다. 오히려 요시카와가 이따금 아사히카와로 찾아오게 되었다.

오늘도 주일학교에서 노부오는 학생들에게 예수의 사역에 대해 가르치고 있었다. 그러는 중에 뜻밖에 요시카와가 느릿느릿 들어왔다. 노부오는 눈짓으로 끄덕이고 그대로 이야기를 계속했다. 그런데, 요시카와의 뒤에서 또 한 사내가 들어왔다.

"아! 다카시 형님!"

노부오는 무심결에 큰 소리를 냈다. 30~40명의 학생들이 일제히 뒤를 보았다. 노부오는 당황하여 이야기를 계속했다. 학생들은 곧바로 다시 노부오의 이야기에 빠져들었다.

"예수님은 파도 위를 걸으셨습니다. 조용히 제자들 쪽으로 손을 내밀면서 걸으셨습니다."

아이들은 모두 고개를 끄덕였다. 대수롭지 않아 보여도 노부오의 말에는 학생들을 끌어들이는 정열이 있었다. 아이들의 눈은 어두운 파도 사이를 걷는 예수를 바라보고 있는 듯이 진지했다.

주일학교가 끝나자 학생들은 '와' 하며 노부오를 둘러쌌다. 노부오의 손을 만지거나 어깨에 대기도 하고는 흡족한 표정을 지으며 돌아갔다.

"도련님, 제법 어른이 다 되었군."

다카시는 여전히 목소리가 컸다.

"다카시 형님, 이런 곳까지 오시다니. 요시카와, 어떻게 다카시 형님하고……."

"도쿄에 계신 어머니가 삿포로에 가면 나 있는 곳에 들르시라며 선물도 같이 준비해 주셨네."

"그랬군, 그래서 여기까지 일부러 안내해 준 것인가? 미안하네."

노부오는 두 사람에게 기왕 교회에 왔으니 이어서 있을 어른 예배에도 참석하도록 권유했다.

"대단한 친구야. 영문도 모를 이야기를 듣게 하니 말이야."

돌아가는 길에 다카시는 그럼에도 유쾌한 듯 말했다.

"네 어머니에게 좋은 선물이 될 이야기뿐이군. 굳이 아사히카와 구석까지 가서 야소 설교를 듣고 왔다고 하면 감격한 나머지 눈물을 흘리실 거고, 게다가 도련님이 진지한 표정으로 야소 이야기를 했다고 하면 얼마나 기뻐하실까?"

노부오와 요시카와는 한꺼번에 웃었다. 아사히카와의 8월 햇살이 뜨거웠다.

돌아올 때 주문하여 배달된 메밀국수를 셋이서 먹고 나서 노부오는 다카시가 전하는 소식을 들었다. 마치코의 아이가 자라서 그 집의 뜰을 뛰어다니고, 남편인 기시모토가 어머니 기쿠를 잘 모신다는 얘기, 기쿠가 노부오를 만나고 싶어 한다는 얘기 등 다카시는 떠들썩하게 말해 주었다.

노부오는 갑자기 다카시와 같이 도쿄에 가 볼까 하는 생각이 들었다.

"다카시 형님, 저도 한 번 가 보고 싶네요."

노부오의 말에 다카시는 히쭉 웃었다.

"한 번 가 보고 싶다는 식이면 내가 여기 온 보람이 없지. 도련님도 2년이나 홋카이도에 있었으면 그만 되지 않았나? 슬슬 돌아가자고."

그 즈음, 도쿄 출장이 잦다는 다카시는 때때로 오사카 사투리와 도쿄 사투리를 섞어서 사용했다.

"이번에도 말이야, 뭐 일도 일이지만 너를 도쿄로 데리고 돌아가려 마음 먹고 삿포로가 장사가 될지 알아보러 간다는 구실로 온 거야."

노부오는 요시카와의 얼굴을 보았다. 요시카와는 끼어들지 않고 싱글 벙글 웃으며 두 사람의 대화를 듣고 있었다.

"다카시 형님, 모처럼 오셨습니다만 저는 좀 더 홋카이도에 있을 계획입니다."

노부오는 단호하게 말했다. 후지코에 대한 얘기는 세례받은 사실을 알리면서 상세하게 써서 보냈다. 어머니 기쿠도 두 사람을 위해 기도한다고 여러 번 소식을 보내오셨다. 그 사연을 다카시는 왜 모르는지 노부오는 조금 불안해졌다.

"무슨 말이냐? 노부오, 너는 장남이야. 한 가문의 장남이라는 자가 스무네댓 살이 됐는데 결혼도 하지 않고."

"저, 4~5년 더 기다려 주세요."

노부오는 공손하게 말했다.

"뭐? 너 이 시골이 어디가 좋아서 앞으로도 4~5년 더 있을 작정이냐? 정

여기가 좋다면 도쿄에서 좋은 신붓감을 데려올까?"

노부오는 다시 요시카와를 보았다. 요시카와는 못 들은 체하는 표정을 짓고, 두터운 손으로 하얀 만쥬밀가루, 쌀 등의 반죽에 단팥, 고구마, 밤 등 앙금을 넣어 만든 과자를 먹고 있었다.

"다카시 형님, 저는 결혼할 사람을 정해 놓았습니다."

노부오는 자세를 바로잡았다.

"덥다, 더워. 아사히카와란 데는 묘한 곳이야. 금년 정월에는 영하 41도 까지 내려간 깜짝 놀랄 만큼 추운 데라고 들었는데……. 여름에도 얼마나 추울까 잔뜩 겁먹고 왔어. 오늘 같으면 도쿄하고 그리 차이가 없잖아?"

다카시는 두터운 목에 흐르는 땀을 손수건으로 닦았다.

"다카시 형님, 저는 결혼할 사람을 정해 놓았습니다."

못 들은 척 하지 못하게끔 노부오는 반복해서 말했다.

"흥, 알아, 알고 있다고. 이 요시카와 씨의 누이동생이라며? 하지만 말이야, 나도 삿포로에서 만나고 왔지만 폐병에다 카리에스까지. 사실 딱한 일이지만 나을 병은 아니잖아? 요시카와 씨가 이해 못 할 분이 아니지. 설마 평생 낫지 못할 여성을 기다려 달라는 식으로 말할 리 있겠어?"

"그런 터무니없는 말을……."

"터무니없는 건 너야. 누워 있기만 하는 여성과 결혼하기로 정하는 거야말로 터무니없는 짓이지. 보기만 해도 너무 야위어서, 금방이라도 무슨 일이 일어날지 모르잖아?"

"형님, 후지코 씨는 반드시 낫습니다. 반드시 튼튼해집니다."

"흥, 야소들이 믿는 하나님께서는 그렇게까지 이익을 주는가?"

"기독교는 이익을 주는 종교가 아닙니다. 그러나 그 사람은 틀림없이 낮습니다. 아니, 낮지 않아도 좋아요. 낮지 않으면 저도 결혼하지 않겠습니다."

"바보가 따로 없군. 말도 안 되는 소릴 하는 거 보니."

다카시는 거리낌이 없었다.

"바보 맞습니다. 다카시 형님, 저는 정말로 예수만 바라보는 바보가 되고 싶습니다."

"너, 나가노 가문의 장남이야. 자손을 남길 의무가 있어."

"가문이란 게 그렇게 중요한 겁니까?"

"당연하지. 세상 사람들은 가문이나 혈통을 무엇보다 중요하게 생각한다는 것도 모르나? 홋카이도에 와서 머리가 좀 어떻게 된 게 틀림없지? 영하 41도라서 머릿속까지 얼어 버렸나 보군."

잠자코 듣던 요시카와가 천천히 입을 열었다.

"나가노, 마침 좋은 기회니까 나도 한마디 해 두고 싶네. 후지코의 오빠로서 자네의 마음은 정말 고맙네. 하지만 말이야, 자네의 친구로서 그렇게 고맙게 여기고만 있을 수는 없네. 내 입장에서는 후지코가 불쌍하지만 자네도 행복해지길 바라고 있어."

"그런 싱거운 얘기하면 곤란하지."

노부오는 정색하고 말했다.

"아니야, 결코 그렇지 않아. 인간의 일생은 두 번 다시 반복될 수 없으니까. 젊은 시절을 저런 후지코 같은 애를 기다리며 헛되이 보내면 안 된다고 생각하네. 이 점은 다시 잘 생각해 주면 좋겠어."

"요시카와, 나의 일생은 누구보다 내가 가장 중요하네. 그런 내가 가장 좋은 길이라고 생각하고 선택한 일이네. 진심 어린 충고는 고맙지만 나는 후지코 씨가 낫기를 기다릴 거야."

"하지만 말이야……."

요시카와가 말하기 시작하자 다카시가 손을 크게 흔들었다.

"요시카와 씨, 말해 봐야 소용없어요. 이 녀석의 어머니는 야소 때문에 아이를 버리고 집을 나간 바보였으니 말입니다. 저런 옹고집은 어머니한테 물려받은 거지요. 말해 봐야 소용없어요."

다카시는 이렇게 말하고 노부오의 얼굴을 뚫어지게 들여다보듯이 바라보았다.

"뭐, 대단한 사내라고나 해 둡시다. 그렇지요? 요시카와 씨."

다카시는 커다란 부채로 파닥파닥 부쳤으나 그 눈에는 흐릿하게 물기가 어려 있었다.

그러고 나서 5년이라는 세월이 흘렀다.

그 사이 노부오는 아사히카와 6가교회의 초대 주일학교장으로서 교회에 많은 시간을 할애할 수밖에 없었다. 노부오의 얼굴은 누가 보아도 언제나 무언가 빛이 비치는 듯 반짝였다. 직장의 상사, 부하 모두에게 절대적인 신뢰를 받고 있었다. 노부오는 이미 아사히카와 운수 사무소 서무주임이라는 지위에 올랐는데, 그 지위와는 관계없이 아사히카와를 비롯해 삿포로, 시베츠, 왓사무 등의 철도원들이 그에게 성경 강의를 해 달라는 요청을 해 왔다. 노부오는 될 수 있는 대로 시간을 쪼개어 휴일이나 출장 갈 때에 희망자와 함께 성경을 읽을 기회를 만들려고 노력했다.

러일전쟁(1904~1905)을 경험한 청년들 중에는 전쟁의 승리에 흥분한 일반 시민들과 달리 진지하게 생사를 생각하는 사들이 있었다. 그중에는 전쟁에서 돌아온 사람들도 있고, 형제나 지인을 전쟁에서 잃은 자들도 있었다. 그 전쟁에 참가했던 사람들 중 하나인 미호리도 아사히카와에서 열리는 성경 연구회에는 빠짐없이 참석했다. 그러나 왠지 미호리는 콧방귀를 뀌는 듯한 표정을 지었다.

노부오는 삿포로로 출장 갈 때면 반드시 후지코의 병상을 방문했다. 이 5년 사이에 후지코는 놀랄 만큼 건강해졌다. 누워있기만 했던 환자라고는 생각되지 않을 정도로 혈색이 좋아지고 집안에서 자유롭게 움직일 수 있는 상태가 되었다. 앞으로 1년쯤 지나면 후지코를 아사히카와로 데려와 결혼할 수도 있지 않을까 하며 노부오는 그날을 기대하게 되었다.

성경연구회를 통해 각지에서 노부오를 흠모하는 목소리가 더욱 높아지고, 그중에는 성경은 어렵지만 노부오의 얼굴만이라도 보려고 집회에 오는 사람이 있을 정도였다. 상사들은 관리하기에 조금 힘에 부치는 부하가 있으면 노부오의 소속으로 배치했는데 이런 일이 나중에는 관례가 될 정도였다. 나가노 노부오는 어느새 철도회사와 아사히카와 6가교회에 없어서는 안 되는 존재가 되었다.

비녀

　그날도 매월 정례 아사히카와 기독교청년 성경연구회가 철도 기숙사에서 열렸다. 강사는 평소처럼 나가노 노부오였다.

　미호리는 참석한 15~16명 중 한쪽 구석에 앉아 여전히 끊임없이 냉소하는 듯한 표정을 짓고 있었다. 성경 강의가 끝난 후 모두가 진지하게 대화하는 사이에 미호리는 무릎을 양팔로 껴안은 채 방관하고 있었다. 노부오는 미호리가 왜 그런 태도를 보이는지 짐작할 수 없었다.

　이윽고 집회가 끝나 다른 사람들은 돌아갔으나 미호리는 그 자리에 꼼짝 않고 앉아 있었다.

　"항상 열심히 나오네요."

　노부오는 웃음을 띤 채 미호리를 보았다.

　"아니, 반 재미 삼아 오는 건데요. 뭐."

　얼버무리듯 미호리는 말했다.

　"그런 생각이라도 빠지지 않고 들으면 언젠가 정말로 재미있어지게 될 겁니다."

　"글쎄, 어떨까나? 확실히 나가노 씨의 말은 근사해요. 하지만 당신은 진심으로 하나님이 있다고 믿나요?"

미호리는 보풀이 일어 거무스름하게 변색된 다다미에 맨발을 뻗고 말했다. 7월도 중순에 접어든 무더운 밤이었다.

"내가 하나님을 믿지 않으면서 모두에게 말한다고 생각합니까?"

"이렇게 말하면 기분 나쁘겠지만, 나는 언제나 어쩐지 미심쩍다고 생각하며 듣고 있어요."

"뭐, 변변치 못한 신앙이니 미호리 씨에게 그런 이야기를 들어도 뭐라할 말이 없네요."

노부오는 온화한 미소를 짓고 있었다. 미호리가 하나님이 있는지 아닌지 스스로 헷갈려 한다고 노부오는 생각했다. 어떻든 집회에 나온 이상 하나님을 믿고 싶다고 생각함에 틀림없다. 전쟁터에 가기 전후로 아이가 하나씩 생겨 미호리는 1남 1녀의 아버지가 되었다.

"다른 이야기지만, 내가 전쟁에 나간 사이 가끔 미사한테 들렀다고 들었어요."

미사는 미호리가 입대할 때 시어머니와 자식과 셋이서 살고 있었다. 미호리가 출발하고 나서 반년쯤 후에 미호리의 어머니는 뇌일혈로 쓰러져 미사의 정성 어린 간호를 받았지만 나흘쯤 지나 죽고 말았다. 그 후 미사는 친정인 와쿠라 레이노스케의 집에 자식과 함께 몸을 의탁했다. 물론 미호리가 나가노 노부오의 부하였기 때문에 때때로 노부오가 방문한 적은 있었다. 그러나 직장의 상사로서 다른 출정 가족을 문안한 것이고 그럴 때는 결코 혼자서 가지 않고 항상 직장의 부하를 동반했다. 단지 그것과는 별도로 와쿠라가 개인적으로 불러서 방문한 적은 몇 번인가 있었다.

"감사 인사를 받을 만큼 많이 가진 않았어요."

하지만 미호리는 코웃음을 쳤다.

"아니, 자주 오셨다고 하던데요. 미사는 내가 전쟁에서 돌아왔는데도 왠지 나를 깔보는 태도를 보였어요. 입만 열었다 하면 '나가노 씨는 훌륭해. 나가노 씨는 훌륭한 분이야.'라며 칭찬하곤 했어요."

"그래요? 그렇다니 참으로 쑥스럽네요."

노부오는 무덤덤하게 머리를 숙였다. 미호리는 미사가 했다는 그런 말이 크게 마음에 걸려 집회에 나왔을지도 모른다는 생각이 들자, 노부오는 미호리의 심정을 이해할 수 있을 것 같았다.

"이거, 실례가 많았습니다."

미호리는 묘하게 마음에 걸리는 말을 남기긴 했지만 순순히 돌아갔다. 전에는 술을 마신 채 종종 시비를 걸러 왔던 일을 떠올렸다. 이젠 미호리가 술을 마시지 않고도 예전처럼 시비를 걸러 올 수 있게 되었다는 생각을 하자 노부오는 이를 기뻐해야 할지 어떨지 쓴웃음이 나왔다. 결혼하고 나서 미호리는 꽤 행복한 남편이었고 직장에서도 그리 어두워 보이지 않았다. 그런 미호리가 전쟁에서 돌아오고 나서부터 이상스레 침울해졌다. 노부오는 미호리가 격전 중에 본 많은 죽음 때문에 그런 모습으로 변한 줄 생각했다. 성경연구회에 빠짐없이 출석하는 것도 무언가 깊이 구하고자 하는 것이 있으리라 생각했다.

하지만 미호리는 그런 의도가 없었다. 우선 출정 중 어머니의 죽음이 왠지 미사 탓 같아서 화가 났다. 미호리는 자기가 있었다면 결코 어머니를 돌아가시게 두지 않았을 거라고 생각했다. 그다음 불만은 미사가 자신의 부재중에 친정으로 돌아간 점이었다. 자신은 와쿠라의 데릴사위가 된 게 아니라는 반발이 항상 가슴속에서 불끈불끈 치밀어 오르고 있었다. 또한 미사와 와쿠라가 지나치게 노부오를 칭찬하고 다니는 것도 거슬렸다. 미호리가 내심 노부오를 존경하는 건 맞다. 하지만 노부오 얘기가 나오면 입에 침이 마르도록 칭찬하는 와쿠라에 화가 났고, 맞장구를 치는 미사도 공연히 얄미워졌다. 두 사람은 결코 미호리를 깔보지는 않았지만 미호리 앞에서는 나가노를 칭찬하고 뒤로는 자기를 깔보는 것 같은 느낌이 들었다.

그러던 중에 미호리는 문득 미사가 노부오에게 마음을 두고 있는 것 같다는 억측을 하게 되었다. 미호리가 성경연구회에 나오는 이유도 그리스도에 대한 이야기를 듣고 싶어서가 아니었다. 노부오가 말하는 정도는 자신도 말할 수 있도록 되고 싶다는 마음이 첫 번째 이유였고, 노부오의 신앙이 어느 정도 진실한 것인지 끝까지 파헤치고 싶은 마음이 두 번째 이유였다.

노부오의 말은 조리가 있고 막힘이 없었다. 듣고 있으면 미호리도 무심코 이야기 속으로 끌려들어 갈 때가 있었다. 집회가 끝나고 돌아갈 때 자신도 모르게 정말로 하나님이 있을 것 같다는 생각에 빠져들기도 했다. 그런 생각이 미호리를 더욱 화나게 했다.

언젠가 이런 일이 있었다.

그날 노부오는 출장으로 사무실에 없었다. 점심 휴식 시간에 누군가가 이렇게 말했다.

"이봐, 나가노 주임님은 왜 결혼을 하지 않을까?"

"그분은 우리 같은 보통 사람과 달라서 여자 따윈 필요 없어."

"설마, 신체장애자도 아닌데 여자가 필요 없다는 게 말이 되나?"

미호리는 와쿠라와 미사에게 잠깐 들었던 후지코와 얽힌 사연을 떠올렸다. 요즘 세상에 카리에스를 앓는 여자를 몇 년이고 기다린다는 걸 미호리는 믿을 수 없었다. 그것은 미사를 거절하기 위한 구실이었고, 뜻밖에도 노부오는 신체장애자인지도 모른다는 생각을 했다.

"아니죠, 건전한 정신은 건전한 신체에서 나온다고 하잖아요. 주임님이 신체장애자일 리는 없어요."

다짜고짜 반론을 제기한 사람은 바로 두 달쯤 전에 부임해 온 하라 켄이치였다. 하라는 과격한 기질로 대놓고 상사나 동료와 말다툼을 했다. 아주 온순하고 착실한 편이지만 쉽게 흥분하기 때문에 삿포로 사무실에서는 모두가 대하기 힘들어했다. 아사히카와의 나가노 노부오라면 어떤 유형의 직원이라도 잘 다룬다고 정평이 났기 때문에 하라는 노부오 밑으로 보내진 것이다. 순진한 하라는 노부오의 인품에 금방 매혹되었다. 노부오는 아무리 업무가 바빠도 5시 정각에는 부하를 퇴근시켰고 나머지 업무는 늦게까지 자기 혼자서 처리했다. 그 하나만으로도 하라는 감격했다. 누군가 잘못을 저질러도 노부오가 다 뒤집어썼다. 노부오는 남을 비난하지 않는데다 통솔도 훌륭했다. 부드러운 편이지만 어딘가 가까이하기 어려운 엄격함이 있었다. 하라는 나가노 노부오의 모든 행동은 100퍼센트 정당하다고 생각했다.

"주임님이 신체장애자라니요, 너무들 합니다!"

이곳으로 전근 오고 나서 얌전해진 하라도 이때만은 그 과격한 기질을 드러냈다.

"그런데 말이네, 하라 군. 나가노 주임님은 왜 결혼을 하지 않는 거야? 이제 곧 서른 살이 되네. 요즘에 서른이 다 되도록 혼자 있으면 이상하다고 생각하는 게 당연하지 않을까?"

미호리는 하라를 놀렸다. 하라의 얼굴은 목이 졸린 듯 벌게졌다.

"뭐라고? 주임님의 험담을 해 봐. 내가 그냥 두지 않을 테니."

의자에서 벌떡 일어선 하라는 미호리에게 바짝 다가섰다.

"미호리 씨, 당신 증거 갖고 있어? 주임님이 신체장애자라는 증거가 어디에 있어?"

"저 나이 되도록 결혼도 하지 않는 게 더할 나위없는 증거지."

"그런 게 증거가 된다고? 주임님의 부인이 될 분은 주변에서 얼마든지 볼 수 있는 사람이 아닐 거야. 어디 두고 보자고, 공손하게 절하고 싶어질 선녀 같은 분과 결혼할 거요."

하라의 말에는 묘하게 설득력이 있었다. 누군가가 동감하며 말했다.

"과연 그럴 거야. 나가노 주임님은 머지않아 기막히게 멋진 여성과 결혼할지도 몰라."

그 말에 하라는 마음이 조금 진정이 되는 것 같았다.

미호리는 그날 이후 노부오가 신체장애자는 아닐까 하는 생각을 하게 되었다. 건강한 성인 남성이 바람도 피우지 않고 단지 교회와 회사만 오가며 살아갈 수 있다고는 믿을 수 없었다. 남자에게는 남자 나름의 욕구라는 게 있다. 그것은 식욕과 같다고 미호리는 생각하였다.

노부오가 식사를 하는 이상, 성적인 욕구도 있는 게 당연하다고 생각했다. 그런데도 고승처럼 수행하며 도를 닦는다는 건 아무리 생각해도 위선자처럼 보였다. 노부오는 음담패설을 한 적이 전혀 없다. 입만 열면 신앙에 대한 이야기였다. 미호리는 어딘가에 거짓이 감춰져 있다는 생각을 했다.

(언젠가 가면을 벗겨 보이겠다.)

미호리는 심술궂게 이런 생각을 하며 노부오를 바라보았다.

노부오가 교회에서 돌아오니 어머니의 편지가 기다리고 있었다. 얼마 전 매달 보내 드리는 용돈과 동봉한 편지에 대한 답장이다. 노부오는 옷을 벗고 유카타로 갈아입었다. 노부오의 외출복은 철도원 복장 단 한 벌이었다. 직장이나 교회에서 색이 바래인 이 옷 하나면 충분했다. 옷 색깔을 보기만 해도 노부오임을 알 수 있을 만큼 색이 바래 있었다.

노부오는 반듯이 앉아 가위로 정중하게 봉투를 잘랐다. 기쿠의 글씨체는 여전히 아름답다. 먹물의 농도가 선명하게 물 흐르듯이 써진 편지였다.

"매일 더운 날이 이어지고 있지만 그곳도 때로는 도쿄처럼 더워지겠구나. 부디 더위나 설사로 고생하지 않게 몸을 잘 돌보도록 해라. 매달 귀한 봉급에서 용돈을 많이 보내 주어 고맙다.

마치코네 식구들은 모두 더위에 무사히 건강하게 지내고 있으니 안심하기 바란다. 네 편지에 후지코가 무척 건강해져 내년 봄에는 결혼할 수 있다고 해서 모두들 진심으로 기뻐했단다. 중한 병을 앓는 사람을 지금까지 잘 기다려 주었구나. 내 아들이지만 정말 장한 일을 했다고 생각하며 감사할 따름이다.

이런 말을 해서 혹시 기분이 나쁠지 모르겠지만 결혼하고 하나님이 허락하시면 둘이서 함께 도쿄로 와 주기를 간절히 기다리겠다. 뭐니 뭐니 해도 후지코는 도쿄에서 태어나서 추위가 혹독한 아사히카와보다는 도쿄 쪽이 견디기 쉬울 거라고 생각한다. 취사건 세탁이건 모두 네가 하고 싶다는 마음은 잘 알겠지만 남자에게는 남자의 일이 있는 법이다. 이쪽에서 살게 되면 내가 조금이라도 도울 수 있다고 생각한다.

기시모토는 머지않아 오사카에서 개원하게 되어 이 집에 나 혼자 있게 되서……."

노부오는 2~3년 정도면 홋카이도에 가보는 것도 나쁘지 않을 거라는 기시모토의 말을 떠올렸다. 기시모토는 작년에 박사학위를 받았다. 2~3년 지나면 돌아오리라 짐작했던 자신이 좀체 돌아오지 않아 기시모토는 혼고에서 떠나지 못해 난감해했을지도 모른다는 미안한 마음을 갖게 되었다. 어머니 기쿠가 말한 대로 후지코의 건강을 위해서라도 도쿄로 돌아가는 쪽이 좋다고 노부오는 생각했다. 다만 지금 제자리를 잡은 주일학교를 떠나는 건 난처하지만 그렇다고 어머니를 홋카이도로 오시게 할 수는 없는 딱한 실정이다. 아사히카와에서 도쿄로 전근 가기는 어려울지 모르지만 경우에 따라서는 직장을 그만두어도 상관없다고 생각했다.

노부오는 가능하면 신학교에 들어가 목사가 되고 싶다는 마음이 있었다. 어머니와 후지코를 책임지면서 목사가 된다는 건 힘든 일이지만 이 두 사람이라면 그 고생을 참고 흔쾌히 협력해 주리라 생각했다. 먹고사는 문제는 어떻게든 해결되리라고 노부오는 평소 생각했었다.

〈그러므로 염려하여 이르기를 무엇을 먹을까 무엇을 마실까 무엇을 입을까 하지 말라. 이는 다 이방인들이 구하는 것이라. 너희 하늘 아버지께서 이 모든 것이 너희에게 있어야 할 줄을 아시느니라. 그런즉 너희는 먼저 그의 나라와 그의 의를 구하라, 그리하면 이 모든 것을 너희에게 더하시리라. 그러므로 내일 일을 위하여 염려하지 말라. 내일 일은 내일이 염려할 것이요 한 날의 괴로움은 그 날로 족 예수님의 이 말씀을 노부오는 사람들에게 자주 들려주었고 자신도 마음속에 되새기곤 했다.

일전에 출장으로 삿포로에 갔을 때 후지코도 말한 적이 있다.

"노부오 씨는 지금 하시는 일이 정말로 자신의 일이라고 생각하고 계시나요? 당신은 훨씬 다른 길을 가고 싶다고 생각하시지 않나요?"

후지코는 동그랗고 맑은 눈을 반짝이며 말했다. 그때 노부오는 과연 후지코답다는 생각을 했다.

"알고 있었습니까? 후지코 씨."

"네, 그래요. 노부오 씨는 하나님을 위해 살고, 하나님을 위해 죽는 일 말고는 사는 보람을 느끼지 못하신다고 생각해요. 노부오 씨가 원하는 건 돈은 물론 사회적인 지위도 아니에요. 단지 신앙으로 살아가는 일뿐이라고 봅니다. 목사님이 되는 일만이 신앙으로 살아가는 거라고는 생각하지 않지만, 그럼에도 당신은 목사님이 되기 위해 태어나 살아온 분이라는 생각이 들어요."

그때 후지코가 한 말이 항상 머릿속에 남아 있었는데, 지금 어머니의 편지를 받자 노부오의 결심은 굳어졌다. 내년 봄에 도쿄로 전근할 수 있는지 여부를 와쿠라에게 물어보아야겠다고 생각했다. 이미 철도는 전국적으로 관영이 되어 아사히카와 철도회사도 국유로 바뀌었다.

여하튼 내년 4월에는 후지코를 데리고 도쿄로 돌아가려고 노부오는 생각했다. 혼인예물을 후지코네 집으로 보내야 하는데 돈으로 여자를 매매하는 것 같은 느낌이 들어 예물에 돈을 포함하는 건 꺼려졌다. 그렇지 않아도 그다지 윤택하지 않은데다 자식도 하나 생긴 요시카와의 집안 형편으로 보아 결혼 준비로 이래저래 지출이 많아지게 되면 더욱 난처할 일이다. 그래서 노부오는 연말 상여금을 예물로 사용하려고 마음먹었다. 그렇게 하려면 예물은 해가 바뀌고 나야 보낼 수 있게 된다. 아직 반년이 남았지만 와쿠라 부부에게 중매인이 되어 달라고 부탁해야겠다는 생각을 했다.

11월 말 노부오는 요시카와 오사무와 같이 와쿠라의 집에 갔다. 이미 바닥에 쌓인 눈이 얼어붙은 길을 어깨를 나란히 하고 걸어갔다. 요시카와가 키도 더 크고 살이 쪘다. 어디를 보나 요시카와가 노부오보다 손위로 보인다.

"어쩐지 느낌이 이상한데?"

요시카와가 말했다.

"뭐가?"

"그게 말이야, 자네와 나와는 어딘가 혈연관계가 있는 것 같은 느낌이 들어. 아까부터 나는 저 소학교 4학년 때 도깨비 퇴치 작전을 떠올렸네."

"아, 그게 도깨비 퇴치 작전이었나? 고등과 여학생 화장실에서 울음소리가 들린다는 둥 하며 유령이 있다고 해서 모두들 떠들썩했지. 비 오는 깜깜한 밤이었어."

굳게 다짐한 친구들 중에서 약속을 지킨 사람은 요시카와와 자기 단 두 사람이었던 기억을 노부오는 떠올렸다. 자신은 아버지에게 야단을 맞아 약속을 지키기 위해 할 수 없이 비 오는 밤에 교정으로 갔지만 요시카와는 달랐다. 요시카와는 약속을 지키기 위해 왔으면서도 특별히 그 행동을 자랑하지 않았다. 그때 이후 요시카와와 노부오의 사이에 우정이 싹텄다. 만약 그날 밤, 아버지가 야단치지 않으셨다면 자신과 요시카와는 이렇게 좋은 사이가 되지 않았을 것이다.

"요시카와, 자네 덕분에 홋카이도에 올 수 있었네. 그리고 신앙과 후지코 씨를 얻을 수 있었고."

깊은 감사를 담은 목소리였다.

"후지코는 행복한 녀석이야……."

오랜 세월을 기다려 준 노부오의 진심이 새삼 요시카와의 마음을 흔들었다.

"행복한 건 바로 나지. 자네가 형님이 되고 후지코 씨가 부인이라니. 이보다 더 좋은 게 없지."

"정말로 그렇게 생각하나?"

요시카와의 목소리가 울먹였다.

방문한다는 소식은 미리 와쿠라에게 알렸다. 노부오는 요시카와를 와쿠라에게 소개했다.

"역시. 이 분의 누이동생과 결혼한다고? 나가노 군이 기다렸던 마음도 이해가 가네."

와쿠라는 요시카와를 보자마자 마음에 든 모양이다.

"그나저나 내년 봄에는 결혼식을 올리고 싶은데 정말 죄송합니다만 중매인이 되어 주시면 좋겠습니다."

요시카와와 노부오는 다시 머리를 숙였다.

"오, 벌써 그렇게 나으셨나?"

와쿠라는 놀라듯이 차를 가져온 아내를 돌아보았다.

"여보, 들었지? 나가노 군이 기다리던 그분의 병이 나았다네. 대단해, 정말 대단해."

와쿠라는 매우 놀랐다.

"하지만, 기다리는 쪽에서는 긴 시간이었지. 자네 이름이 길다는 뜻의 영永이 들어가는 나가노永野이긴 하지만 여하튼 기나긴 스토리였네, 6~7년은 족히 기다리지 않았나?"

농담조로 말하면서 와쿠라는 그 두툼한 손가락으로 숫자를 세었다.

"정말 대단하세요, 우리 미사도 들으면 기뻐할 거예요."

미사는 100미터쯤 떨어진 철도국 관사에 살고 있다.

"미사가? 음, 미사도……. 어, 그렇지. 여하튼 축하하네."

와쿠라는 자세를 바로 하며 머리를 숙였다.

해가 바뀌어 정월 사흗날, 노부오는 후지코의 집을 방문하러 삿포로로 갔다. 조용히 눈이 내리는 포근한 오후였다. 거실에는 요시카와 부부와 요시카와의 어머니까지 계셔서 자못 정월 초하루 같은 화목한 분위기였다. 그런데 주인공이어야 할 후지코의 모습이 보이지 않았다.

"잠깐 요 앞에 심부름 나갔거든요. 곧 돌아올 겁니다."

붙임성 있는 요시카와의 아내가 한 말에 노부오는 무심코 미소를 지었다. 기뻤다. 포근한 날이긴 해도 한겨울이다. 후지코가 한겨울에 외출할 수 있게 되었다는 생각을 하자 뭔가 꿈을 꾸는 느낌이었다. 이윽고 후지코가 연지색 방한 망토당시에 추운 지방 여성들이 많이 입음를 걸친 채 돌아왔다. 후지코의 흰 얼굴이 바깥의 찬 공기 때문에 붉은빛을 띠고 있다. 그것이 꽤나 건강해졌다는 증거 같아서 노부오는 기쁘기가 그지없었다.

새해 인사를 마친 후지코는 폭신폭신한 방한 망토를 노부오에게 보이며 말했다.

"나가노 씨, 좋은 망토죠? 오빠하고 언니가 작년 연말에 사준 거예요. 오늘 태어나서 처음으로 입어 봤어요."

후지코의 올림머리 앞쪽에 꽂은 은색 비녀가 반짝거리며 흔들렸다.

"밖에 나갔는데 감기 걸리지 않겠어요?"

"괜찮아요. 이번 겨울 들어 한 번도 걸린 적 없는 걸요. 이다음에 나가노 씨가 오실 때는 역까지 마중 나가겠어요."

이렇게 말하고 나서 후지코는 부끄러운 듯 새빨개졌다. 앳되고 순진한 표정이 사랑스러워 보였다.

"후지코, 정말?"

요시카와도 놀리듯이 말했다. 노부오는 후지코가 이 연지색 방한 망토를 입고 개찰구에 서 있는 모습을 상상했다. 몇 년 동안 누워 있기만 했던 후지코를 생각하면 거짓말 같은 행복감이다.

혼인 예물을 들이는 날에 대해 이야기하기 시작했다. 가능하면 1월 중에 예물을 보내고 싶다고 노부오는 생각했다. 하지만 그때는 요시카와의 아내가 아이를 낳을 예정이다. 그리고 2월에 들어서면 노부오가 주일학교와 회사 일 때문에 좀체 휴가를 얻을 수 없다. 요시카와와 노부오는 다시 새로운 날들을 고르다가 드디어 2월 28일 저녁으로 정했다.

"시간이 촉박할까요? 여러 가지 준비를 하셔야 하는데요."

노부오는 근심스러운 표정을 보였다.

"괜찮아. 피로연장은 어차피 오봉과 연말이 아니면 미리 지불하지 않아도 되니 돈이 없어도 준비할 수 있네."

요시카와는 태연히 말했다. 노부오는 안심했다.

"그건 그래. 그럼 그때까지 예물은 기다려 주겠나? 2월 27일은 나요로에서 철도국 기독교청년회의 지부가 결성되는 날인데 내가 그 모임에는 꼭 가야 하네."

노부오는 다음 달 28일 아침 나요로를 출발하여 아사히카와에서 중매인인 와쿠라 부부와 동승해 삿포로로 가기로 정했다.

"나가노 씨, 후지코 같은 애를 받아 주어서……."

요시카와의 어머니는 눈물을 흘렸다. 후지코가 건강해짐에 긴장이 풀린 탓인지 갑자기 늙어 보였다.

그런 요시카와의 어머니를 보자 노부오는 어머니 기쿠도 폭삭 늙어 버리지나 않았을지 걱정이 되었다. 하지만 4월에는 후지코와 같이 도쿄로 가게 되니 둘이서 어머니를 성심성의껏 잘 모셔야겠다고 다짐했다.

"나도 도쿄로 돌아가고 싶어지는구나."

요시카와의 어머니는 전에 없이 푸념처럼 말했다.

"언젠가는 어머니도 도쿄에 가시게 되요. 내년 이맘쯤엔 후지코가 출산을 도와 달라고 편지를 보낼 거니까요."

요시카와는 또 놀리듯이 말했다.

"짓궂어요, 오빠."

후지코는 새빨개진 얼굴을 가렸다. 비녀가 또 흔들렸다. 요시카와의 어머니와 아내도 덩달아 같이 웃었다. 즐거운 한때였다. 노부오가 작별 인사를 하자 후지코가 역까지 가겠다고 말을 꺼냈다.

"후지코 씨. 말씀은 고맙지만 다음에 올 때 마중 나와 주는 걸 기대할게요."

"그래도 그때는 그때고요. 배웅 가고 싶어요. 괜찮죠? 오빠."

"음, 어쩌지……."

좀체 그런 적이 없던 후지코가 고집을 부리자 요시카와는 노부오를 바라보았다.

"고맙지만 오늘은 한 번 외출했잖아요. 어렵사리 이렇게까지 건강해지셨으니 아무래도 추울 때는 조심하시는 게 좋겠어요."

노부오의 말을 듣고서야 후지코는 고분고분하게 고개를 끄덕였다. 평소의 후지코와 어울리지 않는 모습이었다. 어떤 일이든 바로 순순히 노부오의 말을 따르던 후지코였다.

"어쩐지 요즘 후지코 씨가 제 말을 잘 받아 주시는 거 같네요."

언젠가 노부오가 이렇게 말했을 때 수줍어하며 대답했다.

"에베소서 5장 때문이죠."

"과연 그러네요, 이거 못 당하겠는데요."

"아니죠, 노부오 씨야말로 그 성경 말씀을 지키시는 분이죠."

성경의 에베소서 5장에는 다음과 같은 말씀이 있다.

〈아내들이여 자기 남편에게 복종하기를 주께 하듯 하라. 남편들아
아내 사랑하기를 그리스도께서 교회를 사랑하시고 그 교회를 위하
여 자신을 주심 같이 하라〉(에베소서 5장 22, 25절)

후지코는 이 성경 구절을 염두에 두고 말했던 것이다. 그랬던 후지코가 줄곧 배웅하고 싶다고 우기는 게 노부오는 이상하게 마음에 걸렸다.

아사히카와에 돌아오고 나서도 만약 후지코가 감기라도 걸려 병이 재발되지나 않을까? 혹은 급성폐렴에라도 걸려 덜컥 죽어버리는 게 아닐까 하는 불길한 생각까지 들었다.

시오카리 고개

"나가노 씨, 내일이 혼인 예물 들어가는 날이네요."

노부오와 미호리는 나요로의 철도국 기숙사에서 마주 앉아 야식을 먹고 있었다. 시계는 이미 9시를 지나고 있다. 오늘 출장목적으로 아사히카와를 떠날 때부터 미호리는 이상하게 기분이 언짢았다. 노부오가 아무리 말을 걸어도 미호리는 제대로 대답하지 않았다. 그랬던 미호리가 이제야 말을 걸어와서 노부오는 안심하며 대답했다.

"덕분이지요."

"덕분이요? 제가 특별히 뭐 해 드린 게 없는데요?"

미호리는 스스로 술을 따르며 심술궂게 대답했다. 이즈음 미호리는 유난히 와쿠라의 사위임을 내세우려는 듯 걸핏하면 노부오에게 시비를 걸어오는 태도를 보였다.

"아니죠, 모든 게 하나님과 많은 분들의 덕분이지요."

노부오는 미호리의 말에 아랑곳 않고 차분하게 말했다. 노부오는 특히 후지코와의 결혼이 모두의 덕분이라고 감사하고 싶었다.

미호리는 최근 일주일쯤 미사의 기분이 좋지 않아 신경이 쓰였다. 그 원인이 아무래도 노부오의 결혼 때문 같은 생각이 들었다. 특히 어젯밤은 심했다. 와쿠라가 미호리에게 와서 이렇게 말했다.

"나랑 어머니는 나가노의 예물을 갖고 가야 해서 28일 저녁엔 삿포로에서 자려고 한다. 우리 집이 비게 되니 미사가 지키도록 보내 주지 않겠나?"

"싫어요, 저는."

미호리가 대답하기 전에 미사는 쌀쌀맞게 거절했다.

"미사가 싫다면 자네라도 와 주지 않겠나?"

와쿠라는 미사의 태도 따위는 개의치 않는 것 같았다. 아마 부부 싸움이라도 하는 판에 공교롭게도 자신이 들이닥친 것쯤으로 생각했다.

"어쨌든, 나가노는 대단해. 메이지 시대가 되어 세상 사람들은 경솔하고 천박해졌는데 그 친구는 어떻게 이렇게……."

와쿠라가 하던 말을 미사는 차단하듯이 말했다.

"그렇게 좋은 사람이라면 제 신랑이 되게 해 주었으면 좋지 않았겠어요?"

"무슨 그런 바보 같은 말을."

와쿠라는 웃었다.

"네, 바보 맞아요. 어쨌든 저는 바보니까……."

이렇게 말하자마자 아버지와 남편 앞인데도 아랑곳 않고 소리 높여 울었다. 미사는 원래 억척스럽기는 해도 말을 알아듣지 못할 정도로 어리석지는 않았다. 아내로서 미호리에게 잘 대해 주고 융통성이 있었다. 좀체 푸념도 하지 않는 밝은 성품을 가진 여자였다. 그런 미사가 요즘 일주일 사이 이상하게 우울해졌다는 생각이 들었는데 급기야 이런 모습마저 보이고 있는 것이다. 미호리는 미사의 속마음을 알게 된 느낌이 들어 불쾌했다. 미사는 여태껏 노부오가 독신으로 지내서 위안을 받았던 것일까?

그러다가 노부오의 혼인 예물이 들어가는 날을 앞두고 자기도 모르게 감정이 흥분해 버린 것이다. 미호리는 철저히 무시당한 느낌이 들었다.

어젯밤에 일어난 일을 계속 꽁하게 생각하던 미호리는 노부오에 대한 불쾌감으로 견딜 수 없었다.

"나가노 씨, 당신의 아내 될 분은 폐병에 카리에스 환자고 게다가 절름발이라면서요?"

미호리는 술이 들어가자 더욱 대담해졌다.

노부오는 미호리의 무례함에 익숙해 있었다. 그러나 후지코를 업신여기자 천하의 노부오도 화가 치밀었다.

"나가노 씨 정도 되는 사람이 하필……, 구태여 그런 여자와 결혼하지 않아도 되지 않나요? 우리 미사 같은 여자의 어디가 마음에 들지 않았던 겁니까?"

노부오는 잠자코 식사를 계속했다.

"네? 나가노 씨. 우리 마누라보다 그 다리가 불편한 여자가 좋다니, 대체 어찌 된 영문입니까? 제기랄, 웃기지도 않아."

"…………."

"네? 우리 미사의 뭐가 마음에 들지 않았는지 묻고 있잖아요? 미사는 건강하고 인물도 어디 내놔도 빠지지 않아요. 그런 미사보다 장애 있는 여자가 좋다니 바보 아니야? 미사가 화내는 것도 무리가 아니지."

미호리는 마구 지껄이면서 기분이 조금 풀려 갔다. 미사의 불쾌함은 노부오에게 집착했기 때문이 아니라 다리가 불편하고 병이 있는 여자에게 뒤처진 여자 나름의 분함이 아닐까 하는 생각이 불현듯 들었기 때문이다. 그렇지 않다면 아무리 사정이 있더라도 남편인 자신 앞에서 그렇게 울리는 없다고 미호리는 생각했다.

"여하튼 그 사람은 기독교 신자라면서요?"

미호리는 갑자기 기분이 좋아졌다.

"네, 훌륭한 신자지요."

노부오는 미호리가 불쌍해졌다. 언제나 마음속에 부정적인 생각을 품고 지내는 미호리가 걱정되었다. 동료의 봉급을 훔친 그 사건 이후 미호리는 이상하게 비뚤어져 버린 것 같았다.

"훌륭한 신자라고요? 훌륭한 신자가 훌륭한 나가노 씨와 같이 살며 아침부터 밤중까지 '아멘', '아멘' 하는 거 하나도 재미없어요."

노부오는 웃었다.

"그럴지도 모르겠네요."

"하지만 기독교 신자라도 자식은 만들겠죠. 나가노 씨가 아이를 만든다? 하하하……."

소리 내어 웃던 미호리는 술 사레가 들렸다. 노부오의 얼굴이 살짝 붉어졌다.

"숫총각이죠? 나가노 씨. 나는 나가노 씨에게 전부터 꼭 물어보고 싶은 게 하나 있었어요. 물어도 화내지 않을 거죠?"

"뭐든지 물어요."

노부오는 비운 밥공기에 엽차를 콸콸 따랐다.

"나가노 씨는 왜 계집질을 하지 않습니까?"

미호리는 취한 눈으로 노부오를 응시했다. 노부오는 미호리의 질문을 곰곰이 생각해 보았다. 신자 때문이라는 말은 노부오의 경우 성립되지 않았다. 노부오는 신자가 되기 전부터 그런 행동은 한 적이 없다.

"나가노 씨, 당신 여자를 지금까지 산 적이 없지요?"

"없어요, 한 번도."

"저런, 한 번도요?"

어처구니없다는 듯 미호리는 노부오를 보았다.

"그럼 여자를 보고 감정이 솟구치는 적도 없나요?"

"그런 건 느끼지요, 늘."

노부오는 솔직하게 대답했다.

"오라, 늘 느낀다고요? 그런 얼굴을 하고서……."

물끄러미 노부오의 단정한 얼굴을 바라보면서 미호리는 말을 이어 갔다.

"여자 따위는 벌레 본 듯한 얼굴로 무시하고 넘기면서도 느끼기는 하는 거네요. 나쁜 사람이잖아, 나가노 씨는."

노부오는 쓴웃음을 지었다.

"그런데 어떻게 한 번도 여자를 사지 않고 넘겼는지요. 나는 이해할 수 없어요. 듣기 거북하군. 그런 걸 위선자라 부르는 거잖아?"

미호리는 몇 번째인지 비운 술병을 거꾸로 들고 입에 댔다.

"쳇, 한 방울도 안 나오네."

술병을 아무렇게나 쓰러뜨리고 그대로 자빠졌다.

"당신, 결국 그 아가씨를 위해 희생한다는 말입니까?"

미호리는 다시 주제를 후지코 쪽으로 돌렸다.

"희생 같은 건 아니죠. 좋아서 같이 지내게 되는 거니까요."

"그럴까요? 나는 아직 나가노 씨라는 사람, 믿을 수 없어요. 어딘가 가짜 냄새가 풍긴다고. 당신이 훌륭해 보이면 보일수록 점점 믿을 수 없는 기분이 들어요. 그 여자 분은 재산이라도 엄청 많지 않을까 하고 말이죠."

후지코에 대해 자세히 모르는 미호리는 이렇게 말하며 코웃음을 쳤다.

이윽고 미호리는 코를 골며 잠이 들었다. 노부오는 미호리를 위해 이불을 덮어 주고 끌다시피 해서 눕혔다. 뭐라고 중얼거리듯 하면서 잠든 얼굴을 보고 있노라니 미호리가 정말 불쌍한 느낌이 든다. 노부오는 목소리를 낮게 하고 성경을 읽었다.

> 〈형제들아 세상이 너희를 미워하여도 이상히 여기지 말라. 우리는 형제를 사랑함으로 사망에서 옮겨 생명으로 들어간 줄을 알거니와 사랑하지 아니하는 자는 사망에 머물러 있느니라. 그 형제를 미워하는 자마다 살인하는 자니 살인하는 자마다 영생이 그 속에 거하지 아니하는 것을 너희가 아는 바라. 그가 우리를 위하여 목숨을 버리셨으니 우리가 이로써 사랑을 알고 우리도 형제들을 위하여 목숨을 버리는 것이 마땅하니라.〉(요한 1서 3장 13절~16절)

노부오는 두 번 반복해서 읽었다. 자신은 과연 남을 위해 목숨을 버릴 만한 사랑을 가질 수가 있을까? 입을 벌리고 코를 크게 골고 있는 미호리의 얼굴을 노부오는 보았다.

이윽고 침상에 든 노부오는 내일 있을 일을 생각했다. 연지색 방한 외투를 입고 올림머리를 한 후지코가 역으로 마중 나오는 모습을 떠올렸다. 이제 올림머리는 더 이상 하지 않게 되고 윤이 나는 부인형 머리스타일이 어울리는 새 신부가 될 것이다. 비록 다리가 불편하든, 몸이 아프건 상관없이 후지코는 자신에게 둘도 없이 소중한 아내라며 사랑하는 마음이 가득 넘쳐났다. 하얀 뺨이 눈에 떠오른다. 수줍음을 타는 사랑스러운 표정이 잊히지 않는다. 신앙에 대한 이야기를 할 때의 생생하게 빛나는 눈이 아름답다. 더할 나위 없이 현명하고 사랑스럽고 순진한 여성이라고 생각한다. 머지않아 아무에게도 거리낌 없이 자신의 팔로 후지코를 품을 수 있는 날이 오는가 하고 생각하자 노부오는 행복하다는 마음이 절실하게 느껴졌다. 오랜 시간 기다렸기 때문에 기쁨은 그만큼 컸다. 아무래도 혼인 예물 보내는 전날이라 이렇게 후지코 생각이 많이 나는가 보다 하며 노부오는 쓴웃음을 지었다.

하루만 지나면 3월이 되는데도 다음 날 아침은 상상 이상으로 기온이 내려갔다. 노부오는 나요로역에서 지역 명물인 만쥬를 두 상자 샀다. 하나는 요시카와 댁에, 또 하나는 아사히카와에서 타는 와쿠라 부부를 위해서였다.

미호리는 어젯밤 자신이 한 말을 잊지는 않았다. 취기가 깨자 노부오에게 심한 말을 했다는 생각에 양심이 찔려 무뚝뚝하게 말이 없어졌다. 나요로의 철도국 기독교청년회의 회원 7~8명이 이른 아침인데도 전송하러 나왔다.

"아, 나가노 씨, 어제는 감사했습니다. 성대한 모임이었어요."

지부장인 무라노가 젊은이답게 감격스러운 마음을 담아 말했다. 어제 오후 5시부터 7시까지 열린 결성회에는 왓사무, 시베츠 등에서 모이고, 나요로의 청년까지 합해서 50명이라는 많은 인원이 한 공간에 모인 것이다. 작은 시골에서 이렇게 많은 기독교 청년 회원을 권유할 수 있는 건 상상하기 힘든 성과였다.

"어제 나가노 씨의 말씀은 엄청나게 힘이 담겨 있었어요. 평소에도 말씀이 좋았지만 어제 말씀은 특히 감명 깊었습니다."

다른 회원이 말하자 사람들은 저마다 정말로 좋았다고 입을 모아 칭송했다.

어제 노부오는 '세상의 빛'이라는 제목으로 열변을 토했다.

"반복될 수 없는 우리의 일생을 서로서로 자신의 생명을 불태우며 살아갑시다. 그리고 예수 그리스도의 말씀을 앞세워 그 빛을 반사하는 사람이 됩시다. 안일함을 탐하지 마십시오. 자기 자신을 이기십시오. 필요하면 언제라도 하나님을 위해 죽을 수 있는 인간이 됩시다."

노부오는 이런 내용으로 1시간쯤 설교를 했다. 평소엔 온화한 노부오였지만, 일단 단상에 오르면 온몸이 불꽃처럼 된다. 그의 말은 듣는 사람의 가슴에 쉼 없이 강력하게 다가왔다.

"감사합니다. 지부가 더욱더 발전하기를 기도할게요. 지역 청년들이 여러분들의 지부에 입회하게끔 계속 권유해 주기를 바랍니다."

"알겠습니다. 노력하겠습니다. 다음 달도 또 와주실 거지요?"

지부장이 말했다. 노부오는 문득 4월에 홋카이도를 떠날 자신을 생각했다. 그전에 한 번은 다시 오고 싶었다.

"기다릴게요. 꼭 부탁드립니다."

발차를 알리는 기적이 울렸다. 움직이기 시작한 기차를 쫓아 청년들은 손을 흔들면서 따라갔다.

"세상의 빛이 되라?"

아무에게도 말을 걸 수 없던 미호리는 입가에 비웃는 듯한 웃음을 띠었다.

아침 일찍 떠나는 기차인데도 꽉 찼다. 기차 안은 아침답게 매우 활기가 넘쳐났다. 설마 한 시간 남짓 후에 무서운 사건이 기다리고 있을 거라고 는 승객 누구 하나 상상할 수 없었다.

눈 덮인 벌판에 그림자를 드리며 기차는 달리고 있었다. 기차 연기의 그 림자도 흘러가듯이 비치고 있다. 노부오는 하얗게 얼어 버린 유리창에 입 김을 불었다. 두세 번 입김을 불자 유리창이 번지며 작고 둥글게 녹았다. 전나무랑 가문비나무 가지에 달린 얼음이 아침 햇살에 반짝이고 있다. 참 으로 맑고 깨끗한 아침이라는 생각을 하던 노부오는 오늘 저녁에 있을 행 사를 떠올리며 새삼 감사한 마음을 가지게 되었다. 미호리는 좌석 등받이 에 머리를 기대고 꾸벅꾸벅 졸고 있었다.

이윽고 기차는 시베츠에 도착했다. 눈과 코 부분만 가린 모자를 덮어 쓴 사내나 커다란 짐을 등에 짊어진 방한 망토 차림의 여자 등 7~8명이 올라 탔다. 목발을 짚은 채 낡고 구겨진 군복을 입은 사내가 그중에 있었다.

"아, 상이군인이다."

객차 한가운데에서 대여섯 살로 보이는 사내아이가 외쳤다. 남자는 그 소리가 난 쪽을 힐끗 노려보고 탁탁 목발 소리를 내면서 노부오의 두 칸 정도 앞 의자에 앉았다.

기차가 움직이기 시작했을 때 쉰 살 가까운 사내가 등에 풀 무늬 보퉁이 를 지고 달려왔다.

"어휴, 하마터면 늦을 뻔했네요."

미호리의 옆에 앉은 사내는 앞에 있는 노부오에게 웃음을 지었다. 노부 오는 사람 좋아 보이는 그 사내의 얼굴을 보고 깜짝 놀랐다.

"실례지만 혹시 도쿄에서 사시지 않았습니까?"

"어라! 어떻게 아셨습니까?"

말하고 나서 사내는 노부오의 얼굴을 말끄러미 쳐다보았다.

"어디선가 본 듯한……."

사내는 중얼거리듯 말하고 머리를 갸웃했다.

"혹시 로쿠 아저씨 아니십니까?"

노부오는 반가움에 들떠서 말했다.

"어? 제 이름이 로쿠조입니다만……, 당신은?"

"저는, 저, 혼고의 나가노……."

사내는 여기까지 말한 노부오의 무릎을 탁 쳤다.

"아, 맞다, 맞아. 나가노 님의 도련님이셨네요. 맞아요. 분명 도련님이십니다. 어렸을 때 모습이 남아 있네요. 그나저나 멋진 어른이 되셨습니다."

로쿠 씨는 뜻하지 않은 만남 탓인지 얼굴에 홍조를 띠었다.

"도련님. 오랜만입니다."

로쿠 씨는 일어서서 새삼 머리를 정중하게 숙였다. 그 순간 기차의 동요에 다리가 비틀거려 미호리의 어깨에 손을 대었다.

"아, 이거 실례했습니다."

미호리는 씩 웃고 머리를 흔들었다. 도련님으로 불리고 있는 노부오의 어릴 적 가정 형편을 짐작한 미호리는 살짝 반발심을 느꼈다.

"그런데 도련님, 어떻게 이런 홋카이도 같은 곳에 계십니까?"

"친구가 삿포로에 있습니다."

"네, 그런데 철도국에서 일하시나요?"

복장을 보면 한눈에 알 수 있다.

"아사히카와에서 일합니다."

"허, 아사히카와요? 혼고의 저택은, 그럼……."

"어머니와 여동생 부부가 살고 있어요."

"어머니가? 아, 그렇군요. 할머님이 갑자기 돌아가셨는데 저는 먼 곳에 있어서 문상을 못 드렸습니다. 어머니와 계시는군요. 아름다운 부인이시라는 평판이 있었지요. 그나저나 할머님은 저 같은 사람에게도 무척이나 친절하게 대해 주셨는데요."

노부오는 부엌문에서 로쿠 아저씨와 오래 얘기하던 할머니의 모습이 떠올라 그리운 생각이 들었다.

"도련님, 그때부터 몇 년이 되었을까요?"

"제가 열 살 때 할머니가 돌아가셨으니 벌써 그럭저럭 이십년이 되었네요."

"오, 이십 년! 이십 년 전의 일이 되었습니까? 그러니 제 머리가 벗겨지는 것도 무리는 아니겠네요."

로쿠 씨는 이마를 두드렸다.

"아니요, 조금도 변하지 않으셨어요. 한눈에 로쿠 아저씨인지 알아보았으니까요."

노부오는 내심 도라오의 소식을 묻고 싶었지만 재판소 복도에서 만난 포승줄에 묶인 그 모습이 떠올라 꺼려졌다.

"우리 도라오도 도련님과 사이좋게 놀곤 했는데요."

묻기 전에 먼저 로쿠 씨가 말했다.

"도라짱은 잘 지냅니까?"

"관심 가져 주셔서 고맙습니다. 그 녀석이 한때는 비뚤어졌지요. 집안이 변변치 않은 녀석이라 그랬을까요? 도련님, 도라오 때문에 좀 울기도 했습니다. 그래도 덕분에 지금은 삿포로의 잡화상에서 일하고 있어요. 아이도 둘 있습니다. 그럭저럭 착실히 지내고 있지요."

"그거 잘 됐습니다. 삿포로에 있을 줄은 전혀 몰랐네요."

노부오는 안심하며 고개를 끄덕였다. 그러나 그 재판소 복도에서 얼굴을 돌린 도라오가 자신을 선뜻 만나고 싶어 할까 하는 생각도 했다.

"그런데 도련님은 자식이 몇 명이죠?"

"저, 아직 결혼하지 않았습니다."

담뱃대에 담배를 채워 넣던 손을 멈추고 로쿠 씨는 새삼 노부오의 얼굴을 보았다. 노부오는 오늘 혼인예물을 들이는 생각을 하고 미소 지었다.

"그런데 도련님, 도련님은 돌아가신 나가노 님과 아주 닮으셨습니다. 정말 훌륭하게 자라셨습니다."

"제가 아버지를 닮았습니까?"

어머니를 닮았다고만 생각했는데 의외였다.

"그렇습니다. 나가노 님은 훌륭한 분이셨습니다. 저희들에게도 머리를 숙이시고, 언젠가는 양손을 짚고 저 따위에게 사과하신 적이 있었습니다."

"네, 그런 일이 있었지요."

노부오는 머리를 긁었다. 그 일은 노부오도 결코 잊을 수 없다. 헛간의 지붕에서 도라오에게 떠밀려 떨어졌을 때의 일이었다. 노부오는 도라오에게 밀려 떨어진 게 아니며, 상인의 자식 나부랭이에게 떠밀리지 않았다고 말했다가 아버지에게 뺨을 세차게 얻어맞은 일을 기억하고 있다. 끝까지 사과하지 않는 자신을 대신해 아버지가 도라오와 로쿠 아저씨에게 사과하던 모습이 떠올라 그리운 생각이 들었다.

"도련님, 기분 나쁘게 듣지 마시고요. 도련님은 어딘가 고집이 세고 날카로워 보였는데 이제는 아주 원만해 보이는 얼굴이 되셨습니다."

미호리는 또 빙긋 웃으며 노부오를 보았다. 기차 안에는 하나뿐인 다루

마스토브메이지 시대부터 쇼와 시대 중기에 걸쳐 사용된 철제 난방기구로 형체가 달마 대사의 몸집을 연상시킴가 꺼져 있는데도 얼어붙었던 유리창의 얼음은 어느 샌가 녹았고, 승객들은 저마다 느긋하게 대화를 나누고 있었다.

"이런, 벌써 왓사무를 지나쳤나?"

로쿠 씨는 아내가 5년 전에 죽었고, 도라오의 급한 성격 때문에 애먹었 다는 사연들을 잠시 말하고는 무심코 창을 바라보며 말했다.

기차는 지금 시오카리 고개의 정상에 다가가고 있었다. 이 시오카리 고 개는 데시오와 이시카리의 경계에 있는 높다란 산마루로 아사히키와에서 북쪽으로 약 30킬로미터 지점에 있다. 울창한 산림 속을 몇 굽이 넘어가 는 매우 험한 고개인데 열차는 산기슭에 있는 역부터 뒤쪽 끝에도 기관차 를 달고 헐떡거리며 오른다.

"네, 이제 정상에 다다를 겁니다."

"아니, 이 기차는 뒤에 기관차가 붙어 있지 않네?"

로쿠 씨는 뒤쪽을 본 채 말했다.

"아, 차량이 적어서겠지요. 하지만 뒤에 기관차가 붙지 않은 채 오르는 건 드문 일입니다."

노부오는 로쿠 씨에게 맞장구를 쳤다. 기차는 지금이라도 멈추는 게 아 닐까 생각될 만큼 느릿느릿 고개를 올라갔다. 앉아있어도 아래에서 밀어 올리는 것처럼 객차가 심한 비탈을 올라가고 있음을 몸으로 직접 느낄 수 있다. 잡목림이나 가문비나무 원시림이 뒤로 천천히 지나간다.

"언제 지나가도 험한 고개네요."

로쿠 씨가 담뱃재를 손바닥에 톡 떨어뜨렸다.

"그러네요. 꽤나 급한 비탈입니다."

창밖에 까마귀가 한 마리 낮게 날아갔다.

"이 근처는 좀체 개발되지 않아요. 도라오는 삿포로에서 나가 본 적이 없는데 이런 데도 한 번 보여 주어야겠네요."

"도라짱을 꼭 만나고 싶네요."

기차는 크게 커브를 돌았다. 거의 직각으로 생각되는 커브이다. 그런 커브가 여기까지 오는 동안 여러 번 있었다.

"고맙습니다. 도련님, 도라오가 얼마나……."

로쿠 씨가 이렇게 말했을 때였다. 그때 객차가 덜커덕하고 멈추는 느낌이 들었다. 하지만 다음 순간, 객차는 이상하게도 속절없이 천천히 뒷걸음치기 시작했다. 몸에 전해져 오던 기차의 진동이 뚝 끊어졌다. 그 사이에 객차는 가속도를 내며 빨리 움직였다. 이제까지 뒤쪽으로 흘러가던 창밖의 경치가 반대 방향으로 쭉쭉 지나갔다.

섬뜩한 침묵이 객차 안을 덮었다. 하지만 그 침묵도 단 몇 초에 불과했다.

"앗! 기차가 분리됐다!"

누군가 외쳤다. 차 안이 공포로 휙 휩싸였다.

"큰일이다! 뒤집어진다~!"

그 목소리가 골짜기 밑바닥에라도 떨어질 듯한 공포를 자아냈다. 누구 할 것 없이 모두 일어서서 좌석에 달라붙었다. 아무 소리도 내지 않고 공포로 얼굴이 일그러져 있을 뿐이었다.

"나무아미타불, 나무아미타불……."

로쿠 씨가 눈을 꼭 감고 염불을 외웠다.

노부오는 사태의 중대함을 알고 즉시 기도했다. 어떤 일이 있어도 승객을 구출해야 한다. 어떻게 해야 하는가? 노부오는 숨 막히는 심정으로 기도했다. 그때 승강구의 발판에 핸드 브레이크가 있는 게 머릿속에 번뜩였다. 노부오는 재빨리 일어났다.

"여러분, 침착해 주세요. 기차는 곧 멈춥니다."

설교하는 단상에서 단련된 늠름한 목소리가 기차 안에 울려 퍼졌다.

"미호리 군, 손님들을 부탁하네."

흥분된 탓인지 눈만이 이상스레 빛나는 승객들은 달라붙듯이 노부오 쪽을 보았다. 하지만 이미 노부오의 모습은 문밖에 있었다.

노부오는 덤벼들듯이 발판의 핸드브레이크를 잡고 얼음처럼 차가운 핸들을 힘껏 돌리기 시작했다.

당시 객차의 모든 발판에는 핸드브레이크가 붙어 있었다. 발판의 바닥에 수직으로 세워진 자동차의 핸들과 같은 것이었다.

노부오는 한시라도 빨리 객차를 세우려고 필사적으로 노력했다. 양쪽에 다가오는 나무들이 날아갈 듯이 지나가 버려도 노부오의 눈에는 들어오지 않았다.

속도가 점점 느려졌다. 노부오는 더욱 온 힘을 다해 핸들을 돌렸다. 겨우 1분도 지나지 않은 그 작업이 노부오에게는 엄청나게 긴 시간으로 생각되었다. 이마에서 땀이 흘러내렸다. 제법 속도가 느려졌다.

노부노는 겨우 안심이 되어 숨을 크게 쉬었다. 이제 한숨 돌렸다고 생각했다. 하지만 어찌 된 일인지 브레이크는 더 이상은 좀체 움직이지 않았다. 노부오는 초조해졌다. 노부오는 사무직 직원이라 핸드브레이크의 조작 방법을 자세히 모른다. 조작 오류인지 브레이크 고장인지 노부오는 판단할 수 없었다. 여하튼 기차는 완전히 정지되어야만 한다. 방금 본 여자아이들의 겁난 표정이 스쳐 지나갔다. 이 상태가 지속되면 다시 폭주할

게 틀림없다. 이런 생각을 했을 때 노부오는 전방 약 50미터 지점에 가파른 비탈의 커브를 보았다.

노부오는 혼신의 힘을 다해 핸들을 돌렸지만 아무리 해도 객차의 속도는 더 이상 떨어지지 않았다. 커브가 점점 노부오에게 다가오고 있다. 다시 폭주하면 보나 마나 뒤집힌다. 비탈이 급한 커브가 몇 개나 차례차례 기다리고 있다. 노부오는 순간적으로 지금 이 정도의 속도라면 자신의 몸으로 이 차량을 멈추게 할 수 있다고 판단했다. 그 순간, 후지코, 어머니, 마치코의 얼굴이 눈에 크게 떠올랐다. 이를 뿌리치려는 듯이 노부오는 눈을 감았다. 그리고 다음 순간 노부오의 손은 핸드브레이크에서 떨어졌고, 그의 몸은 선로를 목표로 뛰어내려졌다.

객차는 기분 나쁘게 삐걱거리는 소리를 내며 노부오의 몸 위에 올라앉았고 마침내 완전히 멈췄다.

요시카와는 오후부터 업무를 쉬려고 마음먹었다. 오늘은 오랫동안 기다리던 후지코의 혼인 예물이 들어오는 날이다. 요시카와는 무심결에 싱글벙글해지는 걸 억누를 수가 없었다.

"이보게, 요시카와. 또 혼자 웃음인가?"

동료에게 놀림을 당할 만큼 요시카와는 몇 번이나 노부오와 후지코의 일을 생각하고 미소 지었다. 저녁에는 노부오와 중매인인 와쿠라 부부가 삿포로에 도착할 예정이다. 요시카와는 후지코와 함께 역까지 마중 나가기로 약속했다.

요시카와는 현재 소규모 화물 처리를 담당하고 있다. 요시카와가 손님의 화물을 접수하는 곳에 운수 사무소의 야마구치라는 동료가 뛰어들었다. 그는 철도국 기독교청년회의 회원이다.

"요시카와 씨! 큰일 났네."

"뭐지, 도시락이라도 잊고 온 건가?"

요시카와는 농담을 했다.

"요시카와, 놀라지 말게. 알겠지? 놀라지 말게."

"뭔데?"

손님에게 접수한 소화물을 손에 든 채 요시카와는 눈살을 찌푸렸다. 야마구치의 얼굴이 새파랗게 질려 있다.

"저 말이지. 나가노 씨가…… 나가노 씨가…….."

야마구치의 목소리가 눈물 때문에 끊어졌다.

"뭐! 나가노가 어떻게 됐다고?"

"죽었네."

"죽었다고!?"

요시카와가 호통을 치듯이 되물었다. 야마구치는 요시카와의 어깨에 매달려 울어댔다. 그는 다른 청년회의 회원들과 마찬가지로 진심으로 노부오를 사모했었다.

"그런 당치도 않은 소리를!"

오늘은 노부오와 후지코의 예물이 들어오는 날인데 죽어서야 되겠는가 하고 요시카와는 생각했다.

"뭔가 잘못 안 거 아닌가?"

야마구치는 고개를 옆으로 힘껏 흔들었다.

"잘못 안 거 아니네. 아사히카와에서 전화가 왔어. 사무소에 가서 물어보게."

요시카와는 들고 있던 소화물을 바닥에 팽개치고 운수 사무소 쪽으로 달려갔다. 도중에 누군가와 부딪쳤지만 깨닫지 못했다.

사무소에 들어서자마자 요시카와는 한눈에 노부오의 죽음을 알 수 있었다. 책상 앞에 앉은 사람은 하나도 없다. 저쪽에 한 무리, 이쪽에 한 무리 모여 흥분하고 있다. 소리 높여 우는 사람도 있다. 요시카와의 얼굴을 보자 3~4명이 달려왔다.

"나가노 씨가……."

"어찌 된 일이요!?"

"자신을 희생하여 승객들을 살리셨습니다."

젊은 청년이 외쳤다. 그 자리에서 요시카와는 사람들로부터 사건의 경위를 들었다. 요시카와는 어리벙벙했다. 철로 위에 뛰어내린 노부오의 모습이 또렷이 눈에 떠오른다. 새하얀 눈 위에 사방으로 흩어진 선혈을 직접 본 것 같은 느낌이 들었다. 노부오답게 죽었다는 생각이 들었다. 요시카와는 그가 이렇게 죽으리라는 걸 오래전부터 알고 있었던 것 같았다. 극심한 충격과 함께 마음 어딘가에 흔들리지 않는 한 모습이 자리 잡고 있었다. 온몸이 흔들리는 듯한 충격을 받았음에도 마음 한구석만은 극히 고요했다. 그것은 노부오를 잘 알고 있는 요시카와의 우정이었는지도 모른다.

"아사히카와에 가게 해 주세요."

"저도 가겠습니다."

"아니, 제가 가겠습니다."

운수 주임을 사이에 두고 흥분한 청년들이 애원하고 있었다. 그 가운데를 가르듯이 요시카와가 운수 주임 앞에 나섰다.

"주임님, 나가노는 평소 안쪽 호주머니에 유언을 갖고 있었습니다. 바로 조사하게끔 연락해 주세요."

"아, 그렇다면서? 유언 얘기도 들었네. 나가노 군의 피가 끈끈하게 스며 있었다네."

요시카와는 잠자코 머리를 숙이고 멍하니 운수 사무소를 나왔다. 후지코를 생각하니 요시카와는 문자 그대로 창자가 끊어지는 듯한 아픔을 느꼈다. 상사에게 사정을 알리고 노부오의 장례식까지 휴가를 받은 요시카와는 집으로 향했다. 어디를 어떻게 걸어서 왔는지 스스로도 알 수 없었다.

"어머! 어서 오세요, 근데 오빠, 왜 그래요? 낯빛이 너무 나빠요."

후지코는 걱정스레 요시카와를 보았다.

"음, 머리가 조금 아파."

"어머! 언니. 오빠가 머리가 아프대요."

후지코는 부엌 쪽을 향해 올케를 불렀다.

"뭐예요, 모처럼 경사스러운 날인데."

미닫이 쪽에서 아무렇지도 않은 듯 밝은 목소리가 돌아왔다.

"오사무가 머리가 아프다고? 배꼽 떼고 나서 처음 듣는 얘기네. 감기라도 걸린 거 아닌가?"

오늘 밤 축하행사 준비로 바쁜 요시카와의 어머니도 부엌에서 소리칠 뿐이었다.

"이불이라도 덮어 줄까요?"

난로 옆에 털썩 책상다리를 하고 앉은 요시카와의 얼굴을 후지코가 들여다보았다.

"괜찮아."

요시카와는 적어도 점심 식사가 끝나기 까지는 노부오의 죽음을 알리지 않아야겠다고 마음먹었다. 그의 죽음을 알게 되면 며칠이고 식사를 하지 않을 것 같았다. 적어도 지금 점심 식사만이라도 행복하게 마치게 하고 싶다는 생각을 했다.

"저, 오빠, 오늘 말이에요. 아주 이상한 일이 있었어요. 지붕 위에 커다란 돌이라도 떨어진 것처럼 '탕' 소리가 났는데 이상한 소리였어요."

"그게 몇 시쯤이었지?"

요시카와는 고개를 떨군 채 중얼거리듯 낮은 목소리로 물었다. 대답을 듣고 놀라서는 안 된다고 생각하며 자신의 목덜미를 스스로 억누르듯이 요시카와는 자신의 무릎 사이를 내려다보고 있었다.

"어머니, 아까 이상한 소리가 몇 시쯤이었지요?"

"글쎄, 10시쯤이었나? 세상이 바뀌었으니 언제 어디에 대포가 떨어질지 모르잖니?"

태평스런 목소리였다. 점심 식사가 시작되었다.

"나가노 씨 일행은 아사히카와를 출발했겠지? 오사무?"

요시카와는 말없이 밥을 먹었다. 아무런 맛도 없었다.

"너, 정말로 몸이 안 좋아 보이는구나."

요시카와의 어머니는 비로소 걱정스러운 듯 말했다.

"네."

"오늘 밤은 경사스러운 날이니 힘을 내도록 해라."

요시카와는 견디기 힘들어 스르르 젓가락을 떨어트렸다.

깜짝 놀라 후지코도 어머니도 요시카와의 아내도 그를 보았다.

"피곤해서 그러는 게 아닌 것 같은데? 오사무."

"오빠, 쉬는 게 좋겠는데요."

어머니와 후지코가 저마다 말하며 걱정스레 요시카와의 얼굴을 들여다보았다. 고개를 떨군 요시카와의 어깨가 흔들렸다. 더 이상 말하지 않고 버틸 수가 없었다.

"후지코! 어머니!"

결심한 듯 요시카와는 얼굴을 들었다.

"실은 두 시 기차로 아사히카와로 가려고요."

어떻게 말을 꺼내야 좋을지 요시카와는 알 수 없었다.

"아사히카와로? 대체 왜?"

어머니는 불안한 듯 요시카와랑 후지코를 번갈아 보았다.

"오빠, 저…… 혹시 나가노 씨가…… 혼례를……."

후지코는 말을 머뭇거렸다.

"설마 나가노 씨가 이제 와서, 후지코를 싫다는 식으로 말할 리는 없잖니?"

요시카와의 어머니는 후지코를 위로하려고 말했다. 아랫입술을 악문 요시카와의 얼굴이 일그러졌다.

"사실은 말입니다……, 사실은……."

아무리 해도 다음 말이 나오지 않았다.

"어떻게 됐다는 거니? 오사무."

"음, 실은 오늘 시오카리 고개에서요, 철도 사고가 있었어요. 맨 뒤에 있는 객차가 분리되어 그 고개를 역주행했대요."

"어쩜, 그럼 뒤집히기라도 한 거니? 나가노 씨가 거기에 탔고?"

어머니는 다그쳤다.

"손님은 모두 구조되었대요. 나가노가 구했답니다."

"구했다니 어떻게요? 오빠!"

"음, 나가노는…… 나가노는……. 후지코, 나가노는 자신이 기차에 깔려 기차를 세웠단다. 그래서 승객 모두의 목숨을 구한 거야."

요시카와는 후지코의 얼굴을 볼 수가 없었다.

"그렇다면, 오사무! 나가노 씨는 죽었다는 거냐?!"

어머니가 외쳤다.

"네, 죽었어요. 후지코, 나가노는 훌륭하게 죽은 거다. 훌륭하게."

후지코는 입술까지 창백해졌다. 너무도 놀란 나머지 가면처럼 표정이 없었다.

"후지코!"

"아가씨!"

어머니와 요시카와의 아내가 '와악' 하고 울며 엎드렸다. 요시카와는 흠칫흠칫 후지코를 보았다. 멍하니 눈을 부릅뜨고 있는 후지코에게 요시카와는 외쳤다.

"후지코! 정신 차려!"

후지코는 눈도 깜빡이지 않았다.

저녁 무렵까지 후지코는 같은 자리에서 꼼짝 않고 앉아 있었다. 모든 기능이 완전히 정지된 듯한 모습이었다. 놀라거나 슬퍼하지도 않았다. 요시카와는 오늘 아사히카와에 가지 않기로 했다. 문자 그대로 혼이 빠져나간 모습 같은 후지코의 옆에서 수발을 들고 있었다.

말을 걸거나 어깨를 흔들어도 후지코는 아무런 반응을 보이지 않았다. 요시카와는 내심 후지코가 신앙을 갖고 있음에 어느 정도는 안심하고 있었다. 한동안은 슬퍼해도 신앙이 후지코를 지탱해 주리라 생각했다.

하지만 요시카와는 불안해졌다. 후지코는 슬퍼하지도 울지도 않는다.

(실성을 했나?)

몇 번이나 이런 생각을 하며 요시카와는 큼직한 주먹으로 눈물을 힘껏 닦았다.

저녁이 되어 후지코가 비틀거리며 일어섰다.

"어디 가려고, 후지코!"

후지코는 말없이 방한 망토를 입었다.

"어디에 가려고?"

"역까지요."

들릴락 말락 가느다란 목소리였다. 식구들은 모두 얼굴을 마주 보았다. 완전히 실성했다고 생각했다.

"후지코! 역까지 뭐 하러?"

눈꺼풀이 눈물로 새빨갛게 부어오른 요시카와의 어머니는 후지코에게 말했다.

"나가노 씨를 마중 가려고요."

후지코는 미닫이문을 열고 그림자처럼 현관을 나섰다.

"후지코, 나도 갈게."

요시카와는 외투를 걸치고 후지코를 쫓아갔다. 이미 어두워지기 시작한 거리를 요시카와는 후지코를 품듯이 하고 걸어갔다. 겨우 400~500미터쯤 떨어진 역까지 가는 길이 요시카와에게는 너무나도 먼 길로 생각되었다.

후지코는 역에 이르자 개찰구에 다가가 멍하니 섰다. 이윽고 기차가 예정된 시각에 맞추어 플랫폼으로 들어왔다. 정시에 기차가 도착한 사실에 요시카와는 가슴이 터질 듯했다.

양손에 짐을 든 남자, 머리 모양으로 보아 결혼한 여자, 수염이 듬성듬성 난 관리, 자주색 스커트를 입은 여학생, 줄을 이어 기차를 내려오는 한 사람 한 사람을 바라보면서 요시카와의 얼굴이 뒤죽박죽 일그러졌다. 당연히 나가노 노부오도 이 사람들에 섞여서 개찰구로 다가올 예정이었다. 항상 그랬던 그 싱글거리며 웃는 표정을 지으며 "여어, 수고가 많네." 하고 다가왔어야 했다. 그리고 처음으로 노부오를 역까지 마중 나온 후지코에게 상냥한 말을 걸어 주었을 것이다. 게다가 한 시간 후에는 예물 예식을 겸한 축하연이 열릴 예정이지 않았는가? 요시카와는 눈물을 흘리지 않으려고 눈을 부릅뜨면서 후지코를 보았다.

후지코는 발돋움하는 자세로 개찰구에 다가오는 한 사람 한 사람을 열심히 바라보고 있다.

후지코는 노부오의 죽음을 믿을 수 없었다. 약속대로 이 기차를 타고 노부오가 오게 되어 있다. 연지색 방한 망토를 입고 마중 나오기로 약속한 이상 자신은 개찰구에서 노부오를 기다려야 한다고 후지코는 생각했다. 그러나 어느 얼굴도 노부오의 얼굴은 아니었다. 마지막 한 사람도 개찰구를 빠져나갔다.

그러자 그때였다. 후지코는 기차에서 노부오가 내려오는 걸 보았다. 분명히 보았다. 평소처럼 부드럽게 웃음 띤 얼굴을 후지코는 분명히 보았다.

"아! 노부오 씨!"

후지코는 방긋이 웃으며 손을 들었다. 하지만, 노부오의 모습은 바로 금세 감쪽같이 사라진 듯 보이지 않게 되었다. 다음 순간, 후지코는 무너지

듯이 요시카와의 품에서 정신을 잃었다.

후지코와 요시카와를 태운 기차는 시오카리 고개의 신호소에서 내려주
었다.

"뿌-."

기차는 두 사람에게 이별을 알리듯 크게 기적 소리를 내며 신호소를 떠
났다. 기차의 검은 연기가 낙엽 냄새가 나는 잡목림 속으로 사라질 때까
지 두 사람은 내린 자리에 계속 서 있었다.

5월 28일, 노부오가 죽은 2월 28일부터 정확히 3개월이 지나간 날이다.

노부오의 죽음은 철도원들은 물론, 일반인들에게도 심한 충격을 주었
다. 목욕탕에서 이발소로 노부오에 대한 소문은 넘쳐났고, 감동은 감동을
불렀다.

"기독교는 사교라고 생각했는데 그렇게 훌륭하게 죽는 사람도 있다니.
기독교가 나쁜 종교라고 말할 수는 없겠어."

사람들은 이렇게 이야기를 주고받았다. 기독교 신자가 되면 의절당하
는 시대였다. 하지만 노부오의 죽음은 그런 무지몽매함을 깨우쳐 주었다.
그뿐 아니라 아사히카와, 삿포로를 중심으로 철도원들이 한꺼번에 수십
명이나 기독교를 믿게 되었다. 미호리 미네키치도 그중 하나였다.

미호리는 노부오의 죽음을 눈앞에서 보았다. 객차가 폭주하고 모두가
아연실색했다. 미호리도 정신없이 등받이에 달라붙어 있었다. 그러면서
무심코 노부오를 보니 그는 조용히 기도를 드리고 있었다. 단 2~3초에 불
과한 시간이었는지 모른다. 그러나 그의 모습은 그야말로 선명하게 미호
리의 뇌리에 새겨졌다. 이어서 한 치의 흔들림도 없이 승객을 안심시켰던

늠름한 목소리, 필사적으로 핸드브레이크를 돌리던 모습, 훌쩍 돌아서서 미호리에게 고개를 끄덕이는가 싶더니 눈 깜짝할 사이에 선로를 향해 뛰어 내려가던 모습. 그 하나하나를 객차의 출입구에 있었던 미호리는 분명히 목격했던 것이다.

사람들은 기차가 완전히 멈춘 현실을 믿을 수 없었다. 두려움에서 미처 깨어나지 못한 표정을 지은 채 모두가 멍하니 있었다.

"멈췄다! 살았다!"

누군가 외쳤을 때, 갑자기 한 여자가 울기 시작했다. 이어서 누군가 노부오의 행동을 알렸을 때, 승객들은 순간 침묵했다가 곧이어 술렁거리기 시작했다. 술렁거리는 소리는 금방 커져갔다. 남자들은 높은 발판에서 수북이 쌓인 눈 위로 뿔뿔이 뛰어내렸다. 새하얀 눈 위에 선혈이 튀고, 노부오의 몸은 피투성이가 되어 있었다. 승객들은 노부오의 몸을 붙들고 울었다. 웃고 있는 듯이 죽어 간 사람의 얼굴이었다.

미호리는 죽기 직전까지 노부오를 조롱하고 반박하곤 했던 자신에게 자책감을 느껴 견딜 수 없었다. 이 노부오의 죽음이 미호리를 완전히 변화시켰다.

장례식은 3월 2일, 아사히카와의 교회에서 거행되었다. 교회당 밖에까지 참석자가 넘쳤고, 그중에는 노부오를 그리워하며 우는 주일학교 학생들의 가련한 모습도 있었다. 사회자가 노부오의 유언장을 낭독했다. 그 유서는 정식으로 신자가 된 이후 새해마다 새로 써서 노부오가 몸에 늘 지니고 있던 유언장이었다. 끈적끈적한 피가 흠뻑 묻어 있는 상태를 사회자가 알린 후 그 유언장이 낭독되었다.

유언

1. 나는 감사하며 하나님께 모든 것을 바친다.

1. 나의 죄는 예수님께서 용서해 주셨다. 형제자매여, 나의 크고 작은 모든 죄가 면제된 사실을 알아주기를 바란다. 나는 형제자매들이 나의 죽음에 따라 하나님 아버지에게 다가가서 감사의 참뜻을 맛보기를 기도한다.

1. 어머니나 친척을 기다리지 말고 24시간이 지나면 장례를 치러 주기 바란다.

1. 나의 역사라 할 수 있는 일기장과 따로 적어 놓은 것과 서신은 모두 태워 버려야 한다.

1. 장례는 화장을 하며 가급적 불필요한 예식은 하지 말고, 이에 필요한 시간과 비용은 최대한 아끼기 바란다. 입관하기 전에 시체를 씻는 일은 무익하니 하지 말고 이력의 낭독, 조사 등도 하지 말아야 한다.

1. 범사에 항상 감사한다.

제가 죽었을 때는 죄송하지만 여기에 적은 대로 처리해 주시기를 삼가 부탁합니다.

나가노 노부오

유언장이 읽히자 모든 참석자의 훌쩍거리며 우는 소리가 회당을 가득 채웠다.

관이 교회당을 나갈 때 사람들은 이를 메려고 서로 먼저 달려갔다. 교외의 묘지까지 메고 가려고 했던 것이다. 그중에는 아버지가 구조된 도라오의 모습이 있었다. 미호리와 요시카와도 관의 한쪽을 메었다. 많은 사람이 메고 있어서 관은 가벼웠지만, 그 죽음은 사람들의 마음속에 깊고 무겁게 자리 잡은 듯했다.

한 달 후에 노부오의 유언장과 사진이 철도국 기독교청년회에서 그림 엽서로 만들어져 관계 지인들에게 전달되어 더욱 큰 감명을 주었다.

요시카와는 미호리가 한 말을 떠올렸다.

"제가 본 나가노 씨의 희생적인 죽음은 유언장이나 그 무엇보다도 제게는 훨씬 엄중한 유언이었습니다."

그 후 완전히 달라진 미호리의 인격이 이를 여실히 말해 주고 있었다.

와쿠라 레이노스케는 그때까지 성경을 손에 쥔 적도 없었지만 노부오를 사랑함에 있어 다른 누구에게 뒤지지 않았다. 그는 노부오가 죽은 후 1개월 동안 매일 아침 4킬로미터 남짓한 거리에 있는 노부오의 묘지까지 참배했다. 와쿠라는 아들이라도 죽은 것처럼 부쩍 살이 빠졌다. 요시카와는 와쿠라가 요즈음 성경을 읽기 시작했다는 말을 들었다.

"이제부터는 후지코 씨에게 때때로 성경을 배우러 가겠어요."

일전에 열린 49재 모임에서 와쿠라는 야윈 자신의 뺨을 만지며 이렇게 말했다.

시오카리 고개에는 이제 새파란 잎이 푸릇푸릇 돋아나고 있었다. 양쪽에 펼쳐진 원시림이 선로에 다가오듯이 무성하다. 민들레가 주변 한쪽에 군락을 이루고 있었다. 땀이 밸만큼 따가운 햇살 아래에 요시카와와 후지코는 멀리 이어지는 선로 위에 서서 저쪽을 꼼짝 않고 바라보았다. 상당한 급경사이다. 이 지점에서 이탈한 객차가 폭주했단 말인가? 몇 번이고 들었던 당시의 상황을 떠올리며 요시카와는 후지코에게 말했다.

"후지코, 괜찮겠어? 사고 현장까지는 꽤 멀어."

후지코는 희미하게 웃고는 담담한 표정으로 끄덕였다. 가슴에 새하얀 조팝나무 꽃다발을 끌어안고 있다. 후지코의 병실에서 창밖을 바라보며 노부오가 말한 적이 여러 번 있었다.

"조팝나무는 후지코 씨 같아요. 푸르고 밝아서지요."

정원에 서 있는 그 조팝나무를 보고 한 말이었다.

후지코는 한 걸음 한 걸음 선로를 걷기 시작했다. 어디선가 덤불숲에 사는 휘파람새의 울음이 끊어졌다 들렸다 했다. 맨 처음 노부오의 죽음 소식을 들었을 때 후지코는 놀란 나머지 실성한 사람처럼 되었다. 후지코는 개찰구에서 분명히 노부오를 보았다고 생각했다. 노부오는 후지코에게 단순히 죽은 존재가 아니었다. 실신한 다음 깨어나자 후지코는 스스로도 이상할 만큼 평소의 자신으로 돌아왔다. 커다란 돌이 떨어지는 듯한 그 지붕에서 난 소리는 틀림없이 노부오가 죽은 시각에 일어난 이상한 소리였다. 개찰구에서 본 노부오나 그 커다란 소리 역시 후지코는 노부오가 자신의 옆에 돌아왔다고 밖에는 생각할 수 없었다. 그렇게 생각함으로써 후지코는 깊은 위로를 받았다.

후지코는 평소 노부오가 했던 말을 생각했다.

"후지코 씨, 장작은 한 개보다 두 개가 더 잘 탑니다. 우리들도 신앙의 불을 태우기 위해 부부가 되는 겁니다."

"저는 매일 하나님과 이웃을 위해 살고 싶습니다. 물론 언제까지나 살고 싶지만 언제 어떠한 순간에 목숨을 잃게 되더라도 기쁘게 받아들일 수 있기를 원합니다."

"하나님께서 하시는 일은 항상 그 사람에게 가장 좋은 일입니다."

지금 후지코는 떠올리는 말 하나하나가 엄중하게 가슴에 다가옴을 새삼 느꼈다. 그것은 노부오의 목숨 그대로의 무게감이었다.

후지코는 멈췄다. 이 선로 위를 객차가 주르르 반대로 달리기 시작했을 때 이 지점에서는 그가 아직 살아 있었음을 생각했다. 이런 생각이 들자 이루 형언할 수 없는 마음이 되었다. 하지만 그는 자신의 목숨과 바꾸어 많은 사람의 목숨을 구했던 것이다. 단순히 육체뿐 아니라 많은 사람의 영혼을 구한 것이었다. 지금 아사히가와, 삿포로에서 봉화처럼 신앙의 불길이 붉게 타오르고 교회에는 각성하는 기운이 넘쳐나고 있다. 자신 또한 신앙이 강해지고 새로워졌다고 후지코는 생각했다. 후지코가 잠시 멈춰 선 선로의 옆에 맑은 물이 5월의 햇살에 비치고, 연보라색 얼레지꽃이 조금 떨어진 나무그늘에 무리를 지어 피어 있었다.

후지코는 가만히 요대 사이에 소중히 간직해 온 기쿠의 편지를 꺼냈다. 노부오의 어머니는 혼고에서의 생활을 그만두고 오사카에 있는 마치코의 집으로 떠났다. 오사카는 기쿠의 고향이기도 했다.

"후지코 씨.

보내준 편지를 받고 한결 안심이 되었어요. 후지코 씨가 노부오가 살아가고 싶었던 길을 그대로 본받아 살아가겠다고 한 말에 진심으로 감사드려요. 노부오는 어린 시절부터 기독교를 싫어했습니다. 도쿄를 떠날 때도 아직 그리스도를 알지 못했어요. 이는 모두 제가 부덕한 탓입니다. 후지코 씨의 순수한 신앙과 진실이 노부오를 더 바랄 것 없이 훌륭한 신자로 키워주었던 것입니다.

후지코 씨, 노부오의 죽음은 어머니로서 슬픈 일입니다. 하지만 또한 이렇게 기쁜 일은 없습니다. 이 세상 사람은 언젠가는 모두 죽게 됩니다. 그러나 그 많은 죽음 가운데 노부오의 죽음만큼 축복받는 죽음은 적지 않을까요? 후지코 씨, 이렇게 노부오를 이끌어 주신 하나님께 진심으로 감사를 드려요……"

외울 수 있을 정도로 많이 읽었던 이 편지를 후지코는 노부오가 죽은 지점에서 읽고 싶다는 생각에 가지고 온 것이다.

뻐꾸기 울음소리가 가까이에서 들렸다. 뻐꾸기가 낮게 날면서 가지를 움직였다. 후지코는 다시 걷기 시작했다. 갓 피어난 감제풀 잎이 바람에 살짝 흔들리고 있었다.

(노부오 씨, 저는 평생 노부오 씨의 아내입니다.)

후지코는 자신이 노부오의 아내인 사실이 자랑스러웠다.

요시카와는 50미터쯤 앞서서 가는 후지코의 뒤에서 천천히 따라갔다.

(불쌍한 녀석.)

불구로 태어난 데다 오랫동안 투병 생활 끝에 기적적으로 이겨 내고 결혼이 결정된 기쁨도 잠깐, 혼인 예물이 들어오는 바로 그날에 노부오를 잃어버린 것이다.

(어떻게 이런 애처로운 운명이 있을 수 있단 말인가?)

이렇게 생각하면서도 요시카와는 후지코가 자신보다 훨씬 진정한 행복을 누린 사람같이 느꼈다.

〈한 알의 밀이 땅에 떨어져 죽지 아니하면 한 알 그대로 있고〉

성경의 이 구절이 요시카와의 마음속에 떠올랐다.

후지코가 멈춰 서자 요시카와도 따라 섰다. 서서 무엇을 생각하는지 궁금했다. 후지코가 다시 걷기 시작했다. 걸을 때마다 다리를 끌려 어깨가 올라갔다 내려갔다 한다. 그 움직이는 어깨 사이로 하얀 조팝나무 꽃이 빛나듯 보였다 사라졌다 했다.

이윽고 저편에 커다란 커브가 보였다. 그 커브 앞에 하얀 나무 기둥이 서 있었다. 아마 희생의 현장을 알리는 표지일 것이다. 후지코가 서서 하얀 조팝나무 꽃다발을 선로 위에 놓는 모습이 보였다. 하지만 다음 순간 후지코가 갑자기 선로에 엎드렸다. 요시카와는 엉겁결에 멈춰 섰다. 요시카와의 촉촉하게 맺힌 눈물 때문에 후지코의 모습과 하얀 조팝나무 꽃이 하나로 보였다. 그리고 가슴을 꿰찌르는 듯한 후지코의 울음소리가 요시카와의 귓전을 때렸다.

한낮 시오카리 고개의 하늘은 구름 한 점 없이 맑았다.

저자후기

우리가 출석하는 아시히카와 6가교회의 1939년 월보에 당시 오가와 목사가 쓴 이런 글이 실려 있다.

> "지금으로부터 꼭 30년 전인 1909년 2월 28일은 저희들이 잊을 수
> 없는 날입니다. 그리스도의 충실한 종 나가노 마사오 형제가 신앙
> 심을 바탕으로 철도국 직원 직무를 수행하다 인명구조를 위해 순직
> 하신 바로 그날입니다."

사후 30년이라면 웬만큼 가까운 친척도 망각할 만한 세월임에도 이렇게 특별히 기리는 이유는 나가노 마사오 씨의 죽음이 아무리 오래 지났어도 많은 사람들에게 커다란 감명을 주었기 때문일 것이다.

6가교회에 출석하게 된 내가 나가노 마사오 씨가 하신 일을 안 때는 1964년 7월 초였다. 같은 교회의 현재 89세 되시는 후지와라 에이키치 씨 자택을 방문했을 때 그분이 내게 신앙 수기를 보여주셨다. 그중에 젊은 시절 후지와라 씨를 신앙으로 인도한 나가노 마사오 씨의 생애가 쓰여 있었다. 나는 나가노 마사오 씨의 훌륭한 신앙심에 압도되어 마음속 깊숙이 크나큰 감동을 받았다.

"아아, 이런 신앙의 선배가 우리 교회에 실제 계셨단 말인가?"

나는 그날 이후 나가노 마사오 씨의 생애를 줄곧 생각하다 소설을 쓰기로 마음먹고 그에 관한 자료를 조사했으나 유감스럽게 자료는 적었다. 그

의 유언에 따라 편지나 일기장은 모두 소각되었고 혈연이 있는 분들의 행방도 알 수 없었다. 겨우 그의 사후에 발행된 『고 나가노 마사오 군의 약전』이라는 소책자, 그의 사진과 유언이 실린 기념 그림엽서 2매, 그리고 아사히카와 6가교회 교회사에 나오는 그에 관한 짧은 기록과 추도사만을 구했을 뿐이다.

내가 쓴 『시오카리 고개』의 주인공 나가노 노부오는 당연히 소설 속 인물이지 실재 인물인 나가노 마사오 씨 그 자체는 아니다. 나가노 마사오 씨가 훨씬 신앙심이 깊고 훌륭한 인물이었다. 나는 나가노 씨의 인품이나 에피소드를 앞에 기술한 자료에서 뽑아 간략히 소개함으로 후기를 대신하려고 생각한다. 왜냐하면 나가노 마사오 씨는 나가노 노부오의 원형이기 때문이다.

나가노 마사오 씨는 실제로 검소한 분이었다.

"서무주임이라면 상당한 지위였는데 그의 외관은 항상 초라해 보였다."

같이 하숙 생활을 한 어느 신자의 이 말대로 새 옷은 거의 사 입지 않은 것 같다. 또한 식생활도 아주 검소해서 찐 콩을 단지 속에 넣어 두고 도시락 반찬을 겸하면서 일주일이고 열흘이고 그 콩만 먹었다고 한다. 이 정도면 인색하다고 생각될지 모르지만 실제는 결코 그렇지 않았다. 그는 고향에 계신 어머니에게 생활비를 보내고 교회에는 항상 많은 헌금을 드렸는데 그 헌금액은 부유한 실업가 신자보다 많았다고 한다. 러일전쟁 승전기념 정부하사금 60엔도 그대로 아사히카와 기독교청년회의 기금으로 헌금했다. 당시 60엔은 지금의 얼마에 해당되는지 모르지만 그는 결코 금전을 아까워해서 검소하게 지낸 분이 아니었다.

나가노 마사오 씨가 신앙생활에 열심이었음은 그 교회의 모든 집회에 출석했다는 한 가지만으로도 알 수 있다. 또한 그 집회에 출석할 때는 계획을 세워 항상 더 많은 사람들을 교회로 인도했다. 또 종종 자비를 들여 여러 곳에 전도하러 가고 철도 기독교청년회를 조직했다. 그러한 일화는 확 퍼지듯이 전해졌다.

그는 교회를 위해서만 열심히 활동한 게 아니라 직장에서도 참으로 우수한 직원이었다. 운수사무소장 대리 직책을 여러 번 수행했는데 어떤 소장과도 비할 수 없이 신뢰도 높은 인물로 인정받았다.

"어떤 소장은, 후임 소장에게 '아사히카와에는 나가노라는 기독교를 믿는 서무주임이 있는데, 그에게 모두 맡기면 걱정할 필요가 없다.'고 까지 말했다고 전해지기도 했다."

라고 약전에 적혀 있는 것을 보아도 그 면모를 엿볼 수 있다.

그러나 단순히 상사에게만 평판이 좋은 사람은 아니었다. 아무리 바빠도 오후 5시가 되면 부하를 전부 퇴근시키고 남은 일을 밤늦도록 처리할 만큼 부지런했다고 한다. 요즘과 달리 초과 수당 한 푼 없던 시대였는데도 거의 매일 저녁에 그렇게 했기 때문에 부하들이 진심으로 따르지 않을 수가 없었을 것이다.

또한 나가노 씨는 매우 온화한 인물이었다. 소설 속에도 인용했지만 약전에 나오는 말을 다시 인용하고자 한다.

"강단에서 설교를 하실 때는 매우 열정적이었으며 평소 창백하였던 얼굴색은 상기되셨고 그 자그마하고 여윈 몸집에서 나오는 말씀은 하늘에서 내려오는 음성처럼 울려 퍼졌다. 강단을 내려가시면 어느

새 부드럽고 온화한 모습으로 돌아오시니 모두들 깊이 존경하고 사
모하지 않을 수 없었다."

나가노 마사오 씨는 부하 통솔에 뛰어났다. 어느 직장에나 소위 있으나
마나 한 자와 게으른 자, 난폭한 자가 있기 마련인데 나가오 씨가 있는 부
서에는 이런 문제 직원들이 수시로 보내졌다. 나가노 씨에게 보내지면 모
두 해결될 수 있다고 정평이 났기 때문이다. 나가노 씨의 부하가 되면 그
있으나마나 한 자들이 금새 일 잘하는 직원이 되었다고 하니 그는 분명히
드문 인품을 지닌 인물임에 틀림없었다.

특히 다음 에피소드는 나의 마음을 크게 울렸다. 이는 그가 삿포로에 근
무할 때의 일이다.

직장에 A라는 주사가 있는 동료가 있었다. 그는 동료나 상사는 물론 친
형제도 몹시 싫어했다. A는 계속 술을 마시다가 급기야는 발광 증세를 보
이기까지 하는 탓에 회사를 그만두는 수밖에 없었다. A의 친형제는 그런
그를 돌보지 않았다. 그런데 오직 한 사람, 나가노 마사오 씨는 친형제도
돌보지 않는 A를 업무로 바쁜 가운데에도 진심을 담아 간호하였다. 취하
면 시비를 걸고 난폭하게 행동하기만 하는 A를 결코 모른 척하지 않고 계
속 돌보아 드디어 완치에 이르게 했다.

완치되자마자 나가노 씨는 상사에게 A의 복직을 간청했다. 이는 소설
속 미호리의 경우보다(미호리의 사례도 나가노 씨의 체험을 기초로 썼다)
훨씬 어려운 문제였을 것이다. 그러나 나가노 씨는 상상을 초월했다. 상
사도 그의 인격과 열성에 손을 들고 급기야 청원을 받아들여 복직을 인정
했다. 나가노 씨는 바로 집 한 채를 빌려 A와 같이 자취 생활을 하면서 지

도를 이어가 마침내 A를 재기하게 했다. 약전에는 이에 대해 다음과 같이 쓰여 있다.

> "자식보다 지도하기 어려운 동료를 온몸으로 돌보며 훈육에 힘써 아름다운 결실을 거둔 것은 하나님 아버지의 사랑을 실천하는 자이기에 비로소 가능한 것이지, 일시적으로 정에 이끌리어 구제하는 사람들은 도저히 따를 수 없는 모습이다. 그는 이렇게 함으로써 실천적 신앙의 단계를 한 걸음 한 걸음 올라섰고 드디어 순금 같은 삶에 도달할 수 있었다."

또한 6가교회 신도인 야마우치 씨는 '그는 사랑의 화신이라고 불릴 만한 사람'이라고 말했다.

순금 같은 삶, 사랑의 화신이라고까지 당시의 지인들이 쓸 수밖에 없었던 나가노 씨의 일상생활은 실로 상상하고도 남음이 있다.

그는 또한 매우 용기가 있는 사람이기도 했다. 홋카이도에서 전도 활동을 한 피어슨 선교사가 스파이 혐의를 받은 적이 있었다. 러일전쟁 전후 무렵의 일이다. 삽시간에 사람들의 반감과 증오를 불러 일으켜 소학생까지 피어슨 선교사의 집에 돌을 던지는 사태까지 이르렀다.

나가노 씨는 이를 매우 걱정하여 즉시 신문 투고를 통해 피어슨 선교사의 인격과 사명을 알리며 호소하는 한편, 경찰에 스스로 출두하여 오해를 푸는 데 노력을 다했다. 당시 기독교에 대한 세간의 평판을 감안할 때 이런 행동들이 얼마나 용기 있는 것이었는지는 상상하기 어렵지 않다.

이런 나가노 마사오 씨가 시오카리 고개에서 목숨을 바쳐 희생한 것이다. 철도, 교회 등의 관계자는 물론이고 일반 시민들도 그의 죽음에 충격을 받고 크게 감동해 마지않았다. 그의 순직 직후 아사히카와, 삿포로에 엄청난 신앙의 불길이 일어나 수십 명이 세례를 받았다. 후지와라 에이키치 씨도 감동한 나머지 저축한 70엔 전부를 주일학교를 위해 바쳤다고 한다.

오늘도 시오카리 고개를 기차는 오르내릴 것이다. 승객들은 나가노 씨가 몸을 던져 희생한 장소임을 전혀 모른 채 여행을 즐기고 있을지도 모른다. 하지만 이 『시오카리 고개』의 독자는 아무쪼록 저 고개를 넘을 때 그리스도의 충성된 종으로서 살다가 죽은 나가노 마사오 씨를 회상하여 주시기를 바란다. 그리고 그가 새해를 맞을 때마다 고쳐 쓰고는 늘 지니고 있었던 유언의

"형제자매들이 나의 죽음에 따라 하나님 아버지에게 다가가서 감사의 참뜻을 맛보기를 기도한다."

라는 한 구절을 마음에 품고 항상 기억해 주시기 바란다.

마지막으로 이 소설을 쓰는 과정에서 여러모로 도움을 주신 후지와라 에이키치 씨, 쿠사지 카즈 자매, 기도로 격려해 주신 교회 안팎의 형제자매, 2년 반에 걸친 연재 중에 많은 도움을 주신 《신도의 벗》 편집부 관계자 분들, 삽화를 그려 주신 나카니시 세이지 형제, 단행본 발간을 위해 각별히 도움을 주신 신조사의 사쿠라이 노부오 씨에게 다시 한번 심심한 감사를 표한다.

살면서 만나는 여러 경험이나 현상을 놓고 우연과 필연이라는 관점에서 생각해 볼 때가 있다. 사안에 따라 고민할 여지없이 간단하게 구분되는가 하면 그리 쉽게 결론지을 수 없는 경우도 많다.

4년 전 미우라 아야코의 『자아의 구도』를 처음으로 출판한 이후 두 번째도 같은 작가의 작품을 번역하게 되었는데 애당초 의도한 바가 아니었으니 결과만 놓고 보면 우연의 산물 같기도 하다. 첫 번째 책의 '옮긴이 소개'에서 나는 당시 60대 후반에 접어들었음에도 호기롭게 '한일 근현대사와 일본 경제 및 사회, 문학 등 인문사회 서적을 발굴해 번역하는 것이 여생의 포부'라고 썼다.

이러한 나름의 포부를 실행하기 위해 번역할 책을 고른답시고 도쿄의 대형 서점과 진보쵸神保町의 고서점들을 다녀 보기도 하고 인터넷으로 신간 서적을 찾아보며 구입하기도 했다. 그렇게 구한 책들 중에서 실제로 현역 작가의 소설, 기자가 쓴 일본인 종군위안부에 관한 다큐멘터리, 도쿄 지검 특수부의 수사 일화, 의사가 쓴 건강 교양서 등은 출판 시도를 하였으나 출판사의 무관심, 저작권 등의 문제로 결실을 맺지 못하고 번역 연습을 했음에 만족해야 했다. 늦깎이 번역자로서 현실감 없이 너무 다양한 분야에 도전을 했음을 반성할 수밖에 없는 결과였다.

이번 출판에 이르기까지 기억에 남는 일들을 돌이켜 보니 여러 면에서 단순한 우연이 아니고 나를 향한 일관된 메시지가 있음을 깨닫게 되었다.

번역할 책을 정하지 못하다가 출석하는 영락교회에서 일본어 성경반을 인도하시던 요시다 코조 목사님에게 책 추천을 부탁하게 된 일. 오래 기다리다 목사님이『자아의 구도』를 주셨는데 대다수 미우라 아야코의 작품과 달리 번역된 적이 없어 저작권 문제가 순조롭게 해결된 일. 첫 출판 이후 저작권 등의 문제로 추가 출판이 불발되어 낙심하던 중 낙성대 역 근처 고서점에서 이 책의 원전인『塩狩峠』문고판을 발견한 일. 20여 년 전에 번역된 적은 있으나 새로 저작권 계약을 하면 출판이 가능함을 알게 되어 출판사에 의뢰할 수 있었던 일. 의뢰하고 나서도 거의 1년 가까이 회답이 오지 않는 데다 다른 경합자가 나타난 것 같다는 소식까지 들어 마음을 졸이던 중 결국 지난 6월 출판 승낙을 얻게 된 일들이 떠오른다.

나는 이런 일들의 중요한 고비에서는 나의 역할이 전혀 없었음을 인정한다. 여기서 구약성경 잠언 16장 1절의〈마음의 경영은 사람에게 있어도 말의 응답은 여호와께로부터 나오느니라.〉라는 말씀을 떠올릴 수밖에 없다. 비록 나의 관심과 실행에서 비롯되었지만 정작 누군가의 도움이 없었으면 이루어질 수 없는 결과였다. 개개의 과정에서 그 누군가는 사람이었지만 그 사람 뒤에 분명 누군가 있었다. 그 누군가를 기독교 신자들은 하나님이라고 믿고 나도 그렇게 믿으며 감사할 따름이다. 매사에 하나님의 도우심을 굳게 믿고 감사함과 겸손함을 견지하며 인간적인 노력에 힘쓸 것을 다짐한다.

뒤늦은 도전에 항상 격려와 응원을 아끼지 않는 아내 김인숙과 딸 유진, 효진에게 감사와 사랑의 마음을 전하며 출판 과정에서 도움을 주신 출판사 관계자들에게도 깊이 감사드린다.

김경식

시오카리 고개

ⓒ 미우라 아야코, 2024

초판 1쇄 발행 2024년 10월 28일

지은이   미우라 아야코
옮긴이   김경식
펴낸이   이기봉
편집   좋은땅 편집팀
펴낸곳   도서출판 좋은땅
주소   서울특별시 마포구 양화로12길 26 지월드빌딩 (서교동 395-7)
전화   02)374-8616~7
팩스   02)374-8614
이메일   gworldbook@naver.com
홈페이지   www.g-world.co.kr

ISBN   979-11-388-3643-2 (03830)

Shiokari Tōge
by Ayako Miura
Copyright © 1968, 2022 by Miura Ayako Literature Museum
First published in Japan in 1968 by Shinchosha Publishing Co., Ltd.
Korean translation rights arranged with Miura Ayako Literature Museum
through Japan Foreign-Rights Centre/Shinwon Agency, Co., Ltd.